金學叢書

第二輯 9

吳敢

胡衍南 霍現俊

主編

魯歌《金瓶梅》研究精選集

魯歌 著

臺灣學生書局印行

金學叢書第二輯序

2013 年 5 月第九屆（五蓮）國際《金瓶梅》學術討論會期間，胡衍南、霍現俊忙裏偷閒，時而小聚，漢書下酒，就中便有本叢書編輯出版一事。當時即擬與吳敢商談，以期盡快成議。只是吳敢當時會務繁多，此議終未提及。2013 年 7 月 3 日，胡衍南到徐州公幹，當晚至吳敢舍下小酌，此事即進入操作程序。此後電郵往來，徐州、臺北、石家莊三方輾轉，叢書編撰框架日漸明朗。2013 年 11 月 23 日，胡衍南再度到徐州公幹，代表臺灣學生書局與吳敢詳盡商談編輯出版事宜，本叢書遂成定案。

此「金學叢書」之由來也。

中國古代小說研究，重大課題眾多。近代以降，紅學捷足先登。20 世紀 80 年代，金學亦成顯學。明代長篇白話小說《金瓶梅》是中國文學史上一部里程碑式的重要作品，其橫空出世，破天荒打破以帝王將相、英雄豪傑、妖魔神怪為主體的敘事內容，以家庭為社會單元，以百姓為描摹對象，極盡渲染之能事，從平常中見真奇，被譽為明代社會的眾生相、世情圖與百科全書。幾乎在其出現同時，即被馮夢龍連同《三國演義》《水滸傳》《西遊記》一起稱為「四大奇書」。不久，又被張竹坡譽為「第一奇書」。《紅樓夢》庚辰本第十三回脂評：「深得《金瓶》壼奧」。魯迅《中國小說史略》認為「同時說部，無以上之」。

自有《金瓶梅》小說，便有《金瓶梅》研究。明清兩代的筆記叢談，便已帶有研究《金瓶梅》的意味。如明代關於《金瓶梅》抄本的記載，雖然大多是隻言片語的傳聞、實錄或點評，但已經涉及到《金瓶梅》研究課題的思想、藝術、成書、版本、作者、傳播等諸多方向，並頗有真知灼見。在《金瓶梅》古代評點史上，繡像本評點者、張竹坡、文龍，前後紹繼，彼此觀照，相互依連，貫穿有清一朝，形成筆架式三座高峰。繡像本評點拈出世情，規理路數，為《金瓶梅》評點高格立標；文龍評點引申發揚，撥亂反正，為《金瓶梅》評點補訂收結；而尤其是張竹坡評點，踵武金聖歎、毛宗崗，承前啟後，成為中國古代小說評點最具成效的代表，開啟了近代小說理論的先聲。明清時期的《金瓶梅》研究，具有發凡起例、啟導引進之功。

20 世紀是人類歷史上可足稱道的一個百年。對中國人來說，世紀伊始，產生了驚天動地的兩件大事：1911 年封建王朝的終結，1919 年「五四」新文化運動的興起。中國人心裏承接有豐富的傳統，中國人肩上也負荷著厚重的擔當。揚棄傳統文化，呼喚當代文明，這一除舊佈新的文化使命，在中國用了大半個世紀的時間。觀念形態的更新、研究方法的轉變、思維體式的超越、科學格局的營設一旦萌發生成，便產生無量的影響，具有劃時代的意義。《金瓶梅》研究即為其中一例。

以 1924 年魯迅《中國小說史略》出版，標誌著《金瓶梅》研究古典階段的結束和現代階段的開始；以 1933 年北京古佚小說刊行會影印發行《金瓶梅詞話》，預示著《金瓶梅》研究現代階段的全面推進；以 30 年代鄭振鐸、吳晗等系列論文的發表，開拓著《金瓶梅》研究的學術層面；以中國大陸、臺港、日韓、歐美（美蘇法英）四大研究圈的形成，顯現著《金瓶梅》研究的強大陣容；以版本、寫作年代、成書過程、作者、思想內容、藝術特色、人物形象、語言風格、文學地位、理論批評、資料彙編、翻譯出版、藝術製作、文化傳播等課題的形成與展開，揭示著《金瓶梅》的研究方向。一門新的顯學——金學，已經赫然出現在世界文壇。

20 世紀 70 年代以來的當代金學，中國的吳曉鈴、王利器、魏子雲、朱星、徐朔方、梅節、孫述宇、蔡國梁、甯宗一、陳詔、盧興基、傅憎享、杜維沫、葉朗、陳遼、劉輝、黃霖、王汝梅、周中明、王啟忠、張遠芬、周鈞韜、孫遜、吳敢、石昌渝、白維國、陳昌恆、葉桂桐、張鴻魁、鮑延毅、馮子禮、田秉鍔、羅德榮、李申、魯歌、馬征、鄭慶山、鄭培凱、卜鍵、李時人、陳東有、徐志平、陳益源、趙興勤、王平、石鐘揚、孟昭連、何香久、許建平、張進德、霍現俊、陳維昭、孫秋克、曾慶雨、胡衍南、李志宏、潘承玉、洪濤、楊國玉、譚楚子等老中青三代，辨章學術，考鏡源流，營造了一座輝煌的金學寶塔。其考證、新證、考論、新探、探索、揭秘、解讀、探秘、溯源、解析、解說、評析、評注、匯釋、新解、索引、發微、解詁、論要、話說、新論等，蘊含宏富，立論精深，使得金學園林花團錦簇，美不勝收，可謂源淵流長，方興未艾。中國的《金瓶梅》研究，經過 80 年漫長的歷程，終於在 20 世紀的最後 20 年登堂入室，當仁不讓也當之無愧地走在了國際金學的前列。

此「金學叢書」之要義也。

本叢書暫分兩輯，第一輯為臺灣學人的金學著述，由魏子雲領銜，包括胡衍南、李志宏、李梁淑、鄭媛元、林偉淑、傅想容、林玉惠、曾鈺婷、李欣倫、李曉萍、張金蘭、沈心潔、鄭淑梅，可說是以老帶青；第二輯為中國大陸 20 世紀 80 年代以來學人的《金瓶梅》研究精選集，計由徐朔方、甯宗一、傅憎享、周中明、王汝梅、劉輝、張遠芬、周鈞韜、魯歌、馮子禮、黃霖、吳敢、葉桂桐、張鴻魁、陳昌恆、石鐘揚、王平、李時人、趙興勤、孟昭連、陳東有、孫秋克、卜鍵、何香久、許建平、張進德、霍現俊、曾慶雨、楊國玉、潘承玉、洪濤諸位先生的大作組成，凡 31 人 30 冊（其中徐朔方、孫秋克，傳憎享、楊國玉，王平、趙興勤，因字數兩人合裝一冊），每冊25萬字左右。

天津師範學院（今天津師範大學）朱星是中國大陸金學新時期名符其實的一顆啟明星，他在1979年、1980年連續發表多篇論文，並於1980年10月由百花文藝出版社結集出版了中國大陸新時期《金瓶梅》研究的第一部專著《金瓶梅考證》。朱星的研究結論不一定都能經得住學術的檢驗，但朱星繼魯迅、吳晗、鄭振鐸、李長之等人之後，重新點燃並高舉起這一支學術火炬，結束了沉寂15年之久的局面，這一歷史功績，應載入金學史冊。遺憾的是，朱星先生1982年逝世，後人查訪困難，只能闕如。

香港夢梅館主梅節可謂《金瓶梅》校注出版的大家，1988年由香港星海文化出版有限公司出版《全校本金瓶梅詞話》；1993年由梅節校訂，陳詔、黃霖注釋，香港夢梅館出版《重校本金瓶梅詞話》（該本後由臺灣里仁書局2007年11月初版，2009年2月修訂一版，2013年2月修訂一版八刷）；1998年梅節再為校訂，陳少卿抄寫，香港夢梅館出版《夢梅館校定本金瓶梅詞話》。前後三次合共校正詞話原本訛錯衍奪七千多處，成為可讀性較好的一個本子。梅節由校書而研究，關於《金瓶梅》作者、傳播、成書、故事發生地等問題的認識，亦時有新見。可惜的是，梅節先生的論文集《瓶梅閒筆硯——梅節金學文存》2008年2月由北京圖書館出版社出版，版權協商匪易，未能入選。

上海音樂學院蔡國梁20世紀50年代末即開始研習《金瓶梅》，寫下不少筆記，1980年前後即依據筆記整理成文，1981年開始發表金學論文，1984年出版第一部專著[1]，累計出版金學專著3部[2]、編著1部[3]，發表論文多篇，內容涉及《金瓶梅》的思想、源流、人物、作者、評點、文化等諸多研究方向，是早期《金瓶梅》研究的主力成員。無奈聯繫不上，不得已而割愛。

國人研究《金瓶梅》的論著，最早是闞鐸的《紅樓夢抉微》[4]，但其只是一個讀書筆記。天津書局1940年8月出版之姚靈犀《瓶外卮言》，嚴格說也只是一個資料彙編。香港大源書局1961年出版之南宮生著《金瓶梅》簡說，算得上是一個原著導讀。臺北時報文化出版公司1978年2月出版之孫述宇著《金瓶梅的藝術》，可說是第一部文本研究的學術著作。該書全文收入石昌渝、尹恭弘編選的《臺港金瓶梅研究論文選》[5]。2011年3月上海古籍出版社再版，增加了一篇作者自序，更名為《金瓶梅：平凡人的宗教劇》。

---

1 《金瓶梅考證與研究》，西安：陝西人民出版社，1984年。

2 另兩部為：《明清小說探幽——明人、清人、今人評金瓶梅》，杭州：浙江文藝出版社，1985年；《金瓶梅社會風俗》，天津：百花文藝出版社，2002年。

3 《金瓶梅評注》，桂林：灕江出版社，1986年。

4 天津大公報館1925年4月鉛印。

5 南京：江蘇古籍出版社，1986年。

孫述宇先生本已與上海古籍出版社洽商同意編入金學叢書，並授權主編代理，忽中途撤稿，原因還是版權問題。

還有其他一些因故未能入選的師友：或已作仙遊[6]，或礙於本輯叢書的體例[7]，或因為版權期限，或失去聯繫等。凡此種種，均為缺憾。

儘管如此，第二輯連同第一輯 14 人 16 冊總計所入選的此 45 人 46 冊，已經是中國當代金學隊伍的主力陣容，反映著當代金學的全面風貌，涵蓋了金學的所有課題方向，代表了當代金學的最高水準。

此「金學叢書」之大略也。

臺灣學生書局高瞻遠矚，運籌帷幄，以戰略家的大眼光，以謀略家的大手筆，決計編撰出版「金學叢書」，實金學之幸，學術之福。主編同仁視本叢書為金學史長編，精心策劃，傾心編審。各位入選師友打造精品，共襄盛舉。《金瓶梅》研究關聯到中國小說批評史、中國小說史、中國文學史、中國文學評點史、中國文學批評史等諸多學科，是一個應該也已經做出大學問的領域。為彌補本叢書因為容量所限有很多師友未能入選的不足，特附設一冊《金學索引》[8]，廣輯金學專著、編著、單篇論文與博碩士論文，臚列學會、學刊與所舉辦之金學會議，立此存照，用供備覽。本叢書的編選，既是對過往的總結，也是對未來的期盼。本叢書諸體皆備，雅俗共賞，可以預測，將為金學做出新的貢獻。

此「金學叢書」之宗旨也。

金學已經不是一座象牙塔，而是一處公眾遊樂的園林。三百多部論著，四千多篇學術論文，二百多篇博碩士論文，既有挺拔的大樹，也有似錦的繁花，吸引著越來越多的研究者與愛好者探幽尋奇。不容置疑，傳統的金學，加上以文化與傳播為標誌的、以經典現代解讀為旗幟的新金學，必然展示著甯宗一先生的經典命題：說不盡的《金瓶梅》。

此「金學叢書」之感言也。

吳敢、胡衍南、霍現俊（吳敢執筆）
2014 年元旦

---

6 如王啟忠、鮑延毅、孔繁華、許志強諸先生等，駕鶴西去的徐朔方先生的精選集由其高足孫秋克代為編選，劉輝先生的精選集由其摯友吳敢代為編選。

7 本輯叢書乃論文精選集，字典、詞典與小塊文章結集便未能入選，《金瓶梅》語言研究的幾位專家如白維國、李申、張惠英、許仰民等因此失選。

8 吳敢編著，分上下兩編。

魯歌《金瓶梅》研究精選集

目　次

《金瓶梅詞話》抄本
於萬曆十九年冬到二十五年寫於江蘇
——作者是江蘇「蘭陵」民間才人

一

「《金瓶梅詞話》抄本」簡稱為「《金瓶梅》抄本」，寫作於何時、何地？作者是誰？都是很重要的問題。

我在本書中說的「金瓶梅」抄本與刻本，包括了《金瓶梅詞話》本、說散本《金瓶梅》抄本與刻本，我認為它們都是明代萬曆十九年冬以後的本子；還包括張竹坡評第一奇書金瓶梅，是清代康熙間的刻本。以上各種的抄本早已失傳，但後來的詞話本、說散本（崇禎本）、張評本的刻本，應該基本上都是據抄本、寫本刻板的。刻板時有一些改動和錯誤，並非與抄本完全相同。

詞話本早於說散本，是沒有問題的。詞話本共一百回回目，至少有四十多回回目上、下句不對仗，甚至有一些回目上、下句字數不同；第六回寫的「鷓鴣天」詞，並不是什麼「鷓鴣天」。說散本中對這很多不對仗的回目都做了改正；把第六回中的「鷓鴣天」等字刪去。這都是說散本晚於詞話本的鐵證。如果「說散本在前、詞話本在後」，就絕沒有把說散本中數十回對仗的回目反而在詞話本中改得不對仗的道理；絕對沒有把說散本中的「正是」，反而在詞話本中改為錯誤的「有〈鷓鴣天〉為證」的道理。別的例證還有許多。詞話本在前、說散本在後，這才是正確的結論。這也證明了詞話本原作者是文化水準不高的民間才人，說散本修改者是文化水準高的文人。但修改者並未完全讀懂原作者的抄本，所以總體上來說，詞話本優於說散本。詞話本具有原創性的重要意義，說散本遠不能與它相比。現代的學者們在 1933 年以前研究的多是說散本；1932 至 1933 年發現並影印了《金瓶梅詞話》，以後學者們研究的多是詞話本。猶如學者們 1928 年以前研究的多是程高本紅樓夢，以後研究的多是正確的脂評本。

我國今存最早的詞話本刻本明代萬曆間的付刻本，只有一部，於 1932 年發現於山西省介休縣，一百回只缺兩頁四面（第五十二回第七、八兩頁），很可能是最後得到此本的介休縣的書主並不重視此書，上廁所時需要紙就隨便撕去了這兩頁。又以很便宜的價錢把書賣給了北平琉璃廠文友堂古舊書店太原分號來介休縣收購的員工。如果介休縣的書主傳給子孫，留到現在，拿到大都市去拍賣的話，落槌價至少也有幾千萬元人民幣，甚至可以拍賣到一億元以上。但 1932 年時賣的價錢極低。此書於 1933 年到北平後，價錢漲了很多倍，賣給了北京圖書館。馬廉教授發動集資，以「古佚小說刊行會」的名義，將原刻本影印了 104 部，不久又翻印了很多部。魯迅就先付款預訂了一部。研究者們如鄭振鐸、吳晗等等先生，認為詞話本小說文本總體上優於說散本。我國在 1933 年公佈發現了金瓶梅詞話本以後，震動了國內外，日本也發現藏有基本完整的兩部詞話本。一直到現在，中外眾多的研究者們基本上都主要研究的是詞話本。說散本對詞話本有很多刪改，總體上不如詞話本，基本上是詞話本的刪改本。我對中、日的詞話本刻本做過逐字逐句地對照，刻出的字總體上是相同的字，只有少許處有改動，基本上是同一個刻本。

我認為：詞話本抄本開始寫作於萬曆十九年冬，寫完於萬曆二十五年，付刻於萬曆四十五年冬，刻成於天啟元年；說散本改寫於萬曆二十六年，改寫完於萬曆四十年，付刻於萬曆四十七年，刻成於崇禎元年，又名崇禎本，中、日藏有十多部。

詞話本抄本、說散本抄本究竟是寫於明代嘉靖間、隆慶間，還是萬曆間呢？這是長期以來爭論的重要問題之一。嘉靖間即嘉靖元年至嘉靖四十五年，亦即西元 1522 年至 1566 年；隆慶間即隆慶元年至隆慶六年，亦即西元 1567 年至 1572 年；萬曆間即萬曆元年至萬曆四十七年，亦即西元 1573 年至 1619 年。時間大體上是這樣，我說的並非十分準確。過去持「嘉靖說」的人較多，但活到嘉靖末年、隆慶末年而死的人們沒有任何一人在嘉靖末、隆慶末說過《金瓶梅》。明代說《金瓶梅》抄本最早的一批人，都是萬曆十九年冬天以後才見到該抄本的，才說到《金瓶梅》的。最早在別人家見到抄本的人是屠本畯，是萬曆二十年（1592 年）在王肯堂的江蘇金壇家中見到抄本二帙的，王肯堂對他說自己是「以重資購抄本二帙」。二帙就是二冊，只是《金瓶梅》開頭的部分，二帙大約只有十一回。王肯堂是「以重資購」得二帙的，他顯然不是作者。屠本畯接着到蘇州王穉登的家中「又見抄本二帙，恨不得睹其全。」以上見屠本畯於 1607 年作的〈觴政跋〉中的回憶。屠本畯在王穉登家中「又見抄本二帙」，應是第十二回至二十二回，也只是抄本前面的部分，此時抄本還沒有寫第二十三回及其後的各回，所以屠本畯說「恨不得睹其全。」王穉登沒有對屠本畯說自己家中的這二帙抄本是從哪裏來的，這就很奇怪！布衣山人王穉登此時已經相當貧窮了，不可能像做過官的富人王肯堂那樣「以重資購抄本二帙」，王肯堂的抄本二帙應是以「重資」（高價）從王穉登處購買來的，所以屠本畯在王肯堂家中讀了抄本二帙以後就去王穉登家中，果然在王穉登家中「又見抄本二帙，恨不得睹其全。」屠本畯沒有說王肯堂家的抄本二帙與王穉登家的抄本二帙在情節內容上不銜接，所以，王肯堂家的抄本二帙應是第一回至第十一回，王穉登家的抄本二帙應是第十二回至第二十二回，與後來存世的詞話本刻本原本的裝訂相同。屠本畯見抄本四帙時，後面的抄本尚未寫完，所以抄本第一帙書前沒有二百幅圖（圖是1933年用崇禎本的圖配補的）。也沒有「欣欣子」寫的〈金瓶梅詞話序〉，沒有「廿公」寫的〈跋〉，沒有「東吳弄珠客」寫的〈金瓶梅序〉，也沒有共一百回的目錄，這些序、跋、目錄都是全書一百回抄本完成以後加到書前的。抄本第一帙書前沒有「新刻金瓶梅詞話」七個字。一開始應是「詞曰」，有詞四首。接着是〈四貪詞〉：〈酒〉〈色〉〈財〉〈氣〉詞各一首。然後才是五回小說文字。

萬曆十七年歲暮，大理寺評事雒于仁向皇帝上疏，說皇帝溺愛鄭貴妃，無言不聽；忠謀擯斥，儲位久虛……疏後陳四箴，即酒、色、財、氣四箴以諫，勸皇帝不要貪酒、色、財、氣。帝覽之大怒，要殺雒于仁。閣臣申時行等人奏請皇帝寬容，罷其官可也。皇帝遂斥其為民。申時行也對皇上寵鄭貴妃不滿，一再上疏請皇帝立王恭妃生的皇長子為太子，勿立鄭貴妃生的皇三子，認為廢嫡立庶於國家不利。他為此屢遭彈劾，只好於萬曆十九年九月去位，回到吳中後，對王穉登特相推重。《金瓶梅詞話》一開卷便有〈四貪詞〉，反對貪酒、色、財、氣。書中寫了一個官，名叫陳四箴，贊他忠貞等等。抄本必寫於萬曆十九年冬十月或其後。

萬曆二十年，屠本畯在王肯堂家中讀了抄本二帙，應是根據王肯堂提供的線索來到王穉登家中，果然「又見抄本二帙」。顯然，王穉登有抄本的時間早於王肯堂，他把前二帙抄本以高價賣給了富人王肯堂，他家中的抄本二帙（第三、四帙）尚未以高價賣出，屠本畯來到他的家中拜訪他，果然「又見抄本二帙，恨不得睹其全。」顯然，王穉登有金瓶梅抄本的時間最早。其次才是王肯堂購得二帙。屠本畯讀到抄本的時間，晚於王穉登、王肯堂持有抄本的時間。

劉輝先生在《金瓶梅成書與版本研究》一書中考論：據《金壇縣誌》《揚州府志》等，做官的王肯堂引疾告歸故里金壇，是在萬曆二十年（1592年）春；此年屠本畯在揚州任兩淮鹽運司，與金壇很近，去拜訪王肯堂，在王肯堂家中讀到《金瓶梅》抄本二帙，當是此時之事。這一考證實在太重要了！也就是說，《金瓶梅》抄本在社會上最早出現二帙，是萬曆二十年（1592年）的事，見證人是王肯堂、屠本畯。我據王穉登的書《王百穀集》，知道王穉登（字百穀）早在嘉靖四十五年（1566年）訪浙江寧波等地時，就結識了屠本畯。萬曆二十年（1592年）屠本畯根據王肯堂提供的線索去王穉登家，果然「又見抄本二帙……」，王穉登此時早已是他十多年前結識的老朋友了，他去蘇州拜訪王穉登是很方便的事。從屠本畯寫的「恨不得睹其全」來看，他在王肯堂、王穉登家中讀到的《金瓶梅》抄本共四帙，只是抄本全書的前面部分；而抄本的後面部分（第二十三回及其後）尚未寫出。劉輝先生考證：屠本畯以上的回憶見於屠本畯在萬曆三十五年（1607年）寫的〈觴政跋〉，收入萬曆三十六年（1608年）編的《山林經濟籍》一書中。也就是說，屠本畯在萬曆三十六年（1608年），也還沒有讀過《金瓶梅》抄本全書。屠本畯約死於1621年，到死也未讀過《金瓶梅》全書。

敬請讀者注意：屠隆、屠大年、屠本畯都是浙江鄞縣人，是同一家族，住在同一巷中，屠隆是祖父一輩；屠大年（1500-1579）是屠隆的族侄，但比屠隆年長43歲；屠本畯是屠大年之子，是屠隆的族孫，但祖、孫二人都出生於嘉靖二十二年（1543年）。屠本畯在〈弢光道人傳〉（屠隆傳）中說：「弢光道人，姓屠氏，諱隆，字長卿，晚字緯真，別號赤水，本畯之諸祖也。」說他們祖、孫二人「生同時，居同巷，分聯祖、孫。」他們祖、孫二人住的樓房相鄰，二人開了樓窗就可以面對面地說話，多年來關係極為親密。屠大年死於萬曆七年（1579年），屠隆死於萬曆三十三年（1605年），屠本畯卻沒有從父親屠大年手中見過《金瓶梅》抄本，也沒有從屠隆手中見過《金瓶梅》抄本，而是在萬曆二十年（1592年）從王肯堂家中讀過《金瓶梅》抄本二帙，又在王穉登家中讀過抄本二帙。萬曆二十年前後屠隆與屠本畯有來往，如屠隆為屠本畯著的《離騷草木疏補》寫了序言，等等，都沒有提到《金瓶梅》抄本。劉輝先生說屠本畯大約死於1621年，屠本畯一直到死，都沒有讀過《金瓶梅》全書。鄭閏先生說〈金瓶梅詞話序〉的作者「欣欣子」是屠本畯，小說的作者「蘭陵笑笑生」是屠隆、屠大年，顯然是錯的。屠本畯於萬曆二十年在王肯堂家中讀到抄本二帙，又到王穉登家中讀抄本二帙時，屠本畯的父親屠大年已經死去了十三年（死於1579年），屠本畯沒有從屠大年、屠隆手中見過《金瓶梅》抄本。他到1608年，即父親屠大山死後二十九年，屠隆死後三年，甚至他一直到死，都沒有從屠大年、屠隆處見過《金瓶梅》抄本，也沒有見過抄本全書，沒有見過刻本共一百回全書。屠大年、屠隆不可能是《金瓶梅》的作者，屠本畯也不可能作〈金瓶梅詞話序〉。

二十多年前我在吉林大學參加國際金瓶梅學術研討會時，坐在中國《金瓶梅》學會會長劉輝先生旁邊，他對我說他也不同意鄭閏、魏子雲先生的說法，不同意說「欣欣子」是屠本畯，不同意說屠大年、屠隆是《金瓶梅》作者，鼓勵我上講台發言。我在台上發言時，劉輝先生在下面還大聲作補充。當年參加大會的中外代表們可能還記得那時的情景。我記得當年魏子雲先生也坐在台下，我和劉輝先生講話後，他沒有發言。總之，屠本畯不是「欣欣子」，他不可能說自己讀過《金瓶梅詞話》「凡一百回」，小說作者「蘭陵笑笑生」不是屠大年、屠隆。

黃霖先生在《金瓶梅漫話》等書中說，《金瓶梅詞話》小說中有四個問題與萬曆二十年這一個「壬辰」年有關。我就不一一復述了，請讀者們讀黃霖先生的一些著作。其中之一是說，《金瓶梅詞話》的作者是依據萬曆二十年的曆書在小說中進行推算的，所以小說開始創作於萬曆二十年，即西元 1592 年，才開始創作這一部小說。黃霖先生的這一說法，與劉輝先生考論的屠本畯最早發現《金瓶梅》抄本前面部分的時間是萬曆二十年（1592 年），正好不謀而合！劉、黃兩位先生的說法很值得研究者們與廣大讀者注意與重視！

我認為：王穉登、王肯堂有《金瓶梅》抄本前面部分的時間，比屠本畯讀到這些抄本前面部分的時間更早，王穉登、王肯堂最早有抄本的前面部分的時間，應是在萬曆十九年冬十月至年底之間，也就是西元 1591 年 11 月至 1592 年 2 月之間。我依據沈德符《萬曆野獲編》中說每年十月初一頒發次年的曆書，那麼，《金瓶梅詞話》作者於萬曆十九年冬十月到年底，就可以得到次年萬曆二十年的曆書了，就可以基本上依據萬曆二十年的曆書，來推算寫小說中的時間了，所以小說抄本開始創作的時間應是萬曆十九年冬十月初一日之後，即西元 1591 年 11 月 16 日之後，這一天應是《金瓶梅詞話》抄本開始創作的時間上限，在這一天以前已經死去的人們都不是《金瓶梅》的作者。有一些人提出的《金瓶梅》作者有 70 人之多。有許多人都死於萬曆十九年十月初一日（1591 年 11 月 16 日）之前，都不可能是《金瓶梅》的作者！

例如，有人說《金瓶梅》作者是李開先，或者是蕭鳴鳳。李開先死於 1568 年，蕭鳴鳳幾乎死於同一年，都不是《金瓶梅》作者。另有人說《金瓶梅》作者是民間書會才人，早在萬曆二十年之前很久，從萬曆十年（1582 年）開始，書會中就有人在說唱《金瓶梅》了，認為《金瓶梅》抄本成書的時間上限是萬曆十年，作者是書會才人。我認為此說亦大錯。屠本畯於萬曆二十年（1592 年）在王肯堂、王穉登處才讀到《金瓶梅》抄本的前面部分共四帙，大約是第一回至第二十二回。屠本畯說「恨不得睹其全」，可證他沒有讀過抄本的後面部分。王穉登、王肯堂最早有抄本的時間應是在萬曆十九年冬十月初一之後。沒有任何其他人在 1592 年之前見過或聽過書會中有人說唱《金瓶梅》。在著名的長篇小說中，《金瓶梅》的淫穢描寫特別多，後來讀過抄本的董其昌說「決當焚之」，袁小修說「此書誨淫」，沈德符說它「壞人心術」，如果刻行就會下地獄，如此等等。這一類人其實都是「假道學家」：一方面不惜用高價購買《金瓶梅》抄本，或者不惜花費很多時間與精力抄寫《金瓶梅》抄本，另一方面卻要罵《金瓶梅》是「淫書」「決當焚之」「此書誨淫」「壞人心術」、要下地獄，等等。正因為《金瓶梅》抄本中的淫穢描寫特多，所以抄本只能是秘密地賣給富人王肯堂、董其昌、徐階之子等等人，聞知者如袁中郎、劉承禧、沈德符等人只能是借抄，而絕不可能有人在大庭廣眾的書會中公開說唱很多的淫穢內容，否則就會被官方以「誨淫」「壞人心術」「大傷社會風化」等罪名逮捕法辦，嚴懲不貸！正因為沒有任何記載能證明萬曆十九年冬之前，有誰見過或聽說過有人在書會中有誰說唱過《金瓶梅》，有誰在此之前見過《金瓶梅》抄本，所以該抄本寫作的時間上限是萬曆十九年冬。萬曆十九年十月初一是西元 1591 年 11 月 16 日；萬曆十九年除夕（十二月二十九日）是西元 1592 年 2 月 12 日。王穉登有《金瓶梅》抄本二帙的時間不可能晚於西元 1592 年，王肯堂「以重資購抄本二帙」的時間也不可能晚於 1592 年。金學大師黃霖先生說《金瓶梅》抄本開始創作的時間是 1592 年，劉輝先生說《金瓶梅》抄本二帙最早出現於 1592 年，不謀而合，是正確的，是對金學的極大貢獻，比魯迅、鄭振鐸、吳晗、徐朔方等等先生的說法都準確、都好得多！張岱等人在杭州聽楊與民「用北調說《金瓶梅》一劇」，是崇禎七年（1634 年）冬的事，只說了一段書，不是全書。此時詞話本、說散本抄本、刻本早已問世多年了！

周鈞韜先生考證出《金瓶梅詞話》第四十七回至第四十八回中苗天秀被殺害一案，來自萬曆二十二年末刻本《百家公案全傳》中的苗天秀被殺害一案，只不過是做了一些修改而已。我查了一下曆書，萬曆二十二年末，應是西元 1594 年末至 1595 年 2 月 8 日之間，也就是說，到此期間，《金瓶梅詞話》抄本才寫完了四十八回，抄本還有五十二回尚未完成。周鈞韜先生的這一考證也貢獻很大！我認真讀了《百家公案全傳》中寫的是蔣天秀，《金瓶梅詞話》中改為苗天秀，周先生所說有誤。我沒有查出蔣天秀被殺害一案有早於萬曆二十二年末的任何版本。

正因為《金瓶梅》抄本能賣高價，能解決作者與暗賣者等人的經濟困難問題，所以作者與暗賣者等人必然抄有一些副本，以便秘密地賣給不同的富人，得到更多的銀子。大約在萬曆二十三年（1595 年），富人江蘇華亭人董其昌得到了《金瓶梅》抄本，也是前面部分，只有十帙五十二回。後來江蘇吳縣令袁中郎借來抄寫，在 1596 年致董其昌的信中詢問：「《金瓶梅》從何得來？伏枕略觀，雲霞滿紙，勝於枚生〈七發〉多矣！後段在何處？抄竟當於何處倒換？幸一的示。」董其昌未回答。再後來，袁小修跟從二哥袁中郎到江蘇真州，在袁中郎處見到《金瓶梅》抄本大約是全書之半。顯然，董其昌的抄本也只是全書之半。袁中郎的抄本，即袁小修見到的此書之半，應是前十帙，是全書二十帙的前半，從第一回到第五十二回。袁中郎於萬曆二十四年（1596 年）借得的董其昌的抄本也只有前五十二回，大約是全書之半，所以董其昌回答不了袁中郎問的「後段在何處」等問題。

第十一帙抄本是第五十三回至第五十七回，一直沒有賣出，也沒有在社會上傳抄。我認為這五回已經用線裝訂成了一帙。第五十六回中有影射謾罵屠隆的一詩一文寫得低劣等等內容，屠隆號赤水，該回中影射、謾罵「水秀才」，即隱罵屠赤水（屠隆）的「渾家專要偷漢」「兩個孩子……死了」「水秀才」本人「才學荒疏、人品散彈」「水秀才」

和別人家的幾個丫頭、小廝「勾搭上了，因此被主人逐出門來。閧動街坊，人人都說他無行。」小說中的那一詩一文又確實是屠隆作的。正因為小說中有影射與謾罵屠隆的一詩一文、「人品」「渾家」等等一些內容，所以這一帙五回抄本一直不敢賣出，未流傳出來。在天啟初年（1621 年）《新刻金瓶梅詞話》一百回全書刻本刻成後才首次公開面世。抄本售出、流傳出來的只有九十五回，共十九帙，沒有第五十三回至第五十七回的一帙五回（第十一帙），顯然是作者等人故意壓下來不賣出去，不流傳出去，與影射、謾罵屠隆夫婦有關。抄本第八十回中寫水秀才代替應伯爵、謝希大、花子由、祝日念、孫天化、常時節、白來創七個壞人寫祭文祭奠西門慶，祭文也寫得很低劣下流，這應是抄本第十七帙，即第七十八回至第八十一回的一帙。第八十回是這四回一帙中的一回。全書一百回罵西門慶、應伯爵、水秀才等等壞人，前後血脈基本上是相貫串的，並不是沈德符說的「前後血脈亦絕不貫串」。抄本大約開始創作於西元 1592 年，一百回大書寫完至少需要五年時間，後半部寫得很快，抄本全部一百回完成應是在 1597 年，即萬曆二十五年。「欣欣子」「廿公」應是王世貞的外甥、王穉登的好友曹子念，字以新，1597 年死前寫了〈金瓶梅詞話序〉，序中說「凡一百回」已寫完。他又化名「廿公」寫了〈跋〉。

二

我從 1988 年至 2008 年的二十年間，認為《金瓶梅詞話》抄本的作者應是王穉登。因為他最早有抄本；他又是「蘭陵」人（古「蘭陵」有二地，一是江蘇武進，一是山東嶧縣，王穉登是江蘇武進人），符合欣欣子在〈金瓶梅詞話序〉中說的作者是「蘭陵笑笑生」（抄本暗賣或寫作、借抄於江蘇金壇、蘇州、華亭、真州、鎮江等地，故「蘭陵」是指江蘇「蘭陵」，不是山東「蘭陵」）；廿公在〈跋〉中說作者是「世廟時一巨公」，「世廟時」即明世宗嘉靖時，「一巨公」即一巨匠，這和沈德符在《萬曆野獲編》中說的聞《金瓶梅》「為嘉靖間大名士手筆」的意思一致。萬曆時王世貞在《弇州山人四部稿》卷九十二為王穉登的父母寫的合葬墓誌銘中說：「當嘉、隆間，穉登以文章名出世貞上」，可證嘉靖間、隆慶間，王穉登在文學方面的名聲在王世貞之上（到萬曆間王穉登的名氣降到王世貞之下了），所以廿公在〈跋〉中說作者是「世廟時一巨公」，也與王穉登相符。但我從 2009 年至今，學術觀點改變了。我現在認為金瓶梅詞話本原作者應是蘭陵（江蘇武進）的民間才人（不是什麼書會才人，抄本不是為書會而寫的），他的文化水準不高，所以在一百回小說回目中至少有四十多回回目的上、下句不對仗，甚至有些回目上下句字數不同，他也不大懂詩詞的格律、字數、平仄等等。例如，第六回中寫的所謂「鷓鴣天」詞，根本就不是什麼「鷓鴣天」詞調。「鷓鴣天」是從《水滸傳》第二十六回而來的，《水滸傳》中的那首詞確實是「鷓鴣天」，《金瓶梅詞話》中改成了七律，已不是「鷓鴣天」了！這位蘭陵民間才人善於編寫故事，但不大會寫回目，寫的一百個回目至少有四十多個回目上、下句不對仗，不懂「鷓鴣天」詞牌該怎麼填詞，寫的詩詞等不大合乎規範，此類常識性錯誤很多，作者應該不是「世廟時一巨公」「嘉靖間大名士」。他寫的抄本陸續到王穉登手中以後，王穉登並沒有做認真細緻地修改。原作者很可能也是江蘇武進縣（古稱「蘭陵」）人，但武進縣極大，他和蘭陵人王穉登並不熟悉，二人只是為了把抄本陸續賣出而相識、相交而已。二人為了能賣高價而急於邊寫邊賣。王穉登有一位好友名叫曹子念，字以新，是王世貞的外甥。王世貞死於萬曆十八年十一月二十七日，即西元 1590 年 12 月 23 日。這位《金瓶梅詞話》原作者蘭陵民間才人開始寫抄本是萬曆十九年冬十月至年底（1591 年 11 月 16 日至 1592 年 2 月 12 日），王世貞已經死了一年左右，所以王世貞並不是《金瓶梅》作者。原作者蘭陵民間才人可能連王世貞、王世懋兄弟都不知道，在小說中寫有壞人張世廉、張懋德，不知道避王世貞、王世懋兄弟二人的名諱「世」與「懋」。小說中寫大壞人西門慶的原配妻姓陳，寫西門慶亂搞的女人之一姓章，作者不知道王世貞、王世懋的祖母姓陳，不知道王世懋之妻姓章。作者不知道王世貞的好友之一是李攀龍，小說中寫的壞人張龍、錢龍野、趙龍崗不避李攀龍名諱「龍」。如果說王世貞或王世懋是《金瓶梅》作者，就講不通了。王世貞死後，曹子念長住在舅舅王世貞家裏。王穉登邀約曹子念為搭檔，以高價販賣抄本，第一、二帙抄本應是王穉登以高價賣給富人王肯堂的。王穉登不會告訴王肯堂、曹子念抄本的原作者是誰，也不會說自己是粗改者，不會讓原作者蘭陵民間才人與王肯堂、曹子念等等人見面，不會對原作者說自己陸續把抄本賣了多少兩銀子，只是賣完後給原作者付一部分錢而已，當然也要付給幫忙的曹子念一定的報酬。原作者第一次把抄本交付給王穉登時，必然要請王穉登打借條，說賣掉了給他付多少錢，賣不掉可以退還給他。王穉登不可能先買下抄本承擔賣不掉砸在自己手裏的風險。原作者見了他的借條，必然知道他的名字是王穉登，但並不需要問他的曾祖父、祖父、父親名叫什麼。王穉登知道自己的曾祖父名叫王洪、祖父名叫王景宣、父親名叫王守愚。《金瓶梅詞話》原作者蘭陵民間才人並不知道這些。他沒有在小說中寫壞人名叫「穉登」二字或其中一字者，他是避了「穉登」名諱的。但他在小說中寫的壞人有陳洪、喬洪、妓女洪四兒，可證他並不知道王穉登的曾祖父名叫王洪，所以不避王洪的名諱「洪」。原作者在小說中寫了一個王景崇，後人有王招宣，寫王招宣之子王三官極壞。寫潘金蓮從小被賣到王招宣家開始學壞，是從王招宣之妻林太太那裏學壞的。王招宣死後，林太太與西門慶私通，她還叫兒子王三官叩拜大壞人西門慶為義父。小說中還寫了一個周宣，是周秀的族弟。龐春梅被周秀冊正為夫人後，把情人陳經濟招進周府中私通。陳經濟死後，她又與老家人周忠的次子周義私通，淫死在周義身上。周宣以四十大棍將姦夫周義打死，卻將周秀與淫婦龐春梅合葬於周家祖塋，是很具有諷刺性的。原作者寫的王景崇、王招宣、周宣，不避王穉登的祖父王景宣的名諱，可證他並不知道王穉登祖父的名諱是景宣。王穉登之父名叫王守愚。但小說中寫的壞人有雲離守、游守，有石伯才道士的大徒弟郭守清、二徒弟郭守禮，常被其師父壞道士石伯才雞姦泄欲。還寫了一個壞人名叫崔守愚，是大壞官夏延齡的親戚，給夏延齡幫忙打聽消息、馳書送信。還寫周秀即周守備，又稱為周守御，也是贓官，別的不說，他在濟南做官僅一年就賺得「巨萬金銀」。死後托生為沈鏡的次子，名叫沈守善。足可證明原作者並不知道王穉登之父的名諱是「守愚」。以上這麼多的證據，可以證明《金瓶梅詞話》抄本的原作者並不是王穉登，原作者不知道王穉登的曾祖父、祖父、父親的名諱。王穉登得到抄本後，並未認真細讀，急於以高價賣給富人王肯堂、董其昌、徐階之子等等人，對原抄本也沒有做認真細緻地修改，以致連小說中原作者無意識地犯了他曾祖父、祖父、父親名諱之處也不管不顧了，為了儘早賺到「重資」，竟然顧不得侮辱了自己先人的名諱。王世貞於萬曆時犯了王穉登之父的名諱「守愚」，也不算怎麼辱沒了他父親，因王世貞做大官，又是文壇領袖，王穉登就敬請他為自己的父母寫一篇合葬墓誌銘，王世貞就寫了一篇〈明處士王守愚暨配蒯孺人合葬志銘〉，未避王穉登之父「守愚」名諱。由此也可知王穉登之母姓蒯。但王穉登本人不可能屢犯自己的曾祖父、祖父、父親的名諱，不可能在小說中以「洪」「宣」「守」「守愚」來寫壞人或被雞姦、被諷刺之人。抄本的原作者肯定不是王穉登。這是我近幾年來改變以後的觀點。

王穉登只不過是《金瓶梅詞話》抄本的粗改者，而不是原作者。他的好友曹子念死於萬曆二十五年，即西元 1597 年。曹子念死之前，以「欣欣子」的化名寫了〈金瓶梅詞話序〉，又以「廿公」為化名寫了〈跋〉，這都是抄本「凡一百回」完成之後的事，所以抄本完成的時間下限是萬曆二十五年，西元 1597 年。曹子念，字以新，「欣欣子」的「欣」與「新」諧音，「廿公」的「廿」，讀音是「念」，二字是通假字，音、義同，例如「廿二日」也可以寫為「念二日」。王穉登沒有對他說抄本原作者是蘭陵民間才人，自己只是一個粗改者，因為原作者和粗改者都是蘭陵人，所以對他說署名為「蘭陵笑笑生」。第一回之前的「詞曰」與下面的四首詞，還有〈四貪詞〉（〈酒〉〈色〉〈財〉〈氣〉）以及第五十三回至五十七回的五回是王穉登作的。欣欣子在〈金瓶梅詞話序〉中就說作者是「蘭陵笑笑生」，是「吾友笑笑生」。欣欣子（曹以新）與王穉登是朋友不假，但王穉登並沒有讓他見過原作者蘭陵民間才人，原作者並不是欣欣子的「吾友」。廿公〈跋〉中說作者是「世廟時一巨公」，王穉登確實是「世廟時一巨公」，是「嘉靖間大名士」（王世貞、賈三近、屠隆只能說是萬曆間大名士，還不能說是「世廟時一巨公」「嘉靖間大名士」），但抄本原作者蘭陵民間才人連四十多個回目的對仗都不會寫，連「鷓鴣天」詞牌都不懂，別的常識性錯誤也很多，直到現在誰也考證不出他的名字，即便能考證出來，他也沒有什麼名氣，他怎麼可能是「世廟時一巨公」「嘉靖間大名士」呢？

《金瓶梅詞話》抄本寫作的時間上限是萬曆十九年十月初一以後至年底（1591 年 11 月 16 日以後至 1592 年 2 月 12 日），或者如黃霖先生所說的寫作時間上限是萬曆二十年（1592 年），在這之前已經死了的人們都不可能是抄本的作者。如李開先（1502-1568）、蕭鳴鳳（1488-約 1568）、屠大山（1500-1579）、王世貞（1526-1590）、王世懋（1536-1588）都沒有活到 1592 年，都不可能是《金瓶梅詞話》抄本的作者。寫抄本「凡一百回」至少需要五年。1594 年末至 1595 年初才寫到第四十七回至第四十八回苗天秀被殺害一案，後面還有五十二回。即使後面寫得很快，也要到 1597 年才能夠寫完到第一百回終，所以抄本共一百回完成的時間下限是 1597 年，即萬曆二十五年。在 1597 年之前已經死了的，如賈三近（1534-1592）、徐渭（1521-1593），都不可能是抄本「凡一百回」的作者，賈三近之父賈夢龍也不可能是抄本「凡一百回」的作者。

萬曆二十多年以後，社會上有一些人傳說王世貞家中藏有《金瓶梅》抄本全書，猜想王世貞是抄本的作者。其實抄本開始創作時，王世貞已經死去一年左右了，不可能是抄本的作者。他死後，他的外甥曹子念長住在他家中。曹子念是王穉登的好友，我考證曹子念字以新，是寫〈金瓶梅詞話序〉的「欣欣子」和〈跋〉的「廿公」，他必然有抄本全書「凡一百回」的副本。世傳王世貞家藏有抄本全書，實非王世貞本人所藏，而是王世貞的外甥曹子念住在王世貞家中所藏。王穉登是抄本「凡一百回」的粗改者，家中也應有抄本全書的副本，包括他的好友「欣欣子」即「廿公」寫的序和跋。後來的刻本《新刻金瓶梅詞話》，在我國藏有一部，在日本藏有兩部，都基本上完整；日本京都大學圖書館藏有少半部殘本。這三部半是最早的刻本，至今尚未發現有比《新刻金瓶梅詞話》更早的刻本。所謂「新刻」，不過是廣告語，是為了宣傳此刻本是一個「新刻本」，過去從來沒有刻行過，有利於此「新刻」本有很好的銷路，並不是以前還有什麼「舊刻」本的意思。這一詞話本刻本無疑是從抄本的文字而來的，我認為抄本全書應是從王世貞家中曹子念的藏抄本而來的，或者應是從王穉登家中的藏抄本而來的。在付刻的時候曹子念、王穉登已經死了，原作者蘭陵民間才人生死難考。刻時在書前加上去了「東吳弄珠客」寫於萬曆四十五年冬的〈金瓶梅序〉，排在欣欣子的〈金瓶梅詞話序〉、廿公的〈跋〉之後。刻本中的大量錯誤，有一部分是抄本中之誤，另有一部分是刻板時出的錯，不能都說是抄本中之誤，要具體問題具體分析。

1957 年北京影印的《新刻金瓶梅詞話》第一帙是二百幅圖，第二帙的欣欣子序、廿公跋、東吳弄珠客序、一百回目錄，在萬曆二十年的抄本第一帙中都沒有，萬曆二十年抄本第一帙是第一至第五回。萬曆時在有刻本之前，社會上最多只有九十五回抄本共十九帙流傳，缺第五十三回至第五十七回的一帙五回。這五回是第十一帙。沈德符在《萬曆野獲編·金瓶梅》條中說這五回「遍覓不得」。為何這五回一帙不賣出來、不流傳出來呢？我認為王穉登與屠隆原先是好友，後來王穉登相信了屠隆任禮部主客司主事時與西寧侯宋世恩交換妻婢、孌童而縱淫之傳聞，《金瓶梅詞話》第五十六回中增寫有影射、謾罵屠隆的一詩一文、「人品」「才學」及「渾家專要偷漢」、影射屠赤水與別人家的一些丫頭、小廝勾搭上了而被逐出等等內容，所以這一帙抄本五回不便賣出流傳到社會上去。曹子念、王穉登死去以後，這五回一帙才第一次在刻本《金瓶梅詞話》「凡一百回」中公開問世。沈德符讀過九十五回抄本，也讀過「凡一百回」的刻本。《萬曆野獲編·金瓶梅》條是他讀過一百回刻本後，補充寫入他的這部書中的。他生於萬曆六年（1578年），死於崇禎十五年（1642年）。後人所見的《萬曆野獲編》及《續編》，是沈德符的五世孫沈振於清康熙五十年（1711年）至五十二年（1713年）「搜訂」「得全」的。沈振附言中說，其間「旁徵博詢……鈔傳互異」。其實所謂「沈德符」說的《金瓶梅》刻本中的「五十三回至五十七回」這五回是「陋儒補以入刻，無論膚淺鄙俚，時作吳語，即前後血脈亦絕不貫串，一見知其贗作矣。聞此為嘉靖間大名士手筆……」，未必完全可信。除了康熙時的沈振而外，後人實不知《萬曆野獲編》各種抄本「互異」的文字究竟都是些什麼。

抄本的名稱是《金瓶梅詞話》，也簡稱為《金瓶梅》，得到抄本或見過抄本者多用的簡稱。但也有用「《金瓶梅詞話》」者，如聽石居士在《幽怪詩譚小引》中說「湯臨川賞《金瓶梅詞話》」。湯臨川即江西臨川人湯顯祖。可見湯顯祖（1550-1616）讀過《金瓶梅詞話》抄本，並讚賞過它。徐朔方先生考論湯顯祖1600年（萬曆二十八年）完成的《南柯記》受有《金瓶梅詞話》第一百回的影響。1600年，甚至湯顯祖死的1616年，《金瓶梅》尚無刻本，他讀過並讚賞的《金瓶梅詞話》，必是抄本無疑。可證抄本的名稱也作《金瓶梅詞話》。

三

按照黃霖先生的說法，《金瓶梅詞話》抄本開始創作於西元1592年，我認為此說甚是。江蘇華亭富人徐階（1503-1583）家中有抄本九十五回，實非徐階本人所購藏，而是徐階之子所購藏，應是王穉登以高價賣給徐階之子的。徐階死於西元1583年，即萬曆十一年，《金瓶梅》尚未開始寫作，徐階本人不可能購藏此抄本。

屠隆於嘉靖二十二年六月二十五日，即西元1543年7月26日，生於浙江鄞縣，母親姓趙。屠隆二十二歲時，即嘉靖四十三年（1564年），與同鄉沈明臣初交。二十四歲時，即嘉靖四十五年（1566年），喪父。三十歲時，即隆慶六年（1572年）時，娶江蘇常州山人楊梧之女楊枚字柔卿者為妻。她生於嘉靖三十七年，即西元1558年，比屠隆小15歲，與屠隆結婚時虛齡僅十五歲。屠隆與族孫屠本畯同歲，同住一巷為鄰。萬曆四年（1576年）屠隆考中浙江鄉試舉人，赴北京應進士考試，過蘇州時，王稺登來訪而定交。萬曆五年（1575年）屠隆在北京中進士。與王錫爵、王世懋等結交。任安徽潁上知縣，母、妻同赴潁上。長女瑤瑟生。次年（1578年）與屠本畯通信。生一子，後夭。調任江蘇青浦知縣，途中拜訪王世貞。在青浦任上因執法不徇情、徵收田產賦稅、嚴懲不法等事，與江蘇華亭富豪徐階及其家族結下仇怨。萬曆七年（1579年），屠本畯之父屠大山亡。屠隆次女愛姐生。俞顯卿是上海人，當時上海劃歸青浦，俞顯卿幾次犯事，屠隆均以法制裁；俞顯卿向屠隆請教學詩文，屠隆不接待。俞顯卿亦深恨屠隆。徐階與家族買通俞顯卿偵察屠隆劣跡，以待報仇。萬曆八年（1580年），子金樞出生。九年（1581年），子玉衡出生。十一年（1583年），屠隆調京任禮部主客司主事。母、妻乘船後發，至河北交河，巨木撞破所乘之船，圖書數箱盡落水中，母、妻幾乎喪命，幸而至京，母盼兒、妻望夫前程遠大。又與屠本畯通信。俞顯卿到京任刑部主事，仍偵察屠隆劣跡。徐階死，其家族仍望俞顯卿為徐、俞報仇。萬曆十二年（1584年）夏，西寧侯宋世恩要拜在屠隆門下學詩文，屠隆不敢當，願結交為兄弟，頗有交往。秋九月，宋世恩大擺家宴招待屠隆等等人，赴宴者極多，屠隆以詩文寫得好，名氣最大，連宋世恩之妻也很仰慕他。酒席宴上屠、宋二人談笑無忌，宋世恩說異日弟帶上弟媳去兄府上伏拜太夫人、嫂夫人，屠、宋兩家通家往來。堂下眾客多聞此語，大為驚訝。山人布衣黃白仲等等人傳揚了出去。俞顯卿得知後，給皇帝上奏摺，彈劾宋世恩與屠隆交換妻、婢、孌童縱淫，以及屠隆在任青浦縣令時放浪廢職等事，皇帝覽之大怒。屠隆上書自辯，並列舉俞顯卿挾仇誣陷狀。宋世恩也上書自辯。結果是皇上罷了屠隆、俞顯卿之官，停宋世恩薪俸半年。俞顯卿奏摺的原文早已無法找到。我綜合《明史》《萬曆野獲編》《顧曲雜言》《列朝詩集小傳》等等資料中的記載，大概是俞顯卿彈劾宋世恩、屠隆各率領自己的妻室、丫鬟、孌童，「日中為市，交易而退」（太陽正當中午時成為交易市場，雙方交換妻室、丫鬟、孌童之後而退歸縱淫），又有「翠館侯門，青樓郎署」等媟語，意思是宋世恩的侯門、屠隆的府上都和妓院一樣。沈德符在《萬曆野獲編・曇花記》條中說：西寧侯夫人有才色，工音律，屠隆亦能新聲，頗以自炫，每次劇場演出時屠隆即入群優中作技，西寧侯夫人從竹簾外見之，或以香茶慰勞他，被傳揚到外界。至於通家往還亦有之，但並不像俞顯卿上書中彈劾的那樣嚴重。沈德符也承認「通家往還亦有之」（屠隆致朋友張佳胤信中說「實未行」「通家往來」；但沈德符卻說「通家往還亦有之」，不相信「實未行」之說）。宋世恩把自己的妻妾、婢女、孌童帶到屠隆家中去玩，屠隆把自己的妻、婢、孌童帶到宋世恩家中去玩，如此「通家往還」，就很難說清楚了。何況西寧侯夫人對屠隆極羨慕，很有好感，從竹簾外偷看他，給他送香茶以慰勞之；宋世恩又對屠隆的少妻楊枚垂涎已久。有人說，在酒席曲宴上，宋、屠兩家男女雜坐，趁燭滅之後，男女動手動腳、摟摟抱抱之類的事，時有發生。俞顯卿奏章上的具體文字今已無法復原。他劾奏的宋、屠「換妻」等等淫縱之說，傳播了出去，就成了當時爆炸性的緋聞。連屠隆的好友們王錫爵、王穉登、王世貞、王世懋、沈明臣等等人也信以為真，表面上對屠隆還好，實際上對宋世恩夫妻、屠隆夫妻等等人都有非議。連屠隆也覺察到了，多次為自己與妻辯白，說自己與妻都是清白的，說自己與妻的品行如何如何好，但他的好友們豈能相信這一類的辯白？只能是「越抹越黑」，越辯解效果越糟，非議的人越多。

那時的名士文人們，如王世貞、王穉登、屠隆等等人，多是狎妓的。那時的社會，男女很不平等，做官的或沒有做官的男人，富男名士文人或並不是名士文人的富男們，對妻不專一者極多，除了占有妻、妾、丫鬟、孌童而外，還常常去嫖妓，要妻、妾必須專一於自己，實屬於自欺欺人。我借用林黛玉的話說，真是「臭男人」！小說《金瓶梅詞話》中的花子虛常去嫖妓，不務正業，他的妻李瓶兒就覺得善於經商但也嫖妓的西門慶比自己的丈夫強得多，遂移情別戀西門慶而私通。現實生活中的屠隆於萬曆十一年八月到京任禮部主事，就不謹言慎行，在酒席宴上放浪狂傲，又與西寧侯宋世恩的夫人不清不白，被眾人所傳揚，到京僅一年兩個月，萬曆十二年十月就被罷官，屠隆之妻楊柔卿不可能對丈夫的不良表現很滿意。據我考證，自從屠隆夫婦與宋世恩夫婦交往後，楊柔卿沒有再給屠隆生兒女。大約在萬曆二十四年（1596 年），屠隆夫婦雙修入道。楊柔卿修道是真，屠隆修道是假。例如：萬曆二十五年（1597 年）屠隆在金陵還狎妓寇四兒名文華者，次日即傳到外界成為談柄。見沈德符《萬曆野獲編・白練裙》條。又如：萬曆二十七年（1599 年）屠隆與朋友馮夢禎等人遊玩松江，隨行的有孌童陸瑤、湯科等五、六人，屠隆特戀陸瑤，命他侍於身旁不稍離。[1]如此狎妓、搞男童，他的妻楊柔卿能對他很滿意嗎？

屠隆也覺察到了朋友們懷疑自己與宋世恩「通家往來」之事，感到辯解很難奏效，在〈娑羅館清言〉中慨歎道：「太原則哲，幾畜疑於掇煤；琊琊故知，竟因讒而投杼。嗚呼，知己難哉！吾欲挽九原而起鮑叔，取千金以鑄子期。」我現在的理解是：「太原則哲」指江蘇太倉人王錫爵、江蘇武進人王穉登，他們的祖籍都是山西太原。「則哲」典故出自《書經・臯陶謨》：「知人則哲」，後來以「則哲」謂知人。屠隆是說祖籍太原「知人」（知我）的王錫爵、王穉登也很難「知人」（知我）了。「幾」是幾乎。「畜

1　據浙江古籍出版社 2012 年版《屠隆集》第 12 冊〈屠隆簡譜〉。

疑」即蓄疑。「於掇煤」典故出自《呂氏春秋・審分覽・任數》，是說當年孔子被困於陳、蔡之間，七天沒吃飯，白天打瞌睡。孔子最得意的弟子顏回索來了米而做飯。快熟時，孔子望見顏回用手掇起甑中的米飯一把，先食之。孔子假裝沒看見，懷疑顏回竟然自己先吃了一口。飯熟之後，顏回謁孔子進食。孔子竟然說：今天我夢見了先君，「食潔而後饋。」顏回說：不可，剛才煤灰落入了甑中，棄食不祥，我就掇出煤灰而食了一口。意思是飯已經不夠潔淨了。孔子才知道自己心目中冤枉了顏回，感歎道：「所信者目也，而目猶不可信；所恃者心也，而心猶不足恃。弟子記之，知人固不易矣！」屠隆用此典故，意思是說朋友王錫爵、王穉登幾乎蓄疑於我像顏回那樣的「掇煤」（用手掇取了鍋裏的煤灰，冤枉了我）。「琅琊故知」是指江蘇太倉人王世貞、王世懋兄弟二人，他們的祖籍是山東琅琊，都是屠隆的故知，但「故知」對屠隆已經不能「知」了。「竟因讒而投杼」，典故出自《戰國策・秦策二》，是說古時孔子的弟子曾參並未殺人，卻有人去對曾參的母親說：「曾參殺人。」她說：「吾子不殺人也。」仍繼續織布。過了一會兒，另一人來報：「曾參殺人。」其母尚織自若。頃之，又一人來說：「曾參殺人。」其母懼，投下織布的杼（梭子）逾牆而走。「以曾子之賢，與母之信，而三人疑之，雖慈母不能信也。」屠隆用此典故，意思是說祖籍琅琊的王世貞、王世懋這樣的「故知」，竟因聽信一些人的讒言而像曾參之母那樣投下杼而逃走了。所以屠隆發出了「嗚呼，知己難哉」的感歎。「鮑叔」是春秋時齊國大夫「鮑叔牙」的簡稱，他是齊桓公、管仲（名夷吾，字仲）的知己。齊桓公任命鮑叔牙為宰，鮑叔牙堅辭不受，而向齊桓公推薦管仲，齊桓公任命管仲為卿，稱為「仲父」。管仲助齊桓公進行改革，使齊國日益強盛，成為春秋時第一個霸主。今人柳亞子贈毛澤東、周恩來、王若飛的詩中有兩句：「最難鮑叔能知管，倘用夷吾定霸齊。」意思也是說：像鮑叔牙能知管仲，是最難得的，如果能重用管仲，定能夠使齊國強大。屠隆是感歎像鮑叔牙這樣的知己實在太難找了。「子期」即春秋時楚人鍾子期，精於音律，是伯牙的知音。伯牙善鼓琴，子期善聽。伯牙鼓琴志在高山或志在流水，子期都能聽懂並說出其志，伯牙認作知音。子期死後，伯牙斷弦毀琴，終身不再鼓。[2]屠隆是感歎像鍾子期這樣的知音很難覓。所以他說「吾欲挽九原而起鮑叔（我欲起鮑叔牙於九原之下），取千金以鑄子期（取千斤黃金以鑄子期之像）。」其實王錫爵、王穉登、王世貞、王世懋都已經不是他的知己了；他的浙江鄞縣老鄉沈明臣對他攻擊得更厲害。他的對立面徐階的兒子們和俞顯卿本來就是他的仇人；他過去的知己朋友沈明臣等等人又對他非議甚囟，使他感到很孤獨，很無奈，也很惱火。

他從萬曆十二年（1584年）被罷官離京，非議他的人極多，他很多年都在洗刷自己與

---

2 見《列子・湯問》《呂氏春秋・本味》。

妻，不可能寫下《金瓶梅》中那麼多的淫穢文字，把抄本二帙（十一回）賣給王肯堂，又把抄本二帙（另外十一回）賣給或贈給王穉登，把十帙抄本（一至五十二回）賣給董其昌，把十九帙抄本（共九十五回）賣給仇家徐階之子……。他的緋聞已傳遍了大江南北，還能再寫有大量淫穢文字的《金瓶梅》抄本而以高價賣出嗎？還敢賣給仇家徐階之子嗎？難道不怕萬曆皇帝與朝廷捕殺嗎？

俞顯卿與他同時被罷官。我據張慧劍著《江蘇文人年表》，俞顯卿至遲於萬曆十八年（1590年）已到達蘇州。他一生的著作也不少，有《春暉堂集》十二卷、《禮雲編》一卷、《倚廬雜抄》一卷，所輯有《國朝史輯》五十卷、《韻府通義》四十卷。他是攻擊屠隆最力者。屠隆的朋友們中攻擊他最力者是沈明臣，著作有《豐對樓文集》六卷、《越草》一卷、《豐對樓詩選》四十三卷。《金瓶梅詞話》第五十六回、第八十回中對屠隆及其詩文、妻、兒的影射與謾罵更厲害，這些文字的作者，很可能是表面上與屠隆友好而暗中對屠隆夫妻很不滿的王穉登，是對原作者民間才人的原作中增加進去的嘲罵文字，第五十三回至五十七回的五回一帙抄本一直沒有賣出，到王穉登於1614年1月31日死後，1617年冬（萬曆四十五年冬），這五回抄本才連同其他九十五回抄本一起付刻於蘇州，1621年（天啟元年）刻成後，這五回的文字才公開問世，才為廣大讀者所知。在王穉登未死之前，徐階之子已購到了抄本九十五回，應是王穉登暗中以高價賣給的。徐階的兒子們是屠隆的仇人，屠隆沒有《金瓶梅》抄本，也和該抄本無關，不可能把九十五回抄本賣給仇家徐階之子。按照袁中郎的說法，劉承禧是徐階家的姻親（女婿），劉承禧的九十五回抄本是從徐階之子處抄錄來的。我考證袁小修於萬曆三十七年（1609年）在鎮江拜訪過劉承禧，袁小修的九十五回抄本應是從劉承禧手中購買來的，然後攜此抄本赴北京。

四

關於《金瓶梅》作者問題，吳敢先生從數十種說法中抽出了「六大說」，即王世貞說、賈三近說、屠隆說、李開先說、徐渭說、王穉登說。其中王穉登說，是由我和馬征女士於1988年發表的論文中提出的。當年我們二人兩市分居（她在成都，我在西安），共同研究與生活都極為艱難，兩市有關單位的組織與領導多年來都解決不了我們二人兩市分居問題，一人有病另一人都不能去千里之外照料，更談不上安心於共同研究了。現在，我和她分手已有很多年無聯繫，不知她是否還在堅持「王穉登說」。我現在已經改變了觀點，認為抄本作者「蘭陵笑笑生」應是江蘇武進（古稱「蘭陵」）的民間才人，而「蘭陵」（江蘇武進）人王穉登只是草率修改者而已，可以簡稱為「蘭陵民間才人原作、王穉登粗改說」。我從 2009 年到 2013 年猝死多次被救活。如果已經猝死了，我現在的這一新說就不可能提出，我特別感謝吳敢等先生給我以提出新說的機會。黃霖先生說《金瓶梅》抄本開始創作於西元 1592 年，我很同意此卓見；劉輝先生考證出《金瓶梅》抄本二帙最早於 1592 年被屠本畯在王肯堂家中發現，這一結論也非常重要；周鈞韜先生考證出《金瓶梅詞話》第四十七回至四十八回苗天秀被殺害一案，來自萬曆二十二年末的刻本《百家公案全傳》中苗天秀被殺害一案，《金瓶梅詞話》中作了修改，這一考證也很重要。我訂正了周說之誤：《百家公案全傳》中寫的是蔣天秀，《金瓶梅詞話》中改為苗天秀，此《百家公案全傳》即是初刻本，以此證明《金瓶梅詞話》抄本到萬曆二十二年末即西元 1594 年末，才寫到了第四十八回。我提出了《金瓶梅詞話》抄本開始創作於萬曆十九年冬，寫完於萬曆二十五年。二十年前馬征對我說過欣欣子即廿公也有可能是王肯堂，我認為應是曹子念，他和王穉登一樣都是布衣，二人常常在一起，是好友。而王肯堂 1592 年在金壇，王穉登住在蘇州，王穉登只能是偶爾去金壇，把《金瓶梅》抄本二帙（十一回）以高價賣給王肯堂，二人並不常常在一起。王肯堂若是欣欣子，王穉登應把抄本二帙送給他，不可能以高價賣給他。王肯堂 1593 年去北京做官，1595 年到浙江嘉興，不和江蘇的王穉登在一起。王穉登的搭檔欣欣子即廿公只能是常常在一起的曹子念，字以新。曹死於 1597 年，欣欣子的〈金瓶梅詞話序〉、廿公的〈跋〉寫於本年。綜合以上所說來看，李開先死於 1568 年，蕭鳴鳳幾乎死於同時，屠大山死於 1579 年，王世貞死於 1590 年，賈三近死於 1592 年，其父賈夢龍死於稍後，徐渭死於 1593 年，都不可能是《金瓶梅》的作者。敬請廣大讀者注意：最早的抄本二帙（一至十一回）是 1592 年在江蘇金壇王肯堂的家中，是「以重資購」得的；另二帙抄本（十二回至二十二回）在江蘇蘇州王穉登家中；後來還有抄本前半部十帙（一至五十二回）在江蘇華亭人董其昌處，江蘇吳縣令袁中郎於 1596 年借得董其昌的抄本前半部十帙而錄之；袁小修從袁中郎於江蘇真州，見此前半部抄本十帙；江蘇華亭徐階之子購得抄本十九帙共九十五回，劉承禧到徐家抄錄之；袁小修在江蘇鎮江拜訪劉承禧，遂有抄本九十五回。可證抄本最初暗賣於或傳抄於江蘇金壇、蘇州、華亭、吳縣、真州、鎮江等地，而不是在山東，作者「蘭陵笑笑生」的「蘭陵」應是江蘇武進，而不是山東嶧縣。初刻本也刻於江蘇蘇州，而不是刻於山東某地。山東嶧縣人賈三近死於 1592 年，而萬曆二十二年末即西元 1594 年末《金瓶梅》詞話抄本才寫到第四十八回苗天秀被殺害一案，所以賈三近不可能是《金瓶梅》的作者；他的父親賈夢龍也不可能是《金瓶梅》的作者。賈三近死時已五十九歲了；其父賈夢龍已八十多歲，他能夠「不遠千里」從山東嶧縣帶着抄本幾年內賣給江蘇金壇的王肯堂、江蘇蘇州的王穉登、江蘇華亭的董其昌與徐階之子以及袁小修嗎？八十多歲的老翁賈夢龍能從山東嶧縣跑到江蘇來折磨自己嗎？《金瓶梅詞話》的作者蘭陵笑笑生，是江蘇蘭陵（武進）的民間才人，不是山東蘭陵（嶧縣）人賈三近及其父賈夢龍。我收藏有清初女畫家江蘇武進人惲冰的一幅花鳥畫長卷《玉蘭聚雀》圖，末尾署「蘭陵女史惲冰」，也可證江蘇武進古稱「蘭陵」。《金瓶梅詞話》中的一些詞曲與王穉登編的《吳騷集》中的一些詞曲相同或相近。日本學者荒木猛教授考出：說散本（崇禎本）第二回、第三十四回篇頭詞曲各一首，分別見於《吳騷集》卷四與卷三，卷三的一首署王穉登作，第二十二回篇頭詞曲，見於《吳騷合編》，也署王穉登作。這些考證也很重要。「吳騷」即吳地江蘇的詞曲，不是山東的詞曲。

賈夢龍之父、賈三近的祖父名叫賈宗魯，《金瓶梅詞話》中卻給不少壞人用「宗」「魯」命名，如權奸楊戩的黨羽韓宗仁、壞道士金宗明、壞人陳經濟做道士後法名為陳宗美、地痞流氓名叫魯華、妓院的壞虔婆名叫魯長腿，寫的這些壞人，都沒有避賈宗魯的名諱「宗」「魯」。作者不可能是賈夢龍或賈三近。賈夢龍之妻姓陳，夫妻恩愛和睦，生下很爭氣的兒子賈三近。《金瓶梅詞話》中卻寫大淫棍西門慶的原配妻姓陳，寫她早死。賈夢龍、賈三近能這樣寫嗎？書中還寫一些壞人與「龍」字有關，如貪財的張龍、壞官錢龍野、江湖騙子庸醫趙龍崗，都不避賈夢龍的名諱「龍」。孝子賢孫賈三近豈能屢犯祖父「宗魯」名諱？豈能屢犯父親「夢龍」名諱？又豈能讓大壞人西門慶之妻為「陳氏」，與自己的慈母同姓陳呢？書中犯賈三近名諱之處也不少，如大壞人王三官亂嫖妓女，他母親林太太與西門慶私通，王三官還給西門慶磕頭拜認為義父；寫的陳三，是殺人劫貨的凶犯；寫的樂三，窩藏殺人劫貨凶犯苗青並窩贓、出謀劃策、打點行賄；寫的何三（又作沙三、向三），隨着王三官去妓院；寫的陳三兒，是為嫖客與妓女牽頭拉線的壞人。這麼多的「三」，都不避賈三近的名諱。賈夢龍如果是作者，怎麼可能寫的一些壞人用自己的父親的名諱「宗」「魯」呢？怎麼可能把自己之妻「陳氏」寫為大淫棍西門慶之妻「陳氏」呢？怎麼可能寫許多的壞人都與「三」有關，讓廣大讀者不避自己的愛子、孝子賈三近的名諱「三」呢？

徐渭是浙江山陰（今紹興）人，明正德十六年二月四日（1521 年 3 月 12 日）生。出生百日父死，對父親無印象。他於嘉靖七年八歲時，從恩師陸如崗學詩文。他一生非常敬愛嫡母苗氏。他在〈畸譜〉中稱頌嫡母「苗宜人……教愛渭，世所未有也，渭百身莫報也。」他十四歲時（嘉靖十三年，1534 年），苗宜人病重，他磕頭不知血，請以自身代她，三日不食，而嫡母竟死去。他於同年赴貴州，被潘家養育六年。他於嘉靖十九年（1540 年）二十歲時聘潘氏女。同年冬，她的父親得主陽江縣簿。次年（1541 年）徐渭二十一歲，與十四歲的潘氏結婚，夫妻恩愛和美。嘉靖二十四年（1545 年）生長子徐枚。次年（1546 年）妻潘氏死，年僅十九歲，岳父還活着。嘉靖二十七年（1548 年），從恩師季本學習。嘉靖四十年（1561 年），娶張氏。次年（1562 年），生次子徐枳。嘉靖末年、隆慶元年（1567

年），竟然殺妻張氏。入獄六年，萬曆元年（1573年）被釋。萬曆十年（1582年）徐枚入贅葉氏家。萬曆十四年（1586年）徐枳入贅王氏家。徐渭晚年六七十歲靠兩個兒子和兩個兒媳婦葉氏、王氏照料，都對他很好。他死於萬曆二十一年（1593年）。此時《金瓶梅》抄本才剛剛創作於江蘇不久，而徐渭是在浙江，作者不可能是他。1595年《金瓶梅》抄本才寫到第四十七回至四十八回苗天秀被殺害一案，是從萬曆二十二年末即1594年末的刻本《百家公案全傳》中蔣天秀被殺害一案改寫而成的。這時徐渭已死了兩年，何況後面還有五十二回沒寫呢。

還值得注意與重視的是：美國學者韓南教授指出《金瓶梅詞話》第四十七回至四十八回苗天秀被殺害一案，來自《龍圖公案全傳·港口漁翁》，我國金學大家周鈞韜先生訂正為來自萬曆二十二年末即1594年末一百回刻本《百家公案全傳·第五十回公案·琴童代主人伸冤》，指出《百家公案全傳》早於《龍圖公案全傳》。我認為《百家公案全傳》萬曆二十二年末刻本是初刻本，未見有更早的刻本。我特別注意到，徐渭最敬愛的嫡母姓苗，徐渭怎麼可能是《金瓶梅》的作者，在《金瓶梅》中把〈琴童代主人伸冤〉中的蔣天秀改寫為壞人苗天秀，與自己最敬愛的嫡母苗宜人同姓「苗」呢？又怎麼可能把〈琴童代主人伸冤〉中的蔣天秀的家人董某改為更壞的殺人犯苗青，與自己的嫡母同姓「苗」呢？《百家姓》中的姓極多，為何把一個壞人和另一個更壞的殺人凶犯都改姓為「苗」呢？可見徐渭絕非《金瓶梅》作者！

〈琴童代主人伸冤〉中的蔣天秀並不怎麼壞。住在揚州的他只有一妻，無妾，有一子。一日，有一老僧到蔣天秀家中化緣，蔣施銀五十兩。僧叮囑蔣今年當有大災禍，可防不出門或可免。再三叮嚀而別。蔣與妻張氏遊後園，見家人董某與使女春香在亭子上鬥草，蔣天秀將二人痛責一番，董某切恨在心。蔣的表兄黃美在東京為通判，來信請蔣到東京遊覽。蔣不聽妻勸阻，帶上一百兩銀子與衣物等，和家人董某、琴童上路。傍晚，船泊陝灣，董某與陳、翁二艄子密謀要殺蔣天秀、劫財物均分，二艄子願意。半夜，陳艄殺蔣天秀；翁艄用棍把琴童打入水中；三人分了財物。陳、翁二艄撐船回去；董某帶財物去了蘇州。琴童被一漁翁所救。向包拯告狀後，陳、翁二艄被捉斬首。琴童帶主人蔣天秀屍首回了揚州。後來蔣天秀之子蔣仕卿讀書登第，官至中書舍人。董某因得財本，成為鉅賈。數年後在揚子江遇強盜被殺，財本一空。

《金瓶梅詞話》中改寫為：揚州廣陵城內的苗天秀員外，只有一女，尚未出嫁。妻李氏染病在床，苗天秀將家事盡托寵妾刁七兒。這刁氏原是揚州大碼頭上的娼妓，苗天秀曾嫖此妓，後用三百兩銀子娶來家中為妾，寵幸無比。一日，苗天秀在門首遇一老僧化緣，苗施銀五十兩。僧叮囑他今年有大災禍，切勿出境。他偶遊後園，見家人苗青與刁氏在亭側相倚私語，他痛打苗青，誓欲逐之。苗青轉央親鄰說情，親鄰再三向苗員外勸留，始得免逐，然苗青終是切恨在心。苗天秀的表兄東京開封府通判黃美，托人捎信來請苗天秀上東京遊玩，並謀前程。其妻李氏勸其勿往，他不聽勸，反而怒斥妻。他帶着兩箱金銀一千兩，和值兩千兩銀子的緞匹，很多衣物，帶了兩個家童與苗青上路，不僅是為了遊覽東京，而更重要的是為了謀前程、干功名、得官做，要給有關的長官送禮、行賄用。可以看出：這一個苗天秀就比原來的蔣天秀壞得多了。苗天秀等人乘船趕路，天晚，船泊陝灣。苗青想：不如與兩個艄子做一路殺了苗天秀，盡分其財物，報昔日被責打之仇，回去後把病婦李氏謀死，這份家產連刁氏都是我情受的。便對陳三、翁八兩個艄子密謀說，我家主人皮箱中有一千兩金銀，二千兩銀子的緞匹，衣服之類極廣，你二人若能謀之，願將財物均分。二艄子說亦有此意久矣。半夜，陳三用刀殺死苗天秀，翁八用棍把安童打入水中，三人均分了財物，二艄子撐船而去。苗青另搭船，後來將貨物卸在清河縣城外官店內發賣。（未交代另一個家童的生死情況，是一破綻。）安童被一漁翁所救，狀告到提刑院，夏提刑差人將陳三、翁八捉拿，二犯供出同案犯苗青，夏提刑差人訪拿苗青。衙門首透信兒的人悄悄報與苗青，苗青忙躲在樂三家，樂三住在另一個提刑官西門慶的情婦王六兒的隔壁。樂三與苗青商議，苗青封五十兩銀子、兩套粧花緞子衣服，樂三叫老婆拿過去對王六兒說。王六兒取出五十兩銀子對情夫西門慶說了。西門慶嫌銀子太少，說苗青與二艄子都是死罪，叫王六兒把五十兩銀子退回去。王六兒對樂三娘子說了。苗青得知後嚇得魂飛魄散，托樂三妻對王六兒說，請西門慶寬限兩三天，要行重賄。他把貨物賣了一千七百兩銀子。把原給王六兒的五十兩銀子不動，另加五十兩銀子，四套上色衣服，送給王六兒。他把一千兩銀子裝在四個酒壇內，又宰了一頭豬，送到西門慶家，西門慶說我饒了你一死，叫他星夜回揚州去。苗青到樂三家，還剩一百五十兩銀子，拿出五十兩和剩下的幾匹緞子答謝樂三夫婦，五更天就往揚州去了。西門慶將賄銀與夏提刑均分了。西門慶審陳三、翁八，嚴刑拷打，一千兩銀子贓貨追出大半，行文書申詳東平府，府尹胡師文對二犯問成斬罪。安童未見主人屍首，得知苗青被釋放，遂去東京向黃美告狀。黃美修書，並將安童的訴狀封在一處，給他路費，叫他往山東巡按察院投下。安童向巡按山東監察御史曾孝序呈上了書信、訴狀，曾孝序看罷，批東平府官員查苗天秀屍首、捉拿苗青。東平府府尹胡師文慌了，即調委陽穀縣縣丞狄斯彬查明。狄斯彬「問事糊突，人都號他做狄混。」他率人找到苗天秀屍首，卻誤拘了里老。又錯拷打了眾僧，俱收入獄中，回覆曾公。曾孝序讓安童認屍，安童大哭說「正是我的主人……」曾孝序把眾僧放回。復審陳三、翁八，二人執稱苗青謀主之情。曾公大怒，差人往揚州提苗青，一面寫本參劾西門慶、夏延齡兩名提刑官受贓賣法。參本上寫了西門慶包養韓氏之婦，恣其歡淫，二官受苗青賄賂，曲為掩飾等罪。夏提刑令人抄了邸報，夏帶到西門慶家。二提刑官忙派湯來保、夏壽上東京找太師蔡京的管家翟謙打點。翟謙讀了西門慶的信，對來保說叫你老爹放心。曾孝序的參本未奏效。以上是第四十七回、四十八回的有關情節。

第四十九回及其後寫西門慶給新任山東巡按監察御史宋喬年、新點兩淮巡鹽御史蔡蘊（蔡京的乾兒子）送厚禮，留蔡蘊住宿，接來兩個妓女陪蔡蘊過夜，蔡蘊留下董嬌兒，上床就寢。次日西門慶拜託蔡蘊對宋御史講開脫苗青之事，說苗青是自己的相知。蔡巡按答應關照。後來公差將苗青從揚州提來，蔡蘊對宋喬年說：「此係曾公手裏案外的，你管他怎的？」遂將苗青放回。下詳東平府，斬了二艄子，放了安童（第四十九回）。後來西門慶派韓道國、湯來保、崔本等人去南方購貨發賣，去見苗青（第六十七回）。又寫崔本治貨回來向西門慶稟報說：在揚州俺們都到苗青家住了兩日，苗青替老爹使了十兩銀子抬了揚州衛一個千戶家女子，十六歲了，名喚楚雲，長得很美，會唱很多曲子，苗青如今還養在家，給她打箱奩，治衣服，待開春讓韓道國、來保乘船帶來，伏侍老爹，消愁解悶。實際上是苗青把她送給西門慶做侍妾（第七十七回）。如同西門慶當年給韓道國與王六兒的女兒韓愛姐打箱奩、治衣服送給翟謙做小妾那樣（見第三十七回）。第八十一回中寫韓道國在揚州嫖妓王玉枝，湯來保嫖妓林小紅，常和苗青等人一起遊寶應湖。他們不知西門慶的近況。西門慶縱欲過度，以前搞的許多人不說，臨死前嫖妓女鄭愛月（第六十八回）、搞王三官母親林太太（第六十九等回）、搞男子王經（第七十一回）、搞丫鬟龐春梅、妾潘金蓮（第七十二三等回）、搞熊旺妻章四兒（第七十五等回）、賁四妻葉五姐、來爵妻惠元（第七十七八回）、韓道國妻王六兒（第七十九回）。酒醉中被潘金蓮接入房中，她先服一丸胡僧給西門慶的藥，然後把剩下的三丸藥全送到西門慶口中，用燒酒灌下去，二人縱淫極狂，造成了西門慶的死亡，只活了三十三歲。苗青知道西門慶死訊後，肯定自己占有了美女楚雲。《金瓶梅詞話》中的內容極其豐富，上面介紹的只是很少的一部分。

可以看出：《金瓶梅詞話》中把〈琴童代主人伸冤〉中的蔣天秀改寫為苗天秀，苗天秀比蔣天秀壞得多；又把家人董某改寫為苗青，苗青比董某更壞得多。徐渭最敬愛的嫡母姓苗，徐渭絕不可能把蔣天秀、董某改寫為兩個壞人都姓苗，與自己的嫡母同姓苗。徐渭的恩師名叫陸如崗、季本。徐渭也不可能在《金瓶梅詞話》中寫淫婦名叫如意兒、寫江湖騙子庸醫名叫趙龍崗、不可能寫西門慶手下的壞人名叫崔本，犯自己的恩師陸如崗、季本的名諱。徐渭的岳父、愛妻姓潘，她十九歲就死了，其父還活着；《金瓶梅》中的大淫婦名叫潘金蓮，這是從《水滸傳》中來的，徐渭當然沒有辦法改；但《水滸傳》中並沒有寫潘金蓮的父親，而且潘金蓮被武松所殺，為時很早；但《金瓶梅》中卻改成為潘金蓮七歲時就死了父親潘裁縫，徐渭若是《金瓶梅》作者，為何這樣改寫？何況徐渭被潘家養育了六年，與潘氏結婚時，岳父主陽江縣簿，並不是什麼「潘裁縫」。他的岳父對他恩重如山。《金瓶梅》中寫的潘裁縫早死。寫的潘道士大搞迷信，與「神將」對話，裝神捉鬼，如此等等。寫的官員潘磯，與大壞官西門慶有交往。寫的潘五，是臨清娼店的主人，又是人口販子。寫的潘家鴇子，是娼店中潘家虔婆。徐渭怎麼可能寫這些壞人姓潘，與自己的岳父、愛妻同姓呢？徐渭晚年主要靠大兒媳葉氏、二兒媳王氏孝敬照料，她們都對徐渭很好。徐渭怎麼可能在《金瓶梅》中罵的兩個淫婦一個姓葉，名叫葉五兒，另一個姓王，名叫王六兒呢？葉五兒即賁四妻，原先在別人家做奶媽，被家人賁四拐出來為妻，二人後來都到西門慶家做了僕人。她趁丈夫去東京之機，與西門慶的心腹小廝玳安私通。後又與主子西門慶私通。一次西門慶離開她房間不久，玳安便進了她房間，和她姦宿了一夜。王六兒是韓道國之妻，與小叔子韓二私通，後與西門慶私通。西門慶死後，她和丈夫在臨清時，她接了嫖客何官人。何官人、韓道國死後，她與韓二成了夫妻，情受了何官人的家業田地。書中還寫了一個揚州妓女名叫王玉枝，韓道國每次到揚州都去嫖她。徐渭晚年，最孝敬他、對他照料最好的是二兒媳王氏，其次才是大兒媳葉氏，有這兩個賢慧的兒媳孝敬、照料多病的他，是他最大的福氣。小說中人物的姓名是由作者設定的，徐渭如果是《金瓶梅》的作者，怎麼可能設定一個淫婦和一個妓女都姓王，和自己的二兒媳王氏同姓呢？又怎麼可能設定另一個淫婦姓葉，和自己的大兒媳葉氏同姓呢？特別是自己最敬愛的嫡母姓苗，徐渭怎麼可能在小說中設定壞人苗天秀、更壞的殺人劫財貨的凶犯苗青都姓「苗」，和自己的嫡母同姓呢？徐渭怎麼可能在小說中設定的淫婦叫如意兒，設定的庸醫名叫趙龍崗，設定的西門慶的奴僕之一名叫崔本，犯自己的恩師陸如崗、季本的名諱呢？徐渭又怎麼可能在小說中設定的妓院老闆、人口販子名叫潘五，和自己的岳父、愛妻同姓潘呢？徐渭有兄名叫徐淮，兄弟二人很親密。小說中卻寫了一個嫖娼的壞人名叫馮淮。小說作者若是徐渭，豈能寫壞人名「淮」，不避兄長的名諱呢？

徐渭的岳父對他恩重如山，已如上述。對他有知遇之恩的還有胡宗憲、唐順之等人。《金瓶梅》中寫的權奸楊戩的黨羽韓宗仁，寫的壞道士金宗明不但嫖娼，而且雞姦手下的三個徒弟，寫的壞人陳經濟法名為陳宗美，不避胡宗憲的名諱。書中寫的另一個道士徐宗順也不是什麼好人，不避胡宗憲、唐順之的名諱。《金瓶梅》中寫的一些姓徐的人也不是什麼好人。例如：徐太監，屢屢放高利貸坑人賺錢。徐陰陽，給西門慶等人幹的是擇日時、看風水、下批書、觀黑書等等迷信之事。徐四，在清河縣開鋪子，欠西門慶的銀子，屢次被西門慶臭罵。徐鳳翔，清河縣的官員，與壞官西門慶有交往。徐崧，東昌府知府，縱妾的父親行賄。徐相，因迎運花石綱諂媚昏君宋徽宗而受嘉獎者。徐順，清河縣戲子，來西門慶家在酒席間唱戲。徐參議，山東兗州府參議，與壞官西門慶有勾結。徐知府，山東青州知府，與壞道士石伯才相交甚厚，曾送名酒給石伯才，他和夫人、小姐、公子每年與石伯才交往，來岱嶽廟燒香建醮。徐太監的侄女，西門慶死後，清河縣最有錢的是張懋德與徐太監，徐太監把侄女嫁給了張懋德之子。徐宗順，是任道士的二徒弟，任道士感到幾個徒弟都不省事，都惹他生氣，都不誠實。書中寫了這麼多姓徐的人都不好，也可證徐渭不可能是《金瓶梅》的作者。

《金瓶梅》抄本開始創作於西元 1592 年，到 1597 年前後，幾年間寫作、暗售、流傳於江蘇。而徐渭於 1592 年在浙江已經病重，次年（1593 年）就死了，不可能幾年間寫抄本於江蘇、以高價販賣抄本於江蘇。徐渭死時，《金瓶梅詞話》抄本還沒有寫到第四十七回苗天秀被苗青、陳三、翁八所殺害呢，此回從萬曆二十二年末（1594 年末）刻行的《百家公案全傳》第五十回改造而來，徐渭早已死了。

有的研究者說《金瓶梅》作者不是徐渭，這一說法是對的，我同意這一說法。但這位研究者說《金瓶梅》作者是蕭鳴鳳（1488-約 1568），我認為也是錯的。蕭鳴鳳大約死於西元 1568 年，他死後二十多年的 1592 年《金瓶梅》才開始創作。蕭鳴鳳比徐渭大 33 歲，可以說是徐渭的長輩，對徐渭也有知遇之恩，但《金瓶梅》中寫的一些人物也不避蕭鳴鳳的名諱。如小說中寫的徐鳳翔，是清河縣的官員，與壞官、奸商、大淫棍西門慶有交往。寫的千戶名叫司鳳儀，是因迎運花石綱諂媚無道昏君宋徽宗而受嘉獎者。寫的尼姑名叫妙鳳，是壞尼姑薛姑子的徒弟。這些人物的名中都有「鳳」，都不避蕭鳴鳳的名諱「鳳」。這一方面證明了《金瓶梅》作者不是徐渭，另一方面也證明了作者不是蕭鳴鳳。請注意；蕭鳴鳳很尊敬王守仁，但《金瓶梅》中寫了一些壞人或令人噁心的人，名中卻有「守」「仁」，不避王守仁的名諱。如雲離守、韓宗仁、游守都是壞人；兩個小道士郭守清、郭守禮雖不是壞人，但常常遭壞師父石伯才道士雞姦。蕭鳴鳳如果是《金瓶梅》作者，能在小說中給一些人物這樣命名不避他所尊敬的王守仁的名諱嗎？《金瓶梅》中寫了一個很世故圓滑的總甲名叫蕭成，是為大壞官西門慶效勞的。寫壞人韓道國之妻王六兒和小叔子韓二私通，被幾個小夥子抓獲。韓道國是西門慶商鋪裏的夥計，就央求壞官西門慶免提自己的老婆王氏。西門慶吩咐奴才玳安叫一個節級來，命節級下地方對總甲說把王氏放了。結果牛皮街一牌四鋪總甲蕭成就遵西門慶之命把淫婦王氏放了。次日西門慶與夏提刑兩員官到衙門裏坐廳。夏提刑先審問韓二，韓二說自己見這幾個光棍百般欺負他嫂子，忍不過，罵了幾句，就被這夥群虎棍徒揪倒在地，亂行踢打，獲在老爺案下。夏提刑又審問四個光棍，他們說，韓二和嫂子王氏有姦，昨日被小的們捉住，現有底衣為證。夏提刑因問保甲蕭成：「那王氏怎的不見？」蕭成不說王氏已經被放了，卻撒謊說：「王氏腳小，路上走不動，便來。」西門慶就對夏提刑說：……也不消要這王氏。想必王氏有些姿色，光棍因調戲不遂，「捏成這個圈套。」西門慶審問四個光棍：你們在哪裏「捉住那韓二來？」眾人道：「昨日在他屋裏捉來。」又問韓二：

「王氏是你什麼人？」保甲蕭成道：「是他嫂子兒。」又問蕭成：這夥人打哪裏「進他屋裏？」蕭成道：「越牆進去。」西門慶大怒，罵道：「我把你這起光棍！他既是小叔，王氏也是有服之親，莫不不許上門行走？相你這起光棍，你是他什麼人，如何敢越牆進去？況他家男子不在，又有幼女在房中，非姦即盜了。」喝令左右拿夾棍來，每人一夾，二十大棍，打得皮開肉綻，鮮血迸流，四個捉姦的小夥一個個號哭動天，呻吟滿地，把他們四人都收入監獄中。這個保甲蕭成顯然不是什麼好人。後來西門慶就姦占了王六兒，她就成了他的情婦之一。如果《金瓶梅》作者是蕭鳴鳳，他能寫這個壞保甲姓蕭和自己同姓嗎？

有的研究者說《金瓶梅》作者應是萬曆時曾在徐州做過判官的王寀，小說的真實地點應是徐州，作者就是小說中的王寀，即王三官，西門慶是作者仇人的文學替身，李瓶兒是作者之母的文學化身。我對此說也不願苟同。《金瓶梅》中寫的李瓶兒嫁過梁中書、花子虛、蔣竹山、西門慶四個男人。她先是梁中書之妾。後來嫁給花太監的侄兒花子虛。花太監長期霸占猥褻着她，把遺產都交在她手中。花太監死後，她與西門慶私通，丈夫花子虛得病時她不肯花錢給丈夫治病，把大量財物轉移到西門慶家，一心想嫁給有一妻四妾而且也嫖妓的西門慶，以致花子虛無錢治病而亡。這與先前西門慶和潘金蓮私通時用砒霜毒死潘的丈夫武大郎，把潘娶到家中為第五房，在性質上是一樣的，都是害死親夫，要嫁給西門慶。李瓶兒等待西門慶來娶自己，但西門慶的親戚權奸楊戩在朝中被參劾倒了，西門慶怕受牽連，派人去東京打點，自己多日閉門不出。李瓶兒不知有此變故，想着西門慶來娶，病得將死。養娘馮媽媽請來醫生蔣竹山，李瓶兒服藥後精神才復原。蔣竹山勸她嫁人，她說準備嫁給西門慶。蔣說西門慶他親家那邊出了事，他干連在家，躲避不出等事。李瓶兒就嫁給了蔣竹山。西門慶派往東京的來保、來旺向當朝右相李邦彥送上賄賂五百兩金銀。李邦彥說昨日聖心回動，你楊爺已沒事，但他手下之人要問發幾個。來保等見名單上有西門慶名字，磕頭求饒主子性命。李邦彥就用筆把楊戩名下的黨羽「西門慶」改成了「賈慶」，西門慶就沒事了。來保等回到清河縣稟報了主子。西門慶派魯華、張勝去打蔣竹山，二人就偽造了蔣竹山三年前欠魯華三十兩銀子的文書，去痛打了蔣竹山，被保甲用繩子拴了三人。西門慶給朋友夏提刑說了。次日，保甲把三人帶到提刑院，夏提刑就故意說假的借銀文書是真的，怒斥蔣竹山借銀不還，命人痛責蔣竹山三十大板，打得皮開肉綻，鮮血淋漓。命公差押解他回家，歸還三十兩銀子，不然帶回衙門收監。蔣竹山哭求李瓶兒給銀子「還」魯華，李瓶兒吐在丈夫臉上，不給銀子，說早先若知道你「是個債椿，就瞎了眼也不嫁你！」蔣竹山又哭求李瓶兒，說自己若被押回衙門就會被拷打死。李瓶兒才拿銀子交給魯華，撕碎了文書。李瓶兒知道這是西門慶使的計，就把蔣竹山趕出了家門。又打聽得西門慶家中沒事了，使養娘叫過玳安去，李瓶兒哭着對玳安說自己甚是後悔，一心還要嫁西門慶。玳安回去對主子說了，西門慶才娶了李瓶兒為第六房。後來西門慶又嫖一些妓女、亂搞一些僕婦及孌童，又與王三官的母親林太太亂搞。

《金瓶梅》中李瓶兒唯一的兒子是官哥兒，並不是王三官。潘金蓮妒恨李瓶兒及其子，先把官哥兒害死，又氣死了李瓶兒。王三官也不是什麼好人，不好好讀書上進，而亂嫖一些妓女。他的母親並不是李瓶兒，而是王招宣之妻林太太。《金瓶梅》的作者不可能是王三官，不可能在小說中寫自己亂嫖妓女，寫自己的母親林太太與西門慶私通，母親又指引他拜西門慶為義父。王三官在現實生活中的真母親不論是李瓶兒也好，是林太太也罷，他都不可能在小說中大罵自己的母親是大淫婦。如果作者是書中的王三官，他能在書中寫自己先後嫖妓女齊香兒、李桂姐、秦玉芝、滎嬌兒、鄭愛月嗎？他能在書中寫自己的妻黃氏很年輕漂亮，他卻先後偷了妻的頭面、皮襖、金鐲拿出去當了，成了到幾家妓院的嫖資，害得娘子幾次上吊、被人救活嗎？作者的母親如果是李瓶兒，他能在書中寫他母親與壞男人西門慶的一些性交姿勢和動作嗎？如寫「李瓶兒好馬爬着，教西門慶坐在枕上」，她「倒插花，往來自動」，寫他們二人性交的姿勢與動作之處極多，每次「王三官」是怎麼看到的？王三官如果是作者，林太太如果是作者的母親，林太太每一次與壞男人西門慶性交的情景，她兒子「作者王三官」又是怎麼看到的？如寫西門慶「抱摟酥胸……摸其牝戶……」，林太太「蹺玉腿……髮亂釵橫……鶯聲咽喘」，西門慶在林太太「心口與陰戶燒了兩炷香」，她兒子王三官如何能看到或聽到如此等等這一切？該研究者說西門慶是「作者」王三官的仇人，那麼王三官卻又為何給西門慶敬三杯酒，跪下磕四個頭，拜西門慶為義父呢？說作者是王三官，李瓶兒是他媽，實在講不通。

〈琴童代主人伸冤〉中寫兩個壞艄子一個姓陳，一個姓翁，沒有寫壞人樂三。《金瓶梅詞話》中卻改寫為兩個壞艄子一個叫陳三，一個叫翁八，還寫了壞人樂三夫婦窩藏殺人犯苗青。壞人陳三、樂三、王三官都不避賈三近的名諱「三」。作者不可能是賈三近及其父賈夢龍。徐渭最敬愛的嫡母姓苗，徐渭也不可能把殺人犯董某修改為苗青，與自己的嫡母同姓「苗」。徐渭與兄長徐淮的關係特好，不可能是小說作者，寫嫖娼的壞人名叫馮淮，犯兄長徐淮的名諱「淮」。

《金瓶梅詞話》抄本「凡一百回」是一個整體，刻本是從抄本而來的，抄本售出流傳只有九十五回，缺第五十三回至五十七回的五回一帙（第十一帙），不可能空出這五回不寫，而是這五回一帙中有「不可告人」的內容不便售出。我認為第五十六回中罵了屠隆作的一詩一文寫得低劣，嘲諷「把這樣才學就做了班、揚了！」意思是屠隆的「這樣才學」遠遠比不上古人班固、揚雄。這一詩一文確實是屠隆作的，這一回小說中嘲罵屠隆作的這一詩一文寫得低劣，是很明顯的。屠隆號赤水，這一回小說中就影射、謾罵作此一詩一文的屠隆號赤水是「水秀才」，罵屠赤水即是「水秀才」。寫水秀才的渾家二十歲左右，兩個孩子才三、四歲，罵水秀才的「渾家專要偷漢，跟了個人上東京去了；兩個孩子，又出痘死了。」小說寫的是宋朝的故事，是借宋罵明。宋朝的首都在東京（今河南開封市），明朝的首都在北京。屠隆在北京任禮部主事時，被刑部主事俞顯卿彈劾上奏他與西寧侯宋世恩交換妻、婢、孌童縱淫，屠隆、俞顯卿都被罷官，停宋世恩祿米半年。因為這是發生在北京之事，所以小說中罵水秀才的「渾家專要偷漢，跟了個人上東京去了」，借東京而指北京，隱罵屠隆之妻楊氏與宋世恩在北京亂搞。楊柔卿可能並無「偷漢」之事，但這一回小說的作者很不厚道，根據俞顯卿的彈劾，借題發揮，影射謾罵屠赤水（水秀才）及其「渾家」。楊柔卿給屠隆生過三個兒子。長子生於萬曆六年（1578），確實早夭；次子金樞生於萬曆八年（1508），死於萬曆二十八年（1600），也只活了二十歲。這一回小說中說「水秀才」及其「渾家」有「兩個孩子，才三、四歲」，「出痘死了」，應是很不厚道的王穉登增寫進去的文字，這是小說，有虛構、綴合、挪移，不完全和現實生活中的事實一模一樣。例如，王世貞有妻魏氏，有妾李氏、高氏。妻二十歲時生的長子王果祥（1549-1552），後來生的次子王榮壽（1555-1558），都是三、四歲時死的。《金瓶梅詞話》第五十六回中把這一事實挪移到了水秀才夫婦身上。《明史》中記載申時行對王穉登「特相推重」，而王世貞對王穉登「不甚推之」，所以王穉登在這一回小說中影射王世貞「有兩個孩子，才三、四歲」，「出痘死了」，綴合、挪移到了「水秀才」及其「渾家」身上。這一回小說中罵水秀才（屠赤水）「才學荒疏，人品散彈」，罵他的一詩一文寫得低劣，罵他在李侍郎府裹坐館時和幾個丫頭、小廝「勾搭上了，因此被主人逐出門來，鬨動街坊，人人都說他無行」，「他既前番被主人趕了出門，一定有些不停當哩」，影射謾罵屠赤水在禮部主事任上與宋世恩的丫頭、孌童們相「勾搭」，被罷官，逐出禮部之事。「禮」諧的是「李」。小說中寫的是「李」侍郎府裹，諧的是在「禮」部時，小說中寫被趕出「李」府，諧的是被趕出「禮」部，取二字諧音，影射屠赤水（屠隆）在「禮」部主事任上被罷官，被趕出了「禮」部。第八十回中嘲罵水秀才寫的祭文低劣庸俗不堪，前後血脈基本上是貫串的。由於原作者蘭陵民間才人，並不是粗改增寫者王穉登，所以全書一百回中還是有一些「自相矛盾」之處的，我就不詳說了。但作者絕不是屠隆，他不可能在小說中罵自己的一詩一文寫得低劣，不可能在小說中罵自己的「渾家專要偷漢……」，不可能罵自己和別人家的幾個丫頭、小廝「勾搭上了，因此被主人逐出門來……人人都說他無行」，「……一定有些不停當哩。」都說他「無行」的人們中應包括了他過去的朋友沈明臣、王錫爵、王穉登、王世貞、王世懋等等人，但他自己不可能在小說中罵自己「無行」，不可能在小說中罵自己的「渾家專要偷漢……」。他在致王世貞、王錫爵二先生的信中，在致張佳胤的信中，在致王穉登的信中，在不少處，都為自己辯白。他也讚揚妻的品行，如說「妻通寒儉之德，不怨貧窮」，「頗有桓氏賢行」，即頗有漢代鮑宣之妻桓少君的賢行。他不可能在小說中罵自己的「渾家專要偷漢……」。二十年前我在一次國際金瓶梅學術研究會上發言中說了這一觀點後，有一位代表上講台發言，同意我的說法，他說屠隆不可能是《金瓶梅》的作者，在小說中罵自己的「渾家專要偷漢」等等，不可能罵自己與別人家的幾個丫頭、小廝「勾搭上了」，「人人都說他無行」。我很感謝他支持我的說法，可惜我忘了他的姓名。

我現在要說的是二十年前沒有說過的話。屠隆二十四歲時，即嘉靖四十五年（1566年），父親去世。他很孝敬寡母趙氏。他於隆慶六年（1572年）娶江蘇常州楊梧之女楊枚，字柔卿。但請注意：《金瓶梅詞話》第三十回中寫了一個「趙寡婦」，她家莊子連地要賣給有一妻五妾的壞商人西門慶，要三百兩銀子，西門慶還價，只給她二百五十兩銀子。如果作者是屠隆，他的母親姓趙，正是一名寡婦，屠隆就不可能把小說中要賣莊子連地的敗家女人命名為「趙寡婦」，對自己的母親大不敬重。屠隆之母很長壽，活了九十八歲，萬曆二十四年（1596年）才去世，《金瓶梅詞話》抄本正在寫作中，已寫了大半部。如果作者是屠隆，在第三十回中居然寫了一個敗家的「趙寡婦」，屠隆的母親若知道了，該作何感想？《百家姓》中的姓很多，屠隆為何不用別的姓，而偏偏要用他母親的姓「趙」，命名這個寡婦為「趙寡婦」呢？寫這個「趙寡婦」把莊子連地都賣給大壞人西門慶了，他能這麼寫嗎？他為何不把這個寡婦寫為張寡婦或王寡婦、李寡婦、劉寡婦如此等等，慎重挑選姓什麼，而偏偏要寫成「趙寡婦」呢？這能講通嗎？這再一次證明了作者不是現實生活中的「趙寡婦」的大孝子屠隆。小說中還寫了一個妓女趙嬌兒，屠隆若是作者，寫此妓女姓趙，與自己的母親同姓，就也講不通。小說第三十七回中又寫了一個媒婆姓趙，即「趙嫂兒」，西門慶從她那裏給情婦王六兒買了一個使女錦兒。作者若是屠隆，不可能寫這個媒婆姓趙，與自己的母親同姓。書中寫了一個趙弘道，是權奸楊戩的親黨，楊戩與屠隆的岳父楊梧、妻楊柔卿同姓，趙弘道與屠隆的母親趙孺人同姓，「弘道」不避屠隆的好友袁宏道的名諱，「弘」與「宏」諧音，二人的「道」相同。屠隆若是作者，不可能給這個壞人命名為趙弘道，與自己的母親同姓趙，且又不避自己的好友袁宏道的名諱。小說中寫的趙裁縫，出場的「自白」就是被作者諷刺者，這趙裁縫給西門慶一家做衣服，也給西門慶的情婦王六兒家做衣服，即給王六兒之女韓愛姐做衣服，以便她上東京嫁給權奸蔡京的管家翟謙為小妾。屠隆若是作者，不可能讓這裁縫姓趙，和自己的母親同姓。屠隆的次女名叫愛姐，嫁給會稽縣參將茅國器之孫茅藩憲為妻，屠隆不可能在小說中寫壞人韓道國、淫婦王六兒之女名叫「愛姐」，與自己的次女同名為「愛姐」。何況韓道國之名也未避屠隆的好友袁宏道的名諱「道」。屠隆與湯顯祖更要好，小說中寫的壞人湯來保後改名湯保姓湯，寫西門慶雇的一個後生名叫王顯，一個壞官名叫薛顯忠，另一個壞官名叫王祖道，不避湯顯祖的名諱。小說中寫的趙龍崗是庸醫、江湖騙子，他出場的「自報家門」也是作者嘲諷的對象。小說中寫的趙喇嘛搞的是迷信，寫的趙友蘭是諂媚昏君宋徽宗而受嘉獎者，都與屠隆的母親同姓趙。小說中寫的章隆、西門慶等等二十六人被昏君宋徽宗封為提刑官，章隆之名不避屠隆的名諱「隆」。由這些也可證作者不是屠隆。

小說中寫的壞人姓楊者也不少。如權奸大太監楊戩，徇私情以枉法的昏官楊時，楊戩的親黨楊盛，受昏君宋徽宗嘉獎者楊廷珮，流氓無賴楊光彥，刁徒潑皮與賭棍楊二風，如此等等。屠隆之妻與岳父姓楊，岳父楊梧對他恩重如山，屠隆若是作者，不可能在小說中讓這些壞人姓楊，與自己的岳父同姓，與自己之妻同姓。

《金瓶梅詞話》抄本最初於萬曆二十年（1592年）以高價賣給江蘇金壇的王肯堂二帙，屠本畯又在蘇州王穉登家中讀到二帙。後來又賣給江蘇華亭的富人董其昌抄本全書之半（十帙第一回至五十二回），嗣後又賣給華亭的富人徐階之子抄本九十五回（十九帙），劉承禧在徐家抄得九十五回。徐家是屠隆的仇敵，屠隆絕不可能把九十五回抄本賣給仇敵徐家。抄本最初幾年間寫於江蘇，而屠隆卻不在江蘇。屠隆研究專家吳新苗先生說，屠隆的同鄉浙江鄞縣人沈明臣對屠隆攻擊得最凶，吳先生說「沈明臣此時主要在南京、蘇州一帶活動，他對屠隆的一些負面宣傳使得屠隆晚年不敢到吳中一帶。並且因為沈氏的原因，屠隆與王世懋的關係也惡化……」文字很長，我只摘引了幾句，請廣大讀者讀吳著中的詳說。[3]我查了一下〈屠隆簡譜〉和《明清江蘇文人年表》，屠隆從萬曆十九年（1591年）農曆三月起，到萬曆二十三年（1595年），是在浙江杭州、慈溪、衢州、龍井、西湖、遂昌，而此期間《金瓶梅》抄本已在江蘇寫成了第一回至第四十八回，並已在江蘇暗賣流傳，屠隆卻不在江蘇。從多方面可證屠隆不是《金瓶梅》的作者。

我從以上的考論，證明了《金瓶梅詞話》作者是蘭陵（江蘇武進）民間才人，而不是大名士或名士李開先、蕭鳴鳳、王世貞、徐渭、賈三近、賈夢龍、屠大山、屠隆、王穉登，也不是什麼「李瓶兒之子王三官」。《金瓶梅詞話》抄本開始創作於萬曆十九年冬十月初一日之後，即西元1591年11月16日之後，到萬曆二十五年即西元1597年抄本寫成，寫作地點是在江蘇武進（古蘭陵）、蘇州一帶，而不是在山東、浙江等地。蘭陵人王穉登只是草率修改、增寫者，而不是全書的作者。原作者是蘭陵民間才人。

《金瓶梅詞話》是一部傑出的長篇小說，考證它的寫作時間、地點、作者，是非常重要的。

3　見文化藝術出版社2008年版吳新苗著《屠隆研究》一書第258頁。

五

以現實生活為題材的中國古代長篇小說中人物的姓名，是由作者自定的，作者如果不是精神病患者，那麼作者寫的小說中的一些壞人，是要避皇帝和自己的曾祖父、祖父、父親、伯父、叔父、舅父、親朋好友們的名諱的。如果認真地對照讀了長篇小說《紅樓夢》中對很多人物的命名，即可懂得這一道理。

我認為《紅樓夢》（《石頭記》）的原始作者，照甲戌本〈凡例〉中的說法，是「自譬『石頭』」的一個人，該書是「自譬『石頭』所『記』之事也」，「係『石頭』所『記』之往來」，所以該書的本名是《石頭記》。第一回中也交代得很明白，小說的原作者是「石頭」，他的朋友「空空道人」稱作者「石頭」為「石兄」，空空道人「將《石頭記》再檢閱一遍」，批書人脂硯齋在「石頭記」三字之旁注曰：「本名」。「空空道人」將《石頭記》書稿「從頭至尾抄錄回來，問世傳奇，因空見色，由色生情，傳情入色，自色悟空，遂易名為『情僧』，改《石頭記》為《情僧錄》」。中華書局2004年版《中國古代文學研究高層論壇論文集》收入的我的論文〈紅樓夢作者與批者揭謎〉中考證：《石頭記》原始作者「石頭」，應是曹雪芹的二伯父曹碩（五歲時名曹頔，後改名為曹碩），字竹澗。《文選》唐代人李善注：「『碩』與『石』古字通」，《康熙字典》「碩」字注：「與『石』通」。也就是說，在古代「碩」與「石」是通假字，也就是「石頭」，《石頭記》原始作者「石頭」應是曹碩（石）。第一回中說得很清楚：原始作者「石頭」起的書名是《石頭記》。他的朋友「情僧」改書名為《情僧錄》。「吳玉峰」改書名為《紅樓夢》。「東魯孔梅溪」改書名為《風月寶鑒》。曹雪芹對書稿「披閱十載，增刪五次，纂成目錄，分出章回」，則題書名為《金陵十二釵》。脂硯齋決定書名「仍用《石頭記》。」顯然原始作者「石頭」與曹雪芹不是一個人，「石頭」「情僧」「吳玉峰」「東魯孔梅溪」、曹雪芹、「脂硯齋」是六個人。曹雪芹對書稿「披閱十載，增刪五次，纂成目錄，分出章回」，下了很大的功夫，是更重要的偉大作者（王穉登對《金瓶梅詞話》沒有下過這麼大的功夫，只是草率粗改者而已，不能說是《金瓶梅詞話》的作者）。我考證《石頭記》主要批書人脂硯齋是曹雪芹的親三伯父曹顏，另一位主要批書人畸笏叟是雪芹之父曹頫（他在批語中稱脂硯齋為「老兄」），還有一位批書人是雪芹之弟棠村。雪芹、棠村都是號，雪芹之名是霑，棠村之名難考。脂硯齋又名脂研齋，「硯」與「研」古通。畸笏叟又化名為「吳玉峰」，諧音「吾欲瘋」，書名《紅樓夢》是他起的，甲戌本〈凡例〉的作者也是他。棠村又名常村，「棠」與「常」古通，化名「東魯孔梅溪」「梅溪」「松齋」「杏齋」「立松軒」，因其兄曹雪芹作過一本小說名《風月寶鑒》，與《石頭記》合併「……增刪五次……」，所以棠村給這部新書起的書名也是《風月寶鑒》。脂硯齋在乾隆十九年甲戌年（1754年）抄閱再評，決定書名「仍用《石頭記》」，不用書名《情僧錄》《紅樓夢》《風月寶鑒》《金陵十二釵》。庚辰年（1760年）的修改本更好。可證《石頭記》抄本由偉大作者曹雪芹於乾隆二十五年（1760年）之後完成於北京。有些人說作者是明朝人，或者說是康熙年間人、民國時人，皆大謬！該小說是乾隆時的偉大作品。曹雪芹應該知道自己的曾祖父名叫曹璽，有寅、宣二子。親祖父名叫曹宣，後改名為曹荃，生有曹順、曹頔（後改名為曹碩）、曹顏、曹頫四個兒子，雪芹自己是曹頫之子。曹荃的親兄名叫曹寅。曹寅的妻兄名叫李煦。曹寅只有一子曹顒。曹寅在康熙時任江寧織造，死後曹顒繼任。曹顒於1715年初死後，曹荃第四子曹頫過繼為曹寅的嗣子，繼任江寧織造。曹顒之妻馬氏於1715年夏生下遺腹子曹天佑，也作曹天祐。曹頫之妻於1724年2月1日之前生下長子曹霑（號雪芹），約1727年生下次子（號棠村）。雍正五年十二月（1728年1月）曹頫押送龍衣、皇家緞匹到北京後，被雍正皇帝扣押入獄、罷官、抄家，是大冤案，我就不在此詳說了。其二哥曹碩（石）逃出為僧（他與妻長期不和，後又受曹頫案牽連而逃出為僧）。三哥曹顏在寧壽宮當茶上人，受曹頫案牽連而被逐出寧壽宮失業。大哥曹順與三個弟弟一直不和，曾向雍正告密陷害曹頫、曹顏。曹頫的堂叔曹宜、堂兄曹頎，曹顒的遺孀馬氏，也與曹順結成一夥，陷害曹頫、曹顏兩家人，曹宜、曹順、曹頎都升了官或受到賜賞，馬氏也得到了賞銀，後來用許多銀子給兒子曹天佑捐了個州同官，到了乾隆年間仍「現任州同」。

值得注意的是：《紅樓夢》中沒有寫壞人名中有璽、寅、煦、宣、荃、顒、頔、碩、顏、頫者，顯然是避了這些長輩們的名諱。甚至沒有寫壞人姓曹的。但在第三十三回中寫了一個壞人忠順親王，不避曹順的名諱，因曹順很壞。在第二十五回中寫了一個壞女人姓馬，即馬道婆，她是賈寶玉寄名的乾娘，卻要害死賈寶玉。在脂硯齋的批語中也罵她是「賊婆」「賊盜婆」「賊道婆」，說她的「一段無倫無理信口開河的渾話，卻句句都是耳聞目睹者，並非杜撰而有，作者與余實實經過。」說「寶玉係馬道婆寄名乾兒，一樣下此毒手，況阿鳳乎？三姑六婆之為害如此，即賈母之神明，在所不免，其他只知吃齋念佛之夫人、太君，豈能防慊得來？此係老太君一大病。作者一片婆心，不避嫌疑，特為寫出。」可證這個姓馬的壞女人是現實生活中實有的，「並非杜撰而有」，當然也有「藝術改造」。曹順與馬氏等人誣害曹頫一家人，所以曹雪芹在《紅樓夢》中寫忠順親王是壞人，寫了個壞女人姓馬。

紅學界爭論了很久：曹雪芹究竟是曹頫之子，還是曹顒及其妻馬氏的遺腹子曹天祐？我認為曹雪芹是曹頫的長子曹霑，號雪芹、芹溪、芹圃，絕對不是曹顒與馬氏的遺腹子曹天祐，曹雪芹與曹天祐斷然是兩個人，絕不是同一個人。馬氏對兒子曹天祐恩重如山、恩深似海，花了很多銀子為他捐了一個州同官。如果像王利器先生所說曹天祐就是曹雪芹，是《紅樓夢》的作者，那麼此作者「曹天祐」怎麼可能在小說《紅樓夢》中寫一個壞女人姓馬，與自己的母親馬氏同姓呢？在曹顒與馬氏那樣的家庭，曹顒死後，馬氏不可能改嫁，曹天祐是她的遺腹子，她怎麼可能又生下雪芹之弟棠村呢？顯然雪芹是曹頫的長子，棠村是曹頫的次子，曹雪芹並不是曹天祐。甲戌本、己卯本書前「作者自云」「背父母教育之恩」。「父母」，在庚辰本、王府本、戚滬本、南圖本、甲辰本、舒序本、楊藏本、俄藏本中作「父兄」。不論作者自云是「背父母教育之恩」，還是「背父兄教育之恩」，作者是受過父親教育之恩的，毫無問題。但曹天祐是馬氏的遺腹子，他在娘胎裹還未出生，父親曹顒就去世了，他沒有見過父親的面，豈能受過父親的「教育之恩」？脂硯齋在第二十二回的批語中也說作者是「世家曾經嚴父之訓者」，再一次證明了作者受過「嚴父之訓」，而不是未見過父親的曹天祐，證明了曹天祐不是作者曹雪芹。王利器先生說曹雪芹名霑，「霑」和「天祐」出自《詩經·小雅·信南山》，所以曹霑（曹雪芹）就是曹天祐，是曹顒與馬氏的遺腹子，是《紅樓夢》的作者。但《詩經·小雅·信南山》中明明寫的是「受天之祜」，朱熹對「祜」的注音明明是「音戶」，王利器先生怎能說這四字是「受天之祐」呢？《詩經》此篇中的「霑」字與「受天之祜」（音戶）一句，相隔有十二句，不在同一句中，也不在相鄰的兩句之中，因此，曹霑也不是「受天之祜」（音戶）的「天祜」，更不是什麼「天祐」。曹寅、曹荃一代人與曹顒、曹頫一代人，取名與字，在《詩經》《書經》《易經》《楚辭》某一篇的一句之中，或相鄰的兩句之中，[4]不相隔有十二句之多，所以雪芹名霑，字並不是「受天之祜」的「天祜」（音戶），更不是《詩經·信南山》中沒有的「天祐」（音右）。我在很多年前反駁王利器先生的誤說，舉了許多證據，發表的二文有兩萬字左右，收入拙著後曾寄贈給王利器先生一本，以爭鳴商榷。現今在此舉出的證據只是其中的一部分證據而已。

曹雪芹在《紅樓夢》中寫的壞人不少，但沒有犯自己的曾祖父、祖父、舅爺、父親、兩位好伯父「顒」（後改名「碩」）、「顏」的名諱者，也沒有罵自己的名諱「霑」者。以此來觀檢《金瓶梅詞話》，就可以知道書中寫的壞人更多得多，可以明白作者不是哪些人。例如：

書中的一號人物是大壞人、大淫棍、大貪官、大奸商西門慶，寫他的原配妻姓陳，死得很早。現實生活中王世貞、王世懋兄弟二人的祖母姓陳。《金瓶梅》作者不可能是王世貞或王世懋，他們二人誰都不可能在小說中寫大壞人西門慶之妻姓陳，與自己的祖母同姓陳。現實生活中的賈夢龍之妻姓陳，他們的兒子賈三近的母親姓陳。《金瓶梅》作者也不可能是賈夢龍或其子賈三近。賈夢龍不可能在小說中寫大壞人西門慶之妻姓

4　我最近有新發現：曹荃取的字是芷園，典出自《楚辭·離騷》：蘭芷變而不芳兮，荃蕙化而為茅。

陳，與自己之妻同姓。賈三近不可能在小說中寫大壞人西門慶之妻姓陳，與自己的母親同姓。王世貞、王世懋的母親姓郁，他們不可能在《金瓶梅詞話》中寫一個彈唱的盲女人姓郁，被西門慶的妾們嘲罵戲耍，西門慶的三房孟玉樓嘲罵她是「賊瞎賤……」，西門慶的五房潘金蓮用筷子夾着肉放在她鼻尖處戲耍她。王世貞或王世懋不可能是小說的作者，在小說中寫一個瞎女人姓郁，被西門慶的妾們笑罵戲耍，與自己的母親同姓郁。小說中寫了兩個壞人名叫張世廉、張懋德，不避王世貞的名諱「世」，也不避王世懋的名諱「世」與「懋」。王世貞的愛妾姓李，他不可能在小說中讓西門慶的祖母姓李，不可能讓西門慶的兩個妾李嬌兒、李瓶兒都姓李，不可能讓西門慶嫖的妓女李桂卿、李桂姐姊妹二人也姓李。二李妓也接其他一些嫖客。王世懋之妻姓章，小說中卻寫了西門慶的情婦之一姓章，名叫章四兒，是書中的大淫婦之一。她的丈夫是熊旺，她卻和主子西門慶私通，寫得極為淫蕩下賤。王世貞如果是小說的作者，能寫西門慶的情婦之一姓章，和自己的愛弟世懋之妻同姓章嗎？從清朝的宋起鳳、謝頤、顧公燮等等人到現當代的朱星等等人，說《金瓶梅》作者是王世貞者不少。但黃霖先生說得好，《金瓶梅》抄本開始創作於西元 1592 年，而王世貞於 1590 年就已經死了，不可能是《金瓶梅》作者。我考證王世貞、王世懋的祖母姓陳，母親姓郁，王世貞不可能在小說中寫大壞人西門慶之妻姓陳，不可能寫被西門慶的二妾嘲罵戲耍的瞎女人姓郁。王世貞不可能在小說中寫壞人名叫張世廉、張懋德，犯自己的愛弟世懋的名諱「世」與「懋」。王世貞不可能在小說中寫西門慶的情婦之一姓章，與自己的愛弟世懋之妻同姓章。王世貞的愛妾姓李，生了兩個很爭氣的兒子士騏、士駿。世貞不可能在小說中寫西門慶的祖母姓李、二妾姓李、嫖的二妓姓李，與自己的愛妾同姓。王世貞的好友有李攀龍、王錫爵、申時行、吳國倫、劉鳳等等。小說中寫的壞人卻有錢龍野、趙龍崗、應伯爵、常時節、韓道國、司鳳儀等等，不避李攀龍的名諱「龍」、王錫爵的名諱「爵」，申時行的名諱「時」、吳國倫的名諱「國」、劉鳳的名諱「鳳」。現實生活中的賈夢龍的父親、賈三近的祖父的名諱是「宗魯」，《金瓶梅》中卻寫了一些壞人犯了賈宗魯的名諱。如寫的壞人韓宗仁、魯華、金宗明、陳宗美（陳經濟的法名）等等，不避賈宗魯的名諱。小說中寫的壞人還有錢龍野、趙龍崗、王三官、陳三、樂三、陳三兒、謝三郎等等，不避賈夢龍、賈三近的名諱「龍」與「三」。小說中寫的姓賈的人：賈廉是權奸王黼的親黨，是壞人；賈仁清諧「假人情」，給可憐的受迫害者來旺送的是「假人情」，是偽善。賈夢龍及其子賈三近都不可能是《金瓶梅》作者，不可能在小說中寫的姓賈者是壞人或送「假人情」者。小說中寫的姓王者壞人更多，如王婆及其子王潮、權奸王黼、敗壞佛門的王姑子、犯法而行賄的王四峰、王霽雲、淫婦王六兒、亂嫖娼的王三官、西門慶的孌童王經、受昏君宋徽宗嘉獎者王煒、王佑、壞官王燁、妓女王玉枝、妓院的鴇子王一媽、嫖客王海峰、王六兒之兄王屠與嫂子王母豬都不是好人、還有妓女王老姐兒、大壞人陳經濟死後托生為王家子。小說中寫了這麼多姓王的壞人，可證作者不是王世貞、王世懋、王穉登。我在前面說了，王穉登的曾祖父名王洪，祖父名王景宣，父名王守愚，小說中卻寫有壞人陳洪、喬洪、雲離守、游守等等，不避王穉登的曾祖父、祖父、父親的名諱。我在這一大段中證明了王世貞、王世懋、賈夢龍、賈三近、王穉登都不是《金瓶梅》的作者。

李開先、蕭鳴鳳死得太早，他們死後二十三四年，屠大山死後十七年，《金瓶梅》抄本才開始寫作，所以他們都不是《金瓶梅》的作者。黃霖先生最早考出《金瓶梅詞話》第五十六回中「水秀才」作的一詩一文是屠隆所作。《山中一夕話》卷五有〈別頭巾文〉，包括〈哀頭巾〉詩與〈祭頭巾〉文，署名「一衲道人」作。該書卷一題署「卓吾先生編次，笑笑先生增訂，哈哈道士校閱。」卷三題署為「卓吾先生編次，一衲道人屠隆參閱。」《山中一夕話》是由《開卷一笑》增訂而成的。《開卷一笑》有〈例〉言五則，題署為「一衲道人屠隆閱畢再識」，鈐有「屠隆」「赤水」二印。屠隆的號是赤水。黃霖先生認為「一衲道人屠隆」與「笑笑先生」是同一個人。我則認為是兩個人，「笑笑先生」應是有《金瓶梅》抄本的王穉登，字百穀。二十多年前我專門去千里外的上海圖書館查閱過《王百穀全集》等書，知道王百穀喜歡遊茅山，住在山中。三台山人在〈《山中一夕話》序〉中說自己「遇笑笑先生於茅山之陽」，見到他的一編書《山中一夕話》。我讀了此序，知道笑笑先生對他說過「與君一夕話，勝讀十年書。」我讀王穉登的《全德記》中，正有此二句。《開卷一笑》的編者是李贄（1527-1602），號卓吾。由笑笑先生王穉登增訂為《山中一夕話》。該書中寫有藏春塢，寫有二婢女春梅、秋菊；《金瓶梅詞話》中寫西門慶家也有藏春塢與春梅、秋菊二婢。我在很多年前寫的書中和文中說過屠隆與王穉登原先是好友，後來反目為仇，屠隆最恨的山人布衣是王穉登。現在我認識到自己以前說錯了。正確的說法是：二人表面上一直是好友，但王穉登實際上對屠隆夫婦等人與宋世恩夫婦等人「通家往來」的「緋聞」，也是輕信與非議的，屠隆最恨的散播流言蜚語的山人布衣是沈明臣。屠隆在〈與王百穀〉的信中說自己被罷官「削籍東歸」，王世懋「棄我如遺跡……蓋聞入櫟社山人之謠諑深耳。櫟社翁生平受不佞厚恩，足下知之，天下人士所盡聞也……片言相失，風波如山，人將食其餘乎？今瘍發於背，大如盤盂，恐是此生口業報。」屠隆所罵的「櫟社山人」「櫟社翁」指的是沈明臣。屠隆在寫給王穉登的其他信中和給別人的一些信中也罵了沈明臣。屠隆和沈明臣都對文壇領袖王世貞說過對方的壞話，王世貞說沈明臣「以大義持之」，不傾向於屠隆。我現在認為，屠隆一直到死，王穉登表面上都對他很好。王穉登深知《開卷一笑》《山中一夕話》中收入的那一詩一文是「一衲道人屠隆」作的，他在《金瓶梅詞話》第五十六回中增寫了嘲罵屠隆作的這一詩一文甚低劣，以「水秀才」影射屠赤水的「渾家專要偷漢」，罵「水秀才」與別人家的幾個丫頭、小厮「勾搭上了」，被「逐出……人人都說他無行」等等內容。小說的作者不可能是屠隆。增寫這些文字的應是王穉登。屠隆真誠的好友較多，有袁宏道（字中郎）、湯顯祖（字義仍）等等人，我就不一一列舉了。屠隆字長卿。吳縣令袁宏道在致屠隆的信中說自己「明年將掛冠從長卿遊，此意已決。會湯義仍先生，幸及之。」袁宏道在致王以明的信中說：「遊客中可語者，屠長卿軒軒霞舉，略無些子酸俗氣；餘碌碌耳。」可見袁宏道對屠隆評價很高。《金瓶梅詞話》中寫了權奸楊戩的親黨之一卻名叫趙弘道，不避袁宏道的名諱，可證作者不會是屠隆。小說中的壞人卜志道、韓道國、道堅長老、王祖道，也不避袁宏道的名諱。小說中寫的大壞人西門慶的壞奴才湯來保（後改名為湯保）、幫西門慶偷稅漏稅者王顯、受昏君宋徽宗嘉獎者薛顯忠、諂媚權奸朱太尉及其子者王祖道，不避湯顯祖的名諱。屠隆的寡母姓趙，小說中卻寫了一個「趙寡婦」，把莊子連地降價賣給了大壞人西門慶，是個敗家的寡婦；寫了一個媒婆叫「趙嫂」，給西門慶的情婦王六兒販賣了一個使女錦兒（當然由西門慶出錢）；還寫了一個妓女名叫「趙嬌兒」，都和自己的母親同姓「趙」，怎麼可能呢？小說中寫了一些姓楊的壞人，屠隆怎麼可能讓這些壞人姓楊，和自己的岳父楊梧、妻子楊柔卿同姓「楊」呢？我在這一大段中排除了《金瓶梅詞話》的作者是李開先、蕭鳴鳳、屠大山、屠隆的可能性。

萬曆二十年（1592年），《金瓶梅詞話》抄本只寫出了四帙，即第一回至第二十二回。次年（1593年）徐渭就病死在浙江。萬曆二十三年（1595年），《金瓶梅詞話》的作者，才把萬曆二十二年末刻行的《百家公案全傳·第五十回公案·琴童代主人伸冤》中的蔣天秀被董某與陳、翁二船家殺害，改寫為《金瓶梅詞話》中的第四十七回至第四十八回裏的苗天秀被苗青與艄子陳三、翁八殺害，全書一百回抄本尚未寫到一半，而徐渭卻在浙江死了兩年，而抄本則是暗售、抄寫、流傳在江蘇。何況徐渭最敬愛的嫡母姓苗，他不可能是《金瓶梅詞話》的作者，不可能把蔣天秀改寫為壞人苗天秀，把殺人劫貨犯董某改寫為更壞的苗青，與自己的嫡母同姓「苗」。他與兄長徐淮很親密，不可能在《金瓶梅詞話》中寫一個嫖娼的壞人名叫馮淮，犯自己的兄長徐淮的名諱「淮」。我已經舉了很多論據，證明《金瓶梅詞話》的作者也不是徐渭。

總之，《金瓶梅詞話》抄本於萬曆十九年冬（約1592年初）到二十五年（1597年）寫於江蘇，暗售、流傳於江蘇，作者應是江蘇「蘭陵」民間才人，不是大名士或名士李開先、蕭鳴鳳、屠大山、賈夢龍、賈三近、王世貞、王世懋、王穉登、徐渭、屠隆等等人。我在下面要考論《金瓶梅詞話》於萬曆四十五年冬付刻、天啟元年刻成於蘇州。

《金瓶梅詞話》於萬曆四十五年冬付刻，天啓元年刻成於蘇州

一

《新刻金瓶梅詞話》書前「東吳弄珠客」序於萬曆丁巳年（四十五年，1617 年）冬寫於江蘇，這是抄本付刻時間，不是刻成時間。

我在本文中說的「詞話本」，指的就是《新刻金瓶梅詞話》，在我國藏有一部，在日本藏有兩部半，中、日共藏有三部半，抄本付刻於萬曆四十五年冬，即西元 1617 年冬。刻成於天啟元年，即西元 1621 年。至今尚未發現還有比這更早的刻本。此刻本是由抄本付刻的，這沒有問題。抄本的作者是蘭陵（江蘇武進）民間才人，略改與暗售者是蘭陵人王穉登。據王穉登同時同邑人夏樹芳（1551-1635）在〈王百穀先生誄並序〉中說，王穉登（字百穀）卒於萬曆四十一年十二月乙巳（二十二日，1614 年 1 月 31 日）。他死後，家中至少還有年輕的妾及其所生的幼子，有妻所生之子王留，還有其他一些人。王留比異母弟年長得多。袁中郎在萬曆三十四年（1606 年）致王百穀的信中說：「聞王先生益健飯，猶能與青娥生子，老勇可想！不肖未四十已衰，聞此甚羨！恐足下自有秘戲術，不則誑我也。」寫此信時王穉登（1535-1614）已有七十二歲了，「猶能與青娥（青年女子，指小妾）生子」，真是「老勇可想！」袁中郎此時「未四十已衰」，後來，只活到四十三歲就死了（1568-1610）。王穉登於 1614 年死後，應是家中親人把《金瓶梅詞話》抄本一百回、連欣欣子序、廿公跋賣給付刻人東吳弄珠客或蘇州的某書坊的。

抄本的名稱是《金瓶梅詞話》，也簡稱為《金瓶梅》。抄本寫作、售出的情況與《石頭記》（《紅樓夢》）抄本寫作、售出的情況截然不同：第一，《金瓶梅詞話》抄本中有大量的淫穢描寫，所以不敢在萬曆年間公開出售，以免被官方逮捕法辦，只能悄悄地在暗中出售；而《石頭記》（《紅樓夢》）抄本中極少有性交描寫的內容，所以是於乾隆間

在北京的廟市中公開擺攤出售的。第二，《金瓶梅詞話》抄本的作者與暗賣者急於得到錢，所以作者「蘭陵」民間才人每寫出抄本用線裝訂為二帙或幾帙，就交給暗賣者「蘭陵」人王稺登去聯繫富人賣出，王稺登並沒有認真修改，就先於萬曆二十年（1592 年）把二帙抄本（第一回至第十一回）以高價賣給了富人王肯堂，如此等等；但《石頭記》（《紅樓夢》）抄本卻是增刪得極為認真的，偉大作者曹雪芹「披閱十載，增刪五次，纂成目錄，分出章回」，「字字看來皆是血，十年辛苦不尋常」，甲戌（1754 年）抄本、己卯（1759 年）抄本、庚辰（1760 年）抄本的原本都是八十回抄本，都是八十回一起擺在廟市中公開出售的（現在存世的甲戌本、己卯本、庚辰本都不是原抄本，而是過錄本即傳抄本，甲戌本過錄本、己卯本過錄本都殘缺甚多，原抄本都是八十回，已失傳），乾隆時廟市中公開出售的也有一百二十回抄本，但比八十回抄本少見。《金瓶梅詞話》抄本二帙於 1592 年以高價賣給了王肯堂；另二帙抄本（第三、四帙），第十二回至第二十二回，在王稺登家中，尚未以高價賣出，後來無疑也以高價賣出了。作者蘭陵民間才人大約於萬曆二十三年（1595 年）寫成了共五十二回，裝訂為十帙（第一回至第五十二回），交給王稺登，很多回目上、下句不對仗，甚至有一些回目上、下句的字數不相同，王稺登也不修改，以高價賣給了富人董其昌，必叮嚀董其昌切勿說出是從哪裏來的。次年袁中郎從董其昌手中借得後抄錄，寫信問他：「《金瓶梅》從何得來？……後段在何處？抄竟當於何處倒換？幸一的示。」董其昌不可能回答他。

萬曆二十五年（1597 年），《金瓶梅詞話》抄本或簡稱《金瓶梅》抄本已經寫成了一百回，裝訂成了二十帙，其中第十一帙的五回（第五十三回至五十七回）中有影射謾罵屠隆夫婦的內容，不便把這五回的一帙抄本賣出，所以徐階之子以重資購得的只是九十五回的抄本共十九帙。湯顯祖賞讀的也是九十五回的抄本共十九帙。聽石居士在《幽怪詩譚小引》中說湯顯祖「賞《金瓶梅詞話》」。湯顯祖（1550-1616）一直到死，《金瓶梅詞話》尚無刻本，他讚賞的《金瓶梅詞話》必是抄本無疑。可證抄本的名稱是《金瓶梅詞話》，簡稱為《金瓶梅》。湯顯祖讚賞的《金瓶梅詞話》抄本，必然是九十五回的共十九帙，缺第五十三回至第五十七回的五回一帙（第十一帙，即第十一冊）。徐朔方先生在〈湯顯祖和《金瓶梅》〉一文中考論：湯顯祖完成於萬曆二十八年（1600 年）的《南柯記》一劇，受有《金瓶梅》最後一回即第一百回情節內容的影響，「其先後啟承轉襲的關係無可懷疑。」我敬請研究者們與廣大讀者細讀徐先生的這一篇論文，我就不詳說了。湯顯祖讚賞的《金瓶梅詞話》抄本，是以重資購買來的，還是借閱的，或者是借抄的，雖難考知，但可以證明萬曆二十八年即西元 1600 年，《金瓶梅詞話》抄本已經寫完了最後一回第一百回，湯顯祖的《南柯記》第四十四齣〈情盡〉受有此回中寫法的影響（見徐朔方文）。

湯顯祖是屠隆的好友，湯既然讀過並讚賞《金瓶梅詞話》抄本至一百回終，也有可能並不告訴屠隆，因為他與屠隆之間也有矛盾。例如，屠隆曾寫信給湯顯祖，信中罵山人沈明臣誹謗自己與宋世恩之妻有苟且之事，極恨沈明臣，湯顯祖在回信中卻予以調停勸解，說：「讀足下手筆，所未能忘懷，是山人口語一事……但我輩終當醉以桑椹，噤其饑嘯耳。寧人負我，無我負人。江海蕭條，大是群鷗之致。」萬曆二十三年（1595年）屠隆到浙江遂昌晤湯顯祖，見湯所評之「董西廂」，謀以自己所評本互換，湯不允。[1]據馮開之於萬曆三十年九月十日（1602年10月24日）對沈德符說，「屠晚年自恨往時孟浪，致累宋夫人被醜聲」，屠隆作《曇花記》，「此懺悔文也。」見沈德符《萬曆野獲編·曇花記》條。屠隆「往年」確實「孟浪」，以致連累宋世恩「夫人被醜聲」。其實也連累了自己的夫人楊柔卿被醜聲。屠隆夫婦與宋世恩夫婦的緋聞傳遍了大江南北，湯顯祖不可能向屠隆稱讚、推薦有大量淫穢描寫的《金瓶梅詞話》抄本。湯顯祖讚賞《金瓶梅詞話》抄本，是因為該書中佳處極多，並不是因為書中有不少的淫穢描寫。他不肯向屠隆稱讚、推薦《金瓶梅詞話》抄本，如同不肯把自己評「董西廂」的抄本與屠隆評「董西廂」的抄本互換，是相類似的道理。「湯批董西廂」由自主刊刻。屠隆只好於萬曆二十八年（1600年）刻了自己所評的「董西廂」。

有的研究者說《金瓶梅詞話》的作者是湯顯祖，並說自己「深信不疑」，「作者非湯顯祖莫屬」。徐朔方、魏子雲、黃霖諸學者和我均不同意此誤說。我不同意的理由是：第一，湯顯祖是江西臨川人，和「蘭陵」無關。第二，他儘管與屠隆有一些小矛盾，但他始終是屠隆的好友，他絕不可能在《金瓶梅詞話》抄本中影射謾罵屠隆作的一詩一文很低劣，「把這樣才學就做了班、揚了」，以「水秀才」影射屠赤水，罵水秀才的「渾家專要偷漢」，罵「水秀才」的「才學荒疏，人品散彈」，罵他和別人家的幾個「丫頭、小廝」「勾搭上了，因此被主人逐出門來，閧動街坊，人人都說他無行」，「他既前番被主人趕了出門，一定有些不停當哩。」湯顯祖絕不可能這樣寫。第三，抄本中寫了大壞人西門慶的一個心腹奴才名叫湯來保，後改名湯保，湯顯祖不可能寫這個壞奴才姓湯，和自己同姓。西門慶多次派此奴才去行賄打點，作惡多端。他每次到揚州就嫖娼林小紅。他聽說西門慶死了，就引誘西門慶的女婿陳經濟在臨清碼頭各娼店中嫖妓，自己去船上盜取了西門慶八百兩銀子的布貨暗藏起來。太師蔡京的管家翟謙聽說西門慶已死，寄信來索要西門慶府上四個彈唱的出色女子，西門慶之妻吳月娘只送給玉簫、迎春二丫鬟，派湯來保護送她們往東京太師府中去，他在路上把她們都姦污了。到東京先見了翟管家，翟謙把這兩個女子送進太師府中伏侍老太太，賞出兩錠元寶，湯來保到家只拿出一錠給吳月娘，月娘賞他一匹緞子叫給他媳婦劉惠祥做衣服。他把盜取的布貨賣了八百兩銀子，

1 見今人張慧劍著《明清江蘇文人年表》一書。

暗買下一所房子，開了一個雜貨鋪。他多次調戲吳月娘，想姦占她，月娘很生氣，加上惠祥在府中為別的事亂罵亂鬧，就把湯來保、劉惠祥兩口子都趕出了家門。湯來保就和妻弟劉倉開起一個布鋪，改名為湯保。後來湯保與黃四、李智為錢糧事犯法，被捕入獄。湯保被監禁一年多，房子也賣了，家產盡絕。兒子湯僧寶流落在外，給人家跟馬糊口度日。早先湯僧寶五歲時，由母親劉惠祥包辦，與淫婦王六兒四歲的侄女訂了親，這四歲的侄女是王六兒的哥哥「王屠」、嫂子「王母豬」的女兒。湯保入獄勢敗後，其子湯僧寶已長大成人，給人家跟馬為生，連自己都難以生存，「王母豬」不大可能把女兒嫁給他。湯顯祖不可能是《金瓶梅詞話》的作者，在此書中寫大壞人湯保及其子湯僧寶，與自己同姓「湯」。第四，書中寫的壞人王顯、薛顯忠、王祖道，不避自己的名諱「顯」「祖」，書中寫的「王屠」「章隆」，居然是「屠」「隆」，都不是什麼好人，也不避自己的好友屠隆的名諱。《金瓶梅詞話》的作者不會是湯顯祖，也不會是屠隆。

徐階之子、劉承禧有《金瓶梅詞話》抄本共九十五回的時間，都不可能在萬曆二十八年即西元 1600 年之後。他們有抄本的時間當在 1597 年至 1598 年之間。湯顯祖有《金瓶梅詞話》抄本或借閱此抄本共九十五回的時間也當在 1597 年至 1598 年之間。袁小修、沈德符有《金瓶梅詞話》抄本共九十五回的時間，當在萬曆三十七年即西元 1609 年。據沈德符《萬曆野獲編・金瓶梅》條中說：自己原先未見過《金瓶梅》抄本；萬曆三十四年（1606 年）遇袁中郎於北京，問中郎「曾有全帙否？」中郎回答說只睹過「數卷」，甚奇快！今惟有湖北麻城劉承禧家有全本，蓋從其妻家徐階家錄得者。袁中郎只讀過抄本十帙共五十二回，每十回為一卷，第一回至十回為卷之一，第十一回至二十回為卷之二，第二十一回至三十回為卷之三，第三十一回至四十回為卷之四，第四十一回至五十回為卷之五。袁中郎只讀過五卷又二回共十帙（十冊），所以他說自己只睹過「數卷」。說散本每五回為一卷，如果袁中郎讀的是說散本，則應說睹過十卷餘，不該說只睹過「數卷」，可證他睹的是詞話本。又三年，即萬曆三十七年（1609 年）袁中郎之弟袁小修上公車（舉人考進士）到北京，「已攜有其書」，沈德符「因與借抄挈歸。」袁小修與劉承禧都是湖北人，袁小修應是萬曆三十四年（1609 年）赴京前於江蘇鎮江拜訪劉承禧，從劉承禧處購得《金瓶梅》抄本共九十五回，帶到北京去的。請注意：袁小修那時是舉人，要赴北京見二哥袁中郎，住二哥寓所，準備明年春考取進士，無暇借抄，只能是購買。沈德符是在本年於北京從袁小修處「借抄挈歸」吳中的。袁小修到北京的時間是萬曆三十七年九、十月間，即西元 1609 年 10 月中、下旬。到北京後，住在「中郎寓」。沈德符此時借抄《金瓶梅》抄本共九十五回。袁小修此時忙於應明年春場考試。萬曆三十八年（1610 年）春場考試畢，旋「隨中郎南歸」。袁中郎原先在 1596 年由董其昌處借抄過《金瓶梅》抄本十帙共五十二回（五卷又二回），此次在 1609 至 1610 年之間必然在袁小修處讀過抄本十九帙共九十五回。袁中郎死於 1610 年。

沈德符說：「原本實少五十三回至五十七回，遍覓不得，有陋儒補以入刻，無論膚淺鄙俚，時作吳語，即前後血脈亦絕不貫串，一見知其贋作矣。聞此為嘉靖間大名士手筆」，這話有一定的道理，但不全對。我認為抄本九十五回的作者是蘭陵民間才人，但五十三回至五十七回這五回一帙中有王穉登增寫進去的一些內容，相比之下不如那九十五回寫得好，沈說是「陋儒補以入刻」並不算大錯。但這五回與那九十五回還不能說是「前後血脈亦絕不貫串」，而是有相貫串之處的，但確實也有一些「不貫串」之處。這五回中有王穉登「越俎代庖」代替蘭陵民間才人增寫的一部分內容。全書「凡一百回」絕大多數是蘭陵民間才人寫的，這五回中有「陋儒」王穉登補入的成分。沈德符不知道這「陋儒」竟然是「世廟時一巨公」「嘉靖間大名士」王穉登，就更具有諷刺性了。原作者蘭陵民間才人在寫回目方面不大懂得對仗，至少有四十多回回目上、下句不對仗，甚至有一些回目上、下句的字數不相同，寫的詩詞曲不大合乎規範，在這些方面遠不如「嘉靖間大名士」王穉登；但他在寫小說故事方面是遠勝於王穉登的。正因為王穉登並不是原作者蘭陵民間才人，沒有完全讀懂原作者寫的九十五回小說的故事情節內容，所以在他妄補的這五回中，有「前後血脈」不貫串的一些破綻。欣欣子在〈金瓶梅詞話序〉中說「凡一百回」的作者是「蘭陵笑笑生」，是「吾友笑笑生」，廿公在〈跋〉中說作者是「世廟時一巨公」，都是只知其一，不知其二之說。《金瓶梅詞話》第一回之前的〈詞〉四首，又〈四貪詞〉四首：〈酒〉〈色〉〈財〉〈氣〉各一首，共八首詞，有可能是王穉登作的，[2]但小說「凡一百回」，有九十五回是蘭陵民間才人所作，第五十三回至五十七回的五回一帙應是欣欣子的「吾友笑笑生」「世廟時一巨公」「嘉靖間大名士」王穉登補入的。第五十六回中有屠隆作的一詩一文，即〈哀頭巾〉詩與〈祭頭巾〉文，原載《開卷一笑》，被「笑笑先生」收入《山中一夕話》卷五，署名「一衲道人」作。卷一題署為「卓吾先生編次、笑笑先生增訂、哈哈道士校閱」，卷三題署為「卓吾先生編次、一衲道士屠隆參閱」。我認為「校閱」者「哈哈道士」與「參閱」者「一衲道人屠隆」應是同一個人，號赤水；而「增訂」者「笑笑先生」應是屠隆的好友王穉登，字百穀。在《王百穀全集》中，屢稱王百穀為「王先生」或「王生」。屠隆、袁中郎等人也稱王穉登為「王先生」或「王生」。「生」是「先生」的省略稱呼。《史記·儒林列傳·索隱》說：「云『生』者，自漢以來，儒者皆號『生』，亦『先生』省字呼之耳。」《漢書·貢禹傳》對「生」的注解是：「謂『先生』也。」《西廂記》中的「張生」，也被稱呼為「張先生」。王穉登是「儒者」，自號為「笑笑先生」，也就是「笑笑生」，他

2　把「無名火」誤刻成了「無名穴」，「火」草書與「穴」形近。有一些此類刻誤。

又是「蘭陵」江蘇武進人，是「世廟時一巨公」，所以他的好友「欣欣子」「廿公」即曹子念字以新，稱他為「蘭陵笑笑生」「吾友笑笑生」「世廟時一巨公」。曹子念實不知《金瓶梅詞話》九十五回的真正作者是蘭陵民間才人。「笑笑先生」王穉登無疑知道《開卷一笑》與《山中一夕話》卷五的那一詩一文是「一衲道人屠隆」作的。萬曆元年至四十年知此事者極少，但將此一詩一文收入《山中一夕話》的「增訂」者「笑笑先生」王穉登則深知之！他在《金瓶梅詞話》第五十六回中諷刺、貶損了屠隆作的這一詩一文水準低劣，但不明說是屠隆作的，卻影射說是「水秀才」作的，因為屠隆的號是「赤水」。《山中一夕話》是「笑笑先生」王穉登從《開卷一笑》「增訂」而成的，《開卷一笑》中鈐有「屠隆」「一衲道人」「赤水」等印章，王穉登知道屠隆號赤水，毫無問題。他就在《金瓶梅詞話》第五十六回中影射屠赤水作的這一詩一文是「水秀才」作的。既然在詞話本中嘲罵這一詩一文低劣，嘲罵「這樣才學就做了班、揚了」，那麼，你「笑笑先生」王穉登為何先前把屠隆的這一詩一文「增訂」收入《山中一夕話》卷五中呢？豈非前後行為自相矛盾？豈非在詞話本第五十六回中自打耳光？我認為說散本的修改者也是王穉登，他在說散本中對詞話本中的文字改、刪很多，如刪去了許多詞曲，修改了一些人名，把嘲罵「水秀才」和這一詩一文的文字也刪去了。這一詩一文確實是屠隆作的，說散本中刪去了這一詩一文等內容，讀者就很難看出嘲罵的「水秀才」是影射「屠赤水」了。

沈德符說萬曆三十七年（即 1609 年）「小修上公車，已攜有其書（按指《金瓶梅》抄本共九十五回），因與借抄挈歸。吾友馮猶龍見之驚喜，慫恿書訪以重價購刻。」沈德符未應允。這是萬曆三十七年至三十八年（1609 年至 1610 年）之間的事。沈德符又說：「馬仲良時榷吳關，亦勸余應梓人之求，可以療饑。余曰：『此等書必遂有人板行。但一刻則家傳戶到，壞人心術。他日閻羅究詰始禍，何辭置對？吾豈以刀錐博泥犁哉？』仲良大以為然。遂固篋之。」沈德符回絕「榷吳關」時的馬仲良之「勸」，是萬曆四十一年即西元 1613 年的事。沈德符知道自己阻止不了此書抄本的刻行，所以說「此等書必遂有人板行」。但他認為「一刻則家傳戶到，壞人必術」，是一部很壞的書，「壞人心術」的書，他不願承擔「始禍」的責任。他很迷信，說「他日閻羅究詰始禍，何辭置對？」其實本來就沒有陰間，也沒有「閻羅」，豈能有「閻羅究詰始禍」之事？這是一部文學傑作，不是壞書、「壞人心術」之書，也不是袁小修所罵的「誨淫」之書。沈德符說「吾豈以刀錐博泥犁哉？」「刀錐」是刻書的工具，「泥犁」是梵語地獄之意，本來也沒有地獄，人死了怎麼會下地獄或升天呢？「遂固篋之」，是說把這九十五回抄本牢固地鎖在書箱中了。王穉登死於萬曆四十一年十二月二十二日，即西元 1614 年 1 月 31 日，當沈德符把自己持有的《金瓶梅詞話》抄本共九十五回放進書篋中時，王穉登還活着。王穉登並不是九十五回抄本的作者蘭陵民間才人，而是另外五回的補寫者，那五回一帙（第十一帙）尚未賣出。王穉登死後，有人到他家中購得抄本「凡一百回」，連同欣欣子寫的〈金瓶梅詞話序〉與廿公寫的〈跋〉。萬曆四十五年（1617 年）冬天，「東吳弄珠客」寫了〈金瓶梅序〉，予以付刻。東吳弄珠客的〈金瓶梅序〉置於欣欣子的〈金瓶梅詞話序〉、廿公的〈跋〉之後，欣欣子的〈金瓶梅詞話序〉、廿公的〈跋〉，都比東吳弄珠客的〈金瓶梅序〉寫得早無疑。

二

「東吳弄珠客」是誰？此謎至今尚未解開。劉承禧曾從姻親徐階之子處抄得《金瓶梅詞話》共九十五回。他是大收藏家，也很善於販賣文物古董，跑了湖北、東吳、北京等很多地方，主要是在東吳淘寶販寶，他很有可能以「東吳弄珠客」為化名。萬曆三十七年即西元 1609 年，他客居江蘇鎮江，袁小修過訪，他示以所藏唐代人周昉的《楊妃圖》、五代人黃筌的《浴鵪鶉圖》。很可能把他所抄的《金瓶梅詞話》抄本共九十五回以高價賣給了袁小修。這是袁小修赴北京之前的事。二人都不說出這秘密。袁小修本年九、十月間帶到北京的抄本共九十五回應來自劉承禧。本年，劉承禧敬請王穉登為他收藏的《快雪時晴帖》作跋。有嘉靖間大名士王穉登親筆寫跋，此帖的價值就更高了。（北京故宮博物院收藏的元代趙孟頫畫的《浴馬圖》，即是王穉登親筆寫的跋，可以去北京參觀，在網上也可查到。）王穉登死後，很有可能劉承禧去王穉登家裏購買了《金瓶梅詞話》抄本「凡一百回」，連同欣欣子的序與廿公的跋，以高價賣給書坊，慫恿其付刻。

「東吳弄珠客」也有可能是馮夢龍（1574-1646），字猶龍，號龍子猶、猶龍子等。可見他喜歡用「龍」字。傳說中「龍」喜歡「戲珠」，而「弄珠」和「戲珠」的意思是一致的。他曾經見過沈德符的《金瓶梅》抄本九十五回而「驚喜，慫恿書坊以重價購刻」，沈德符沒有應允。王穉登死後，馮夢龍有可能打聽到王穉登家中有《金瓶梅》抄本共一百回，慫恿書坊去王穉登家中以重價購刻。遂購得抄本一百回及欣欣子序、廿公跋。萬曆四十五年（1617 年）冬付刻前，書坊請馮夢龍作序。因小說中淫穢描寫之處很多，馮夢龍不願暴露自己，所以在寫完〈金瓶梅序〉之後，署化名為「東吳弄珠客」。

我認為《金瓶梅詞話》是世界文學中偉大的長篇小說，其中佳處極多；但「少兒不宜讀」。不論「東吳弄珠客」是誰，也不論《金瓶梅詞話》抄本是從哪裏來的，不論「蘭陵笑笑生」是誰，「世廟時一巨公」「嘉靖間大名士」是誰，「欣欣子」是誰，「廿公」是誰，《金瓶梅詞話》抄本於萬曆四十五年即丁巳年（1617 年）冬付刻於江蘇蘇州，卻是不成問題的。該書刻本《新刻金瓶梅詞話》卷前第一篇欣欣子寫的〈金瓶梅詞話序〉、

第二篇廿公寫的〈跋〉都早於第三篇東吳弄珠客寫的〈金瓶梅序〉。前兩篇應寫於萬曆二十五年（1597年），但萬曆間未流傳到社會上去。第三篇〈金瓶梅序〉末尾署：「萬曆丁巳季冬，東吳弄珠客漫書於金閶道中。」也是到天啟元年讀者們才知道的。請注意「萬曆丁巳季冬」就是萬曆四十五年即西元1617年冬天，「金閶」即蘇州，因蘇州有金門、閶門兩城門，故以「金閶」代稱蘇州。沈德符說自己拒絕了馬仲良把九十五回抄本交給書坊付刻，「遂固篋之」以後，「未幾時，而吳中懸之國門矣。」古代吳國的「國門」是姑蘇，即蘇州，可證《金瓶梅詞話》初刻本刻於蘇州。沈德符接着說：「然原本實少五十三回至五十七回，遍覓不得，有陋儒補以入刻……一見知其贗作矣。聞此為嘉靖間大名士手筆……」可證沈德符讀的是一百回初刻本《金瓶梅詞話》，他認為「五十三回至五十七回」這五回是「陋儒補以入刻」的「贗作」。可證他讀的一百回刻本是詞話本，而不是刻本說散本「崇禎本」，他說的「未幾時」，可證他讀的一百回刻本必是詞話本；如果讀的刻本是「崇禎本」，時間就太久遠了，就不能說是「未幾時」了。

有一些研究者誤以為：既然廿公〈跋〉中說「《金瓶梅傳》，為世廟時一巨公寓言，蓋有所刺也」，沈德符《萬曆野獲編・金瓶梅》條中說「聞此為嘉靖間大名士手筆，指斥時事……」，那麼，作者必然是活在「嘉靖間」的「大名士」，此作品必然是「嘉靖間」的長篇小說，而不是「萬曆間」的長篇小說。這樣理解其實是大錯特錯的。這些研究者認為這部書是「嘉靖間」的作品。其實廿公〈跋〉中說的「世廟時一巨公」，是說他是嘉靖間大名士，但他活到了萬曆年間，不過萬曆間他的名氣遠沒有嘉靖間那麼大了而已。廿公說的「世廟時一巨公」，應該是嘉靖間大名士王穉登，生於嘉靖十四年（1535年）。一生作的詩文極多，嘉靖四十三年（1564年）被大學士袁煒引入家中任記室，校書秘閣，他作的詩得到權臣袁煒稱讚，說諸吉士作的詩不如「王秀才」作的一句，特別器重他。袁煒死後，隆慶間王穉登的名氣雖降了一些，但他仍比王世貞的名氣大。到了萬曆間，王世貞的名氣才超過了王穉登。王世貞在《弇州山人四部稿》卷九十二中說：「當嘉、隆間，穉登以文章名出世貞上」可證。「文章」指詩文。韓愈〈調張籍〉詩中說：「李杜文章在，光焰萬丈長。」可證「文章」主要指詩，韓愈是贊李白、杜甫的詩「光焰萬丈長」。王穉登到了萬曆間不但名氣下降了，而且已很貧困。他說自己在「窮巷中傭書，兀兀以糊其口，十日九饑，面色如菜，不如吹簫、賣漿能令妻子飽。」他回憶在嘉靖間袁煒家中校書時期很不平凡，在詩中寫道：「憶昔校書芸閣年，青袍白馬何蹁躚！天子時時賜筆劄，大官日日給餐錢。布衣出入金鑾殿，常侍、郎中爭識面……結交七貴兼五侯。紈扇題成持障簪，羅巾染去當纏頭……」有權臣袁煒的推薦與讚賞，嘉靖皇帝與群臣都相當重視他，他的名氣也很大；到了萬曆間名氣降了，也貧窮了。萬曆二十二年（1594年），皇帝打算徵召他和陸弼、魏學禮等人參與修史工作，但因時局有變化而作罷，社會上有些人就尊稱他為「王徵君」。他很不得志，以給權勢者們抄書、起草文字、賣字、販賣古董為生。我認為他在暗中也把蘭陵民間才人寫的《金瓶梅詞話》抄本販賣給一些富人，如賣給王肯堂、董其昌、徐階之子等等。儘管他是「世廟時一巨公」「嘉靖間大名士」，但他並不是《金瓶梅詞話》的作者蘭陵民間才人，而是粗改者與暗中以高價販賣者。他很可能聽到過傳聞，這傳聞也很有可能是假冒屠隆之名來貶損他的，這傳聞說屠隆貶損過他的書法，說他的字在「本朝」是「次者」之後「其又次者也」，即只是第三流的水準。這就使王穉登的字難以賣出，很影響他的生計。他就在《金瓶梅詞話》第五十六回中罵屠隆作的一詩一文水準低劣、人品不好、「渾家專要偷漢」、他和別人家的幾個丫頭與小廝勾搭上了而被逐出等等。他到萬曆四十一年十二月二十二日才死，也就是說，他在萬曆間活了四十一年。他一直到死都沒有敢把他補寫的第五十三回至五十七回一帙五回賣出去，之所以補寫了卻一直不敢賣出去的主要原因，我認為是第五十六回中有嘲罵朋友屠隆的一些文字。傳聞中說屠隆貶損過他的書法，但他並未查實。抄本共一百回是王穉登於萬曆四十一年死後，萬曆四十五年冬才付刻於蘇州的。

三

萬曆皇帝朱翊鈞於萬曆四十八年七月二十一日（1620 年 8 月 18 日）駕崩，其子朱常洛登基，是為泰昌皇帝，朝廷命令連「常州府」都要改地名為「嘗州府」，以避新皇帝「朱常洛」的名諱「常」，也就是把「常州府」改成了「嘗州府」。[3]我在前面說了，《金瓶梅詞話》抄本付刻於萬曆四十五年冬，那時泰昌皇帝朱常洛還沒有登基，《金瓶梅詞話》中寫了一個壞人名叫「常時節」，這個名字出現了許多次，證明了《金瓶梅詞話》抄本寫於泰昌皇帝朱常洛登基以前的萬曆時期，付刻於萬曆四十五年冬，即泰昌皇帝朱常洛尚未登基的萬曆時。試想，朱常洛登基後，連「常州府」都必須避皇帝名諱「常」而改為「嘗州府」，《金瓶梅詞話》抄本中還敢多次寫一個壞人名叫「常時節」嗎？付刻以後還敢刻這個壞人名叫「常時節」嗎？因此，《金瓶梅詞話》抄本「凡一百回」必完成於朱常洛登基以前的萬曆時期，抄本也必付刻於朱常洛登基以前的萬曆時期。

但「付刻」並不等於「刻成」。刻這樣一百回的書需要幾年時間。我認為：《金瓶梅詞話》抄本付刻於萬曆四十五年冬，即西元 1617 年冬，卻刻成於天啟元年，即西元 1621 年。抄本「凡一百回」從「付刻」到「刻成」，用了三年多的時間。刻書的地點是蘇州。我的證據是：

3　見《明史·志第十六·地理一》。

第一，詞話本書前是東吳弄珠客的序，題署為「萬曆丁巳季冬」，即萬曆四十五年冬季，也就是西元 1617 年冬天。這是付刻的時間。「漫書於金閶道中」，「金閶」是蘇州的代稱，這是刻書的地點。

第二，沈德符的《萬曆野獲編・金瓶梅》條中說該書的刻本「未幾時吳中懸之國門矣」，吳中的「國門」即是蘇州，可證初刻本刻成於蘇州。他說這初刻本中有「五十三回至五十七回」，是「陋儒補以入刻」的。可證這是一百回的刻本，是詞話本，而不是說散本（崇禎本）。我考證詞話本抄本付刻於萬曆四十五年冬，刻成於天啟元年，即西元 1621 年；說散本抄本應付刻於萬曆四十七年（1619 年），刻成於崇禎元年（1628 年），所以稱為「崇禎本」，比詞話本刻成的時間晚七年，沈德符說的「未幾時」適合於詞話本初刻本（1621），而不適合於崇禎本初刻本（1628）。如果指的是崇禎本初刻本，就不能說「未幾時」了。

第三，萬曆皇帝於萬曆四十八年七月丙申（二十一日，即 1620 年 8 月 18 日）駕崩，八月初一（即 1620 年 8 月 28 日）太子朱常洛即皇帝位，是為泰昌皇帝，詔命「常州府」為避皇帝「常洛」名諱而改為「嘗州府」。此時《金瓶梅詞話》抄本已付刻（付刻於萬曆四十五年即 1617 年冬），說散本《金瓶梅》抄本也已付刻（約付刻於萬曆四十七年即 1619 年）。詞話本、說散本抄本的作者都應是「蘭陵」（江蘇武進）民間才人，修改者應是「蘭陵」（江蘇武進）人「世廟時一巨公」「嘉靖間大名士」王穉登（1535-1614）。對詞話本抄本是粗改，增寫了很少的內容，如增寫了第五十六回中影射嘲罵屠隆作的一詩一文水準低劣的等等文字。連四十多個回目上、下句不對仗都沒有修改。說散本修改得較多，但也不是改得很認真細緻。原作者蘭陵民間才人開始寫《金瓶梅詞話》抄本的時間，大約是萬曆十九年冬到萬曆二十年初（1592 年初），抄本完成（包括王穉登粗改）應是在萬曆二十五年（1597 年）。作〈金瓶梅詞話序〉的「欣欣子」與作〈跋〉的「廿公」應是同一個人的兩個化名，他應是王穉登的好友曹子念，字以新，是王世貞的外甥，「欣欣子」的「欣」諧音是「新」，「廿公」的「廿」與「念」音、義同，「念」「廿」二字是通假字。曹子念死於西元 1597 年，死前寫了〈金瓶梅詞話序〉與〈跋〉。王穉登用過「笑笑先生」的別號「增訂」過《山中一夕話》一書，書中收入過屠隆作的那一詩一文。「笑笑先生」可簡稱為「笑笑生」。「欣欣子」在〈金瓶梅詞話序〉中說作者是「蘭陵笑笑生」，是「吾友笑笑生」，「廿公」在〈跋〉中說作者是「世廟時一巨公」，都符合王穉登，但曹子念並不知道原作者是蘭陵民間才人，而王穉登只是粗改者而已。說散本的原作者也是蘭陵民間才人，修改者仍然是王穉登，刪改之處比較多一些。日本學者荒木猛教授考論：說散本（刻本為崇禎本）《金瓶梅》第二回篇頭詞「芙蓉面，冰雪肌……」一首、第三十四回篇頭詞「成吳越，怎禁他……」一首，分別來自王穉登編的《吳騷集》一書，後者署王稺登作（王稺登字百穀），第二十二回篇頭詞「今宵何夕，月痕初照……」一首，來自《吳騷合編》卷一，題目是〈歡會〉，也署王稺登作。我進一步考證，說散本一些回的篇頭詩詞的作者們，王稺登死得最晚（卒於萬曆四十一年十二月二十二日，1614年1月31日），應是他在說散本各回的篇頭引了別人和自己的詩詞，他應是說散本的修改者。

說散本對詞話本修改較多，如對詞話本的一百個回目，說散本修改了九十二個回目，只有第十一回、第十九回、第二十七回、第四十回、第五十回、第六十七回、第八十三回、第九十一回八個回目未作修改。詞話本每十回為一卷，共十卷；說散本改為每五回成一卷，共二十卷。再如說散本刪去了詞話本第五十六回中屠隆作的一詩一文及對這一詩一文的貶低、嘲諷。又如修改了詞話本中的一些人名：把「陳經濟」改為「陳敬濟」、把「祝日念」改為「祝實念」、把「常時節」改為「常峙節」、把「宋惠蓮」改為「宋蕙蓮」，如此等等。

特別值得注意的是：詞話本中寫了許多次的一個壞人「常時節」，未避泰昌皇帝朱常洛的名諱「常」；說散本中把詞話本中多次寫的壞人「常時節」修改為「常峙節」，仍不避泰昌皇帝的名諱「常」。這就證明了詞話本抄本與說散本抄本都完成於泰昌皇帝朱常洛登基之前的萬曆間，也都付刻於萬曆間。我認為修改者是王稺登，他把詞話本中的壞人「常時節」修改為「常峙節」，是因為閣臣申時行在萬曆十九年九、十月間回到吳中後特別推重王稺登，是王稺登的大恩人，所以王稺登要把壞人「常時節」修改為「常峙節」，改「時」為「峙」，是為了敬避申時行的名諱「時」。但說散本抄本卻不改詞話本抄本中的壞人「常時節」中的「常」，詞話本中寫了多次壞人「常時節」，說散本中多次改為「常峙節」，證明了詞話本抄本與說散本抄本都完成於泰昌皇帝朱常洛登基之前的萬曆年間。詞話本抄本完成於萬曆二十五年（1597年）；說散本應開始修改於萬曆二十六年（1598年），改完於萬曆四十年（1612年）。王稺登死於萬曆四十一年十二月（1614年1月），他的蘇州家中應有詞話本抄本一百回、說散本抄本一百回，很可能書坊於萬曆四十五年（1617年）秋購買了他家中的兩種抄本全書，同年冬將詞話本抄本付刻，萬曆四十七年（1619年）將說散本抄本付刻。兩種抄本付刻時，萬曆皇帝還活着，泰昌皇帝朱常洛尚未登基，所以詞話本中多次寫的壞人「常時節」、說散本第一回中多次刻的壞人「常峙節」，都未避朱常洛的名諱「常」。

第四，詞話本與說散本的原作者蘭陵民間才人於西元1592年至1595年寫詞話本抄本時，王稺登於1592年至1612年修改時，王稺登於1614年1月死時，都不可能預知1620年8月28日即位的泰昌皇帝名叫朱常洛。所以原作者在詞話本中從第十回開始就多次寫了一個壞人名叫「常時節」，不可能避朱常洛的名諱「常」；王稺登在說散本中第一回開始就多次把「常時節」修改為「常峙節」，因為申時行是王稺登的大恩人，所以王穉登改「時」為「峙」，以敬避申時行的名諱「時」，但並不改「常」字，因為不可能預知多年之後登基的泰昌皇帝名叫朱常洛，不可能避朱常洛的名諱「常」。王穉登死後多年，詞話本抄本才於萬曆四十五年（1617年）冬付刻，說散本才於萬曆四十七年（1619年）付刻。這兩種本子各一百回，加上時局動盪不安，每種本子須刻數年才能夠刻完。付刻以後，正在刻時，時局又發生了巨變：萬曆皇帝駕崩於西元1620年8月18日（萬曆四十八年七月二十一日）；泰昌皇帝朱常洛於1620年8月28日（農曆八月初一）即皇帝位，於西元同年9月26日（農曆九月初一）病故，在位僅30天；天啟皇帝朱由校於西元同年10月1日（農曆九月六日）即皇帝位。《金瓶梅詞話》付刻於萬曆四十五年冬，即西元1617年冬，不可能預知天啟皇帝朱由校於1620年10月1日即皇帝位之事。那時避皇帝名諱並不是很嚴，但完全不敬避皇帝名諱也不行。詞話本第十四回中刻了一個「刁徒潑皮」名叫「花子由」，刻了兩次，又簡稱為「子由」刻了一次，這個被正面人物吳月娘罵為「刁徒潑皮」的「花子由」（簡稱「子由」）的人物之名在第十四回中刻了三次。因為詞話本是萬曆四十五年（1617年）冬付刻的，說散本是萬曆四十七年（1619年）付刻的，都不可能預知1620年10月1日即皇帝位的天啟皇帝的名字是朱由校，所以這兩種本子第十四回中都刻了一個壞人「花子由」，不避「朱由校」的名諱「由」。但詞話本刻的第三十九回、第六十二回、第六十三回、第七十七回、第八十回中，都改成了「花子油」，顯然是為了敬避天啟皇帝「朱由校」的名諱「由」，所以十多次把「由」改刻成了「油」。說散本從第三十九回起到八十回，一連十多次把第十四回刻了四次的「花子由」，都改刻為「花子繇」，敬避皇帝名諱「由」，比詞話本改刻得徹底。詞話本刻本中改「由」為「油」，還有半邊是「由」，而說散本刻本中改「由」為「繇」，是連字形都不像了。兩種抄本中無疑都作「花子由」，所以詞話本刻本第十四回中三次都刻為「由」，說散本刻本第十四回中是四次刻為「由」。刻到後來，天啟皇帝「朱由校」登基了，書坊刻板時為了敬避「朱由校」的名諱「由」，詞話本刻本中十多次把「花子由」改刻為「花子油」，說散本則十多次改刻為「花子繇」。說散本第一回中就六次刻了壞人「常峙節」，不避泰昌皇帝朱常洛的名諱「常」。以上證明了詞話本與說散本都付刻於朱常洛繼皇帝位之前的萬曆間。證明了詞話本付刻於萬曆四十五年冬，即西元1617年冬；應刻成於天啟元年，也就是西元1621年。對詞話本刻本科學的稱謂應該是：萬曆至天啟年間刻本。有一些研究者把今存的《金瓶梅詞話》刻本稱為「萬曆刻本」，不完全正確。

還應該注意的是：天啟皇帝朱由校於西元1620年10月1日即皇帝位，於天啟七年八月二十二日即西元1627年9月30日駕崩；農曆同年同月二十四日即西元1627年10月2日，崇禎皇帝朱由檢即皇帝位。詞話本刻本第九十五回中刻了一個壞人「吳典恩新升巡檢」官，第九十五回到九十七回，十多次刻這個壞官為「吳巡檢」。因書坊刻詞話本時，崇禎皇帝朱由檢尚未登基，所以十多次不可能避朱由檢的名諱「檢」。但說散本刻到此處時，崇禎皇帝朱由檢已經登基了，所以要避新皇帝名諱「檢」，把「檢」十多次都改刻成了「簡」，把壞官「吳巡檢」都改成了「吳巡簡」。這就進一步證明了：詞話本刻成於崇禎皇帝朱由檢登基之前的天啟年間，而說散本刻成於朱由檢登基後的崇禎年間。詞話本刻成的天啟年間早於說散本刻成的崇禎時期。兩種本子最初都刻成於蘇州。

《金瓶梅》說散本付刻於萬曆末年，刻成於崇禎元年

一

我的學術觀點是：《金瓶梅詞話》抄本是萬曆十九年冬十月（1591 年冬）以後開始作的長篇小說，作者是江蘇「蘭陵」民間才人，粗改者是江蘇「蘭陵」人王穉登（1535-1614），抄本完成於萬曆二十五年（1597 年），付刻於萬曆四十五年（1617 年）冬，於天啟元年（1621 年）刻成於蘇州；說散本《金瓶梅》抄本開始修改於萬曆二十六年（1598 年），原作者當然還是「蘭陵」民間才人，修改者還是王穉登，抄本改完於萬曆四十年（1612 年），付刻於萬曆四十七年（1619 年），刻成於崇禎元年（1628 年）。詞話本抄本、說散本抄本付刻時王穉登已死了數年。兩種刻本中的文字基本上是從兩種抄本中的文字而來的，兩種刻本中的大量錯誤，有一部分來自兩種抄本，另有一部分是刻板時造成的，不應誤以為刻本中所有的一切錯誤都完全來自抄本。詞話本從第十回起，多次寫了一個壞人常時節，是大壞人西門慶結交的「十弟兄」之一，說散本從第一回起，就多次寫了這一個人物，名字改成了「常峙節」，因為閣臣「申時行以元老里居」，在吳中對王穉登「特相推重」，[1]對王穉登有大恩，所以王穉登在《金瓶梅》說散本抄本中把詞話本抄本中的壞人「常時節」改名為「常峙節」，以敬避恩人申時行的名諱「時」。但對於「常」字並不改。這證明了詞話本抄本與說散本抄本都完成於萬曆時期，也都付刻於萬曆時期。付刻時萬曆皇帝朱翊鈞還活着（朱翊鈞駕崩於萬曆四十八年七月二十一日，即 1620 年 8 月 18 日）。付刻時泰昌皇帝朱常洛尚未登基，所以詞話本刻本第十回等回中多次刻了一個壞人「常時節」，說散本刻本第一回就多次刻了這個壞人「常峙節」，都不可能敬避泰昌皇帝「朱常洛」的名諱「常」。朱常洛於萬曆四十八年八月初一（1620 年 8 月 28 日）即皇帝位，是

1　見《明史・列傳第一百七十六・文苑四》。

為泰昌皇帝。朝廷為了敬避新皇帝名諱「常」，下令「常州府」改名為「嘗州府」。[2]《金瓶梅詞話》本付刻於萬曆四十五年冬，第十回、十一回、十二回、十六回、二十回等回中多次刻壞人「常時節」時，泰昌皇帝朱常洛尚未登基；說散本應付刻於萬曆四十七年，第一回中多次刻了壞人「常峙節」，也可證付刻時泰昌皇帝朱常洛尚未登基。以上可證詞話本、說散本都付刻於萬曆時期。

二

泰昌皇帝朱常洛只當了 30 天皇帝，就於泰昌元年九月初一（1620 年 9 月 26 日）駕崩了，在位時間極短，書坊中刻書的人可能連他的名字都沒有記住。何況他做皇帝僅一個月就駕崩了，刻書的人也沒有在意他的名諱問題。

詞話本抄本與說散本抄本有可能是在蘇州的同一個書坊中付刻的。詞話本刻本今存於世的只有三部半：中國藏有一部，日本藏有兩部和少半部殘本。中、日藏的三部刻本都基本上完整。我在二十多年前逐字逐句地對中、日所藏的影印本進行過比勘，絕大多數的文字形狀是一樣的，只有很少的異文，應是明朝萬曆四十五年冬季至天啟元年在蘇州的同一家書坊中刻的，是同一個板，至少印刷過三次，所以中國的藏本與日本慈眼堂的藏本、日本棲息堂的藏本，三者互有很少的異文，即三次印刷時有兩次做了很少的改動或補刻，絕大多數刻出來的文字是相同的。說散本刻本今存於世者有十多部，我所見到的書前都有繡像，我記得首都圖書館的藏本是一百零一幅繡像，北京大學圖書館的藏本是二百幅繡像，別的一些藏本可能也是二百幅繡像。有一百零一幅繡像的本子可能更早，後來的本子刻的是二百幅繡像。今存於世的說散本刻本（明代萬曆末付刻、崇禎初年刻成本），居然有十多部，可以估計明末刻行的本子大概總共會有上千部，應該是多家書坊刻行的。但詞話本抄本與說散本抄本應是萬曆末年在蘇州同一家書坊中付刻的；別的一些說散本刻本應是翻刻本。說散本的價值遠不如詞話本。1933 年之後到現今的中外金學研究者們，多重視的是詞話本。魯迅於 1935 年 6 月 9 日夜作的〈《中國小說史略》日本譯文序〉中說：「《金瓶梅詞話》被發見於北平，為通行至今的同書的祖本。」這種「祖本」說，我認為是正確的。但可惜魯迅於次年（1936 年）10 月 19 日就病故了，他一生研究的主要是說散本。但金學家們主要研究的是祖本《金瓶梅詞話》。說散本刻本書前有許多繡像，刻板很費時，也是遲至崇禎時才刻完發行的原因之一。詞話本抄本付刻的時間（1617 年冬），比說散本付刻的時間（1619 年）早兩年左右，也是詞話本比說散本

2　見《明史・志第十六・地理一》。

刻行早的原因之一。詞話本中無批語，說散本中有批語，寫批語、刻批語也費時間，所以刻成晚。

有的研究者認為：詞話本由於訛誤太多，可讀性低，入清便湮沒無聞，社會上流行的是崇禎本、張竹坡評本。我不完全同意此說。我認為詞話本原刻本中沒有繡像，而一些說散本刻本中有一百零一幅乃至二百幅繡像，是詞話本競爭不過說散本的主要原因之一。在崇禎年間，即「入清」之前，眾多的「崇禎本」已經戰勝了詞話本，詞話本已經「湮沒無聞」了。一直到三百年以後的 1932 年時，北平琉璃廠文友堂古舊書店太原分號在介休縣收購到了一部詞話本刻本，1933 年北平「古佚小說刊行會」影印發行了此書，後來的眾多研究者對比了詞話本文本與「崇禎本」文本，才從總體上認識到詞話本文本遠勝於「崇禎本」文本。連那位認為詞話本「可讀性低」的研究者幾十年來也基本上研究的是詞話本，出版了好幾次詞話本校注本，而不大下功夫研究「崇禎本」。我認為說散本是對詞話本的刪改本，刪去了詞話本中的大量文字，改的大量文字也在總體上不如詞話本中的原文生動活潑。乾隆五十六年（1791 年）程偉元、高鶚付印了篡改後的《紅樓夢》，胡適稱之為「程甲本」；乾隆五十七年（1792 年）程、高又付印了《紅樓夢》新版本，胡適稱之為「程乙本」。這兩種印本書前都刻有不少繡像，小說文字用活字擺印，又是一百二十回本。脂硯齋等人評的《石頭記》各種抄本中沒有繡像，又多是八十回本，競爭不過程甲本、程乙本，「便湮沒無聞」了。進入民國以後，才陸續發現了脂評本《石頭記》戚蓼生序本、甲戌本、己卯本、庚辰本、俄國聖彼得堡藏本、南圖本、王府本、清人楊繼振藏本《紅樓夢》等等抄本（當然全是過錄本），抄本的小說文本遠勝於印刷本程甲本、程乙本。現當代的紅學家們多研究的是脂評本。這和現當代的金學家們多研究的是詞話本，是一樣的道理。詞話本中的很多錯誤是刻板時造成的，並非全是抄本中的錯誤。有的研究者說抄本中有一些「耳錄」之誤。其實刻板時也會有「耳錄」之誤，有時念抄本的是一個人，刻字的是另一人，誤刻成了音同或音近之字。即便有時是同一個人，他讀抄本時，默讀的某字之音，卻誤刻成了音同或音近之字。抄本中的草書字也很容易刻錯。我認為不能說刻出來的大量訛誤完全都來自抄本中的訛誤。

三

泰昌皇帝朱常洛死後第五天，即西元 1620 年 10 月 1 日，農曆九月初六，朱由校登基，是為天啟皇帝。此時詞話本已經刻了三十多回。早在第十四回中就刻了一個不好的人花子由，刻了三次，因為刻書人不可能預知朱由校後來即皇帝位，連「朱由校」這個名字也沒有聽說過，所以第十四回中刻了三次花子由的名字；但刻到第三十九回時，朱由校即皇帝位了，所以第三十九回、六十二回、六十三回、七十七回、七十八回、八十回中有十多次把「花子由」改刻成了「花子油」，以避天啟皇帝朱由校的名諱「由」，十多次把「由」改刻成了「油」。詞話本原抄本付刻於萬曆四十五年（1617 年）冬，天啟皇帝朱由校遠未登基，原抄本中十七八次無疑寫的都是「花子由」。付刻以後，第十四回中刻了三次花子「由」；但從第三十九回到八十回，卻十多次改刻為「花子油」，顯然是為了避新登基的天啟皇帝朱由校的名諱「由」（天啟皇帝登基於 1620 年 10 月 1 日）。很多學者都把《金瓶梅詞話》刻本稱為「萬曆本」，我認為這一稱呼只說對了一半，因為這一刻本付刻於萬曆四十五年（1617 年）冬，刻成於天啟元年（1621 年），正確的科學稱謂應是「萬曆末付刻、天啟初刻成本」，或簡稱為「萬曆、天啟間刻本」。我從 1983 年開始讀了幾遍《金瓶梅詞話》刻本影印本，發現該本第十四回中刻了三次花子「由」，從第三十九回起，到八十回，有十三四次改刻為「花子油」，應是天啟皇帝朱由校登基了，為了避他的名諱「由」，所以十三四次改刻為「油」。現在回憶起二三十年前的這一往事，我當年的這一發現，可能是最早發表在《雲南民族學院學報》1987 年第 4 期上。具體文字是怎麼寫的，我已記不清了。總之這一學術觀點是說：《金瓶梅詞話》中先刻了幾次壞人「花子由」，後來十多次改刻為「花子油」，是因為刻板中途，天啟皇帝朱由校登基了，為了避他的名諱「由」，所以十多次改刻為「花子油」，十多次不敢再刻為「花子由」了，該刻本應刻成於天啟初年。我給著名學者李時人先生的通信中也說了我的這一觀點，記得李時人先生不止一次地引用過我的這一說法，他曾在文中說「據李魯歌來信中說……」，我現在也記得不太清楚了。我還記得二十多年前中國金瓶梅研究會會長劉輝先生在一次國際金瓶梅研討會上說：「魯歌、馬征說《金瓶梅詞話》中先刻了幾次花子『由』，後來十多次把『由』字旁邊多加了三點水，改刻為三點水的『油』，是為了避天啟皇帝朱由校的名諱『由』，可見他們讀書是很認真仔細的。」劉輝先生二十多年前的原話我現在已記不準確了，但現在記得大意是如此。總之，詞話本應是付刻於萬曆四十五年冬，刻成於天啟元年。

說散本《金瓶梅》在第十四回中刻了四次「花子由」，也未避天啟皇帝朱由校的名諱「由」，可證說散本到第十四回時朱由校尚未登基。如果詞話本與說散本抄本是在蘇州同一個書坊付刻的話，那麼，詞話本付刻的時間早，說散本付刻的時間晚，說散本刻板時就會參考詞話本已經刻出來的文字。說散本刻到第三十九回時，刻書人就會發現詞話本第三十九回中把「花子由」改刻為「花子油」了，是為了避天啟皇帝朱由校的名諱「由」，所以把「由」改刻為「油」。但「由」與「油」還是比較相像，所以書坊老闆與刻書人決定把這一人名改刻為「花子繇」，避皇帝名諱「由」就徹底了，所以第三十九回和以後的六十一回、六十二回、六十三回、七十七回、七十八回、八十回中一連十多次改刻為「花子繇」。第三十九回中改刻為「花子繇」，是受了詞話本第三十九回中改刻為「花子油」的啟示和影響；後來一些回改刻為「花子繇」，應是崇禎皇帝朱由檢登基了，朱由校和他的五弟朱由檢兩任皇帝名中都有「由」，改刻為「花子繇」的「繇」，應是為了避朱由校、朱由檢兩個皇帝的名諱「由」。詞話本中改刻為「花子油」只是為了避朱由校的名諱，不知後來的朱由檢登基之事。據說散本抄本而刻的說散本刻本可能已失傳，今存的十多種崇禎本應是翻刻本。

今存崇禎本刻本竟然有十多部，估計崇禎時各書坊刻印過上千部，絕大多數已經失傳了，今存於世的十多種「崇禎本」，可能都不是據抄本刻印的那一部。

四

詞話本刻成於明熹宗朱由校登基後的天啟年間，所以刻本中十多次把壞人「花子由」改刻為「花子油」，以避朱由校的名諱「由」。說散本刻成於明思宗朱由檢登基後的崇禎年間，所以刻本中多次把壞人「吳巡檢」改刻為「吳巡簡」，以避崇禎皇帝的名諱「檢」。而詞話本刻本中則多次刻為「吳巡檢」，因為不可能預知後來登基的崇禎皇帝名叫朱由檢，多次不避朱由檢的名諱「檢」。有些研究者說崇禎本刻成在前，詞話本刻成在後，顯然是說錯了。我認為詞話本刻成在前，應刻成於天啟元年，即西元 1621 年，崇禎本（說散本）刻成在後，應刻成於崇禎元年，即西元 1628 年。

詞話本第九十五回中刻了一個忘恩負義的壞人吳典恩，新升了「巡檢」官，崇禎本把「巡檢」改刻為「巡簡」。詞話本該回中刻的「巡檢」「巡檢廳兒」「巡檢司」、多次刻的「吳巡檢」及「吳典恩做巡檢」等等，詞話本第九十七回中刻的「吳巡檢」，崇禎本中把這麼多的「檢」，都改刻成了「簡」，以避崇禎皇帝的名諱「檢」，這是很顯然的。請看我在下表中舉的一部分例證：

詞話本刻本第九十五回	崇禎本刻本第九十五回
吳典恩新升巡檢	吳典恩新升巡簡
被吳巡檢拿在監裏	被吳巡簡拿在監裏
吳月娘聽見吳典恩做巡檢	吳月娘聽見吳典恩做巡簡
被吳巡檢拿住	被吳巡簡拿住
吳巡檢又勒掯刁難	吳巡簡又勒掯刁難
吳巡檢舊日是咱那裏夥計	吳巡簡舊日是咱那裏夥計
被吳巡檢拿住監禁	被吳巡簡拿住監禁
吳巡檢那廝這等可惡	吳巡簡那廝這等可惡
吳巡檢是他門下夥計	吳巡簡是他門下夥計

吳巡檢把文書呈遞上去	吳巡簡把文書呈遞上去
吳巡檢稟道	吳巡簡稟道
吳巡檢聽了摘去冠帽在階前只顧磕頭	吳巡簡聽了摘去冠帽在階前只顧磕頭
第九十七回	第九十七回
吳巡檢怎生夾打平安兒	吳巡簡怎生夾打平安兒

還有一些例證從略。

在詞話本中被周守備罵作「可惡」的「狗官」「吳巡檢」「巡檢」刻有十多次，都被崇禎本改刻為「吳巡簡」「巡簡」了，顯然是為了避崇禎皇帝朱由檢的名諱「檢」。可證詞話本刻成於朱由檢即皇帝位之前的天啟年間，崇禎本刻成於朱由檢即皇帝位之後的崇禎年間。詞話本刻成在前、崇禎本刻成在後無疑。

五

「避皇帝名諱」，又稱為「避御諱」「避聖諱」，這在明、清兩代的文學作品中、特別是在長篇小說中，並不是百分之百嚴格的，無意中寫的文字或刻的文字犯了皇帝的名諱，只要無人發現和舉報，就無從追究和嚴懲。明朝時沒有清朝時嚴格，但清朝也不是百分之百地嚴懲不貸。確實有的人因寫的文字未避皇帝名諱而被捕入獄，甚至被殺頭；但有不少未避皇帝名諱的文字未被發現舉報，也就逃過了災禍，逃過了「文字獄」。

例如，清朝康熙皇帝姓愛新覺羅，名玄燁，清朝人寫或者刻「玄」字時，或者偏旁帶有「玄」者，「玄」必須缺末筆，或者改「玄」字為「元」，以敬避康熙皇帝的名諱。康熙帝之臣曹寅，號楝亭。上海古籍出版社 1978 年出版了《楝亭集》影印本，即是曹寅的詩文集刻本的影印本，書中的「玄」刻出時絕大多數都缺末筆；但我發現刻出的有一個「玄」字不缺末筆，見該書下冊《楝亭詩別集》卷三第十九頁反面第七行：「玄武湖邊放鶴亭」的「玄」字，就不缺末筆。《楝亭詩別集》刻行於康熙五十二年，即西元 1713 年，康熙皇帝還活着，那時無人發現或無人向朝廷、刑部舉報刻出的這一個「玄」字不缺末筆，所以無從追究「不敬避」康熙帝「聖諱」的「刑事罪責」。《楝亭詩別集》中另外刻出的四個「玄」、四個「絃」、一個「眩」、一個「泫」都是缺末筆的。其中卷三第五頁反面第七行有一句「玄棲吾夢魂」的「玄」，似乎也不缺末筆，介於缺與不缺之間。總之，刻出的五個「玄」字，多數缺末筆，少數不缺末筆。沒聽說捕殺了誰。現在有一些人搞「紅學」研究，發表奇談怪論，斷言一些脂硯齋評本《石頭記》（《紅樓夢》）都是民國時的大騙子們假造的「偽本」，說是因為這些抄本中全都不避康熙皇帝的名諱「玄」「弦」「絃」「眩」等等，而說程甲本、程乙本中卻是敬避了康熙皇帝的名諱的，所以只有程本才是乾隆時的真本，而十多種脂本全都是民國時的大騙子們假造成的「大偽」本。我認為持此謬論的個別人並沒有很認真細緻地讀過十餘種脂本和兩種程本。

正如前面所說，康熙五十二年刻本《楝亭詩別集》中有些「玄」字缺末筆，敬避了康熙帝的名諱，但也有的「玄」字不缺末筆，康熙皇帝活着時尚且如此未避他的名諱；那麼，他死後，其孫子乾隆時期的脂本與程本中避康熙皇帝名諱就更不嚴格了。一些脂本與兩種程本中都有不避康熙皇帝名諱的文字。例如：

程甲本、程乙本書前繡像第二十三幅《女樂》配詞中刻出來的「絃」字，就不缺末筆，而且這個「末筆」還特別長，非常清晰可見，竟然不敬避康熙帝「聖諱」。程甲本第六回、第十回、第十一回、一〇九回中有五個「眩」字不缺末筆；第四十回中有一個「炫」字不缺末筆；八十二回、八十三回中也有三個「弦」字不缺末筆。程甲本中國社科院文學所藏本或中國國家圖書館藏本中，都各有十個字未敬避康熙皇帝名諱。乾隆五十六年（1591 年）程甲本印出後，付刻人程偉元、高鶚害怕了，就在次年（乾隆五十七年，1592 年）準備印行的程乙本中進行修改，結果是書前繡像中有「絃」字的那一個刻板並未撤換，第十回中仍有一個「眩」，八十二回、八十三回中仍有兩個「弦」。程乙本把程甲本中十個未避聖諱的字並未修改乾淨，不過是減少到了五個字未避聖諱而已。難道能說程甲本、程乙本都是民國時的大騙子假造出來的「大偽」本嗎？

脂本十餘種全是過錄本，即傳抄本，不是曹雪芹的原抄本，也不是脂硯齋的原抄本。但也有一些避御諱的字，更不可免的有一些未避御諱的字。我只舉一部分例證如下：

第一回，己卯本、庚辰本、楊繼振藏本、俄國聖彼得堡藏本、甲辰本中皆有「玄」字缺末筆；戚蓼生序本、南京圖書館藏本、王府本、舒元煒序本、卞亦文藏本中不寫「玄機」而改寫為「元機」；己卯本、楊藏本、俄藏本、王府本、舒序本中寫的「弦」字缺末筆；戚序本、南圖本、甲辰本中的「絃」字也缺末筆。

第二回，戚序本、南圖本、王府本、舒序本、甲辰本、卞藏本中不寫「參玄」而改寫為「參元」；己卯本、庚辰本、楊藏本中「玄」字缺末筆。

第五回，己卯本、楊藏本中的「弦」字缺末筆；戚序本、南圖本、舒序本、卞藏本中的「絃」字缺末筆。

第六回，戚序本、南圖本、舒序本、楊藏本、庚辰本、卞藏本中的「眩」字缺末筆。

第九回，王府本、俄藏本中的「玄」字缺末筆；戚序本、南圖本、舒序本中不寫「玄」而改寫為「元」。

第十回，己卯本、王府本、戚序本、南圖本、舒序本中的「眩」字缺末筆。

第十一回，己卯本、王府本、戚序本、南圖本、俄藏本中的「眩」字缺末筆。

第十二回，戚序本、南圖本中的「玄」字缺末筆。

第二十一回，戚序本、南圖本、王府本、舒序本、俄藏本中「眩」字缺末筆。

以上都是為了避康熙皇帝的名諱「玄」。以下還有很多回各脂本中避「玄」字諱的大量例證，我就不多舉了。以上脂本多是八十回傳抄本，只有清人楊繼振藏本是一百二十回傳抄本，該本第八十一回至一百二十回中至少有三百處「原文」比程本文字正確。紅學家林冠夫先生曾發表論文舉出過三條例證。我發表文章補充了四十多條例證，因為雜誌的篇幅有限，沒有把三百條例證都寫出來。楊藏本「前筆」是原文，「後筆」是據程本抹改「原文」，後四十回中就至少有三百多處抹改得意思不通了。如果加上前八十回「後筆」用程本抹改楊藏本「原文」，程本中的錯誤至少有一兩千處。這也證明了楊藏本「原文」在前，程本在後。各脂本中的文字比程本正確的也至少有數千處，證明了是「脂前程後」，而不是什麼「程前脂後」。楊藏本是今存於世的十多種脂本中的一種。該本前八十回中有不少避御諱的字，後四十回中也有避御諱的字，如第八十二回、第八十三回中的「弦」、第九十三回中的「紘」、第一〇九回中的「眩」，都缺末筆。程甲本中反而有十個字不缺末筆；程乙本中沒有刪改乾淨，還有五個字不缺末筆。脂本與程本中都有一些字避御諱，也都有一些字未避御諱。

雍正皇帝名胤禛，楊藏本第十五回中有一個「禛」字，但少一橫，也可算是避了「禛」字名諱。如果說未避「禛」字名諱，也不足為奇，因為各脂本和程本中也有許多字未避康熙皇帝「玄」字名諱，我就不舉例證了。

乾隆皇帝名弘曆。王府本第二十二回中寫了一處「弘忍」，未避弘曆名諱「弘」；庚辰本、戚序本、南圖本、舒序本、俄藏本中「弘」字均缺末筆，以避乾隆帝名諱「弘」；楊藏本、甲辰本中改為「宏」，以避乾隆帝名諱「弘」。現在是民主時代了，如果是在君主專制的乾隆時代至清朝滅亡前，京劇名家李佩泓、史依泓的「泓」字不缺末筆，就有危險。幸好早已推翻了清朝統治！

清朝乾隆時期是中國古代文字獄的頂峰，一些脂本《石頭記》《紅樓夢》及程甲本、程乙本中尚且有一些文字沒有避康熙帝、雍正帝、乾隆帝的名諱；那麼，避皇帝名諱不大嚴格的明朝晚期的《金瓶梅詞話》刻本、說散本（萬曆至崇禎時刻本）中，有一些文字避了皇帝名諱，又有一些文字沒有避皇帝名諱，就很容易理解了。

我在下面列一個年表，就會瞭解不少情況：

萬曆十九年冬季至二十年　西元 1591 年 11 月至 1592 年　《金瓶梅詞話》抄本、簡稱《金瓶梅》抄本，開始創作，作者是江蘇「蘭陵」武進民間才人，粗改者是江蘇「蘭陵」人王穉登。先完成一至十一回，線裝為二帙（二冊），暗中以高價賣給江蘇金壇的富人王肯堂。屠本畯到王肯堂家中拜訪，見到此抄本二帙，他在此前從未聽說和未見過此小說，因問王肯堂，回答是「以重資購抄本二帙」，屠本畯在朋友王肯堂家中讀完了此二冊抄本。由王肯堂提供的線索，屠本畯到了老朋友王穉登蘇州的家中，果然又見抄本二帙，是裝訂好的第三、四帙，是第十二回至二十二回，屠本畯讀時，沒有問清楚從何處而來、後文在何處，感歎「恨不得睹其全！」原作者蘭陵民間才人、粗改者王穉登無疑抄有副本。

萬曆二十三年　西元 1595 年　作者蘭陵民間才人至本年初已寫到了四十六回；但讀了萬曆二十二年末（1594 年末）刻本《百家公案全傳·第五十回公案·琴童代主人伸冤》一回後，受到蔣天秀被殺害一案故事的啟發，在《金瓶梅詞話》第四十七、四十八回抄本中改寫為苗天秀被殺害一案。本年寫到了五十二回，裝訂為十帙。暗中以高價賣給了江蘇華亭人富豪董其昌。由於抄本中淫穢描寫甚多等原因，故囑咐董其昌切勿對人說抄本來自何處。之所以把殺害「蔣天秀」的凶犯之一「董家人」，改寫為殺害「苗天秀」的凶犯之一「苗青」，很可能是改寫時已瞄準了要把十帙抄本以高價賣給很有錢的董其昌，所以故事中的殺人凶犯之一不能姓董，而改寫為苗青。

萬曆二十四年　西元 1596 年　袁宏道（字中郎）自董其昌處借得抄本十帙從第一回至五十二回，每十回為一卷，共五卷零二回，予以抄錄，在致董其昌的信中說：「《金瓶梅》從何得來？伏枕略觀，雲霞滿紙，勝於枚生〈七發〉多矣！後段在何處？抄竟當於何處倒換？幸一的示。」董其昌未回答他。董此時也沒有五十二回以後的各回。袁宏道之弟袁中道（字小修）遇董其昌時，董對他說：「近有一小說，名《金瓶梅》，極佳！」可證《金瓶梅》是「近有一小說」，不是遠在嘉靖間已有的小說。董其昌又說此書中淫穢文字甚多，「決當焚之！」後來袁中郎到真州（今屬江蘇），其弟袁小修在中郎處讀到此抄本十帙，是全書二十帙之半前十帙，是第一回至五十二回。謝在杭從袁中郎處借抄《金瓶梅》抄本，只抄了六帙第一回至第三十一回，就離開了袁中郎。謝在杭沒來得及借抄袁中郎處的抄本第七帙至第十帙第三十二回至第五十二回。

萬曆二十五年　西元 1597 年　《金瓶梅詞話》作者蘭陵民間才人已寫完全書一百回，線裝為二十帙，其中第十一帙第五十三回至五十七回的五回係王穉登所寫，第五十六回中有嘲罵朋友屠隆作的一詩一文水準低劣，屠隆號赤水，該回中影射謾罵「水秀才」的「渾家專要偷漢」，影射謾罵「水秀才」和別人家的幾個丫頭、小廝「勾搭上了」而被逐出等等內容，屠赤水及其「渾家」本年還活着，所以這五回一帙抄本不便暗中賣出。遂將九十五回抄本以高價賣給了江蘇華亭人大富豪徐階之子。徐家的女婿劉承禧到徐家見之，抄得九十五回抄本。本年，詞話本一百回抄本已完成，王穉登之友曹子念，字以新，化名「欣欣子」（「欣」諧音「新」）寫了〈金瓶梅詞話序〉，又化名「廿公」（「廿」音「念」，與「念」是通假字，「廿」與「念」音、義同）寫了〈跋〉。序中說《金瓶梅詞話》「凡一百回」的作者是「蘭陵笑笑生」，是「吾友笑笑生」，跋中說作者是「世廟時一巨公」。因王穉登增訂《山中一夕話》一書時用過化名「笑笑先生」，「生」是「先生」的省略稱呼（見《史記》《漢書》中的注解），「笑笑生」即是「笑笑先生」。但曹子念不知道真正的作者是蘭陵民間才人，作者寫了九十五回，第五十三回至五十七回的五回一帙是王穉登妄補的。已故的是文壇領袖王世貞是曹子念之舅，王世貞死於萬曆十八年，即西元 1590 年，他死時《金瓶梅》尚未開始寫作，所以王世貞絕非《金瓶梅》作者。他死後，曹子念長住在舅王世貞家，世傳王世貞家藏有《金瓶梅》抄本全書，實非王世貞本人所藏，而是曹子念住在舅王世貞家所藏。他還藏有「欣欣子」的〈金瓶梅詞話序〉、「廿公」的〈跋〉。他死於本年。（我只見一些資料中說王世貞是曹子念之「舅」，但「舅」可指母之兄或弟，也可指妻或妾之父，亦可指妻或妾之兄或弟，也就是「舅」可指舅父或岳父或大舅子或小舅子，我不知王世貞與曹子念具體是何關係，願聞明教，使我能有進步。）曹子念之友王穉登同樣藏有《金瓶梅詞話》抄本「凡一百回」的副本以及「欣欣子」序、「廿公」跋。聽石居士記載湯顯祖「賞《金瓶梅詞話》」。湯顯祖購買或借抄的《金瓶梅詞話》，無疑也是九十五回的抄本。徐朔方先生考論：湯顯祖的《南柯記》第四十四齣〈情盡〉受有《金瓶梅詞話》第一百回的影響，《南柯記》完成於萬曆二十八年，即西元 1600 年。我認為湯顯祖讀到並讚賞《金瓶梅詞話》至一百回終，應是萬曆二十五年（1597 年）至萬曆二十八年（1600 年）之間的事。

萬曆二十六年　西元 1598 年　大約從本年起，王穉登把《金瓶梅詞話》抄本改寫為說散本抄本。做了很多修改增刪。如在說散本一些回的前面增加了王穉登編的《吳騷集》中的詞曲，包括王穉登自己作的一些詞曲。如對詞話本中的九十二個回目都做了修改。詞話本至少有四十多個回目上、下句不對仗，甚至有一些回目上、下句字數不相同，作者應是民間才人，不可能是「世廟時一巨公」「嘉靖間大名士」，所以王穉登對九十二個回目都做了修改。如詞話本第一回回目「景陽岡武松打虎　潘金蓮嫌夫賣風月」，說散本改為「西門慶熱結十弟兄　武二郎冷遇親哥嫂」，連內容也修改了。詞話本寫西門慶結交成十弟兄是在第十回，說散本改成了在第一回。連一些人名也做了修改，如西門慶的「弟兄」們，詞話本中的「祝日念」「常時節」改為「祝實念」「常峙節」等等。另外詞話本中的西門慶的女婿「陳經濟」改為「陳敬濟」。為何要修改這些壞人之名？我認為：當時有一位詞、曲、劇著名作家李日華，故把壞人「祝日念」改為「祝實念」；對王穉登特推重的大恩人名叫申時行，故把壞人「常時節」改為「常峙節」；禮部尚書名叫「陳經邦」，故把壞人「陳經濟」改為「陳敬濟」。至少是包括這些原因在內。說散本第五十六回中刪去了詞話本第五十六回中嘲罵屠隆作的一詩一文等內容，因為改寫為說散本，屠隆還活着，王穉登表面上一直是他的好友，不願暴露自己貶損、嘲罵屠隆作的一詩一文。屠隆於 1605 年死後，他的好友湯顯祖及親人屠本畯等等人還活着，王穉登不願暴露自己貶損、嘲罵屠隆的一詩一文，所以在說散本中刪去。

萬曆二十九年至三十年　西元 1601 至 1602 年　說散本在改寫中。詞話本抄本、說散本抄本都在暗中以高價出售。文在茲以不全抄本「見示」於薛岡。

萬曆三十四年　西元 1606 年　沈德符到北京遇到袁中郎，問他曾有《金瓶梅》抄本全帙否？中郎回答說自己只睹過數卷，甚奇快！說劉承禧家有全本，蓋從其妻的娘家徐階家錄得者。徐階（1503-1583）死時《金瓶梅》抄本尚未開始創作，該抄本開始作於 1592 年，完成於 1597 年，應是粗改者王穉登暗中以高價賣給徐階之子的。詞話本抄本每十回為一卷，袁中郎此時只讀過前十帙，即第一回至五十二回，亦即前五卷又二回，所以他對沈德符說自己只睹過「數卷」。說散本修改為每五回為一卷，如果袁中郎讀過前五十二回就應該說自己只睹過「十卷餘」，但他沒有這樣回答，而回答的是「第睹數卷」（「第」在這裏是「但」的意思，「第睹數卷」是「但看過數卷」的意思）。可證他此時看過的「數卷」必是詞話本抄本，而不是「十卷餘」的說散本抄本。說散本此時正在改寫中。

萬曆三十七年　西元 1609 年　劉承禧客居江蘇鎮江，舉人袁小修去拜訪他，應是從劉承禧住處購得《金瓶梅詞話》抄本九十五回十九帙，缺第五十三至五十七回的第十一帙的五回。袁小修忙於去北京見二哥袁中郎，應明年春在北京舉行的考進士的科試大事，絕不可能在鎮江花費很多的時間與精力向劉承禧借抄九十五回抄本，所以他只能是從劉承禧處以高價購買的，而不可能是借抄的。本年劉承禧敬請王穉登跋《快雪時晴帖》，述流傳經過。劉承禧有可能從王穉登處購得詞話本抄本共九十五回（第二次得到，第一次是從徐階之子處借抄的），並有可能得知王穉登處有說散本的抄本。本年九、十月間袁小修抵京，「已攜有其書」九十五回抄本十九帙，「居中郎寓」。沈德符此時亦在京，從袁小修處借錄此抄本共九十五回，此是詞話本抄本，而非說散本抄本。

萬曆三十八年　西元 1610 年　袁小修春場考試完畢後不久，「隨中郎南歸」。中郎必從小修那裏讀過抄本第五十八回至一百回。在袁中郎、袁小修離開北京前後，沈德符帶着借抄來的本子共九十五回到吳中，吳友馮夢龍見到九十五回抄本後「驚喜，慫恿書坊以重價購刻」，被沈德符拒絕。本年，袁中郎死（1568-1610）。

萬曆四十年　西元 1612 年　王穉登至遲在本年把詞話本抄本改寫為說散本抄本完畢。說散本抄本的原作者當然也是蘭陵民間才人，說散本抄本的改寫者應是王穉登。從西元 1592 年到 1597 年，暗中以高價賣出的主要是詞話本抄本；從 1598 年至 1613 年之間暗中以高價賣出的，既有詞話本抄本，也有說散本抄本。丘志充大約在本年或稍後，購得或借抄的說散本抄本後面部分共有五十回，無疑也缺第五十三回至第五十七回的一帙五回。稍後，謝在杭從丘志充處借抄得說散本抄本共五十回。因說散本把詞話本分為十卷修改成了分為二十卷，說散本抄本第九十六回回目前標明「金瓶梅卷之二十」。謝在杭在〈金瓶梅跋〉中說自己借抄的抄本「於袁中郎得其十三（按指十分之三），於丘諸城得其十五（按指從丘志充處得到抄本十分之五），稍為釐正，而闕所未備（按指缺所未備的一些回）」，謝在杭還說，自己的抄本為卷二十，是二十卷本。我的理解是，他在江蘇儀真從袁中郎處借抄《金瓶梅》詞話本第一回至三十一回，是萬曆二十六年（1598 年）的事；他從丘志充處借抄說散本抄本共五十回，大約是萬曆四十年（1612 年）的事，他明明看見說散本抄本第九十六回為「卷二十」。他在十多年前借抄袁中郎的抄本時，因有事二人離開，有第三十二回至五十二回的二十一回四帙抄本沒有抄。十多年後借抄丘志充的五十回抄本時，他已無法說清袁中郎的抄本總共是多少回、多少卷、多少帙了。袁中郎 1606 年對沈德符說過自己的抄本只有「數卷」，那時，他的抄本只有第一回至第五十二回共十帙，每十回為一卷，他只有五卷零二回，所以他說的是「數卷」，是符合詞話本的，而不合於說散本。說散本抄本改為每五回為一卷，一百回是二十卷，所以謝在杭說「為卷二十」。謝在杭的抄本有第一回至三十一回（借抄自袁中郎），還有後面部分的抄本五十回（借抄自丘志充），他總共只有八十一回抄本，還缺抄本十九回，所以他說「闕所未備」（「闕」同「缺」）。萬曆四十年底，沈德符的侄子沈伯遠以伯父沈德符所藏的抄本共九十五回給李日華看，見李日華《味水軒日記》。可見此時（萬曆四十年底，即 1613 年初），《金瓶梅》詞話本、說散本尚無刻本。

萬曆四十一年　西元 1613 年　馬仲良榷吳關，勸沈德符答應書坊以重價購刻九十五回抄本之求，「可以療饑」。沈德符予以拒絕，說：「此等書必遂有人板行；但一刻則家傳戶到，壞人心術，他日閻羅究詰始禍，何辭置對？吾豈以刀錐博泥犁（地獄）哉？」仲良大以為然，遂固篋之。本年農曆十二月二十二日，西曆 1614 年 1 月 31 日，王穉登死於蘇州家中。

萬曆四十五年冬　西元 1617 年冬　《金瓶梅詞話》抄本付刻於蘇州。抄本一百回，連同「欣欣子」寫的〈金瓶梅詞話序〉、「廿公」寫的〈跋〉，可能都是書坊以高價從王穉登家中購得的。王穉登雖已死，但他的兒子王留等人還活着。書坊應是從王穉登之子處購得而付刻的。由「東吳弄珠客」作了〈金瓶梅序〉，此序作於萬曆四十五年冬，刻在卷前的「欣欣子」〈金瓶梅詞話序〉、「廿公」〈跋〉之後，為「簡端」第三篇。

萬曆四十七年　西元 1619 年　說散本付刻於蘇州。本年與次年（萬曆四十八年即 1620 年）春夏，可能不止一家書坊刻說散本，卷前刻有一百零一幅繡像或二百幅繡像，其中有一部分繡像是性交圖，以「勾引」讀者們購買。詞話本中無繡像。

萬曆四十八年　西元 1620 年　詞話本、說散本都在書坊刻板中。詞話本第十回、十二回、十六回、二十回、二十二回等等回中刻了個壞人常時節。第十四回中刻了個壞人「花子由」兩次，另一次刻為「子由」，共刻了三次。都值得注意。說散本第一回中刻了壞人「常峙節」六次。第十四回中刻了壞人「花子由」四次。這些也都值得注意。本年七月二十一日（西曆 1620 年 8 月 18 日）萬曆皇帝駕崩，其子朱常洛於同年八月初一（西曆 1620 年 8 月 28 日）登基，是為泰昌皇帝。朝廷命「常州府」改為「嘗州府」，以敬避新皇帝朱常洛的名諱「常」，所以必須改「常」為「嘗」。請見《明史・地理志一》。而詞話本在第十回、十二回、十六回、二十回、二十二回等等回中刻了多次壞人「常時節」，說散本第一回中就刻了六次壞人「常峙節」，都不避泰昌皇帝朱常洛的名諱「常」，證明了刻出這些文字必然是泰昌皇帝登基之前的萬曆時期，朱常洛尚未即皇帝位，所以詞話本、說散本刻的這些處都不可能敬避泰昌皇帝朱常洛的名諱「常」，刻的壞人一作「常時節」，一作「常峙節」，都有「朱常洛」的「常」。朱常洛只做了 30 天皇帝，於同年九月初一（1620 年 9 月 26 日）駕崩。同年九月初六（1620 年 10 月 1 日）朱由校即皇帝位，是為天啟皇帝。詞話本第十四回中刻了兩次壞人「花子由」，刻了一次簡稱其為「子由」，說散本同回中刻了四次壞人「花子由」，應是刻於天啟皇帝朱由校登基之前，所以詞話本、說散本此處都沒有避天啟皇帝朱由校的名諱「由」。詞話本第三十九回改刻為「花子油」，說散本從同回起改刻為「花子繇」。應都是西元 1620 年 10 月 1 日朱由校即皇帝位以後的事。

天啓元年　西元 1621 年　今之金學大家黃霖先生考論：一部分說散本第三十一回回前標作「新刻金瓶梅詞話卷之七」，有「詞話」二字；現存於世的各個說散本第四十一回回前標作「新刻繡像批點金瓶梅詞話卷之九」，都有「詞話」二字。無疑是說散本修改詞話本時不慎留下的痕跡，可證詞話本在前，說散本在後。我很同意此說，認為：詞話本抄本在前，說散本抄本在後；詞話本刻本在前，說散本刻本在後。詞話本第三十九回、六十二回、六十三回、七十七回、七十八回、八十回，改刻成了十四次「花子油」，把壞人「由」十四次改刻為「油」，顯然是為了避天啟皇帝朱由校的名諱「由」。說散本第三十九回、六十一回、六十二回、六十三回、七十七回、七十八回、八十回，把第十四回四次刻出的壞人「花子由」，一連十五次改刻為「花子繇」，也都與避天啟皇帝「朱由校」名諱有關。詞話本比說散本刻得早，把壞人「花子由」改刻為「花子油」十多次，是為了避天啟皇帝朱由校的名諱「由」。詞話本應刻成於天啟元年，即西元 1621 年。或刻成於前一年朱由校即皇帝位的九月初六日即西元 1620 年 10 月 1 日以後，至天啟元年即西元 1621 年。此書刻行後，包岩叟寄給薛岡一部，薛岡在《天爵堂筆餘》中說了此事，還說「簡端序語有云：讀金瓶梅而生憐憫心者，菩薩也；生畏懼心者，君子也；生歡喜心者，小人也；生效法心者，禽獸耳。」他引的是東吳弄珠客〈金瓶梅序〉中的文字。他還說：「序隱姓名，不知何人所作。」詞話本中也有東吳弄珠客序，與說散本此序略同，但最大的不同是：詞話本此序末署的是「萬曆丁巳季冬東吳弄珠客漫書於金閶道中」，而說散本此序則刪改為「東吳弄珠客題」，顯然詞話本此序刻成於前，說散本此序刪改刻成於後。薛岡說的「簡端」，應包括欣欣子的〈金瓶梅詞話序〉、廿公〈跋〉、東吳弄珠客〈金瓶梅序〉共三篇在內，他沒有談前兩篇，不等於書前沒有前兩篇，何況他寫此文是回憶，並非很準確。沈德符也讀過刻本，只說五十三回至五十七回是「陋儒補以入刻」的「贗作」，並未談簡端的序、跋問題。直到 1933 年北平「古佚小說刊行會」影印發行了《金瓶梅詞話》以後，現代的研究者們才知道「欣欣子序」「蘭陵笑笑生作」「萬曆丁巳季冬……漫書於金閶道中」等等問題。明代沈德符、薛岡等等人只是沒有談這些問題而已。魯迅多次談過《金瓶梅詞話》刻本，也沒談過簡端的三篇序跋及「蘭陵笑笑生作」等問題。他們有談的自由，也有不談的自由。

崇禎元年　西元 1628 年　說散本刻成。說散本今存於世者有十多部，卷前刻有一百零一幅繡像，或二百幅繡像。刻這麼多的繡像頗費時日；加之從天啟元年（1621 年）開始，滿洲後金皇帝愛新覺羅·努爾哈赤率軍攻打並占領了瀋陽、遼陽等城市，兵荒馬亂，必然影響書坊的刻書進程。天啟皇帝朱由校於天啟七年八月二十二日（1627 年 9 月 30 日）駕崩，遺詔以皇五弟朱由檢嗣皇位，朱由檢於同年八月二十四日（1627 年 10 月 2 日）登基，是為崇禎帝。說散本（崇禎時刻成本）至遲刻到第四十八回時朱由檢已登基，該回中把詞話本該回三次刻的「檢」改刻為「簡」：把縣丞狄斯彬命仵作「檢視明白」「檢驗明白」、曾孝序彈劾西門慶「行檢不修」，三個「檢」都改刻為「簡」，以避朱由檢的御諱「檢」。詞話本第九十二回中的「檢驗」，說散本改刻為「簡驗」。詞話本第九十五回、九十七回中刻了個忘恩負義的大壞人「吳典恩新升巡檢」……「吳巡檢那廝這等可惡」……把這個壞「巡檢」刻了十多次，必刻於崇禎皇帝朱由檢登基之前，不可能預知朱由檢後來做皇帝，所以不可能預先避崇禎帝的名諱「檢」。說散本在第九十五回、九十七回中則十多次把大壞人「吳巡檢」改刻為「吳巡簡」，以避崇禎皇帝的名諱「檢」。這就證明了詞話本必刻於崇禎皇帝朱由檢登基以前的天啟年間，而說散本必刻成於朱由檢即皇帝位以後的崇禎年間，詞話本必早於說散本。

詞話本抄本、說散本抄本中必然寫的是「花子由」，詞話本刻板過程中十多次改刻為「花子油」，說散本刻板過程中十多次改刻為「花子繇」。詞話本抄本寫的和刻板印的各十多次都是壞人「巡檢」「吳巡檢」，因不可能預知朱由檢登基做皇帝，不可能預知避朱由檢的名諱「檢」，所以都未改「檢」字。說散本抄本付刻於萬曆末，抄本中必然十多次寫的壞人是「吳巡檢」；但刻板的過程中朱由檢登基做了皇帝，所以十多次改「檢」為「簡」。刻板過程中做的這些修改，都是為了避皇帝的名諱。詞話本、說散本第十四回中各刻過三、四次「花子由」（詞話本第三次作「子由」），詞話本第六十一回中刻過一次「花子由」，兩種刻本的刻書人後來也都記不清前面刻了什麼，即便模糊記得，也都不願意「返工」重刻了，因為那時避御諱並非百分之百嚴格。何況刻詞話本、說散本的書坊都不署書坊的名稱，刻有如此大量淫穢文字的書坊是不敢署自己是何「書屋」的，屬於秘密刻印發行，官方很不容易逮捕法辦。清朝避御諱比明朝嚴厲，書中尚且有不避御諱的文字，何況晚明或明末時期呢，這都不難理解。

六

遙憶三十餘年前的1983年，我在西北大學中文系晉升為講師，按上級規定，講師及其以上職稱者才可以去圖書館珍藏室讀《金瓶梅詞話》線裝本影印本，共二十一帙（冊），第一帙是二百幅圖，是把崇禎本的圖補配在第一帙中的，詞話本抄本、原刻本中沒有圖，總共只有二十帙。校圖書館珍藏室、陝西省圖書館古籍部都有1933年北平古佚小說刊行會影印的《金瓶梅詞話》，我都讀過。我於1983年用授課之餘的時間，坐在校圖書館珍藏室內讀完了《金瓶梅詞話》全書。但那時不許把書帶出珍藏室，只能「內閱」，也不准帶出去複印。省圖書館古籍部亦然。西安市各新書店與舊書店也沒有賣的，我手頭無書，沒辦法研究。1985年，感謝人民文學出版社《金瓶梅詞話》校點者戴鴻森先生關照（馬征認識戴先生），才讓馬征與我郵購了一套，我才於該年開始研究詞話本。郵購到的是上、中、下冊的刪節本，刪去了一萬九千多字。我的個性不可能研究刪節本，於是去學校圖書館珍藏室，花了多日時間，把戴校本刪去的文字全抄補在一個筆記本中了，以便於日後研究。珍藏室內只有一位女管理員，比我年紀大得多，對我很好，也不問我抄書抄的是什麼。正因為她不干涉，才成就了我以後發表了很多篇「金學」論文與多部「金學」合著與一本獨著。如果她審查我在抄什麼，不允許我抄寫，我可能很多年都不會研究《金瓶梅詞話》的，因為我不研究刪節本，也不會先研究崇禎本的，何況我那時也沒有讀過崇禎本，珍藏室中沒有崇禎本，西安市各書店也買不到崇禎本。現在我不住在學校，只是幾個月去學校一次。聽說那位珍藏室的管理員女老師早已退休，而且早已病故了。我很感謝這位忠厚長者的關照與不干涉、不禁抄，她一開始只是查看了一下我的講師職稱證明，允許我「內閱」而已，並不與我多說話。她可能當時並不知道我以後會研究「金學」，會發表很多論文、出版多部合著與一本獨著《紅樓夢金瓶梅新探》。她也不可能知道我後來晉升副教授、教授，與研究「金學」有很多成果密切相關。當然，我也發表過「金學」之外的魯迅研究、郭沫若研究、《紅樓夢》研究等等內容的論文數百篇，出版過獨著《魯迅郭沫若研究》一部七十六萬多字。系上有人說我只研究《金瓶梅》不應該晉升為教授；我的研究生導師張華教授、文學院兩任院長楊昌龍教授、李志慧教授、黨總支岳彥斌書記等等老師都實事求是地做了解釋工作，說我研究魯迅、郭沫若、中國現代雜文、《水滸傳》《紅樓夢》等等都有成果。1997 年評教授職稱時，校長、全校各院長、系主任數十名評委無記名投票，第一輪結束後休息時，文學院院長李志慧教授打電話祝賀我是全校第一個通過教授職稱的。岳彥斌書記在我的信箱中放一紙條，寫有「祝賀晉升教授」等文字。這些都是後話。

遙憶從 1987 年起，我在中文系領導和學校教務處的支持下，開了多年的《金瓶梅》研究課，這可能是中國內地最早在高校多年開此課的，可記載於「金學史」中。來選修的各系學生都有，還有來自全國各地的作家班的學員們，教室裏坐不下，就改換為大教室。年年如此，來選修的學生極多，座無虛席，甚至還有許多學生站着聽課的。

1987 年上半年，我購買了齊魯書社出版的王汝梅等先生校點的張竹坡評本上、下冊鉛印刪節本，暑假時就與馬征一同去首都圖書館，與崇禎本刻本校勘，感謝在該館古籍部閻中英主任的支持下，我們在該館校勘了四十多天，用紅墨水鋼筆把崇禎本中的異文抄寫在我們帶去的張竹坡評本鉛印本上。閉館以後回到旅館，又在帶去的戴鴻森校點本上作一些比勘。至今事情已過去二十多年，戴校本已丟失了下冊，張評本上、下冊還未丟失。北京圖書館藏崇禎本未能細讀。後來購買過北大圖書館藏崇禎本影印本一套，進行過比勘。崇禎本今存者有十多種，我沒有條件一一借閱。

今據二十多年前的校勘，很簡單地說一下：記得首圖本的繡像是一百零一幅，那時不允許複印。別的崇禎本似以二百幅繡像者為多。首圖本應是比較早的本子，但未必是據說散本抄本付刻的最早的初刻本，北大本、北圖本就更晚了。詞話本第十回才刻有壞人常時節，以後刻有多次；說散本第一回中就刻了壞人常峙節，刻了六次，後來又刻了許多次，有一些也刻作「常時節」，可證說散本是從詞話本而來的，有一些處改「時」為「峙」沒有改乾淨。既然詞話本第十回等等回刻有壞人「常時節」，說散本第一回中就刻了壞人「常峙節」六次，可證此時泰昌皇帝朱常洛尚未登基，所以刻的壞人「常時節」「常峙節」都沒有避泰昌皇帝朱常洛的名諱「常」，刻到此處時還是朱常洛登基之前的萬曆末年。說散本要刻一百零一幅圖，或二百幅圖，至少需要兩三個月時間。有可能這期間朱常洛登了基，做了皇帝僅 30 天就死了，國喪期間不宜刻書，特別是不宜刻有許多淫穢內容的書。朱常洛死後，天啟皇帝朱由校就登基了。詞話本第十四回中刻了兩次壞人「花子由」，第三次刻的是簡稱為「子由」，沒有避天啟皇帝朱由校的名諱「由」。說散本第十四回中刻了四次壞人「花子由」，也沒避天啟皇帝朱由校的名諱「由」，首圖本四次刻為「花子由」，北大本、北圖本四次也都作「花子由」，既沒有避天啟皇帝朱由校的名諱「由」，也沒有避後來的崇禎皇帝朱由檢的名諱「由」，第十回中刻的把李外傳的屍體「檢驗明白」，「檢」字也不避朱由檢的名諱「檢」。我還記得二十多年前我和馬征走在街上看見一些汽車的玻璃窗上都貼着一個大字：「檢」，我笑着說：「幸好現在民主了；如果是崇禎皇帝朱由檢封建君主專制時代，一個個敢貼『檢』字，都要殺頭！」她也笑了，說：「咱們每天校對崇禎本，把人都能累死，還有閒心情開玩笑。」原話記不清了，只記得大意如此。儘管說散本第十四回中刻了四次「花子由」，但第二回中就有把詞話本中的「由」改刻為「繇」的，如「只繇我自去便了」「繇武松搬了出去」「繇他自罵」「繇他」「惹起春心不自繇」，等等，很多回中也都刻有「由」字，也刻有「繇」字，如刻有「不自由」，也刻有「不自繇」，刻有「不由分說」，也刻有「不繇分說」，也刻有一些「檢」字。沒有人向天啟皇帝朱由校舉報，後來也沒有人向崇禎皇帝朱由檢舉報，沒有人向朝廷、刑部舉報，朝廷、刑部也沒有下令追查。但詞話本從第三十九回起，到八十回為止，把「花子由」十多次改刻為「花子油」，說散本從第三十九回起，到八十回為止，一連十多次把壞人「花子由」改刻為「花子繇」，無疑都是為了避皇帝的名諱「由」。

但詞話本第四十八回中刻的「檢視」「檢驗」、西門慶「行檢不修」三個「檢」字，說散本中都改刻為「簡」。詞話本第九十二回中刻的「檢驗」，說散本中改刻為「簡驗」。詞話本第九十五回、九十七回中刻了十多次壞官「吳巡檢」，說散本十多次都改「檢」為「簡」。這些改刻，顯然是為了避崇禎皇帝朱由檢的名諱「檢」。所以，詞話本應刻成於天啟元年，即西元 1621 年；說散本應刻成於崇禎元年，即西元 1628 年。

詞話本、崇禎本都是明刻本，無一是清刻本。張竹坡評本是清初康熙三十四年（1695年）的刻本。康熙時比明末避御諱嚴厲得多，對「礙語」的懲處嚴厲得多。例如詞話本、說散本第十七回中刻出的一些文字，張竹坡就修改成了對清朝統治者無礙的文字了。請看下表：

詞話本、說散本中的文字	張評本改後的文字
北虜犯邊	邊關告警
以消虜患	以消邊患
夷狄之禍	邊境之禍
漢之匈奴，唐之突厥	漢之陰山，唐之河東
契丹浸強	刻無寧日
大遼縱橫中國	干戈浸於四境
內無夷狄而外萌夷狄之患	內無蛀蟲而外有腐朽之患
今招夷虜之患者	今招兵戈之患者
主議伐遼	主議伐東
今虜之犯內地	今兵犯內地
縱虜深入	縱兵深入

從我舉的這一部分例證中就可看出詞話本、說散本（崇禎本）都是明刻本，張評本是清朝入主中夏之後的清刻本。另外，詞話本、說散本第四十九回寫西門慶「遇胡僧」，張評本改為「遇梵僧」。張竹坡認為寫「胡僧」，會被讀者理解為是從東北那邊過來的僧，改為「梵僧」就成了從印度來的僧了。詞話本、說散本寫「胡僧」給了西門慶百十丸藥，吩咐「每次只一粒，不可多了，用燒酒送下。」又給了西門慶粉紅膏兒，說了用法。這些都是淫藥，供西門慶「戰」女人們之前用。說什麼「一戰精神爽，再戰氣血剛。不拘嬌豔寵，十二美紅妝，交接從吾好，徹夜硬如槍。服久寬脾胃，滋腎又扶陽。百日鬚髮黑，千朝體自強。固齒能明目，陽生姤始藏……一夜歇十女，其精永不傷。老婦顰眉蹙，淫娼不可當……快美終宵樂，春色滿蘭房。贈與知音客，永作保身方。」以後西門慶就多次服此「胡僧藥」，「戰」一些女人。僧本來是戒淫的，卻給了大壞人西門慶許多助淫的藥。這樣寫「胡僧」「胡僧藥」很多次，使得張竹坡很擔心害怕，就都修改成「梵僧」「梵僧藥」了，把「梵僧」「梵僧藥」都推到了西南方萬里以外的印度去，與入主中夏的滿清「胡」人，沒有半點關係了。這也可證詞話本、崇禎本刻成於清軍入關前的明末，張竹坡修改於清朝統治時期。

既然說散本付刻於萬曆末年，刻成於崇禎初年，那麼，過去不少研究者稱其為「崇禎本」，就不完全正確了，對此時期說散本刻本的科學稱謂應是「萬曆末至崇禎時刻本」。

《水滸傳》與《金瓶梅詞話》的關係

一

我國古典文學首屈一指的傑作是清朝時出現的《紅樓夢》。這部偉大的現實主義小說的前八十回在西元 1760 年前後就已大體完成行世了，由它形成了我國古典小說的最高峰。明代也產生過兩部傑出的針砭現實、使人警醒的長篇小說，那就是《水滸傳》與《金瓶梅詞話》。

《水滸傳》的作者，有說是施耐庵的，有說是羅貫中的，有說是施、羅合著的。明・高儒《百川書志》中說：「《忠義水滸傳》一百卷，錢塘施耐庵的本，羅貫中編次」。在現存最早的明・容與堂刻本所附的〈《水滸傳》一百回文字優劣〉中，也說《水滸傳》是由「施耐庵、羅貫中借筆墨拈出」的。施耐庵約卒於 1370 年。後約 30 年，即 1400 年，羅貫中卒。揆之情理，羅貫中「編次」當在施耐庵去世之後，二人雖同生活於元末明初，然書成應是在 1370 至 1400 年之間，時為明洪武年間至建文初年。

《金瓶梅詞話》可簡稱為《金瓶梅》，它的作者是誰，迄今尚未考實。從明代萬曆年間到如今，中國和外國學者關於《金瓶梅》作者已經有了 70 多種說法，尚有待於進一步考定。《金瓶梅》抄本暗中販賣、流傳的最早時間，據文字記載可考者為 1592 年（明萬曆二十年），暗中販賣、借抄至少有二十年以上。《金瓶梅詞話》付刻於萬曆四十五年（1617 年）冬，刻成於天啟初年（1621），今存於世。這便是現存的《金瓶梅》最早版本，它應是最接近原作《金瓶梅》手稿的本來面貌的。這一刻本最前面有一篇署名為「欣欣子」的〈《金瓶梅詞話》序〉，其中寫道：「竊謂蘭陵笑笑生作《金瓶梅傳》，寄意於時俗，蓋有謂也。……吾友笑笑生為此，爰罄平日所蘊者，著斯傳，凡一百回。」說《金瓶梅》整部書一百回的作者是他的朋友「蘭陵笑笑生」，這話不完全可信。序中還提到了「前代騷人」「羅貫中之《水滸傳》」，可見二人均受其影響。我認為「蘭陵笑笑生」應是「蘭陵」人王稺登，「欣欣子」便是他的朋友曹子念。但《金瓶梅詞話》的真正作者應是江蘇「蘭陵」（武進）民間才人，他創作《金瓶梅》時，《水滸傳》早已刻行於世，故《金瓶梅》能有所本。正如魯迅所說的那樣：「《金瓶梅》全書假《水滸傳》之西門慶為線索」，[1]「書中所敘，是借《水滸傳》中之西門慶做主人，寫他一家的事蹟。」[2]有《水滸傳》中西門慶與潘金蓮的故事，才有據此而生發、鋪展、演化而成的《金瓶梅》。是《水滸傳》影響了《金瓶梅》，而不是相反，也不是二者互相影響。

由以上可知：《水滸傳》的完成時間比《金瓶梅》約早 200 年；而《金瓶梅》則比《紅樓夢》約早 160 年。毛澤東說過這樣的話：「《金瓶梅》是《紅樓夢》的祖宗，沒有《金瓶梅》就寫不出《紅樓夢》。」[3]這見解是對的。如果再往前追溯的話，那麼當亦可以說：《水滸傳》是《金瓶梅》的師尊，沒有《水滸傳》也就寫不出《金瓶梅》。這同樣是應該承認的事實。

經黃霖先生用《金瓶梅》與各種本子的《水滸傳》相對照，發現與萬曆十七年天都外臣序刻本最為接近。我查了一下，該序末署「萬曆己丑孟冬」，即萬曆十七年（1589）冬。一百回當刻成於萬曆十九年。《金瓶梅》動筆創作於萬曆十九年冬。作者據以改錄的《水滸傳》本子，當是這一刻本。《金瓶梅》受這一刻本的影響最直接，也最大。《金瓶梅》對《水滸傳》中文字的改錄，達數萬言之多；而獨立的創新則超過此十倍之數，約有六、七十萬字。後者無疑是最可寶貴的。其實即使在改錄時，也有不少的翻新，對此亦不應忽略。儘管《金瓶梅》對《水滸傳》有改錄與模仿，但更多的地方，或者說從總體上而言，它是另闢新徑的。它對《水滸傳》有師法，但更多的是創造，是超越，其整體性特質是：「青出於藍而勝於藍」。

二

對前人作品文字的大量略改而抄錄，畢竟不能算是好的創作。《金瓶梅》中花費了數萬字的篇幅樂於此道，是並不高明的。《紅樓夢》雖受有《金瓶梅》的影響，但曹雪芹卻完全摒棄了此法，而代之以石破天驚的全然嶄新的自我創造。《水滸傳》第二十三至二十七回中武松打虎、武氏兄弟相遇、王婆貪賄說風情、西門慶私通潘金蓮、鄆哥茶肆罵王婆、武大捉姦被踢傷、潘氏藥鴆武大郎、武松發配孟州道等故事情節，都基本上被搬入《金瓶梅》中去了，很多處文字都是相同或相近的。現代人把這種做法蔑稱為「抄襲」；對古人雖不必如此苛責，但對此法亦不宜恭維。以上故事是廣大讀者所熟知的，沒有必要花太多的筆墨大體上再來一遍。法國美學家狄德羅在《論戲劇藝術》中指出：

1　見魯迅《中國小說史略》。

2　見魯迅〈中國小說的歷史的變遷〉。

3　見《毛澤東的讀書生活》一書。

作家「必須精選情節而在利用時應該善於節制」。這是就戲劇創作而言的；在大致襲用前人小說中的情節時，更當如此。魯迅在〈《絳洞花主》小引〉中表示「深佩服作者的熟於情節，妙於剪裁」。《金瓶梅》的性質不是對《水滸傳》的改編，而是另一部創作，對於人們所熟知的水滸故事，在移用時更應做到「妙於剪裁」，儘量避免雷同。

儘管《金瓶梅》中有數萬言和《水滸傳》中的文字相同或相似，但在這部近百萬字的長篇小說中，它也只占很少的比重。對這種寫法當然不值得肯定；但它也只是整個白璧中之微瑕，大得中之小失。

《金瓶梅》在改錄《水滸傳》中的文字時，就局部的獨立故事而言，所用的方法大體上有三種。一種可稱為「對應改錄」，即《金瓶梅》中略改並抄錄了《水滸傳》中對同名人物故事的寫法及審美評價，對象之間基本上是等位對應走向；另一種可稱為「異名嫁接」，即《金瓶梅》作者把《水滸傳》中對某人物故事的寫法及審美評價，略改後用於不同名人物故事身上，對象之間的筆路趨抵是斜位勢態；還有一種介於以上二者之間，可稱為「同、異名相間改移」，對象之間的起訖線，既有平行的，也有斜向的。

這三種改錄，對象之間一般來說都不是完全相等的，而是總體上的近似或迥異，當然其中也有相同的部分。在手法上則表現為模仿與翻新。

《水滸傳》是用多副筆墨寫成的，其中最引人注目的有兩副筆墨，一是寫驚心動魄的英雄故事，二是寫社會和家庭的日常生活。前者帶有濃重的傳奇色彩，後者則着力於細膩的人情與世情。全書以前者為主，後者為次。儘管兩者總是雜糅在一起的，但在相對獨立的界域裏，兩者又各顯其本質性特徵。《金瓶梅》中雖然對兩者都有攝取（如武松打虎屬於前者，西門慶與潘金蓮調風月屬於後者），但作者的美學觀無疑對後者有着更濃烈得多的興趣。魯迅在《中國小說史略》中把《水滸傳》稱為「講史小說」，而《金瓶梅》則歸入「人情小說」。所謂「人情小說」，即「記人事者」，其取材「大率為離合悲歡及發跡變態之事，……又緣描摹世態，見其炎涼，故或亦謂之『世情書』也。」而在有明一代「諸『世情書』中，《金瓶梅》最有名」。他在〈中國小說的歷史的變遷〉中把《金瓶梅》歸為「講世情的」，說「這種小說，大概都敘述些風流放縱的事情……」。《水滸傳》中寫「風流放縱」之類者並不多，最突出的只有西門慶與潘金蓮的故事。《金瓶梅》的作者特別看重它，對它作了「對應改錄」並擴展之。另外還有潘巧雲與裴如海相勾搭，高衙內調戲林娘子的故事，也都引起了《金瓶梅》作者的注意，由他作了「異名嫁接」。介於二者之間的「同、異名相間改移」法，如《水滸傳》中同樣敘「風流放縱」之事的王英欲占劉高妻，她被宋江所救的情節，移入《金瓶梅》時以吳月娘置換了劉高妻便是。

「對應改錄」多用在西門慶、潘金蓮、武松、王婆、武大的身上，也有用在鄆哥、何

九、陳文昭、知縣等人物身上的。這是《金瓶梅》改造《水滸傳》中的相應內容的主要方法。這種改錄，在對象之間沒有較明顯區別的情況下，是沒有多大意義可言的，而這在文字上則占絕大部分。這是不足取法的，本篇亦不擬多談。但作者也不至於蠢笨到完全照抄的程度，因而應注意他在含義上的改造。關於這一點，將在下一節中作些述評。

「異名嫁接」是一種「移花接木」或「張冠李戴」之法。這大體上又表現為兩樣形態，一是對《金瓶梅》主心人物西門慶、潘金蓮的移接，二是對其他人物的搬用。

《金瓶梅》的作者對《水滸傳》中潘巧雲與裴如海的故事亦頗有興味，在《金瓶梅》中也擇取了這一故事的寫法。如西門慶初見潘金蓮時的那一段文字，就是從《水滸傳》中石秀初見潘巧雲時的那段描寫而來的，只不過略加修改而已。《水滸傳》裏眾僧為潘巧雲追薦亡夫王押司做道場的那段描寫十分精彩，也被略改後移植到《金瓶梅》中，成了描寫眾僧為潘金蓮燒夫靈做道場時的情狀。《水滸傳》中寫潘巧雲與裴如海苟合時的那段詞，被《金瓶梅》作者略改後用來寫潘金蓮與琴童。《水滸傳》寫潘巧雲趁丈夫楊雄不在家時，讓丫頭迎兒用暗號約裴如海來家私通；《金瓶梅》也予以模仿，寫李瓶兒趁丈夫花子虛不在家時，使丫頭迎春用暗號約西門慶來家交歡，但也有一些變化。此外，《金瓶梅》中嘲罵和尚的文字：「那眾和尚見了武大這個老婆，一個個都昏迷了佛性禪心」，等等，也是從潘巧雲故事中來的。顯然，《金瓶梅》的作者最喜歡《水滸傳》中潘金蓮、潘巧雲故事的寫法，這無可掩飾地溢露出他的審美情趣。《水滸傳》中寫人情與世情、「風流放縱」之事最有撩撥力的便是這二潘故事，而這也就成了《金瓶梅》之先聲。《金瓶梅》作者接受並繁化了它，以致後者在情感方面遠遠地超過了前者。凡事走過了頭即有弊。《金瓶梅》作者熱衷於此而嗜痂成癖，遂使一些不健康的淫穢描寫降低了作品的美學高度。在移用描寫潘巧雲與裴如海行房時的那段詞來寫潘金蓮與琴童時，對末二句的修改便太直露了，把「可惜菩提甘露水，一朝傾在巧雲中」，改為「霎時一滴驢精髓，傾在金蓮玉體中」，變成了更「俗」、更不美的一個實例。

《金瓶梅》作者在寫非主心人物作「異名嫁接」時，也頗着眼於「風流放縱」之類的事。如《水滸傳》中寫高衙內藏在陸謙家裏，派一個漢子騙來林娘子企圖姦污，為林沖趕到所救的情節，被移用到《金瓶梅》中，變成了殷天錫藏在碧霞宮方丈內，企圖強姦吳月娘，被吳大舅衝入而救之。《水滸傳》中張都監陷害武松之計，被略改後移入《金瓶梅》中，成了西門慶陷害來旺之法，叫喊捉賊的也不過是玉蘭改為玉簫而已。武松遭陷害與西門慶、潘金蓮「風流放縱」之事有關；張都監將玉蘭許給武松，也有點「風流」韻味。至於西門慶淫占宋惠蓮而陷害其夫來旺，那就更無須乎說了。

在《水滸傳》一百單八將中，最好色的莫過於矮腳虎王英了。他的「風流放縱」之事，自然也引起了《金瓶梅》作者的注目。在對《水滸傳》作「同、異名相間改移」時，作者便採取了王英強迫劉高妻做押寨夫人的故事，略加改造，用在吳月娘的身上。這本來是很好理解的事。

以上近於依樣畫葫蘆之法，在文學創作中不宜稱頌。《金瓶梅》中還錄用有《水滸傳》裏的韻文、語句多處。這些並以上手法，均為寫作中之大忌。模仿是寫作的初級形式；至於原封不動或大同小異地抄襲，那就更應當擯斥在外了。魯迅指出：寫小說時受有前人作品的影響，這並無礙，「但要注意創新，一定不要以模仿為滿足。」[4]《金瓶梅》中的確有對《水滸傳》的大量模仿。但作者也是並不以模仿為滿足的。對於他的「模仿式的改造」，自然不能給予高度的評價；但對其「翻新式的改造」，則又不能視而不見，不作研究。

三

《金瓶梅》的作者在移用《水滸傳》中的人物故事時，特別是在人物形象塑造方面，大都有或多或少的「翻新式的改造」。這些改造往往加強了作者的褒貶之意，表達了作者對社會、人生的深刻思想，值得人們去作認真地探討。

有些改造看起來是表層化的，對讀者來說似乎並不重要。如《水滸傳》中西門慶與潘金蓮的故事發生在山東陽穀縣，《金瓶梅》卻改到了山東清河縣；《水滸傳》中武大、武松、潘金蓮都是清河人，西門慶、王婆是陽穀人，《金瓶梅》卻將武大、武松改為陽穀人，潘金蓮仍作清河人，西門慶、王婆改為清河人；將《水滸傳》中的陽穀縣知縣也改為清河縣知縣。《金瓶梅》作者為什麼要這樣改呢？為什麼要把《水滸傳》中的陽穀人姦夫西門慶與壞人王婆都改為清河人呢？又為什麼要把《水滸傳》中的清河人英雄武松與忠厚老誠的武大都改為陽穀人呢？《水滸傳》中的清河人淫婦潘金蓮卻又為何不改為陽穀人，而仍作清河人呢？為什麼把《水滸傳》中的陽穀縣知縣寫成一個貪官污吏、受賄賣法的清河縣知縣呢？這樣修改也值得研究。

在人物形象塑造方面的改造，有的花費了較多的筆墨，有的用字不多，而思想含義卻很不相同。這些改造大致有：

1. 武松。作者為了把武松寫得更高些，以表達自己對最高統治階層的痛恨，將《水滸傳》中的武松酒醉打了「本處機密」，改為酒醉「打了童樞密」——朝廷四大奸臣之一的童貫。這樣，武松所憎恨的就不是一個普通小官吏，而是朝廷權奸了，作品的思想性也得以提高。《水滸傳》中寫武松從東京返回後殺了潘金蓮，在酒樓打殺了西門慶，

---

4 轉引自李霽野：〈魯迅先生教導的點滴〉，載 1981 年 9 月 1 日《中國青年報》。

將王婆押交知縣，後由東平府府尹陳文昭判了剮。《金瓶梅》改成武松返回前西門慶已娶走了潘金蓮，西門慶在酒樓上見武松奔向酒樓，便從後窗逃出，武松打死了給西門慶報信的皂隸李外傳，因此而發配孟州。到第八十七回，寫武松在路上適值太子立東宮，放郊天大赦，遇赦而歸，到清河縣（知縣已換）下了文書，依舊做都頭。此時西門慶早已縱欲身亡。武松到王婆家以施恩給的一百兩銀子又另加五兩，買下潘金蓮。潘以為武松要娶她為妻；武松卻令潘與王婆招出毒死武大實情，先後殺之。這樣寫，不但豐富了武松頗有心計的性格，而且更重要的是塑造了他即使遇赦、仍做都頭，也依然堅持正義，報仇雪恨，不達目的誓不甘休的精神品質。但作者對武松也不是全然讚揚的。他在移用了《水滸傳》中武松殺潘的細節之後說：「武松這漢子，端的好狠也！……」顯然不贊成他那種戳潘金蓮一刀，斡開她的胸脯，取出她心肝五臟，又割下她頭來的極其殘忍的殺人辦法，與《水滸傳》中表現的解恨、大快人心之情不同，比《水滸傳》作者的仁道思想為多。

2. 武大。《水滸傳》中的武大郎無名，《金瓶梅》中定其名為武植。他一味老實，不中用，長得醜陋，不會風流，這在兩書中是一樣的。《金瓶梅》作者對武大形象的改造主要有四點：一是《水滸傳》中寫他「身不滿五尺」，《金瓶梅詞話》中改為「身不滿三尺」，就太矮了，與美女潘金蓮極不般配。二是《水滸傳》中寫他與潘金蓮婚前他是單身，《金瓶梅》中改為他前妻死後留下一女兒名叫迎兒，已十二歲，可知他比潘金蓮大得多，潘作為後媽，心中也更不樂意。三是他得到張大戶的一些好處（如給他房住，不收房錢，白送給他一個美妻潘金蓮，又給他銀子做本錢），他賣炊餅回來進屋撞見張大戶與潘金蓮廝會「亦不敢聲言」。這一方面揭露了富人用財色收買人心以遂其私欲的卑劣手段，另一方面也刻畫了武大在受有金錢等好處的情況下，不敢伸張正理的性格弱點。四是明確地點出了武大愛喝酒的不良習氣。潘金蓮憎嫌他只是一味喝酒，對武松說他「如在醉生夢死一般」。他本來長得極矮、醜陋，為人窩囊，「着緊處，都是錐扎也不動」，又窮，已是夫妻關係中很不利的因素了；再加上一味愛喝酒的惡習，不停地花錢買酒喝，便又增添了新的不利因素，只能使金蓮更厭惡、嫌憎他。作者這樣寫，也反映了作品中反對酒、色、財、氣的思想。別的「藝術改造與創新」還有一些。現當代的美女們誰願意嫁給這樣的男人呢？

3. 潘金蓮。在《水滸傳》中，潘金蓮的靈魂是醜的，但也有美。如大戶糾纏她，她「只是去告主人婆，意下不肯依從。」大戶記恨於心，倒賠些房奩，把她嫁給身不滿五尺的武大郎。她不從大戶的糾纏，是她身上的美點。《金瓶梅》中處理這一特定情節時，抹去了金蓮身上的這一美點，改成了張大戶趁主家婆余氏不在，將金蓮喚入房中「收用」（姦占）了；此後張大戶因常與她淫媾，身上添了五種病。主家婆察知其事，與大戶嚷罵了數日，苦打金蓮。大戶知不容此女，最後就倒賠房奩，自己「早晚還要看覷此女」，就把她嫁與房客武植（武大郎）為妻。張大戶將她送給武大後，也常趁武大挑擔上街賣炊餅不在時，去和她偷情。大戶病死後，主家婆察知其事，怒將金蓮、武大趕出，武大就賃別處房子住了。這樣改，更合於《金瓶梅》中潘金蓮的性格，使後來她的「好偷漢子」、與西門慶、琴童、陳經濟、王潮私通，都能得到合乎情理的解釋。在《水滸傳》中，潘金蓮是武大的原配；到了《金瓶梅》中改為續弦，便於塑造這一凶殘的後娘形象——她一貫虐待武大前妻之女迎兒，「要便朝打暮罵，不與飯吃」。《水滸傳》中寫武大郎「身不滿五尺」，個子並不算太矮；《金瓶梅詞話》中改為「身不滿三尺」，就太矮了，潘金蓮不可能喜歡他，被迫無奈嫁給他是很委屈的。《水滸傳》中的武大郎沒有什麼不良嗜好；而《金瓶梅詞話》中「藝術改造」為武植（武大郎）一味喝酒，他本來就窮，卻不住地花錢買酒喝，又比《水滸傳》中的武大郎愚鈍得多，潘金蓮自然更嫌憎他。她動輒唾罵武大；當武大被西門慶踢中心窩病倒後，她恐嚇迎兒不許給他一點湯水喝。凡此均突出了她的心腸狠毒，為人不善。她嫁給西門慶後，叫他給官府「上下多使些錢，務要結果了武松，休要放他出來」。她經常虐待丫頭秋菊，打罵、罰跪、還要頂石頭。她先後挑唆西門慶毒打孫雪娥和十一二歲的小鐵棍兒。她害得家人來旺被刑打、囚禁，又遠解徐州，其妻宋惠蓮自縊身死。還害死了官哥兒及其母親李瓶兒。她的性格是複雜的。西門慶死後，她一方面等着情人陳經濟去東京取錢來贖她；而另一方面當仇人武松來買她時，她又很願意嫁給他為妻，心想「這段姻緣，還落在他家手裏」，「可知好哩」。她高興地給武松點一盞好茶，雙手遞上，又急不可耐地叮嚀他：「既要娶奴家，叔叔上緊些！」然終被武松所殺。她的悲劇是窮人和婦女遭受壓迫的黑暗社會與不合理的奴婢制度、婚姻制度造成的。當張大戶「收用」她之後，作者便感慨地寫道：「美玉無瑕，一朝損壞；珍珠何日，再得完全！」她美麗，聰明，有才學，手藝精，「描鸞刺繡，品竹彈絲，又會一手琵琶」，「針指女工，百家奇曲，雙陸象棋，無般不知」，「諸子百家，……拆牌道字皆通，一筆好寫」。然而卻被張大戶玷污後送給了奇矮、特醜、遲鈍、無能耐、愛喝酒的武大，後來又被西門慶騙到了手中。西門慶、王婆和她聯手用砒霜毒死她丈夫武大之後，西門慶對她賭咒發誓：「我若負了心，就是你武大一般！」意思是我也不得好死！現在有一些女人們之間流行着兩句話：「寧可相信世界上有鬼，都不要相信壞男人的那一張嘴！」西門慶此後確確實實「負了心」，娶了孟玉樓為第三房、孫雪娥為第四房，才娶潘金蓮為第五房，又娶了第六房李瓶兒，亂嫖妓女多人、亂搞丫鬟、僕婦多人、與林太太私通、亂搞孌童。相比之下，潘金蓮與琴童、陳經濟、王潮私通，就是「小巫見大巫」了。但她和西門慶、王婆共同毒死武大郎，都是故意殺人犯，都是應該判為死刑的。但西門慶用十兩銀子賄賂買通了殮屍的何九予以遮掩，就瞞天過海，暫時沒事了……。潘金蓮是社會的受害者，同時她又害死了別的一些人。作者在這一人物身上，對社會本質、奴婢制度、婚姻制度、妻妾制度、人性的劣點等等的揭露，比《水滸傳》更為廣泛與深刻。

4. **西門慶**。為了更加顯示西門慶靈魂之卑污，突出這一大淫棍的典型的實質，將《水滸傳》中所寫的西門慶家中已有大娘子，並已討得「幾個身邊人」（包括李嬌嬌在內），外宅養有張惜惜，更具體化為西門慶先妻陳氏死後，又娶妻吳月娘，已有二妾：李嬌兒與卓丟兒，外宅養有張惜春，並專一「調占良人婦女，娶到家中，稍不中意，就令媒人賣了，一個月倒在媒人家去二十餘遍。」後又納孟玉樓、孫雪娥為妾。這樣就更細緻、清晰地勾勒出了西門慶的醜惡本質，顯然是青出於藍之筆。這也為寫西門慶先姦後娶潘金蓮、李瓶兒，「收用」迎春、繡春、春梅，淫李桂姐、吳銀兒、宋惠蓮、王六兒、鄭愛月、如意兒、林太太、賁四嫂、惠元，雞姦書童、王經，揭露惡霸豪紳在獸欲上的驚人罪孽，作了有力的鋪墊。《水滸傳》中寫武松自東京回來後不久便打死了他；《金瓶梅》改為誤打死了給西門慶報信的皂隸李外傳，以便於使西門慶這一惡霸豪紳的典型的種種罪惡得以充分地揭露。

除了他姦占許多婦女而外，作者還揭露他勾結權奸，逃脫法網，或賄賂官府，迫害無辜，草菅人命，或親自利用官權貪贓枉法的罪行。如他給知縣李達天、上下吏典行賄，知縣就不准武松所告，刑打武松，解送東平府。他央托親家陳洪心腹下書給陳的親家朝廷權奸楊戩，西門慶派家人去東京打點，楊戩轉央太師蔡京，蔡京給門生東平府尹陳文昭寫密書，免提西門慶、潘氏，陳文昭就對武松脊杖四十，刺配二千里孟州牢城充軍。西門慶終使自己與潘金蓮、王婆逍遙法外。再如西門慶賄賂蔡京之子蔡攸與右相李邦彥，使自己又逃脫了懲治。他勾結夏提刑，嚴刑拷打蔣竹山，勒令其歸還根本不曾借的三十兩銀子。為占有宋惠蓮，賄賂夏提刑、賀千戶，將來旺拷打、收監，終致遠解徐州；惠蓮自縊後，他又給李知縣送去賄銀，誣衊她因失落銀盅，恐家主查問見責而自盡。接着又與知縣勾結，反將告狀的惠蓮之父宋仁捉拿、毒打，致使其身亡。他得苗青賄銀一千兩，與夏提刑均分，便開脫了這一殺人犯。何九為兄弟何十替盜賊做窩主被拿之事向他求情，他為何九當年曾為他與潘金蓮在毒死武大之事上效過勞，便將何十放出，另拿了弘化寺一名和尚來頂缺，說盜賊曾在他寺內宿了一夜。如此等等。

《水滸傳》中的西門慶未做官，《金瓶梅》中卻讓他做了理刑的大官。由西門慶的兩次加官，揭露與抨擊了皇帝的昏庸、朝廷的腐敗、權奸及其爪牙的罪惡。由於充分展開了西門慶這一豪惡縉紳的典型形象，寫他「不惟交通權貴，即士類亦與周旋」，因此才做到了「著此一家，即罵盡諸色」[5]。《水滸傳》中西門慶只開着一個鋪子，《金瓶梅》

5　魯迅：《中國小說史略》。

中改為開四、五個鋪子。着力塑造了一個新興大商人兼官僚、惡霸與淫棍的典型形象。這些改造與發展，都比《水滸傳》中的相應內容更廣闊、豐富和深邃得多了。

5. 何九。為了寫出一般人心之陋劣及賄賂、貪財之風的醜惡，將《水滸傳》中的何九叔拿出西門慶賄銀十兩及自己所偷武大骨殖作為證見，改成了何九並未偷骨殖；在兩個火家議論武大之屍時，他卻為西門慶與潘金蓮效力遮掩；武松尋他作證時，他早已逃之夭夭。這也為他後來返里托王婆向西門慶說情，放出他兄弟何十，備厚禮謝西門慶，埋下了一條伏線。使得前後照應，構成了有機的聯繫。

6. 王婆。《金瓶梅》中的王婆比起《水滸傳》中的同一人物來，其發展主要是在第八十六、八十七回。西門慶死後，潘金蓮與西門慶的女婿陳經濟私通致孕而墮胎，吳月娘叫來王婆將她領出去聘嫁，隨賣多少錢都可以。王婆卻向何官人、張二官、陳經濟、周守備、武松都要一百兩銀子，且說這數目是吳月娘的吩咐；她的媒人錢還在外。賣給武松後，她只留下二十兩銀子交給吳月娘，自己淨得八十五兩；然終被武松所殺。她的貪財、善於撒謊、放刁，比《水滸傳》中的王婆表現得更為充分、強烈。

7. 知縣。《水滸傳》中的陽穀縣知縣無名；《金瓶梅》中改為清河縣知縣，名李達天。《水滸傳》中並未寫知縣與大奸臣朱勔的關係；《金瓶梅》中則寫明他們是親戚，使人們看出朝廷權奸的魔爪延伸之廣遠及地方官吏背景之一斑。這也照應了後文對朱勔的揭露與鞭撻。《金瓶梅》的作者將《水滸傳》中的知縣一心要周全武松，改成了對武松的毒刑拷打。這當然與西門慶未死有關；但更重要的是作者這樣改，能使讀者清醒地認識到權勢者們卑劣凶殘的本質。

8. 陳文昭。《水滸傳》中並未寫東平府尹陳文昭與太師蔡京的關係；《金瓶梅》中則點明陳是蔡的門生。在《水滸傳》中，武松殺了潘金蓮與西門慶，陳文昭判剮了王婆，頗有些「大團圓」的味道。然而在《金瓶梅》中，陳文昭行文書着落清河縣，添提豪惡西門慶及潘氏、王婆等人，經西門慶央親家陳洪心腹下書給東京八十萬禁軍提督楊戩，楊轉央蔡京，蔡即下緊要密書帖兒給陳文昭，陳「係蔡太師門生，又見楊提督乃是朝廷面前說得話的官，以此人情兩盡了，只把武松免死，問了個脊杖四十，刺配二千里充軍」，便取消了對西門慶、潘金蓮、王婆等人的添提。這樣寫，就改變了《水滸傳》中對這一「清官」的一味頌揚，使讀者認識到官僚集團從朝廷到府縣已形成一個極難衝破的關係網，維護他們共同利益的宗法禮教名分觀念和為己的私心，不易使真理張揚，不能對現實想得那麼天真。《金瓶梅》中的陳文昭曾斥罵知縣「何故這等任情賣法」；作者雖稱他「極是個清廉的官」，是「正直清廉民父母，賢良方正號青天」（他是比李知縣好得多），但他又何嘗不是在「任情賣法」呢？其針砭與諷刺的意味，無疑比《水滸傳》更為深長得多。

以上不同於《水滸傳》中寫法的改造翻新，顯示了作者的別出心裁，使作品有關內容衝破了完全照搬的藩籬，這許多異點，標示了《金瓶梅》作者從因襲、模仿走向再創造的津梁，是「對應改錄」技法中最為可貴的紛至沓來的珠貝。

四

除以上所列者而外，《金瓶梅》中運用《水滸傳》中的材料還有很多處。兩者的歷史背景都取宋朝的同一時期。都鞭笞了蔡京、童貫、高俅、楊戩四大奸臣及其他亂臣賊子。都基本上稱讚宋江的「替天行道」，而罵王慶、田虎、方臘，對四支農民起義軍的褒貶態度大體一致。兩書都宣揚招安思想、忠君意識，不過《水滸傳》於此為烈，而《金瓶梅》則輕淡得多，且罵皇帝的鋒芒亦較強。兩書也都反貪官汙吏；不過《水滸傳》中也寫了不少清官，而《金瓶梅》中的清官則寥寥無幾。這更合於社會的本質，思想意義也更大得多。

《金瓶梅》中借用了《水滸傳》中的不少人物。除前面說過的而外，還有宋徽宗、柴進、姚二郎、張團練、蔣門神、燕順、鄭天壽、梁中書、李逵、高廉、張叔夜、閻婆惜、張青夫婦、蔡九知府等等，共達數十人之多。甚至在敘寫與《水滸傳》無關的人物時，也喜歡拉扯上《水滸傳》中的人物。如介紹李瓶兒時，說她「先與大名府梁中書家為妾……只因政和三年正月上元之夜，梁中書同夫人在翠雲樓上，李逵殺了全家老小，梁中書與夫人各自逃生。這李氏帶了一百顆西洋大珠，二兩重一對鴉青寶石，與養娘媽媽走上東京投親。……」這裏說李瓶兒原是梁中書之妾，說句笑話，頗有點兒「喬太守亂點鴛鴦譜」的味道；但點得很巧妙，在藝術上是能夠成立的，合於古希臘美學家亞里士多德在《詩學》中所說的「可然律」。儘管在《水滸傳》中，梁中書同夫人當夜並未「在翠雲樓上」，其全家老小也並非被李逵（而是被杜遷、宋萬）所殺；但讀者一看便知梁中書、李逵都是《水滸傳》中的人物，作者是在有意同《水滸傳》作較多的聯繫。

從語言上來說，雖然那時社會上已有了《三國志演義》和《西遊記》這兩部著名的長篇白話小說，但《金瓶梅》與它們的風格較遠，而與《水滸傳》相接近。馮夢龍曾稱以上四部小說為「四大奇書」[6]；清代小說美學家張竹坡更稱讚《金瓶梅》為「第一奇書」。這四部小說在語言上也各有特色：《三國演義》的文言成分較濃，更趨於高雅，難度較大。《西遊記》帶有神魔色彩，且時時撲來佛氣。《水滸傳》和《金瓶梅》的語言，比起《三國志演義》來，就整體性上來，更通俗、平易、口語化，可讀性也就更強；較之

---

6 見李漁《三國志演義》序。

《西遊記》，則執著於人情與世情，帶有更濃厚的社會現實生活氣息。當然《金瓶梅》與《水滸傳》也有別。《金瓶梅》中的方言土語、俏皮話和幽默詼諧的意味更多些，也更加生動、活潑。特別是在描摹人物的語言、動作、神態，刻畫人物性格、心理等方面，比以上三部著作都更加細緻入微，活靈活現，惟妙惟肖，技高一籌。《紅樓夢》在這一點上則師承了《金瓶梅》，與《三國志演義》《水滸傳》《西遊記》相遠，而獨與《金瓶梅》相近。馮夢龍生活的時代，《紅樓夢》尚未問世；現在加上《紅樓夢》，當稱為「五大奇書」。這「五大奇書」若以各自的總體價值比較而言，《紅樓夢》應排為第一位，《金瓶梅》當排為第二，《水滸傳》排為第三。若以出現時間的早晚而言，從《水滸傳》到《金瓶梅》再到《紅樓夢》，這一條直線發展的脈絡，標明了這三大名著之間的內在聯繫，人們將會越來越看清楚這一點的。

魯迅論《金瓶梅》及《魯迅全集》有關注釋正誤

一

魯迅對古典文學名著《金瓶梅》作過高度的評價。他在《中國小說史略》中說：明代「諸『世情書』中，《金瓶梅》最有名。」稱讚《金瓶梅》「作者之於世情，蓋誠極洞達，凡所形容，或條暢，或曲折，或刻露而盡相，或幽伏而含譏，或一時並寫兩面，使之相形，變幻之情，隨在顯見，同時說部，無以上之」。他不同意對該小說進行貶低或作歪曲事實的錯誤評論。他的如下見解是正確而全面的：「至謂此書之作，專以寫市井間淫夫蕩婦，則與本文殊不符，緣西門慶故稱世家，為縉紳，不惟交通權貴，即士類亦與周旋，著此一家，即罵盡諸色，蓋非獨描摹下流言行，加以筆伐而已。」他肯定並稱贊作者在這部小說中，「描寫世情，盡其情偽」，「爰發苦言，每極峻急」。他不否認作品中「亦時涉隱曲，猥黷者多」；但他反對世俗評論者「略其他文，專注此點，因予惡諡，謂之『淫書』」。顯然魯迅是不同意給《金瓶梅》一個「惡諡」，把它罵作「淫書」的。魯迅指出作品中有「猥黷」的描寫，「在當時，實亦時尚」，故而不應作苛刻的責備。本來在評論文學作品時，就應該顧及全篇，並且顧及作者的全人，以及他所處的社會狀態，這才較為確鑿。要不然，是很容易近乎說夢的。在尚未弄清《金瓶梅》作者全人的情況下，至少也應該瞭解他所處的社會狀態和顧及《金瓶梅》全書，這樣總可以避免較多的片面性。魯迅還稱道「《金瓶梅》作者能文，故雖間雜猥詞，而其他佳處自在」。我們自不應因為書中「間雜猥詞」，而一筆抹殺「其他佳處」。《金瓶梅》這個嬰兒的出生，在中國小說史上是有重要意義的，研究者們對此作過詳細的闡說。凡是頭腦正常的人，都不會因為嬰兒身上有污穢和血，就連嬰兒一起拋掉。魯迅在〈中國小說的歷史的變遷〉中說，明代講世情的小說「大概都敘述些風流放縱的事情，間於悲歡離合之中，寫炎涼的世態。其最著名的，是《金瓶梅》」。並稱贊「《金瓶梅》的文章做得尚好」，這也是讚美「《金瓶梅》作者能文」之意。魯迅還在〈論諷刺〉一文中，把《金瓶梅》寫蔡御史的自謙和恭維西門慶的情節內容，評為「直寫事實」而具有諷刺性的典範。這些論述精當而深刻，對廣大讀者都有指導性的意義。

但毋庸諱言，魯迅在論述《金瓶梅》時，也有一些失於嚴謹之處。這些失誤，在人民文學出版社 2005 年版《魯迅全集》的注釋中，有的已經指出，有的卻未指出。同時，在該版《魯迅全集》中對《金瓶梅》問題作注時，也出現了一些謬誤。這些，都有待於以後再版時予以修訂改進，以使《魯迅全集》更臻於完美。這也是一項很重要的工作。

二

魯迅在論述《金瓶梅》問題時，大體上有以下一些失誤：

1. 應據明代《金瓶梅詞話》本，而不應據清康熙時張竹坡刻本。

《金瓶梅》的版本很多，而存世的主要有三大版本：(一)《新刻金瓶梅詞話》（明萬曆至天啟刻本）；(二)《新刻繡像批評金瓶梅》（明崇禎刻本）；(三)《皋鶴堂批評第一奇書金瓶梅》（清康熙時張竹坡評刻本）。魯迅於 1923 至 1924 年出版《中國小說史略》時，《金瓶梅詞話》本尚未發現，崇禎本也很難見到，社會上通行的是張竹坡評刻本，魯迅只能依據後者。《金瓶梅詞話》於 1932 年發現於山西省介休縣。到北平後即發出征訂通知，魯迅於同年便預訂了一部，並付了款。次年（1933 年）春，北平古佚小說刊行會影印了一百零四部。魯迅於同年 5 月 31 日在上海收到了一部[1]。1935 年《中國小說史略》出第十版時，魯迅應依據《金瓶梅詞話》，將小說引文和其他有關文字作一番改訂；但由於魯迅當時太忙，未能做這一工作。魯迅是在《中國小說史略》第十九篇講〈明之人情小說〉時，論述《金瓶梅》的。《金瓶梅詞話》是存留於世的該小說最早的刻本，它最接近作者創作的這一小說的原貌。崇禎本與張評本與這一小說的原貌較遠，在小說的價值上遠不如詞話本。因此，在論述時應該以《金瓶梅詞話》本為根據。魯迅在 1935 年所作的〈《中國小說史略》日本譯本序〉中說：「改訂《小說史略》的機緣，恐怕也未必有」。因為魯迅當時已實無餘暇。他又謙遜地說：「但願什麼時候，還有補這懶惰之過的時機。」可見他還是很想做一番改訂工作的。可惜的是魯迅積勞成疾，過早地離開了人間，1936 年就逝世了，遂未能補做這一工作。

詞話本與張評本的文字很不相同。舉例來說，下面左欄魯迅據張評本所寫或引用的文字，都應按右欄詞話本中的文字予以改訂：

1　見《魯迅日記》。

魯迅據張評本	應據詞話本
「又得兩三場横財，家道營盛」。	「又兼得了兩三場横財，家道營盛」。
金蓮春梅復通於慶婿陳敬濟，	金蓮春梅復通於慶婿陳經濟，
又稱敬濟為弟，	又稱經濟為弟，
敬濟亦列名軍門，	經濟亦列名軍門，
「……想起一件事來，我要說又忘了。」	「……我想起一件事來，要說又忘了。」
「……來旺媳婦子的一只臭蹄子，……收藏在藏春塢……」	「……一行死了來旺兒媳婦子的一只臭蹄，……收藏在山子底下藏春塢……」
那秋菊拾着鞋兒說道，	那秋菊拾在手裏說道，
「……只好盛我一個腳指頭兒罷。」	「……只好盛我一個腳指頭兒罷了。」
「……等我把淫婦鞋剁作幾截子，掠到茅廁裏去，……」	「……等我把淫婦剁作幾截子，掠到毛司里去，……」
向前插燭也似磕了四個頭。	向前花枝招颭磕頭。
因索紙筆，就欲留題相贈。	因索紙筆，要留題。
西門慶即令書童將端溪硯研的墨濃濃的，	西門慶即令書童連忙將端溪硯研的墨濃，

另外有的引文是詞話本中所無的。以上均須在《魯迅全集》的注釋中說明魯迅依據的不是詞話本。

2. 袁宏道以《金瓶梅》配《水滸傳》為「逸典」，而非「外典」。

魯迅說《金瓶梅》「初惟鈔本流傳，袁宏道見數卷，即以配《水滸傳》為『外典』（《觴政》），故聲譽頓盛」。按此處所寫有誤。袁宏道在《觴政・十之掌故》中說：「凡《六經》《語》《孟》所言飲式，皆酒經也。其下則汝陽王《甘露經》《酒譜》、王績《酒經》……等為內典。《蒙莊》《離騷》《史》《漢》……，陶靖節、李、杜、白香山、蘇玉局、陸放翁諸集為外典。詩餘則柳舍人、辛稼軒等，樂府則董解元、王實甫、馬東籬、高則誠等，傳奇則《水滸傳》《金瓶梅》等為逸典。」[2]顯然，魯迅說袁宏道稱《金瓶梅》為「外典」，當是「逸典」之誤。此誤是從沈德符《野獲編》而來的。《野獲編・金瓶梅》條云：「袁中郎《觴政》以《金瓶梅》配《水滸傳》為外典」。魯迅沿用沈說，而未核對袁宏道原文，致有此誤。

3. 萬曆庚戌年（1610）尚無《金瓶梅》初刻本；初刻本最早付刻在萬曆丁巳年（1617）冬，刻成於天啟元年（1621）。

魯迅說《金瓶梅》「萬曆庚戌（1610），吳中始有刻本，計一百回，其五十三至五十七回原闕，刻時所補也（見《野獲編》二十五）。」魯迅已注明他的這一論斷來自《野獲編》

2 見《袁中郎全集》卷三。

卷二十五。然而魯迅的這一判斷是有疏誤的。《野獲編》卷二十五〈詞曲·金瓶梅〉條中說：

> ……丙午，遇中郎京邸，問：「曾有全帙否？」曰：「第睹數卷，甚奇快！今惟麻城劉涎白承禧家有全本，蓋從其妻家徐文貞錄得者。」又三年，小修上公車，已攜有其書，因與借抄挈歸。吳友馮猶龍見之驚喜，慫恿書坊以重價購刻；馬仲良時榷吳關，亦勸予應梓人之求，可以療饑。予曰：「此等書必遂有人板行，但一刻則家傳戶到，壞人心術。他日閻羅究詰始禍，何辭置對？吾豈以刀錐博泥犁哉？」仲良大以為然，遂固篋之。未幾時，而吳中懸之國門矣。然原本實少五十三回至五十七回，遍覓不得；有陋儒補以入刻。無論膚淺鄙俚，時作吳語，即前後血脈，亦絕不貫串，一見知其贗作矣。……

文中說的「丙午」，即萬曆三十四年，合西曆為 1606 年；「又三年」，即萬曆三十七年己酉，西曆 1609 年；後面有「未幾時，而吳中懸之國門矣。」魯迅以為這「未幾時」，當是「己酉（1609）」的次年，即萬曆庚戌（1610）。於是他根據推斷，下結論說：「萬曆庚戌（1610），吳中始有刻本」。但魯迅忽略了「未幾時」之前，還有「馬仲良時榷吳關」之事。臺灣學者魏子雲先生指出：馬仲良（名之駿）於萬曆四十一年（1613），以戶部主事之職，派蘇州滸墅關榷收船料鈔。[3]據此可知，魯迅說 1610 年「吳中始有刻本」，是不對的。大陸學者劉輝、黃霖、周鈞韜、李時人等先生也指出了魯迅此誤。明·薛岡在《天爵堂筆餘》中說自己見過《金瓶梅》初刻本，「簡端」有東吳弄珠客所寫的序文一篇。而此序末尾所署的時間是「萬曆丁巳季冬」，即萬曆四十五年（1617）冬季。可見《金瓶梅》初刻本不可能刊行於 1617 年冬以前。《金瓶梅》初刻本刊行的上限為 1617 年冬，下限為天啟元年，即 1621 年。據劉輝先生引清康熙十二年序刻本《滸墅關志》卷八〈榷部〉所載，馬仲良「榷吳關」任期僅一年，即萬曆四十一年。[4]如果按西曆算，萬曆四十一年當是 1613 年至 1614 年。在這之後的「未幾時」，顯然不可能是 1610 年。我發現《金瓶梅詞話》中先刻有幾次壞人花子由，後來十多次改刻為花子油，是為了避新登基的天啟皇帝朱由校的名諱「由」，所以十多次把「由」改刻為「油」，全書一百回應刻成於天啟元年，即西元 1621 年。

4. 武松誤殺者為李外傳，而非「李外傅」。

魯迅在敘述《金瓶梅》故事情節時寫道：「武松來報仇，尋之不獲，誤殺李外傅，

---

3 見魏著〈《金瓶梅》的問世與演變〉，臺灣時報文化出版事業有限公司 1981 年 8 月初版本。

4 見劉著〈《金瓶梅》成書與版本研究〉，遼寧人民出版社 1986 年版。

刺配孟州。」按：這裏的「李外傳」係「李外傳」之誤。《金瓶梅》第九回〈西門慶計娶潘金蓮　武都頭誤打李外傳〉中云：「縣中一個皂隸李外傳，專一在縣、在府綽攬些公事，往來聽氣兒撰錢使。若是兩家告狀的，他便賣串兒；或是官吏打點，他便兩下裏打背。因此，縣中起了他個渾名，叫做『李外傳』。」以上是詞話本中的文字。崇禎本和張評本第九回〈西門慶偷娶潘金蓮　武都頭誤打李皂隸〉中的此段文字基本相同，均作「李外傳」，不過是將「撰錢」改為「賺錢」而已。「撰」「賺」在此處音、義相同。因為這個姓李的皂隸善於把縣、府裏的消息送到外面去賺錢使，所以人們送給他一個諢名為「李外傳〔zhuàn〕」。這裏的「傳」，諧的是「賺（撰）錢」的「賺（撰）」之音。魯迅誤為「李外傳」，是由於「傳」的繁體「傳」與「傳」的形體相近似所致。

5. 春梅買孫雪娥而折辱之，並非因「憾其嘗『唆打陳敬濟』」；將雪娥「旋賣於酒家為娼」的「酒家」，應作「洒家店」。

魯迅在復述小說內容時說：「會孫雪娥以遇拐復獲發官賣，春梅憾其嘗『唆打陳敬濟』，則買而折辱之，旋賣於酒家為娼」。其實《金瓶梅》中寫春梅買孫雪娥而折辱之，是為了「報平昔之仇」。春梅與雪娥結仇甚深，遠在第八十六回「雪娥唆打陳經濟」之前。例如第十一回，雪娥與春梅就曾對罵，以致潘金蓮激西門慶踢罵了孫雪娥，接着又打了她幾拳，後來又采過她的頭髮，盡力打了幾棍。小說中並沒有寫春梅在買雪娥之前，知道雪娥曾唆打陳經濟之事。因而說「春梅憾其嘗『唆打陳敬濟』，則買而折辱之」，是無根據的，不具有科學性，出於記誤或想當然。後來春梅叫薛嫂領出雪娥，囑其務必賣於娼家；薛嫂不忍，賣給了山東賣棉花的客人潘五；沒想到這潘五並非是真正的賣棉花客人，而是一個「水客」（人口販子），買她來做粉頭，載到了臨清的洒家店。第九十三回介紹這「洒家店」說：「有百十間房子，……妓女都在那裏安下」。第九十四回也說這洒家店「有百十間房子，都下着各處遠方來的……娼的」，其性質正如該回所說，是一個「娼店」。魯迅寫為「酒家」，顯然不夠恰當。「洒家店」的「洒」字，和「酒」字形體相近，這當是魯迅將「洒家店」誤為「酒家」的原因。

6. 春梅「夙通」的不是周守備「前妻之子」，而是周守備的老家人周忠的次子周義。

魯迅在敘述故事情節時說：「後金人入寇，守備陣亡，春梅夙通其前妻之子，因亦以淫縱暴卒。」按：此處所寫內容有誤。周守備（名周秀）前妻無子，其妾孫二娘亦僅有一女。龐春梅冊正為周的夫人後，常與周秀的老家人周忠的次子周義（年十九）私通（七年二十九歲）。無論是在《金瓶梅詞話》本中，還是在崇禎本、張評本中，都是這麼寫的（均見第一百回）。

7. 成化時，有方士名「李孜省」，而非「李孜」。

魯迅說：「成化時，方士李孜僧繼曉已以獻房中術驟貴」。按：「李孜」之名有誤，應是「李孜省」。《明史》卷三〇七列傳第一百九十五〈佞幸〉中有李孜省列傳和繼曉列傳。〈李孜省傳〉云：「李孜省，南昌人。……時憲宗好方術，孜省乃學五雷法，厚結中官梁芳、錢義，以符籙進。……成化十五年，特旨授太常丞。……益獻淫邪方術，與芳等表裏為奸，漸干預政事。十七年，擢右通政，寄俸本司，仍掌監事。……故事，寄俸官不得預郊壇分獻，帝特命以孜省。廷臣……無敢執奏者。……奸僧繼曉輩，皆尊顯，與孜省相倚為奸，然權寵皆出孜省下。居二年，進左通政。……大學士萬安亦獻房中術以固寵。而諸雜流加侍郎、通政、太常、太僕、尚寶者，不可悉數。」可見魯迅所說的「在當時，實亦時尚。……瞬息顯榮，世俗所企羨，僥倖者多竭智力以求奇方，世間乃漸不以縱談閨幃方藥之事為恥。風氣既變，並及文林，故自方士進用以來，方藥盛，妖心興，而小說亦多神魔之談，且每敘床笫之事也。」其基本論斷是正確的。但他所寫的「李孜」人名有誤，「孜」下奪一「省」字，應作「李孜省」。

8.《金瓶梅詞話》被發現於山西介休，而非「北平」。

魯迅在〈《中國小說史略》日本譯本序〉中說「《金瓶梅詞話》被發見於北平，為通行至今的同書的祖本」。按：《金瓶梅詞話》實於 1932 年被發現於山西省介休縣，是由北平琉璃廠古舊書店「文友堂」太原分號的員工在介休縣收購的；到北平後，為北平圖書館所購買。北平孔德學校總務長兼北大教授馬廉（隅卿）先生集資，用「古佚小說刊行會」名義，於 1933 年 3 月影印了一百零四部，魯迅在上海訂購得一部。但發現地點不在北平，而是在山西省介休縣。

9. 魯迅在上序中說《金瓶梅詞話》中的人物對話「全用山東的方言所寫」，未免絕對化了。魯迅是浙江紹興人，他對山東話並不熟悉。他的這一論斷是受有鄭振鐸、吳晗文章的影響。鄭、吳也是浙江人，也都不熟悉山東的方言。實際上《金瓶梅詞話》自始至終，包括人物對話在內，既有山東話，也有江蘇、北京、河北、河南、山西話。已有研究者們舉出了不少的實例。該小說語言現象很複雜，何況是四百多年前的語言。

三

2005 年版《魯迅全集》的注釋中，關於《金瓶梅》問題，也有一些錯誤、欠妥或失注之處。這些地方大致是：

1. 應該注明「萬曆庚戌（1610），吳中始有刻本」之推斷有誤。

關於這一問題，見魯迅《中國小說史略》。我在前面對魯迅此處推斷之誤已言之甚詳，這裏不再重複。《魯迅全集》第 9 卷頁 186 在「萬曆庚戌（1610），吳中始有刻本」之後，應加注解符號〔4〕，應在頁 193 加注〔4〕，注明魯迅的這一推斷忽略了「馬仲良時榷吳關」一事，因而在時間上是不對的。《金瓶梅詞話》應刻成於天啟元年（1621）。

2. 未將「謂世貞造作此書，乃置毒於紙，以殺其仇嚴世蕃」注出。

魯迅在《中國小說史略》中說《金瓶梅》「作者不知何人，沈德符云是嘉靖間大名士（亦見《野獲編》），世因以擬太倉王世貞，或云其門人（康熙乙亥謝頤序云）。由此復生讕言，謂世貞造作此書，乃置毒於紙，以殺其仇嚴世蕃，或云唐順之者」。《魯迅全集》第 9 卷頁 194 注〔5〕中，只注明了傳說王世貞置毒於紙，以殺唐順之（號荊川）之事，而未注明「謂世貞造作此書，乃置毒於紙，以殺其仇嚴世蕃」出自何處。按此傳說亦見佚名《寒花盦隨筆》。其中說，某日唐順之遇王世貞（號鳳洲）於朝房，「荊川曰：『不見鳳洲久，必有所著。』答以《金瓶梅》。其實鳳洲無所撰，姑以誑語應爾。荊川索之切。鳳洲歸，廣召梓工，旋撰旋刊，以毒水濡墨刷印，奉之荊川。荊川閱書甚急，墨濃紙粘，卒不可揭，乃屢以指潤口津揭書，書盡，毒發而死。或傳此書為毒死東樓者，不知東樓自正法；毒死者，實荊川也。」此處所說的「東樓」，即嚴世蕃號。魯迅所敘「謂世貞造作此書，乃置毒於紙，以殺其仇嚴世蕃」，當本於此。《魯迅全集》第 9 卷頁 194 應將這一傳說補注進去。否則，廣大讀者不易明瞭魯迅的這一表述出自哪裏。但在《寒花盦隨筆》中是否定這一傳說的，而它只肯定毒死唐荊川之說。其實唐荊川也不是被毒死的，見《明史》卷二〇五。

3. 應注明魯迅在《中國小說史略》中談《金瓶梅》時，依據的不是《金瓶梅詞話》本。

在 2005 年版《魯迅全集》出版以前，1979 年人民文學出版社曾出過一種《中國小說史略》徵求意見本。該書頁 268 注〔2〕解釋《金瓶梅》時說：「此書有詞話本和非詞話本。魯迅《中國小說史略》裏有關《金瓶梅》內容介紹和摘引的原文，均據非詞話本。」這段說明很有必要，但《魯迅全集》後來的注釋本都把它刪掉了。以後《魯迅全集》出新修訂版時，應將這樣的說明性文字再加進去。

4. 應該注明「李外傅」係「李外傳」之誤。

關於這一點，前面也說得較詳，此處不再贅述。《魯迅全集》第 9 卷頁 194 應當加一條注釋，說明「李外傅」是「李外傳」之誤。

5. 應當在《魯迅全集》第 9 卷中增加注釋注明春梅買孫雪娥而折辱之，並非因「憾其嘗『唆打陳敬濟』」，而是為了「報平昔之仇」；應注明「陳敬濟」在《金瓶梅詞話》中作「陳經濟」；並注明將雪娥「旋賣於酒家為娼」的「酒家」，應作「酒家店」。

關於此，前面也已詳談，這裏不予重複。《魯迅全集》中應該增加一條注釋，予以訂正，以使讀者能夠準確地瞭解有關情節內容。

6. 應注明春梅「夙通」的不是周守備「前妻之子」，而是周守備家人周忠之次子周義。

關於這一情節內容，前面亦說之甚詳。《魯迅全集》中對此也應該增加一條注釋，說明魯迅敘述的這一情節內容有誤，指出「前妻之子」應作「家人周忠之次子周義」。

7. 應注出「李孜」係「李孜省」之誤。

魯迅所寫的「成化時，方士李孜僧繼曉已以獻房中術驟貴」，《魯迅全集》中失注。應該增加一條注釋，將《明史》中的本事寫出。如前所說，魯迅此語中有誤，「李孜」應作「李孜省」，在注釋中須對此作一訂正說明。

8. 魯迅所寫的「北平古佚小說刊行會」無誤，而《魯迅全集》注釋中說「應作北平古籍小說刊行會」實誤，應予訂正。

魯迅 1933 年 5 月 31 日日記中寫道：「上午收到北平古佚小說刊行會景印之《金瓶梅》一部二十本，又繪圖一本，豫約價三十元，去年付訖。」魯迅的這段文字本無誤。然《魯迅全集》第 16 卷頁 381 註〔24〕卻云：「北平古佚小說刊行會　　應作北平古籍小說刊行會。……」我復核了這種影印本及其翻印本，扉頁有「二十二年三月古佚小說刊行會影印」字樣；影印本還在第一回開始和第一百回結尾處，各印有一顆同樣的豎式長方形篆體紅色印鑒，文字是「古佚小說刊行會章」。可見魯迅所寫的「古佚小說刊行會」是正確的；而《魯迅全集》的注釋中說「應作北平古籍小說刊行會」，反倒弄錯了，應該在以後重印時訂正過來，即應將以上此注文中的十一個字及句號刪掉。

9. 將《金瓶梅詞話》注為「萬曆年間刊行」不妥，應改為「萬曆至天啟年間刊行」。

《魯迅全集》第 6 卷頁 361 注〔5〕云：「……明萬曆間刻印的《金瓶梅詞話》」，第 12 卷頁 447 注〔1〕也說「《金瓶梅詞話》……萬曆年間刊行」，第 13 卷頁 148 注〔1〕也說「明萬曆刻本的《金瓶梅詞話》」，第 17 卷頁 367 末二行與頁 368 首行更說「金瓶梅詞話……明萬曆四十五年（1617）刻本」，這些注釋都不全對，是都需要改正的。《金瓶梅詞話》只是付刻於明萬曆四十五年（1617 年）冬，而刻成於天啟元年（1621），正確的、科學的稱謂應是「明萬曆至天啟間刻本。」臺灣學者魏子雲先生認為「《金瓶梅詞話》於天啟初年改成刻出」[5]。論據是第七十回與七十一回寫西門慶到東京後的冬至，恰好是泰昌元年和天啟元年冬至的兩個日子。第一個日子（十一月廿八日），只是魏先生的「推想」，而且說「不是十一月廿七日，便是十一月廿八日」；第二個日子（十一月初九日）的推斷，卻是「毫無疑問的」。實際上只是第二個日子可靠。這有可能是《金瓶梅》作者所寫正好與天啟元年冬至的日子巧合。我認為《金瓶梅詞話》刊行於天啟初年，論據與魏先生所說不同。我的證據是：東吳弄珠客作的序末署的是萬曆四十五年（1617 年）

5　見〈論《金瓶梅》這部書——導讀〉，刊臺灣增你智公司版《金瓶梅詞話》書前。

冬，這是付刻時間；刻板中天啟皇帝明熹宗朱由校於1620年夏曆九月初六日登基，《金瓶梅詞話》從第十四回到六十一回，一個刁徒潑皮花子由的名字出現了四次，但第三十九、六十二、六十三、七十七、七十八、八十回，十四次改刻為「花子油」，這顯然是為了避天啟皇帝「由校」名諱，十多次把「由」改刻為「油」。這就證明了《金瓶梅詞話》是萬曆四十五年（1617）冬付刻的，而刻成於天啟初年（1621）。《魯迅全集》中多次把《金瓶梅詞話》注為萬曆年間刊行，依據的是東吳弄珠客〈《金瓶梅》序〉末尾所署「萬曆丁巳季冬」，但這只是付刻時間，並不是刻行時間。因此，《魯迅全集》中的這幾處注文有誤，應當改注為「明萬曆至天啟年間刻行」。

10.將「蘭陵」注釋為「今山東嶧縣」，或「今山東棗莊」，都不夠全面，也不符合科學；「蘭陵」實有兩地，另一處在今江蘇武進。

《魯迅全集》第9卷頁193注〔1〕說：「《金瓶梅》蘭陵笑笑生撰，真實姓名不詳。蘭陵在今山東嶧縣。」第6卷頁361注〔5〕說：「《金瓶梅詞話》……欣欣子的序文則說是『蘭陵笑笑生』作。按蘭陵，即今山東棗莊。」嶧縣今已劃歸棗莊，說是嶧縣或棗莊，是一個地方。其實「蘭陵」的另一地在今江蘇武進，見《讀史方輿紀要》《隋書·地理志》《唐書·地理志》《元和郡縣誌》等。注釋不應片面，而應尊重科學、實事求是。《金瓶梅》作者究竟是山東嶧縣人，還是江蘇武進人，學術界尚有爭論，現正在繼續探討中。這兩條注釋應作修改，這才是對科學負責的態度。研究者們指出：《金瓶梅》抄本最初於萬曆二十年（1592）以高價賣給江蘇金壇的王肯堂二帙（二冊），屠本畯讀後，又到王穉登蘇州的家中見到抄本二帙。萬曆二十四年（1596）江蘇華亭人董其昌已有抄本全書之半，江蘇吳縣令袁中郎借而抄之。後華亭徐階家已有抄本九十五回，徐家的女婿劉承禧抄錄之。萬曆三十七年（1609）劉承禧客居江蘇鎮江，袁小修去拜訪他，本年袁小修從鎮江去北京考進士，已攜有《金瓶梅》抄本九十五回，缺第五十三回至五十七回的五回。萬曆四十五年（1617）冬，抄本「凡一百回」付刻於蘇州。天啟元年（1621）《金瓶梅詞話》刻成印行於蘇州。由以上看來，抄本暗賣、借抄、付刻、印行是在江蘇，而不是在山東。「蘭陵」應是江蘇武進。研究者們指出該小說中有江蘇話、浙江話、山西話等等，語言大師侯寶林說該書中基本上是河北方言。魯迅說是山東方言，其實魯迅並不懂山東方言。我是山東人，長輩們都說山東話，都不認為該書中是山東方言。明清小說基本上用北方話寫作，《金瓶梅詞話》亦然。

1981年版《魯迅全集》在〈出版說明〉中說：「雖然我們作了努力，但差錯仍在所難免；有些應注的條目由於缺乏有關的資料，尚待今後補注；校勘方面，可能仍有粗疏和錯漏之處。我們期待着讀者和專家們的指教和幫助。」2005年版《魯迅全集》在〈出版說明〉中說：「《魯迅全集》注釋涉及的範圍十分廣泛和繁雜，雖然作了努力，但疏漏還會難以避免，我們仍期待讀者的指教。」筆者將自己的閱讀、研究心得寫出以上若干條意見，將它們奉獻出來，這對於今後《魯迅全集》的進一步修訂，對於國內外廣大讀者，可能都會有裨益。

《金瓶梅詞話》勝過《三國演義》等小說

一

有一些人稱贊中國古代長篇小說有「四大名著」，即《水滸傳》《三國演義》《西遊記》《紅樓夢》；還有一些人稱贊中國古代長篇小說有「六大名著」，即除了上面的「四大名著」而外，又加上了《金瓶梅詞話》《儒林外史》。我認為《金瓶梅詞話》早於說散本《金瓶梅》，後者是對前者的刪改本，《金瓶梅詞話》遠勝過說散本《金瓶梅》。在這「六大名著」中，最好的是《紅樓夢》，本名《石頭記》，別的五部遠遠不能和它相比肩。它在全世界的長篇小說中也是名列前茅的，我認為它是全世界長篇小說之冠，別的中外長篇小說如《堂吉訶德》等等都比不上它。中外研究它的學者們極多，是全世界文學研究的第一大顯學，稱之為「紅學」。此書有「脂本」與「程本」之分，脂本遠勝於程本。今存的脂本抄本有十多種，只有清人楊繼振藏本是一百二十回抄本，程本有上千處異文遠不如楊藏本。程本前八十回也遠不如脂本的甲戌本、庚辰本、戚蓼生序本（包括戚滬本與南圖本）、蒙古王府本、俄國聖彼得堡藏本等等。今存的這些脂本都是傳抄本，或者名之為「過錄本」，都不是曹雪芹的原抄本，也不是曹雪芹的長輩脂硯齋的原抄本，因為錯別字等等訛誤極多，曹雪芹、脂硯齋都不可能在原本中出現極多的訛誤。研究者們可以對十多種脂本互校，糾正這極多的訛誤。該書的主要批者是脂硯齋與畸笏叟，次要批書人是雪芹之弟棠村。周汝昌說脂硯齋、畸笏叟是同一個人，即史湘雲，是曹雪芹的續弦妻；眾多的紅學家如胡適、俞平伯、吳世昌、吳恩裕、馮其庸、蔡義江、胡文彬、梅節等等先生多不同意周說。我在中華書局 2004 年版《中國古代文學研究高層論壇論文集》中發表的論文中，在西北大學出版社 2012 年版《西北大學中文學科一百一十年論文集萃》發表的論文中，在《紅樓研究》期刊上發表的二十多篇論文中，都是主要不同意周汝昌、劉心武先生的很多誤說的。我考論脂硯齋是曹雪芹的親三伯父曹顏（1688-1764），畸笏叟是脂硯齋之弟、曹雪芹之父曹頫（1696-1772），他在批語中稱親三哥脂硯齋為「老兄」，比脂硯齋晚死 8 年，他比長子曹雪芹（1723-1763）晚死 9 年，比次子曹棠村（1727-1767）晚死 5 年。他的同時代人愛新覺羅·裕瑞（1771-1838）在《棗窗閑筆》中說脂硯齋是曹雪芹之「叔」，在輩分與性別上是對的，但不是「叔」而是「伯」；我詳考脂硯齋是曹雪芹的親三伯曹顏。裕瑞還說曹雪芹《紅樓夢》中的賈寶玉，「尚係指其叔輩某人，非自己寫照也」，我考論「其叔輩某人」，應是曹雪芹的二伯曹碩，字竹澗。原名為「頔」。他的前一輩人和他一輩人取名與字，皆出自《詩經》《書經》《易經》《楚辭》中的一句或上、下兩句，他五歲時名「頔」，後來他的長輩查這四部書中沒有「頔」字，無法給他取字，遂給他改名為「碩」，取字為「竹澗」，出自《詩經·衛風·考槃》：「考槃在澗，碩人之寬。」《文選》唐代人李善注中說：「『碩』與『石』古字通。」《康熙字典》「碩」字注：「音石」，「與『石』通。」即「碩」與「石」是通假字，二字音、義同。曹碩（石）就「自譬『石頭』」，寫出了小說《石頭記》，即甲戌本〈凡例〉中所說的「《石頭記》，是自譬『石頭』所『記』之事也」，所以書名為《石頭記》。「石頭」曹碩（石）是《石頭記》的原始作者。後經曹雪芹「披閱十載，增刪五次，纂成目錄，分出章回」，改書名為《金陵十二釵》。脂硯齋不用「情僧」改的書名《情僧錄》，不用曹頫（化名「吳玉峰」）改的書名《紅樓夢》，不用曹棠村（化名「東魯孔梅溪」）改的書名《風月寶鑒》，也不用曹雪芹改的書名《金陵十二釵》，拍板決定書名「仍用《石頭記》」，即仍用二哥「石頭」起的書名《石頭記》。「脂硯齋」（曹顏）、「畸笏叟」（即「吳玉峰」曹頫）、曹雪芹都讀過《金瓶梅》。曹頫在甲戌本〈凡例〉中指責曹雪芹題的書名《金陵十二釵》不通（其實是通的），曹頫指責這一書名「未嘗指明白係某某」，所以不能用這一書名。這一指責是不對的。書名《金瓶梅》「指明白」了「金」是潘金蓮，「瓶」是李瓶兒，「梅」是龐春梅；但《金陵十二釵》是十二個女子，如果每一個女子各取一個字寫在書名上，那麼，書名就得有十二個字，才能夠「指明白係某某」，書名就成了《黛釵元迎探惜鳳湘紈妙巧可》，這成什麼話？可見曹頫對兒子雪芹的指責才是不通的。脂硯齋是曹頫的親三哥，是雪芹、棠村的親三伯，所以曹頫及其二子雪芹、棠村只得服從長者脂硯齋的決定：書名「仍用《石頭記》。」我認為曹雪芹「披閱十載，增刪五次，纂成目錄，分出章回」，是比原始作者「石頭」曹碩（石）更重要的偉大作者！裕瑞還說此小說中寫的「元迎探惜者，隱寓『原應歎息』四字」，都是曹雪芹的「姑輩也」。那麼，小說中與「元迎探惜」同輩的林黛玉、薛寶釵、王熙鳳、史湘雲、李紈、妙玉的原型，也應是作者曹雪芹的姑輩，史湘雲的原型不可能嫁給侄子輩的曹雪芹為「續弦妻」。第二十一回脂批說賈寶玉後來棄妻寶釵而為僧了；楊藏本原文、程高本第九十七回中都寫賈寶玉受騙，他以為和林黛玉結婚，揭起女方的蓋頭，卻看見的是薛寶釵，他極為痛苦；第九十八回中都寫林黛玉傷心恨寶玉而死；第一一八回中都寫寶釵以「去世的老太太以及老爺、太太」壓寶玉，勸他走仕途，「博得一第」，丫鬟襲人也勸，鶯兒也希望他考中舉人，明年考中進士、做官；第一一九回中都寫賈寶玉從考場考完後出走，不再回家，但考中了第七名舉人；楊藏本第一百二十回中寫他出家而為僧了，「身上披着一領大紅斗蓬」，程高本補改為「身上披着一領大紅猩猩氈的斗篷」，高鶚妄補的「猩猩氈的」四個字大謬！連魯迅也覺得很奇怪，他不知楊藏本中無此四字，高鶚妄補了此四字出了大錯！但楊藏本、程高本都沒有寫賈寶玉為僧後還了俗娶史湘雲為「續弦妻」。作者曹雪芹並沒有當和尚，據紅學家吳恩裕等人考論，曹雪芹的續弦妻名叫杜芷芳，並不是什麼史湘雲。周汝昌說批書人脂硯齋、畸笏叟是同一個人「史湘雲」，是曹雪芹的「續弦妻」，實大謬不通，所以眾多的紅學家予以反駁。《紅樓夢》的思想性和藝術性都很好，內容豐富而深刻，最值得中外的學者們研究，我就不在這裏多說了。

對於中國古代長篇小說「六大名著」，古今上億的讀者各有各的看法，各有各的好惡，有的人最愛《三國演義》，有的人最愛《水滸傳》，有的人最愛《西遊記》，有的人最愛《紅樓夢》，如此等等，這很正常。我個人認為《紅樓夢》的水準最高，最值得研究；《金瓶梅詞話》寫現實，比《三國演義》《西遊記》寫得好，也很值得研究；《水滸傳》雖然也寫現實，但全書貫串着一條線，即一號男主人公宋江一直想受朝廷招安，為昏君與腐敗朝廷效犬馬之勞，特別是受招安後，率領軍隊去打方臘起義軍，我極反感；《儒林外史》寫得太枯燥，可讀性差，要硬着頭皮讀，才勉強可以讀下去，在「六大名著」中是可讀性最差的，但內容很不錯。

有些研究者既研究「金學」，又研究「紅學」，成就都很大，如黃霖、梅節、孫遜、陳詔等等先生，都是著名的紅學家、金學家，很值得研究者們學習。

我建議：「中國《金瓶梅》研究會」，最好改為「中國《金瓶梅》《紅樓夢》研究會」，正式出版會刊「《金瓶梅》《紅樓夢》研究」，可以發表專門研究《金瓶梅》的論文，也可以發表專門研究《紅樓夢》的論文，還可以發表研究《金瓶梅》《紅樓夢》的論文，「不拘一格降人才」，擴大會員，培養造就人才，為「金學」「紅學」事業做出重大貢獻。

二

我個人認為：中國古代長篇小說「六大名著」中，《三國演義》遠不如《金瓶梅詞話》，也遠不如陳壽的《三國志》及裴松之注。但因《三國志》及裴注是用文言文寫的，文化水準不高的人們很難讀懂；而《三國演義》是用白話寫的，通俗易懂，胡編亂造的故事情節很生動感人，所以能讀懂它的讀者比能讀懂《三國志》及裴注的讀者多得多，流傳廣遠得多。這是「文學」遠遠地戰勝了歷史。《三國演義》中篡改歷史之處極多，但真正有水準的讀者和研究者是尊重歷史、看重歷史而憎惡篡改歷史的。魯迅把《三國演義》《水滸傳》歸類於「講史」的小說。既然是「講史」，那麼，小說中有大量的文字違背歷史、篡改歷史，就不可取了。《三國演義》又名《三國志演義》，魯迅在《中國小說史略》中用的是《三國志演義》。因為《三國志演義》是從陳壽的《三國志》及裴松之注「演義」而來的，所以書名為《三國志演義》。又名為《三國志通俗演義》。後人為求簡略，改稱為《三國演義》。《三國志》中的劉備、諸葛亮是真實的。魯迅說《三國志演義》中「寫人，亦頗有失，以致欲顯劉備之長厚而似偽，狀諸葛之多智而近妖」。劉備、諸葛亮的形象都不夠真實。只有水準低的讀者才很欣賞稱讚劉備、諸葛亮的形象；而高水準的研究者魯迅就直言不諱地批評作者羅貫中「寫人，亦頗有失，以致欲顯劉備之長厚而似偽，狀諸葛之多智而近妖」，這兩個主要人物形象不真實、不可信。魯迅說《三國志演義》中寫「曹操赤壁之敗，孔明知操命不當盡」，乃故使關羽「扼華容道，俾得縱之，而又故以軍法相要，使立軍令狀而去，此敘孔明止見狡獪」，也就是只見諸葛亮（字孔明）之狡猾。寫諸葛亮能「知」曹操「命不當盡」，能算出來，就「近妖」，乃故意使關羽扼守華容道，使關羽放曹操逃生，又能算出來，仍然「近妖」，而又故意「以軍法相要」，使關羽立軍令狀而去，「此敘孔明止見狡獪（只見狡猾）」，不見誠懇。這和《三國志》中的諸葛亮判若兩人，是不真實的。《三國志》中並沒有這樣寫。

魯迅在〈中國小說的歷史的變遷〉中指出《三國演義》有三個缺點：一是「容易招人誤會。」因為書中的描寫有實有虛，「所以人們或不免並信虛者為真。如王漁洋是有名的詩人，也是學者，而他有一個詩的題目叫『落鳳坡吊龐士元』，這『落鳳坡』只有《三國演義》上有，別無根據，王漁洋卻被它鬧昏了。」「王漁洋」即清人王士禛，「是有名的詩人，也是學者」，連他都被《三國演義》「鬧昏了」，廣大讀者就更容易「被它鬧昏了。」二是「描寫過實」。也就是超過了真實，不真實了。魯迅批評《三國演義》「寫好的人，簡直一點壞處都沒有；而寫不好的人，又是一點好處都沒有。其實這在事實上是不對的，因為一個人不能事事全好，也不能事事全壞。譬如曹操他在政治上也有他的好處；而劉備、關羽等，也不能說毫無可議，但是作者並不管它，只是任主觀方面寫去，往往成為出乎情理之外的人。」三是「文章和主意不能符合——這就是說作者所表現的和作者所想像的不能一致。如他要寫曹操的奸，而結果倒好像是豪爽多智；要寫孔明之智，而結果倒像狡猾。」魯迅的批評很有道理。

魯迅在〈魏晉風度及文章與藥及酒之關係〉中，也不同意《三國演義》中歪曲歷史、醜化曹操。他說：「我們講到曹操，很容易就聯想起《三國志演義》，更而想起戲台上那一位花面的奸臣，但這不是觀察曹操的真正方法。現在我們再看歷史，在歷史上的記載和論斷有時也是極靠不住的，不能相信的地方很多，因為通常我們曉得，某朝的年代長一點，其中必然好人多；某朝的年代短一點，其中差不多沒有好人。為什麼呢？因為年代長了，做史的是本朝人，當然恭維本朝的人物，年代短了，做史的是別朝人，便很自由地貶斥其異朝的人物，所以在秦朝，差不多在史的記載上半個好人也沒有。曹操在史上年代也是頗短的，自然也逃不了被後一朝人說壞話的公例。其實，曹操是一個很有本事的人，至少是一個英雄，我雖不是曹操一黨，但無論如何，總是非常佩服他。」千百年來，罵曹操的詩、文、戲曲等等極多，《三國演義》是其中很突出的一部書。主要是罵曹操是篡逆的大奸臣。其實曹操一生幾十年一直到死都沒有篡漢，他掌握着相當強大的軍隊，如果他讓漢獻帝劉協下台，他自己篡漢稱帝，是很容易的事，但他到死都沒有篡漢稱帝。他死以後，他的兒子曹丕繼承他為漢丞相，被封為新的魏王，僅幾個月就篡漢稱帝了，貶漢獻帝為山陽公。曹丕篡漢稱帝，絕不等於曹操篡漢稱帝。曹丕連亡父曹操寵愛的許多年輕女子都霸占、姦取為自己的女人們了，連他的母親卞后都罵他應該死。[1]難道能說是曹操的遺志是讓自己寵愛的年輕女人們留給兒子曹丕霸占姦淫不成？曹操一生堅決不篡漢稱帝，孫權、夏侯惇等人勸曹操稱帝，曹操都堅決不接受。他死後，曹丕篡漢稱帝，絕不是曹操的遺志。千百年來的人們不應該不懂歷史而罵曹操是篡逆奸臣。正因為曹操掌握着相當強大的軍隊保護着漢獻帝，才使得袁術等等人想殺掉漢獻帝而自己稱帝的野心不能得逞。曹操在漢獻帝建安十五年（210年）的《讓縣自明本志令》中「自明本志」絕不稱帝，說自己「身為宰相，人臣之貴已極，意望已過矣……設使國家無有孤，不知當幾人稱帝，幾人稱王」。漢獻帝能多活二十多年為皇帝，過着豪華的生活，包括聘娶了曹操的三個女兒曹憲、曹節、曹華（後來曹節成了皇后）在內，如此等等，和曹操率軍隊保護着他密切相關。曹操死後還不滿九個月，曹丕就篡漢稱帝了，貶漢獻帝為山陽公，貶自己的妹妹曹節皇后為山陽公夫人，派遣使臣去逼曹節交出皇后印璽等，曹節把印璽扔到欄板下，「涕泣橫流曰：『天不祚爾！』」即「天不保佑你！」[2]曹丕篡漢稱帝，違背了曹操一生的意志。

魯迅說：「董卓之後，曹操專權。在他的統治之下，第一個特色便是尚刑名。他的立法是很嚴的，因為當大亂之後，大家都想做皇帝，大家都想叛亂，故曹操不能不如此。曹操曾自己說過『倘無我，不知有多少人稱王稱帝！』這句話他倒並沒有說謊。」後來

---

1 著名學者余嘉錫說卞后是斥曹丕之所為「禽獸不如也」，見中華書局版余嘉錫箋疏《世說新語箋疏》，頁787。

2 請詳見《後漢書·卷十下·皇后紀第十下·獻穆曹皇后》。

的毛澤東以及歷史學家郭沫若、翦伯贊等等人對曹操的評價更高，並不像《三國演義》中多次歪曲、誣罵的那樣，我到後面再說。

三

魯迅說：「我們講到曹操，很容易就聯想起《三國志演義》，更而想起戲台上那一位花面的奸臣，但這不是觀察曹操的真正方法。」我認為魯迅的說法是對的。中國的戲種有很多種，魯迅說的「戲台上那一位花面的奸臣」曹操，我不知他指的是哪一個戲種。魯迅不喜歡京劇，而我和魯迅完全相反，我在很多戲種之中，特別喜歡京劇，幾十年來一直是一個京劇迷，認為京劇確實是國粹，我愛的京劇有《紅燈記》《沙家浜》《智取威虎山》《武家坡》《四郎探母》《秦香蓮》《鎖麟囊》《西廂記》《竇娥冤》《望江亭》《春閨夢》《玉堂春》《四進士》《金玉奴》等等，至少有一百部。曹操在京劇舞台上是「白臉奸臣」，有幾部戲受有《三國演義》的影響，是誣罵曹操的，與史實不符，我不喜歡。

例如，《三國演義》第四回、第五回中寫曹操帶刀去刺殺權奸董卓，未能成功，騎馬逃走。董卓令遍行文書，畫影圖形，捉拿曹操；擒獻者，賞千金，封萬戶侯；窩藏者同罪。曹操逃至中牟縣，被軍士所捉，見了縣令陳宮，陳認得是曹操，把他監下。夜裏陳私見曹，知曹欲召天下諸侯興兵共誅董卓，陳願棄官，從曹而逃。二人逃至成皋，曹說此間有一人名叫呂伯奢，是吾父結義弟兄，就在他家中住一宿。見了呂伯奢，對話後，呂留他們住下，入內安排，出來說家中無好酒，容往西村沽酒來招待，遂騎驢而去。曹、陳聽到莊後有磨刀聲，曹說呂此去可疑，又聞人語說「縛而殺之」，曹對陳說「今若不先下手，必遭擒獲」。遂拔劍直入，不問男女，皆殺之，一連殺死八口。二人見廚下縛一豬欲殺，陳說：「孟德心多，誤殺好人矣！」急出莊，上馬而行，路見呂騎驢歸，驢鞍前鞽懸酒二瓶，手攜果菜，說「吾已分付家人宰一豬相款，賢侄、使君何憎一宿？」結果曹操揮劍砍呂伯奢於驢下。陳宮說：「知而故殺，大不義也！」操曰：「寧教我負天下人，休教天下人負我。」月明中敲開客店門投宿，曹先睡，陳宮心中罵曹操「原來是個狼心之徒！」羅貫中罵曹操、董卓「原來一路人！」陳宮決定棄曹他往。不等天明，自投東郡去了。

京劇《捉放曹》基本上據此寫成劇本而演出。

但《三國演義》中的胡編亂造與京劇《捉放曹》，多與史實不符。只要認真地讀了陳壽的《三國志》及裴松之的注，就可知所謂的「文學藝術」與歷史的出入太大。

第一，《三國志》中寫董卓表曹操為驍騎校尉，欲與計事。曹操不願追隨他做他的鷹犬爪牙，變易姓名，間行東歸，沒有持刀行刺董卓之事；有董卓寫快信追曹操回來之事（無非是想使曹操回來跟隨自己），但沒有董卓命令遍行文書，「畫影圖形」，懸重賞捉拿曹操等事。

第二，《三國志》中寫曹操過中牟，為亭長所疑，執詣縣令，邑中或竊識之，為請得解。裴注引郭頒《世語》曰：中牟疑是亡人，見拘於縣。時掾亦已被卓書；唯功曹心知是曹操，以世方亂，不宜拘天下雄俊，因白縣令釋之。顯然是「功曹」對縣令說，釋放了曹操的，沒有縣令與曹操私見密談之事。

第三，此縣令並不是陳宮，此縣令也沒有棄官與曹操同逃之事。

第四，裴注引王沈《魏書》曰：曹操以董卓必覆敗，遂不就拜，逃歸鄉里。從數騎過故人成皋呂伯奢；伯奢不在，其子與賓客共劫曹操，取馬及物，曹操手刃擊殺數人。這一條記載是說曹操等人被呂伯奢之子等人打劫，就有可能殺害曹操等人，才能夠劫取馬及財物，曹操實行正當防衛。另一條記載見裴注引《世語》曰：曹操過伯奢，伯奢出行，五子皆在，備賓主禮，曹操自以背董卓命，疑其圖己，手劍夜殺八人而去。還有一條見裴注引孫盛《雜記》曰：曹操聞其食器聲，以為圖己，遂夜殺之。既而悽愴曰：「寧我負人，毋人負我！」遂行。以上三條，王沈《魏書》是史書，比較可信；後面兩條帶有小說性質，來自傳說，未必可信。但三條都說呂伯奢並不在家，曹操絕無殺呂伯奢之事。《三國演義》就「演義」得太離譜了！「演義」之義在尊劉備為正統，罵曹操為「漢賊」「奸臣」。京劇《捉放曹》基本上來自胡編亂造的「演義」，雖然演唱得很好，但懂得歷史的觀眾並不信它！歷史上豈有曹操殺「故人」呂伯奢之事？王沈《魏書》中說呂伯奢是曹操的「故人」，此次曹操未見到呂伯奢。《三國演義》中改為曹操對陳宮說呂伯奢「是吾父結義弟兄」，京劇《捉放曹》基本上盲從《三國演義》，演曹操對陳宮說自己的父親與呂伯奢「有八拜之交」，實際上呂伯奢是曹操的「故人」，二人是忘年交，陳宮既不是中牟縣令，也沒有棄官跟隨曹操到此，曹操此次也沒有見到呂伯奢，何來曹操殺呂伯奢之事？

第五，易中天教授在上海文藝出版社2006年版《品三國》一書中說，按照《魏書》的說法，曹操此次「手刃擊殺數人」，「是正當防衛，或者防衛過當。」若按照孫盛《雜記》的說法，「一是曹操聽見了一些聲音（聞其食器聲），二是曹操殺人以後說了一句話：『寧我負人，毋人負我。』所謂『食器聲』，應該不是洗鍋碗的聲音，是磨刀子的聲音。曹操這才疑心，才殺人。殺了以後，才發現人家是準備殺豬宰羊款待自己，誤殺了好人，這才會『既而悽愴曰：寧我負人，毋人負我』。悽愴（音創 chuàng），就是淒慘、悲傷。也就是說，曹操發現自己誤殺無辜以後，心裏也是很淒慘，很悲傷的，只好自我安慰，自我排解，很勉強地為自己的錯誤行為做一個辯護。當然，這種辯護並不能洗刷他的罪過。但能夠『悽愴』，總算還沒有『喪盡天良』。」「然而《三國演義》的改動就大了。『悽愴』的心情沒有了，『寧我負人，毋人負我』也變成了『寧教我負天下人，休教天下人負我。』……前一句話翻譯過來，就是寧肯我對不起別人，不能別人對不起我。這裏說的『人』（別人），是特指的，就是呂伯奢一家，是『個別人』。後一句話說的，則是普天之下的人，是『所有人』。這個範圍就大不一樣。雖然都是惡，但惡的程度不同，分量不一。這是第一點。」「第二點，曹操當時說『寧我負人，毋人負我』這個話，只是就事論事。意思是雖然我錯殺了人家，對不起人家，但現在也沒有辦法。我現在走投無路，也只好是寧肯我對不起人家，不要讓人家對不起我了。應該說，他還保留了一部分善心在裏面。但是，『寧教我負天下人，休教天下人負我』，就變成一貫如此，變成理直氣壯了。那就是一個大大的奸賊。所以，僅憑此案就說曹操奸險歹毒，是有疑問的。」（頁 15）易中天教授還說在這之前釋放曹操的中牟縣令並不是陳宮。當時中牟縣的亭長並不認識曹操，不知他是誰，只「疑是亡人（逃亡之人）」，便捉拿拘押到了縣衙，唯有功曹心知是曹操，即易中天教授所說的「被縣衙裏的功曹認了出來」，這功曹認為「如今天下大亂，不宜拘殺英雄，就說服縣令放了曹操。這個縣令，《三國演義》說是陳宮，這是不對的，因為陳宮並不曾在中牟任職……這件事說明董卓已不得人心，而曹操已被視為英雄。」（頁 42）我很同意易中天教授的說法。陳宮原是曹操手下的軍官，沒任過縣令。董卓被除殺後，兖州刺史劉岱死，陳宮還讚過曹操，對州中一些官推舉曹操任兖州牧。《三國演義》和京劇《捉放曹》中「演」的陳宮在董卓死以前就大罵曹操，太違背史實了！

第六，曹操不願追隨董卓為虎作倀，連權奸董卓表薦他的高官「驍騎校尉」他也不要，而逃離董卓，目的是歸鄉里，「散家財，合義兵，將以誅卓」，為天下人除害。《三國演義》中罵曹操與董卓「原來一路人」，是大錯特錯的！曹操的詩文中哀黎民苦難之處不少，如寫「關東有義士，興兵討群凶……鎧甲生蟣虱，萬生以死亡，白骨露於野，千里無雞鳴。生民百遺一，念之斷人腸！」（〈蒿里〉）他作為「義士，興兵討群凶」，就是為了國泰民安，那時不僅是「百姓」死亡，而是在「群凶」禍害之下，「萬姓以死亡」了，「生民百遺一」，一百人中只遺留下了一人，可見「生民」死亡之多。他非常悲痛，所以說「念之斷人腸！」他說「天地間，人為貴」，他要使「黎庶繁息」（〈度關山〉），所以要平定「群凶」，不再使黎民繼續大量地死亡下去。他要「爵公侯伯子男，咸安其民」（〈對酒〉），受有孟子「民為貴」思想的影響。他也稱讚孔子，說「孔子所歎，並稱夷吾（指齊桓公與管仲），民受其恩。」（〈短歌行〉其二）看重的是「民」受了恩。他說：「董卓之罪，暴於四海，吾等合大眾，興義兵，而遠近莫不回應，此以義動故也。今幼主微弱，制於奸臣，未有昌邑亡國之釁，而一旦改易，天下其孰安之？」（〈答袁紹〉）

關心的是「幼主」的生死和「天下」之「安」。他說：「吾起義兵，為天下除暴亂。舊土人民，死喪略盡，國中終日行，不見所識，使吾悽愴傷懷！」（〈軍譙令〉）他只有「起義兵，為天下除暴亂」，才能夠使人民不再大量地死亡下去，才能夠使人民安居樂業。他說：「……家室怨曠，百姓流離，而仁者豈樂之哉？」（〈存恤從軍吏士家室令〉）他多次明確表示忠於皇帝、不辱主命、盡忠於國、效力王事等等。[3]他在〈贍給災民令〉中說：「去冬天降疫癘，民有凋傷……吾甚憂之」，為災民死傷而憂慮，予以救濟。他在臨死時還關心的是「天下尚未安定」等等。《三國演義》中卻假冒曹操說什麼「寧教我負天下人，休教天下人負我。」誣衊曹操和董卓「原來一路人」。小說中這些地方寫出的是假曹操，不是真曹操。「演義」出來的內容違背與歪曲了歷史，就是對廣大讀者的「瞞和騙」（借用魯迅語）。

易中天教授指出：《三國演義》中「三氣周瑜」的故事並不是歷史，「歷史上的諸葛亮並不曾氣過周瑜。」「蔣幹這個人，也是被冤枉了的。他是到過周營，但那是赤壁之戰兩年以後，當然沒有上當受騙盜什麼書。」周瑜沒有暗算過諸葛亮，反倒是原本高風亮節的諸葛亮，卻因為《三國演義》「編造出來的『三氣周瑜』，被寫成了『奸刁險詐的小人』（胡適先生語），想想這真是何苦！」[4]易教授指出：歷史上就沒有諸葛亮的「空城計」，早在裴松之為《三國志》作注時就駁過包括「空城計」在內的「五件事」。「駁空城計的證據是：諸葛亮屯兵陽平的時候，司馬懿官居荊州都督，駐節宛城，根本就不可能出現在陽平戰場，哪來的什麼空城計？」「《三國演義》便大講特講，三國戲也大演特演，所謂『失空斬』（失街亭、空城計、斬馬謖），……但這個故事不是事實，也不合邏輯。」易教授的考論、分析，我就不多引用了，說得很精彩，詳見第 6 頁第 10 行至第 19 行。他接着說：「其他如火燒新野，草船借箭，也都是無中生有。……借東風就更可笑。諸葛亮『沐浴齋戒，身披道衣，跣足散髮』，登壇祭風，簡至就是裝神弄鬼，所以魯迅先生說《三國演義》『狀諸葛多智而近妖』。」「歷史學家繆鉞先生就曾在《三國志選注》的『前言』中指出：『諸葛亮征南中事，當時傳說不免有誇大溢美之處，譬如對於孟獲的七擒七縱，是不合情理的，所謂「南人不復反」，也是不合事實的。』」（頁 6-7）舉的例子還多，請廣大讀者認真詳讀易中天著《品三國》一書。

易教授考論：早在東晉時的習鑿齒就罵曹操為「篡逆」，《三國演義》中把曹操罵為「國賊」「漢賊」等等對後世影響更大，乾隆皇帝也把曹操定為「篡逆」。我讀浙江

---

3 見《曹操集》中華書局 1959 年版頁 3、5、6、8、15、21、42、43、54、59、64、134、139、180 等等。

4 《品三國》，頁 3-4。

古籍出版社 2012 年版《屠隆集》共 12 冊中罵曹操的話很多，也受有《三國演義》的誤導。罵曹操的京劇也比較多，也基本上受《三國演義》多次誣罵曹操的影響。當然不同意這樣誣罵曹操的名人、專家、學者也很多。如魯迅、毛澤東、郭沫若、翦伯贊、易中天教授、孫家洲教授、朱紹侯教授、劉慶柱研究員、李憑教授、李振宏教授、張鶴泉教授、陳長琦教授、梁滿倉研究員等等，等等，數不清的專家、研究員、教授、博士生導師、高水準的人士，都很清楚《三國志》及裴注與胡編亂造的《三國演義》的重大區別。

毛澤東於 1958 年 11 月在會議上談到曹操時說：「你們讀《三國演義》和《三國志》注意了沒有，這兩本書對曹操的評價是不同的。……《三國演義》是把曹操看作奸臣描寫的；而《三國志》是把曹操看作歷史上正面人物來敘述的，而且說曹操是天下大亂時期出現的『非常之人』『超世之傑』。可是因為《三國演義》又通俗又生動，所以看的人多，加上舊戲上演三國戲都是按《三國演義》為藍本編造的。所以曹操在舊戲舞台上就是一個白臉奸臣。這一點可以說在我國是婦孺皆知的。」毛澤東講到這裏，憤憤不平地說：「現在我們要給曹操翻案。我們黨是講真理的黨，凡是錯案、冤案，十年、二十年要翻，一千年、二千年也要翻。」他實事求是地評價曹操說：「曹操統一北方，創立魏國，抑制豪強，實行屯田，興修水利，發展生產，使遭受大破壞的社會開始穩定和發展，是有功的。說曹操是奸臣，那是封建正統觀念製造的冤案，這個案一定要翻。」毛澤東在武漢召集陶魯笳、柯慶施、李井泉、王任重 4 名高級幹部到他在東湖畔的住所開座談會，說：「今天我找你們來談談陳壽的《三國志》。」他說：「《三國演義》是小說，《三國志》是史書，二者不可等同視之。若說生動形象，當然要推演義；若論真實性，就是更接近歷史真實，羅貫中的《三國演義》就不如陳壽的《三國志》囉！比如，舊戲裏諸葛亮是鬚生，而周瑜是小生，顯然諸葛亮比周瑜年紀大。這可能是來源於演義，而在《三國志》上記載周瑜死時三十七歲，那時諸葛亮才三十歲，即比周瑜小七歲。」他希望幹部們「要學會用聯繫的方法來看書中的人物、事件；……要學會當評論員。」[5]毛澤東評價「曹操是個了不起的政治家、軍事家，也是個了不起的詩人。」[6]毛澤東說：「《三國演義》的作者羅貫中不是繼承司馬遷的傳統，而是繼承朱熹的傳統。南宋時，異族為患，所以朱熹以蜀為正統。明朝時，北部民族經常為患，所以羅貫中也以蜀為正統。」[7]《三國演義》中以劉姓皇帝為正統，就以劉備為漢室正統，亂說什麼劉備是「皇叔」，寫

---

5 見陶魯笳：〈憶毛澤東同志教我們讀書〉，載《黨史文匯》1993 年第 9 期。

6 轉引自孫家洲文：〈曹操墓出土後引發的歷史學思考〉，見浙江文藝出版社 2010 年版李憑主編的《曹操高陵》一書頁 15-16。

7 見林克：《憶毛澤東學英語》，生活・讀書・新知三聯書店 2009 年第 2 版《毛澤東的讀書生活》一書頁 230。

了漢獻帝認劉備為「皇叔」的情節。其實劉備根本就不是什麼「皇叔」。著名學者程曉菡考論：「劉備真的是『皇叔』嗎？查考正史，就會發現，這段『皇叔』其實是《三國演義》的杜撰，為其『擁劉貶曹』增加分量而已。」《三國演義》中杜撰劉備與漢獻帝相見時，漢獻帝看了「宗族世譜」，說什麼「玄德乃帝之叔也」，不過是羅貫中的胡編亂造、「穿鑿妄談」而已。程文中考論的文字較長，我不宜多引，請廣大讀者讀中華書局 2008 年版《有關三國的 101 個趣味問題》一書，頁 14-15 程曉菡：〈劉備真的是「皇叔」嗎？〉我認為：《三國演義》問世幾百年來，杜撰劉備是漢獻帝「之叔」，小說中不少人物稱劉備為「皇叔」「劉皇叔」，忽悠了億萬讀者，羅貫中是中外文學界的「第一大忽悠」，何況忽悠的內容還遠遠不止是一個「劉皇叔」問題呢！毛澤東向高級幹部們推薦讀《金瓶梅》，說：「你們看過《金瓶梅》沒有？我推薦你們都看一看，這本書寫了明朝的真正歷史。暴露了封建統治，暴露了統治和被壓迫的矛盾，也有一部分寫得很仔細。」[8]他從來沒有說過《三國演義》寫了「真正歷史」，因為《三國演義》不符合歷史之處極多，他指出「羅貫中的《三國演義》就不如陳壽的《三國志》」。

郭沫若在 1959 年 1 月 25 日的《光明日報》的《文學遺產》專刊第 245 期發表文章，其中說「曹操對於民族的貢獻是應該作為高度評價的，他應該被稱為一位民族英雄。然而自宋以來所謂的『正統』觀念確定了之後，這位傑出的歷史人物卻蒙受了不白之冤。自《三國演義》風行以後，更差不多連三歲的小孩子都把曹操當成壞人，當成一個粉臉的奸臣，實在是對歷史的一大歪曲。」同年 2 月 19 日翦伯贊在《史學》專刊第 152 號發表文章也為曹操翻案，指出「曹操不僅是三國豪族中第一流政治家、軍事家和詩人，並且是中國封建統治階級中有數的傑出人物。」說曹操長期被當做奸臣是不公平的，應該替曹操摘去奸臣帽子，恢復名譽。郭沫若又在同年 3 月 23 日的《人民日報》上發表〈替曹操翻案〉一文，後收入《文史論集》《史學論集》，我據的是自己的藏書人民出版社 1984 年版《郭沫若全集》歷史編第三卷。該文很長，其中說：「曹操的粉臉奸臣的形象，在舞台上，在人民心目中，差不多成為了難移的鐵案了。然而在幾百年前也有農民起義的領袖想移動一下這個鐵案。和李自成、張獻忠同時起義的羅汝才，他自號為『曹操王』，不就表明草莽英雄中也有不願為《三國演義》所束縛的人物存在嗎？」郭沫若說《三國演義》「所反映的是封建意識，我們更沒有辦法來否認。藝術真實性和歷史真實性，是不能夠判然分開的，我們所要求的藝術真實性，是要在歷史真實性的基礎上而加以發揚。羅貫中寫《三國演義》時，他是根據封建意識來評價三國人物……但在今天，我們的意識不同了，真是『蕭瑟秋風今又是，換了人間』了！羅貫中所見到的歷史真實性成了問

8　轉引自長江文藝出版社 2002 年版《毛澤東詩話詞話書話集觀》一書頁 384。

題，因而《三國演義》的藝術真實性也就失掉了基礎。……我們可以預言曹操的粉臉也會逐漸被人民翻案的。今天不是已經在開始翻案了嗎？」「舊劇中曹操形象主要是根據《三國演義》的觀點來形成的。要替曹操翻案須得從我們的觀點中所見到的歷史真實性來從新塑造。」「曹操冤枉地做了一千多年的反面教員，我們在今天是要替他恢復名譽。但我們也知道，這不是一件容易的事。因為積重難返……尤其是曹操，由於《三國演義》和三國戲的普及，三歲小兒都把他當成了大壞蛋，要翻案是特別不容易的……我們搞歷史的人有責任把真實性弄清楚……希望有人能在用新觀點所見到的歷史真實性的基礎之上來進行新的塑造。」「我們今天要從新的觀點來追求歷史的真實性，替曹操翻案……人民是正直的，只要我們把真正的歷史真實性闡明了，人民絕不會把有功於民族發展和文化發展的歷史人物，長遠地錯當成反面教員。因此，我們樂於承擔這個任務：替曹操翻案。」

顯然，郭沫若、翦伯贊、易中天等等繼魯迅、毛澤東之後，也不同意《三國演義》和戲台上不尊重歷史，誣罵曹操。例如，歷史上的曹操根本就沒有殺呂伯奢，和他一起去呂伯奢家的根本就沒有陳宮，而陳宮也根本沒有做過中牟縣令，該縣令也根本沒有棄官與他一起逃走，跟從他的「數騎」人到呂家中，呂伯奢根本就不在家，《魏書》記載呂伯奢之子與賓客共劫曹操，「取馬及物」，曹操「手刃擊殺數人」，顯然是正當防衛。《三國演義》卻做了一連串的偽造。即使羅貫中採用郭頒《世語》和孫盛《雜記》中之說，曹操此次也根本沒有見到已「出行」不在家的呂伯奢，根本就沒有曹操殺呂伯奢的史實。

四

我除了向廣大讀者推薦易中天教授的《品三國》而外，還推薦中華書局 2008 年版的《有關三國的 101 個趣味問題》一書，由「李傳軍　宣炳善　馬寶記　程曉菡　撰寫」。我不知是否又出了修訂版，如果已出了修訂版，想必更好，更精彩，更有趣味。我只購讀了 2008 年版，已過去五、六年了。該書中說：「漢代末年，天下紛爭，群雄逐鹿，曹操異軍突起，滅呂布，平張繡，滅袁術、袁紹並最終統一北方，為後來華夏大地的再次統一做出了偉大的貢獻。曹操不僅有極強的軍事指揮才華，還是一個治理國家的卓越政治家，更是不可多得的作家、詩人。」「北宋時代開始，民間文藝開始興盛，勾欄瓦肆成為專業表演場合。於是，人們開始在舞台上醜化曹操。久而久之，曹操就成了奸詐之徒的典範。」「尤其隨着《三國演義》的問世，曹操在民間的形象徹底定型，《三國演義》反過來影響了戲曲舞台對曹操形象的塑造。清代以來，隨着京劇的誕生，隨着大量三國戲的誕生，『白臉曹操』也就成為舞台上曹操的獨特色彩。」（程曉菡）該文較長，見該書頁 5-7，我只是節錄了一部分而已。該文的作者不同意千百年來「曹操變成了人們口中的奸臣」，也不苟同在《三國演義》中醜化曹操，並在其影響下戲曲舞台上、京劇中把曹操醜化為「白臉奸臣」。我認為舊戲遲早都會要改革的，不可能一百年、一千年都不改革。以後可能會保留有一些罵曹操的舊戲，也會有一些為曹操翻案、還原歷史本來面目、正確評價曹操的新戲。全國的京劇院、團極多，高水準的編創人才也有很多，以後會更多，京劇的改革創新、「推陳出新」只是一個時間的早晚問題。郭沫若寫的多幕話劇《蔡文姬》中為曹操翻案，改變了曹操是「白臉奸臣」的醜惡形象，對京劇改革是有參考價值的。「推陳出新」後的京劇，會增加很多的觀眾，改變目前京劇演出不大景氣的局面。陳壽《三國志》及裴注中並沒有說劉備是漢獻帝「之叔」。程曉菡在〈劉備真的是「皇叔」嗎？〉一文中考論：《三國演義》第二十回中寫漢獻帝對劉備說「玄德乃帝之叔也」，「其實是《三國演義》的杜撰，為其『擁劉貶曹』增加分量而已。」我是一個京劇迷，覺得京劇中演了多次劉備是「皇叔」，是「劉皇叔」，是受了《三國演義》的瞞和騙，也對廣大觀眾、廣大京劇迷很不負責任，傳播的是錯誤的「歷史知識」。專家姜鵬先生說：即使按照《三國演義》給出的族譜，漢獻帝也應該比劉備高出五輩，而不是比劉備低一輩，何況歷史上的劉備根本就說不清自已的輩分，小說中卻編造為「皇叔」。[9]姜先生說歷史上的呂布和董卓的一個侍女私通，並無王允獻出歌妓貂蟬之事。[10]《有關三國的 101 個趣味問題》一書中說：「《三國演義》第一回中寫劉、關、張桃園三結義，歷史上本無其事，「就是《三國演義》中所說的劉備結義時二十八歲的年齡，也與史實不合。」著名學者李傳軍先生考論：《三國演義》中寫劉、關、張桃園「三結義」是在漢靈帝中平元年（184 年），演義說當時劉備「年已二十八歲矣」。李傳軍先生考論劉備生於漢桓帝延熹四年（161 年），到漢靈帝中平元年時，劉備只有 24 歲，並非「年已二十八歲矣。」「根據《三國志》中〈關羽傳〉和〈張飛傳〉的有關記載，以此類推，漢靈帝中平元年關羽的年齡應為 25 歲，張飛的年齡應為 20 歲。三人的年齡如果按長幼排序，應該是關羽為長，劉備次之，張飛最幼。因此，即使單純從年齡的角度來講，『桃園三結義』的故事也不可能是真正的事實。」李傳軍先生考論「元代的《三國志平話》中已有〈桃園結義〉一節，元雜劇也有無名氏撰的《劉、關、張桃園三結義》。」《三國演義》中寫的桃園「三結義」來自前人的寫法。但歷史上並無「桃園三結義」之事。[11]《三國演義》和京劇中很多次「演義」或演出張飛把劉備稱為「大哥」，把關羽稱為「二

9 見西苑出版社 2013 年版《三國前史》頁 176。

10 見上書頁 60-61。

11 見該書頁 16-17、73-74。

哥」，全都是錯的，全都違背了史實。關羽、張飛都應稱劉備為「主公」，關羽不應稱劉備為「兄長」，張飛不應稱劉備為「大哥」「稱關羽為二哥」，歷史上並無「桃園三結義」之事。李傳軍先生還寫有一文：〈趙雲是劉、關、張的四弟嗎？〉也值得重視。我認為京劇中劉、關、張稱趙雲為「四弟」也是錯的，應從李傳軍先生之說，予以糾正。傳軍先生說：「趙雲絕非劉、關、張的四弟。趙雲和劉備始終是上下級關係，而非兄弟關係。」[12]京劇《龍鳳呈祥》中稱劉備為「劉皇叔」，喬國老即「喬玄」的唱段中誇劉備「他有個二弟（指關羽）……」「他三弟翼德（指張飛）……」「他四弟（指趙雲）本是常山將……」這些稱呼全不符合史實。劉備並不是什麼「皇叔」，歷史上他們四人也沒有結拜過兄弟。歷史上並沒有什麼「喬國老」，他本來姓「橋」而不姓「喬」，他的姓名不是什麼「喬玄」，也不是「橋玄」，歷史上的「橋玄」是另外一個人，我到後面再說。何況關羽比劉備大一歲，不是劉備的「二弟」，張飛、趙雲也不是他的「三弟」「四弟」。劉備到後來與關、張、趙都是上下級關係，都始終不是結義兄弟關係。我查了上海辭書出版社 2009 年新版《辭海》，注出了劉備的生卒年是西元 161-223。但對關羽沒有注出生年，只注出了卒年，是「?-220」。對張飛也沒有注出生年，只注出了卒年，是「?-221」。根據李傳軍先生的考證，關羽生於西元 160 年，生卒年應作 160-220；張飛生於西元 165 年，生卒年應作 165-221。這就填補了新版《辭海》中關羽生年之缺與張飛生年之缺，證明了關羽比劉備大一歲，劉備不可能是關羽的「兄長」，證明了劉備不可能是張飛的「大哥」，證明了關羽不可能是張飛的「二哥」。證明了《三國演義》和京劇中張飛稱劉備為「大哥」、稱關羽為「二哥」，都是錯的，都與史實不符。張飛字益德，不是字翼德。據新版《辭海》注釋，周瑜的生卒年是 175-210，諸葛亮的生卒年是 181-234，周瑜比諸葛亮大 6 歲。毛澤東曾指出周瑜比諸葛亮大 7 歲，誤差很小。正如毛澤東指出的，京劇中的諸葛亮是鬚生（老生），周瑜是小生，都是錯的。漢獻帝（181-234）比周瑜小 6 歲，京劇中也是老生；孫權（182-252）比周瑜小 7 歲，龐統（179-214）比周瑜小 4 歲，京劇中二人的髯鬚也很長、很濃密。呂布在京劇中是小生，劉備是老生，但史實中呂布比劉備年長。這些在舊劇中也全都是錯的。《有關三國的 101 個趣味問題》一書中還有一文：〈關羽真的「華容道義釋曹操」嗎？〉作者是研究專家馬寶記先生。他考論關羽「義釋曹操」見於《三國演義》第五十回，但歷史上並無「義釋曹操」之事，他據《三國志・魏書・武帝紀》裴松之注引〈山陽公載記〉中說，曹操的船艦被劉備所燒，「引軍從華容道步歸，遇泥濘，道不通，天又大風，悉使羸兵負草填之，騎乃得過。羸兵為人馬所蹈藉，陷泥中，死者甚眾。軍既得出，公（曹操）大喜，諸將問之，公曰：

12 見該書頁 38-39。

『劉備，吾儔也。但得計少（稍）晚；向使早放火，吾徒無類矣。』備尋亦放火而無所及。」馬寶記先生指出：「重要人物關羽沒有出場。可見，『華容道義釋曹操』完全是《三國演義》作者虛構的。」[13]我很同意馬寶記先生的正確說法。

我認為〈山陽公載記〉的「山陽公」即是漢獻帝劉協（181-234），曹丕於西元 220 年 12 月篡漢稱魏帝之後，貶漢獻帝為山陽公。但曹丕（187-226）死後，「山陽公」還活了 8 年。曹操（155-220）一直到死都沒有篡漢稱帝。漢獻帝曾於建安十三年（208 年）封曹操為丞相；十八年（213 年）五月賜曹操爵為魏公；同年七月聘曹操的三個女兒曹憲、曹節、曹華為貴人；建安二十年（215 年）立曹節為皇后。曹操是漢獻帝的岳父。二十一年（216 年）五月，進曹操爵為魏王。曹操死於建安二十五年正月二十三日（220 年 3 月 15 日），漢獻帝諡其為魏武王，命曹丕由副丞相嗣位為丞相，由魏太子嗣位為魏王。但曹丕在同年十一月（220 年 12 月）就篡漢稱帝、貶漢獻帝為山陽公了。漢獻帝原是曹丕的妹夫，被貶為山陽公之後，為了自保性命，把兩個女兒奉獻給曹丕為嬪。曹丕占有了亡父曹操愛幸的所有宮人，又愛幸山陽公之二女以及郭妃、李貴人、陰貴人、柴貴人，對甄妃賜死，他縱淫過度，於黃初七年（226 年）五月就死了，只活了 39 周歲（187-226），甄妃所生之子曹睿繼位，即魏明帝。山陽公在魏明帝青龍二年（234 年）三月才死，被魏明帝追諡為漢孝獻皇帝。據〈山陽公載記〉，可知是曹操率敗軍逃出了華容道，並無關羽「華容道義釋曹操」之事，也沒有諸葛亮讓關羽立軍令狀之事。《三國演義》第四十九回中寫諸葛亮回答關羽說：「昔日曹操待足下甚厚，足下當有以報之。今日操兵敗，必走華容道；若令足下去時，必然放他過去。因此不敢教去。」關羽表示不肯放過曹操。諸葛亮就叫關羽立下了軍令狀，率軍投華容道埋伏去了。劉備說：「吾弟義氣深重，若曹操果然投華容道去時，只恐端的放了。」諸葛亮說：「亮夜觀乾象，操賊未合身亡。留這人情，教雲長做了，亦是美事。」已有李傳軍先生考出關羽比劉備大一歲，歷史上的劉備不可能說關羽是「吾弟」。寫諸葛亮說：「亮夜觀乾象，操賊未合身亡」，搞的是封建迷信，今之廣大讀者有誰相信這一套把戲？當時劉備、諸葛亮一方最大的敵人是曹操，能擒殺曹操而故意放走，實不可信。第五十回寫〈諸葛亮智算華容　關雲長義釋曹操〉，與史實不符，純屬胡編亂造。〈山陽公載記〉中寫道是曹操率敗軍逃出的，這一史料記載，比小說的隨意杜撰可信。

《有關三國的 101 個趣味問題》一書中，還有專家程曉菡寫的一文：〈周瑜設過美人計嗎？〉說歷史上的周瑜並未設「美人計」說把孫權之妹嫁給劉備。而是赤壁之戰後，劉備勢力逐漸增大，孫權為了表示與劉備的聯盟之意，把妹妹嫁給了劉備，《三國志·

13　見該書頁 87-88。

蜀書・先主傳》中說孫權「進妹固好。」但是，所有的史籍中都只是提到了孫夫人的名號，並未有「孫尚香」之名。劉備與她的關係並不像《三國演義》中所言夫妻恩愛，事實上她的脾氣暴躁，經常依仗兄長的權勢飛揚跋扈。這並不是孫權與周瑜設下的「美人計」，而是東吳集團為了鞏固與劉備集團的政治聯盟而採取的聯姻手段。聯姻大致在建安十四年至十五年之間。建安十六年（211 年）隨着劉備與東吳集團關係惡化，孫權就派人接回了妹妹。《三國演義》中「演義」成了周瑜設的「美人計」失敗，編造了「周郎妙計安天下，賠了夫人又折兵」的故事。[14]我認為京劇《龍鳳呈祥》基本上據《三國演義》中的杜撰，演「劉皇叔」依諸葛亮之計過江到東吳招親，周瑜設的「美人計」失敗，實不可信。還有專家宣炳善先生寫有一文：〈劉備真的是在甘露寺招親嗎？〉據《三國志・蜀書・先主（劉備）傳》：「（劉）琦病死，群下推先主（劉備）為荊州牧，治公安。（孫）權稍畏之，進妹固好。」宣先生講解說：這是「講劉琦病死以後，荊州的官員推舉劉備作荊州牧。劉備得了荊州，力量強大起來，孫權對劉備就十分忌憚。建安十四年，正好劉備的妻子甘夫人去世了，於是孫權就利用這個機會將其妹妹送到公安與劉備成婚。『進妹固好』一詞，可以看出孫權是主動派人將妹妹送到荊州與劉備成婚的。」「當時荊州牧治所就在公安。所以劉備招親其實是在今天湖北的公安縣，不是在東吳的甘露寺。甘露寺建於東吳甘露元年（265），而劉備招親卻是在建安十四年，也就是公元 210 年。」也就是說，劉備與孫權之妹成婚時，「甘露寺還沒有造，劉備與孫夫人婚後五十年，甘露寺才興建。」[15]我按宣先生的這一說法，劉備與孫權之妹結婚是在今之湖北公安，時間是建安十四年，西元 209 年；《三國演義》第五十四回中胡編亂造周瑜設下「美人計」，孫權依計而行，騙劉備到東吳娶自己的妹妹，孫權之母吳國太定下「在甘露寺方丈設宴」見劉備。這一回中寫周瑜設此「美人計」，大謬！因歷史上周瑜並未設此「美人計」騙劉備來東吳娶孫權之妹。又寫孫權派到荊州的使臣呂範多次稱劉備為「皇叔」，又大謬！因歷史上的劉備並不是皇上漢獻帝之叔。還寫諸葛亮定計叫趙雲保護劉備去東吳與孫權之妹成婚，仍大謬！因為歷史上是孫權派人把妹妹送到（湖北）公安嫁給劉備「固好」的，並無諸葛亮慫恿劉備去東吳與孫權之妹成婚的荒唐事。建安十四年（209 年）東吳的甘露寺遠未造成，而造成是西元 265 年之事，也就是五十六年之後的事，吳國太、劉備、孫權早已死了，吳國太豈能在遠未造成的甘露寺中看劉備，豈非又大謬！甘露寺建成是五十六年之後的事，豈能有寺？豈能有寺廟中的住持和尚「方丈」？吳國太是一個老寡婦，又豈能定下在和尚「方丈」的住房中「設宴」見劉備？豈非一連串的大謬！

14 見該書頁 115-117。

15 見該書頁 117-118。

《三國演義》中的謬誤上千處，僅這一回中就有許多謬誤。京劇《龍鳳呈祥》中基本上用的是《三國演義》中的許多謬誤，《三國演義》、京劇中給了廣大受眾很多錯誤的「歷史知識」。

新版《辭海》「甘露寺」辭條注釋說：「在江蘇省鎮江市北固山。三國吳甘露元年（265 年）始建，傳為劉備相親之處。……相傳建寺時甘露適降，故名。」這「傳為劉備相親之處」顯然是誤傳、謠傳。因時間、地點都相差太遠。又，「劉備」辭條注釋說：「（161-223）即『蜀漢昭烈帝』。亦稱『先主』。三國時蜀漢的建立者。公元 221-223 年在位。……221 年稱帝，都成都，國號漢，建元章武。次年在吳蜀夷陵之戰中大敗，不久病死。」又，「孫權」辭條注釋說：「（181-252）即『吳大帝』。三國時吳國的建立者。公元 229-252 年在位。……建安十三年（208 年），與劉備聯合，大敗曹操於赤壁……黃龍元年（229 年），稱帝於武昌（今湖北鄂州），國號吳，旋即遷都建業（今江蘇南京）。……」由以上可知：「甘露寺」「始建」於「公元 265 年」，而劉備死於公元 223 年，孫權死於公元 252 年，劉備死後 42 年、孫權死後 13 年，「甘露寺」才始建，吳國太死得更早，她怎麼可能與兒子孫權一起在甘露寺「方丈」內「設宴」相看劉備呢？更何況這還是比劉備死、孫權死更早的建安十四年（209 年）的「事」，是在「甘露寺」「始建」（265 年）的六十五年前的「事」，根本就不可信！

程曉菡專家還有一文：〈劉備一共有幾位夫人？〉說「劉備一生有事跡可以考察的夫人至少有四位」，即甘皇后、糜夫人、孫夫人、穆皇后，說「劉備後來應該至少有兩位側室。」[16]也就是說，劉備至少有 6 個妻妾。另一位研究專家宣炳善先生在文中說：「劉備的身分一直是妻妾成群的……孫權共有六位夫人。」他說劉備、孫權、曹丕都娶過二婚的女人。如劉備娶的穆氏原是劉瑁的遺孀；孫權娶的徐氏原是陸尚的遺孀；曹丕娶的甄氏原是袁紹的兒子袁熙之妻。[17]其實曹操也娶過二婚的女人，如娶過張濟的遺孀；娶的杜氏是秦宜祿之妻；娶的尹氏是何進的兒媳婦。《三國演義》和京劇中罵曹操娶張濟的遺孀，其實劉備娶劉瑁的遺孀穆氏，孫權娶陸尚的遺孀徐氏，在東漢末年至三國時期都是很正常的事。那時是一夫多妻妾的社會，曹操、劉備、孫權都是妻妾成群的，《三國演義》中反曹擁劉，罵此而贊彼，很不公平。

《有關三國的 101 個趣味問題》一書中，還指出了《三國演義》中寫的不少故事與史實不符。如史實中關羽用的兵器並不是「青龍偃月刀」；歷史上的徐庶進曹營並非「一言不發」；歷史上赤壁大戰中火攻計的出謀者不是諸葛亮而是黃蓋；歷史上的諸葛亮並

---

16 見該書頁 118-120。

17 見該書頁 120。

不曾「三氣周瑜」，周瑜是病死的，不是諸葛亮氣死的；歷史上諸葛亮沒有擺過「空城計」；在諸葛亮身上也沒有發生過「草船借箭」的故事，而歷史上建安十八年（213 年）孫權有乘大船觀曹軍，曹操命弓弩亂發，孫權的大船上收到曹軍射的無數支箭的事，見陳壽《三國志・吳書・吳主傳第二》裴松之注。裴注引《魏略》說：孫權乘大船來觀曹軍，曹操「使弓弩亂發，箭著其船，船偏重將覆，權因回船，復以一面受箭，箭均船平，乃還。」羅貫中在《三國演義》第四十六回中胡編亂造為讚美諸葛亮於建安十三年（208 年）求魯肅「借我二十只船，每船要軍士三十人，船上皆用青布為幔，各束草千餘個，分佈兩邊。」第三日四更時分，孔明密請魯肅到船中。「命將二十只船，用長索相連，徑望北岸進發。是夜大霧漫天，長江之中，霧氣更甚，對面不相見。」「當夜五更時候，船已近曹操水寨。孔明教把船隻頭西尾東，一帶擺開，就船上擂鼓吶喊。」在曹操命令下，「約一萬餘人，盡皆向江中放箭，箭如雨發。孔明教把船吊回，頭東尾西，逼近水寨受箭，一面擂鼓吶喊。待至日高霧散，孔明令收船急回。」寫諸葛亮得曹軍所射之箭「十餘萬枝」，連周瑜也稱讚「孔明神機妙算，吾不如也！」羅貫中把歷史上孫權乘大船獲得曹軍射的大量亂箭之事，「改造」成諸葛亮以二十只船「借」得曹軍射的「箭」十餘萬枝的假故事，寫他知道何日何時起霧，何時霧散，何日何時起東風，如此等等，比 21 世紀的天氣預報還精確無數倍。但正如魯迅所評論的：羅貫中《三國演義》中「狀諸葛之多智而近妖」，很不真實。

《有關三國的 101 個趣味問題》一書中還有一些正確而精彩的考論，我就不多說了。遙憶十多年前，山東的吾友鮑延毅教授在中國文聯出版公司出版過一部學術著作《一勺之得》，從山東寄贈給我，希望我寫一篇評論，我遵囑寫了一文寄去，發表後，鮑教授把發表樣寄給我，並賜一信致謝。我記得這大約是 1999 年冬天的事。我還記得鮑教授那本著作中也考論了《三國演義》中有一些違背史實之處。我現在的藏書很多，分放於兩處：一處在我現在的住處西安市吉祥路的家中，基本上放的是「紅學」「金學」、魯迅、郭沫若研究、「前四史」等方面的書；另一處在西北大學的寓所中，放的是其他方面的書，包括《一勺之得》在內，鎖在一個書房中，別的二室一廳租給了從外縣來的一家人，我如果去取《一勺之得》來重讀，很不方便。我現在寫到此處時，無法復按《一勺之得》中的有關內容，我在 1999 年冬發表的那篇〈讀鮑延毅教授的《一勺之得》〉，很可能我已經丟失了，加之鮑教授早已不幸病故，我也無法詢問我那篇文中究竟都寫了些什麼，畢竟已過了十五年，我也回憶不起來了。但我記得鮑著中對羅貫中《三國演義》中有一些不符合史實之處是有批評意見的。我讀的書不是很多，可以說是孤陋寡聞。很可能許多書中或論文中都認為《三國演義》中違背史實之處太多，「演義」得太離譜。

五

我從 11 歲考上初中後，讀過《西遊記》《水滸傳》；14 歲考上高中後，讀過《三國演義》《紅樓夢》；17 歲考上大學中文系本科後，學習 4 年期間（1957-1961）讀過陳壽的《三國志》及裴松之注，對照羅貫中的《三國演義》，才知道《三國演義》中有上千處胡編亂造，與史實不符，就不喜歡《三國演義》了。我在大學 4 年學習期間，讀過《魯迅全集》，知魯迅說《三國演義》中寫曹操和戲台上演曹操為奸臣，「不是觀察曹操的真正方法」，魯迅說：「其實，曹操是一個很有本事的人，至少是一個英雄」，說自己「非常佩服他」[18]。魯迅批評《三國演義》寫人物「頗有失，以致欲顯劉備之長厚而似偽，狀諸葛之多智而近妖」[19]。魯迅批評《三國演義》有三大缺點，一是「容易招人誤會」，誤導了讀者，連著名詩人、學者王士禛（號漁洋）都被誤導。二是「描寫過實」，即離開了真實，亦即描寫人物「任主觀方面寫去，往往成為出乎情理之外的人」。三是「文章和主意不能符合」，即「作者所表現的和作者所想像的，不能一致。」[20]魯迅稱讚過曹操尚通脫；但又說禰衡（字正平）「天天上門來罵他（罵曹操），他也只好生起氣來，送給黃祖去『借刀殺人』了。禰正平真是『咎由自取』。」[21]我讀完人民文學出版社版《魯迅全集》10 卷本是在 1959 年。後來我也查對過范曄《後漢書·禰衡傳》和陳壽《三國志》裴松之注，知曹操於建安初年（大約 196 年）聞禰衡善擊鼓，遂命禰衡擊鼓之事，但並無禰衡「擊鼓罵曹」的史實。嗣後，禰衡手持三尺杖，坐曹操大營門外，以杖捶地大罵曹操。有吏稟報曹操：「外有狂生，坐於營門，言語悖逆，請收案罪。」也就是收入獄中，按罪嚴懲。但曹操並未採納，並未把他收入獄中而殺之，而是對孔融說：「禰衡豎子，孤殺之猶雀鼠耳。顧此人素有虛名，遠近將謂孤不能容之，今送與劉表，視當何如。」於是遣人騎送之。

劉表見禰衡後，非常器重，「服其才名，甚賓禮之，文章會議，非衡不定。表嘗與諸文人共劃章奏，並極其才思。」當時禰衡不在場，待他回來後，見了劉表等人共同起草的章奏，覺得寫得不好，因毀之並擲於地上，劉表大吃一驚。禰衡乃從求筆劄，須臾立成，辭義可觀。劉表大悅，「益重之」。後來禰衡復侮慢劉表，「表恥不能容」，把他送給江夏太守黃祖。黃祖「亦善待焉。」禰衡「為作書記，輕重疏密，各得體宜。」

---

18 〈魏晉風度及文章與藥及酒之關係〉。

19 《中國小說史略》。

20 〈中國小說的歷史的變遷〉。

21 見魯迅〈論俗人應避雅人〉。

黃祖「持其手曰：『處士，此正得祖意，如祖腹中之所欲言也。』」黃祖的長子黃射（音yì）為章陵太守，尤善待於禰衡，嘗與禰衡俱遊，共讀蔡邕所作的碑文，黃射愛碑上的文辭，回來後悔恨未繕寫下來。禰衡說：「吾雖一覽，猶能識之」，因寫出。黃射派使者騎馬去抄寫碑文回來校勘，如禰衡所書，「莫不嘆服」。黃射大宴賓客時，有人獻鸚鵡，黃射舉酒卮於禰衡曰：「願先生賦之，以娛嘉賓。」禰衡攬筆而作，「文無加點，辭采甚麗。」後來黃祖在船上大會賓客，而禰衡出言不遜，黃祖說了他，他反而罵黃祖「死公！」等等，黃祖令問事將他趕出，欲打他，禰衡遂大罵，黃祖遂令殺之。黃射光着腳跑過來救，已來不及了。黃祖亦悔之，乃厚加棺斂。禰衡時年虛齡二十六歲（173-198）。他當初見曹操時虛齡為二十四歲，所以我推斷他當初被曹操召見應是在建安元年，西元196年。

以上我引述的是《後漢書・禰衡傳》中的大意。在《三國志・荀彧傳》裴松之注引《典略》中說：禰衡於建安初，自荊州北遊許都，禰衡時年二十四歲，由於太狂傲，愛罵人，「眾人皆切齒」恨他。禰衡「知眾不悅，將南還荊州……南見劉表，表甚禮之。將軍黃祖屯夏口，祖子射與衡善，隨到夏口。祖嘉其才，每在坐，席有異賓，介使與衡談（介紹使異賓與禰衡交談）。」後來禰衡太驕傲，回答黃祖的話說黃祖是「俳優饒言」，「俳（pái）優」是演雜戲、滑稽戲的，「饒言」是指說的廢話太多，禰衡居然當着眾賓客的面說將軍黃祖是「俳優饒言」（何況在《後漢書・禰衡傳》中還記載禰衡當眾呼黃祖為「死公」，即該死的老頭，禰衡說話太不文明，太沒禮貌），黃祖以為罵己，大怒，命人捉頭髮出，「左右遂扶以去，拉而殺之。」下面有裴松之的按語，其中說曹操在八月間大宴賓客的會上，命禰衡擊鼓，禰衡「容態不常，音節殊妙。坐上賓客聽之，莫不慷慨。」至十月，禰衡坐曹操營門外，以杖捶地，數罵曹操。曹操命令外廄急備精馬三匹，並騎二人，對孔融說：「禰衡豎子，乃敢爾！孤殺之無異於雀鼠，顧此人素有虛名，遠近所聞，今日殺之，人將謂孤不能容。今送於劉表，視卒（究竟）當何如？」就把禰衡送給了劉表。

裴松之注引〈傅子〉曰：禰衡見荊州牧劉表之後，「表悅之以為上賓。」於是左右「因形譖之」（因向劉表形容而誣陷禰衡，譖，音 zèn，說壞話誣陷），其中誹謗、編造說禰衡以為將軍「不能斷；終不濟（不能成事）者，必由此也。」是言實指劉表智短。而非禰衡所言也。劉表不詳察，遂疏遠禰衡而逐之。禰衡「以交絕於劉表，智窮於黃祖，身死名滅，為天下笑者，譖之者有形也。」但我認為此話不全對。第一，劉表並沒有殺禰衡，而是把禰衡送給了黃祖。第二，黃祖開頭也嘉禰衡之才，「亦善待焉」，但禰衡後來侮慢黃祖，出言不遜，黃祖才殺了他。第三，禰衡雖「身死」但並沒有「名滅」，他至今還是著名的歷史人物。第四，「譖之者」對禰衡的誣陷在劉表身上起了作用；但黃祖及其長子黃射都對禰衡很好，而禰衡卻罵黃祖是「死公」，是「俳優饒言」，黃祖不能忍受，就把他殺了。因為他太愛罵人，就不會有好結果，魯迅說他「真是『咎由自取』」，是有道理的。

由以上的一些史實來看，曹操命禰衡擊鼓，是在建安元年（196 年）八月，禰衡當月並未「罵曹」；禰衡坐在曹操大營門外以手杖捶地屢罵曹操是同年十月的事，曹操並未殺他，而是把他送給了劉表，從劉表開頭對他很好、很器重、「服其才名，甚賓禮之，文章言議，非衡不定」，「益重之」等等來看，顯然曹操沒有讓劉表殺禰衡之意。後來禰衡復侮慢劉表，「表恥不能容」，把他送給黃祖。黃祖開頭也對他很好；但他後來說話侮慢黃祖，黃祖才於建安三年（198 年）殺了他，這已是他離開曹操兩年之事了，不能說是曹操殺了他。

《三國演義》第二十三回中寫「禰正平裸衣罵賊」，甚荒謬。歷史上禰衡擊鼓之前並未罵曹，羅貫中卻杜撰禰衡擊鼓之前就罵曹操「欺君罔上乃謂無禮」；「汝不識賢愚，是眼濁也；不讀詩書，是口濁也；不納忠言，是耳濁也；不容諸侯，是腹濁也；常懷篡逆，是心濁也！」罵曹操「是猶陽貨輕仲尼，臧倉毀孟子」，自比為聖人孔子、孟子，真是不知天高地厚，羅貫中胡編亂造，殊不可信。羅貫中又寫禰衡說：「吾乃漢朝之臣，不作曹瞞之黨」，亦不可信。史載八月間禰衡擊鼓前後並未罵曹，而是十月間坐曹操大營門前以手杖捶地屢罵曹操，曹操把他送給劉表，並未囑劉表殺他。而羅貫中杜撰為荀彧問曹操：「……禰衡又無音耗，丞相遣而不問，何也？」操曰：「禰衡辱吾太甚，故借劉表手殺之，何必再問？」歷史上曹操並未說過此話；何況曹操把禰衡送給劉表是建安元年（196 年）的事，而曹操被漢獻帝任命為丞相是建安十三年（208 年）的事，荀彧豈能在建安元年稱呼曹操為「丞相」？曹操當「丞相」時（208），禰衡（173-198）已經死了 10 年，羅貫中連歷史常識都不清楚，豈不是在胡亂「演義」！京劇《擊鼓罵曹》基本上從《三國演義》而來，我很喜歡演員演唱得好，但演出中也有一些不符合史實之處。如曹操手下人不應稱曹操為「丞相」；張遼於建安三年降曹，建安元年並未在曹操手下；此類謬誤甚多。

郭沫若在〈莊子與魯迅〉一文中指出，魯迅引古書不免有些錯誤，但魯迅不願一查。郭沫若舉了很少的一部分例子，我認為魯迅的引述之誤已經相當多了；如果舉《魯迅全集》中的引述古書之誤，那就會更多得多。我們作為後人，不應該迷信魯迅、神化魯迅，應該支持魯迅的正確說法，糾正魯迅的錯誤說法，對任何人搞個人迷信都不正確。例如魯迅對曹操與禰衡的說法，就有對、有錯。（對《金瓶梅》的說法，也有對、有錯。如此等等。）魯迅說：「與孔融一同反對曹操的尚有一個禰衡，後來給黃祖殺掉的。」[22]第一句話是

---

22 〈魏晉風度及文章與藥及酒之關係〉。

對的；第二句按語法來說也是對的，如果魯迅的意思是說後來曹操給黃祖殺掉的，那就錯了，曹操沒有「給黃祖」，而給的是劉表。魯迅說：「曹孟德是『尚通脫』的，但禰正平天天上門來罵他，他也只好生起氣來，送給黃祖去『借刀殺人』了。禰正平真是『咎由自取』。」[23]這裏寫得不大嚴謹：禰衡並沒有「天天上門來罵」曹操，「天天」是誇張了；曹操沒有「送給黃祖」，而「送給」的是劉表。魯迅說：「漢末政治黑暗，一般名士議論政事，其初在社會上很有勢力，後來遭執政者之嫉視，漸漸被害，如孔融，禰衡等都被曹操設法害死。」[24]其實曹操並沒有「設法害死」禰衡。他把禰衡送給劉表，並未寫信囑咐劉表殺禰衡，劉表起初對禰衡極好，可證。劉表後來之所以把禰衡送給黃祖，有兩種說法：一是禰衡後來侮慢劉表，劉表「恥不能容」，見《後漢書・禰衡傳》；二是劉表手下的一些人向劉表誣陷禰衡，造謠說禰衡在背後談論將軍「不能斷；終不濟者，必由此也。」實非禰衡所言。但劉表不詳察，遂疏遠禰衡而逐之，把他送給了黃祖，見《三國志・荀彧傳》裴松之注引〈傅子〉曰。曹操並沒有把禰衡送給黃祖「借刀殺人」；曹操也不可能預料到劉表會把禰衡轉送給黃祖。而且黃祖起初也對禰衡極好，後來禰衡當着眾賓客的面辱罵了黃祖，黃祖大怒，欲打之，禰衡更大罵，黃祖遂令殺之。《後漢書・禰衡傳》說禰衡罵黃祖是「死公！云等道（何勿語）」，《三國志・荀彧傳》裴松之注引《典論》中說禰衡罵黃祖是「俳優饒言」。曹操也不可能料事如神，不可能預料到黃祖終於殺了禰衡。黃祖殺禰衡，是在建安三年（198 年）；曹操殺孔融，是在 10 年之後的建安十三年（208 年），曹操於該年六月為丞相。孔融曾多次嘲諷曹操，曹為丞相之後，郗慮構成孔融之罪，遂令丞相軍謀祭酒路粹枉狀奏孔融，其中說以前孔融曾與禰衡放言，云「父之於子，當有何親？論其本意，實為情欲發耳。子之於母，亦復奚為？譬如寄物缻中，出則離矣。」又曾與禰衡互相讚揚，禰衡稱讚孔融是「仲尼不死」，孔融答贊禰衡是「顏回復生」，大逆不道，宜極重誅。書奏，把孔融下獄棄市而死，時年五十六，妻子皆被誅。但魯迅說曹操「設法害死」禰衡，是不對的。

六

現在發行量最大的《三國演義》版本，應是人民文學出版社 1973 年版《三國演義》了，我第二次購讀的是 2010 年 10 月第 30 次印刷本，書前是《三國演義》研究專家何磊先生寫的〈前言〉，文末署：「一九七三年八月」，「一九八二年八月修訂」，這「一

23 〈論俗人應避雅人〉。

24 〈中國小說的歷史的變遷〉。

九八二年八月修訂」時，應是何先生的新觀點了。我基本同意這篇〈前言〉中的說法，但也有不同的意見。我特別同意何先生對羅貫中及其《三國演義》中不少錯誤的批評，我在這裏作一部分介紹。

何先生批評羅貫中在《三國演義》中「所持的態度是錯誤的，他從根本上否定農民起義的歷史作用。」何先生指出：「在封建社會裏，地主階級的思想是占統治地位的思想。……《三國演義》的作者從維護封建統治立場出發，不但承襲了『正史』和平話、戲曲中的一些封建意識，而且還根據當時封建統治的需要，某些方面有所強化，這應該引起注意。」「《三國演義》在鼓吹實施『王道』『仁政』的同時，歌頌封建統治階級和封建統治；反對農民革命；鼓吹『英雄』史觀、神權思想和封建迷信；提倡封建道德，特別宣揚『忠』『義』等。」這些都是《三國演義》中的重要錯誤。

何先生批評羅貫中在《三國演義》中「通過其『正面』人物來讚揚、美化封建統治階級，大肆宣揚『王道』。」「把劉備美化成一個『仁慈』的、備受人民『愛戴』的統治者，也正是把他作為『王道』的化身來進行歌頌的。」何先生舉了小說中的一些編造的「描寫」的例子之後說：「這種描寫，企圖使人們去憧憬劉備這樣的施行『王道』政治的封建統治者。但在實際生活中，封建統治者與人民群眾不可能會出現這種魚水般的融洽關係；歷史上，也沒有存在這種情況。」「特別值得注意的是，《三國演義》通過劉備鼓吹『王道』的同時，還把他寫成封建王朝的『正統』代表。」何先生舉了小說中的一些實例後說：「《三國演義》作者批判董卓、曹操等人物，跟他的歌頌『正統』、鼓吹『王道』一樣，都是為了維護封建統治。」「也正是從這種維護封建統治的立場出發，《三國演義》對農民革命直接進行了誣衊。小說所寫的黃巾軍，是漢末一次偉大的農民起義運動……但作者卻一再誣衊他們是『黃巾賊』，並通過小說中所謂『正面』人物之口，公然主張把農民起義軍斬盡殺絕……暴露了『王道』的虛偽性。正如魯迅所指出，在剝削階級統治的社會裏，『其實是徹底的未曾有過王道』（《且介亭雜文·關於中國的兩三件事》）。封建統治階級吹噓的什麼『仁慈愛民』『廣布恩德』，全都不過是欺騙人民，麻痹人民革命意志的虛偽口號，在這些口號的背後，是對人民群眾極端殘酷的屠殺和迫害。大肆宣傳『王道』『仁政』的《三國演義》，同時卻又公然主張把起義人民斬盡殺絕。」何先生指出：《三國演義》「宣揚了錯誤的有害的封建思想。」廣大讀者應該「剔除它的封建性糟粕，明確認識作品所歌頌的『王道』『仁政』完全是不真實的。」

《三國演義》第一回中就寫「四方百姓，裹黃巾從張角反者四五十萬」。這「四五十萬」人，是「四方百姓」，基本上是農民群眾，黃巾軍是農民起義革命軍。羅貫中在《三國演義》中主張把這四五十萬「四方百姓」、人民群眾斬盡殺絕，這有什麼「仁慈」「王道」可言？曹操、劉備、關羽、張飛，都是靠鎮壓黃巾農民起義軍起家的。羅貫中（約1330-約1400）的思想認識，遠遠不能和他之前一千多年的政治家曹操（155-220）相比，也遠遠不能和他之後五百多年的歷史學家郭沫若（1892-1978）相比。郭沫若曾據《史記》說過，戰國時僅秦昭襄王四十七年秦趙長平一戰，秦白起軍就把趙括軍被俘虜者活埋了四十餘萬人，極其凶殘。但他在〈替曹操翻案〉一文中說：東漢末年，統治者們互相殘殺，人民脫離土地，不能聊生。黃巾農民起義的目的是人民要糧食，要土地，要活下去。人民要活下去，所以不得不起義。但起義軍沒有軍糧，只是靠沿途掠取糧食過活，這是斷難持久的。郭沫若說：「和軍事行動不可分開的必須有糧食，這是常識問題。故『足食足兵』是相聯帶的事。」我認為，郭沫若說的這個「常識問題」，曹操懂得，郭沫若當然也懂得，而羅貫中未必懂得。黃巾軍有幾十萬人，每天都要吃糧食，如果幾天不吃糧，就會統統餓死。曹操、劉備、關羽、張飛都是靠鎮壓黃巾起義軍起家的，曹操的軍隊也好，劉備的軍隊也罷，將士們也是要每天吃糧的，如果幾天不吃，也會餓死。這就是常識。羅貫中在《三國演義》中表面上寫得很熱鬧，打呀、殺呀，今天和這個打，明天和那個殺，後天又和別個打或殺，如此下去，沒完沒了，這麼多的軍人們是靠哪裏來的糧食吃飯的呢？其實歷史上的「曹操是一個很有本事的人，至少是一個英雄」（魯迅語）。他打敗了黃巾軍，俘虜有三十餘萬人，但他並沒有把這三十餘萬人活埋，而是「把精銳部分組織了起來」（郭沫若語）。當然首先得讓這三十餘萬人有飯吃。羅貫中卻主張把幾十萬人的黃巾軍斬盡殺絕，也就和把這幾十萬人的「四方百姓」統統活埋是一樣的意思，斬盡殺絕也好，統統活埋也罷，也就是要讓這來自「四方百姓」的「四五十萬」人全部死亡，羅貫中對他們有半點「仁慈」嗎？《史記·秦本紀》中說秦昭襄王四十七年（前260年）秦國白起率軍大破趙於長平，「四十餘萬盡殺之」，《史記·趙世家》說趙括以軍降秦，卒四十餘萬皆被活埋，與「盡殺之」的意思一致。比羅貫中早一千多年的曹操在這一點上倒是比羅貫中仁慈得多，仁義得多。郭沫若說得好：

> 曹操在打敗了黃巾之後，他把精銳部分組織了起來。史書上說：初平三年（192年）冬，他擊破黃巾於壽張東，追至濟北，「受降卒三十餘萬，男女百餘萬口，收其精銳者，號為青州兵」（《魏志·武帝紀》）。這就是曹操起家的武力基礎……如果曹操完全是嗜殺成性、胡作非為的人，那幾十萬的青州兵、百多萬的農民男女，怎麼能夠聽他指揮呢？不是倒過來把他幹掉，便盡可以一哄而散，然而不是這樣。那就值得我們把所謂歷史定案重新審核審核一下了。
>
> 曹操有了青州兵，但還有一個重大問題沒有同時解決，那就是軍糧的問題。這個問題推遲了三年，在建安元年（196年），終於被解決了。那就是他採用了棗祗、

韓浩的建議興立屯田。

郭沫若據王沈《魏書》中說，曹操曰「定國之策，在於強兵足食……」建安元年「募民屯田許下，得穀百萬斛。於是州郡例置田官，所在積穀。征伐四方，無運糧之勞，遂兼滅群賊，克平天下。」郭沫若分析判斷曹操於初平四年（193 年）破黃巾軍之後，「男女百萬餘口」的黃巾農民就被曹操組織起來墾闢荒土，解決吃飯問題了，「只是屯田制度是遲了三年才見諸實施而已。」也就是說，「男女百萬餘口」的黃巾農民先墾闢荒土，曹操先設法解決他們的吃飯問題，到建安元年（196 年）才正式實施屯田制度。郭說：「有了青州兵，有了屯田措施，這在曹操說來就具有了『足食足兵』的基礎，所以他能夠……把陶謙、呂布、袁紹、袁術等都逐步掃蕩了。」郭說：建安九年（204 年）曹操把袁紹破滅了，九月就下令，使河北人民不出當年的租賦，人民都高興。他據王沈《魏書》中記載的曹操的令文，詳見陳壽《三國志・魏書・武帝紀》及裴松之注引王沈《魏書》。陳壽文中說：（建安九年）「九月，（曹操）令曰：『河北罹袁氏之難，其令無出今年租賦！』……百姓喜悅。」王沈《魏書》載曹操令較長，我就不引述了。郭沫若說，曹操「能夠恢復封建制度下的生產秩序，把人民從流離失所的情況扭回過來，從歷史發展過程上來說，在當時倒是進步的事業。」郭沫若說：

> 特別值得強調的是他在建安十二年（207年）五月，千里遠征，一直到東北遼河流域去平定了三郡烏桓，消除了當時主要的外患，而救回了被俘擄去做奴隸的漢民十餘萬戶，總得有好幾十萬人。這樣多的人沿途是要糧食吃的，連出於敵對意識、由吳人寫成的〈曹瞞傳〉，都說他曾經「殺馬數千匹以為糧」（《魏志・武帝紀》注引），可見他是重人不重馬。我們如果體貼一下那被解救了的十幾萬戶人的心理，他們對於曹操是會衷心感激的。

郭沫若說：「曹操平定烏桓是反侵略性的戰爭，得到人民的支持」。「在曹操的武功中，我看就有兩件事體最值得驚異。一件是他打了黃巾，而收編其精銳的『青州兵』，成為他武力的基礎。另一件是他打了烏桓，而烏桓的騎兵在他麾下成為『天下名騎』。……他不是純粹地以力服人，而是同時在以德服人。」

郭沫若〈替曹操翻案〉一文寫得很長，我只是摘引復述了其中的一部分，請廣大讀者詳讀其全文。

何磊先生說羅貫中通過《三國演義》中「所謂『正面』人物之口，公然主張把農民起義軍斬盡殺絕」。但曹操在《三國演義》中是「反面」人物，歷史上的曹操並未把黃巾農民起義軍斬盡殺絕，相反地倒是把黃巾軍「受降卒三十餘萬，男女百萬餘口，收其精銳者，號為青州兵」，成為他武力的基礎，使「男女百萬餘口」的黃巾農民（起義軍人及其家屬們）有飯吃、墾闢荒土、支持曹操統一北方。羅貫中具有極為濃重的封建正統觀念，他要極力美化冒牌的「皇叔」劉備，就必然要在小說中極力歪曲、醜化歷史上真實的曹操，「塑造」一個罪大惡極、十惡不赦的假曹操，瞞和騙歷朝歷代的廣大讀者。

何磊先生說：

> 《三國演義》把劉備描寫為一個理想化的統治者、施行「王道」「仁政」的代表，他的封建統治階級的本質，被大量虛聲美詞掩蓋着……在陶謙把徐州讓給劉備而劉備固辭不受時，作者安排了這樣的情節：「次日，徐州百姓擁擠府前哭拜曰：『劉使君若不領此郡，我等皆不能安生矣！』」（第十二回）在劉備軍隊於博望坡大破曹兵，「班師回新野」時，作者又安排了這樣的情節：「新野百姓望塵遮道而拜，曰：『吾屬生全，皆使君得賢人之力也！』」（第三十九回）在這種顛倒歷史的描寫中，封建統治者劉備就成了救世主。為了表現劉備如何受到人民擁護，竟寫了獵人劉安殺妻獻肉這樣的情節。劉備兵敗徐州時，人民「皆爭進飲食」，獵戶劉安「欲尋野味供食，一時不能得，乃殺其妻以食之」（第十九回）。這種不真實的對地主階級的吹捧，加重了劉備形象的虛偽性。魯迅在《中國小說史略》中指出：「欲顯劉備之長厚而似偽」，是最切當的批評……
>
> 歷史上的曹操是一個著名的政治家、軍事家和詩人，在分裂混亂的三國時期，對統一我國北方，曾起過相當的作用。《三國演義》沒有肯定這些作用，把他作為破壞「正統」、違反「綱紀」的亂世奸雄來否定……「這不是觀察曹操的正確方法」（魯迅：〈魏晉風度及文章與藥及酒之關係〉）……
>
> ……
>
> 《三國演義》還借助「天命」來頌揚作者理想的「英雄」。據作者說，這些「英雄」人物之所以降生到世上來創造歷史，統治人民，全都是執行上天的意旨，所謂「受命於天」……因此，這些「應天而生」的封建統治者是受天保護的。第三十四、五回，寫蔡瑁要害劉備，但由於「天意」「神助」，劉備所騎的馬竟然「一躍三丈」，使他脫離了險地。第四十九、五十回，寫曹操在華容道之所以大難不死，是「天象」所定，「未合身亡」……《三國演義》的這種描寫，就正是利用神權思想為封建政權服務……

何磊先生批評了《三國演義》中有許多描寫都是不真實、不可信的。除了以上的一些例證而外，又如「把諸葛亮寫成了『先知先覺』的人物，宣傳了唯心主義的先驗論。」何先生說：

> 諸葛亮一出場，他就告訴劉備：「亮夜觀天象，劉表不久人世。」（第三十八回）諸葛亮病重在五丈原，「自於帳中祈禳北斗。若七日之內主燈不滅，吾壽可增一紀；如燈滅，吾必死矣」。結果魏延飛步入告軍情，「竟將主燈撲滅」（第一百三回），真個能「知凶定吉，斷死言生」。為了突出諸葛亮，作品還一再寫他的「錦囊妙計」……一切都只是他那種能夠「先知」的「智慧」在起作用，其餘的人都只是被他的「智慧」所驅策的、被動的工具。至於「七星壇祭風」裏，寫諸葛亮登壇作法、呼風喚雨等，更是荒誕不經的描寫。類似這樣的問題，還可以在「巧布八陣圖」「班師祭瀘水」「五丈原禳星」「定軍山顯聖」中看到。魯迅批評《三國演義》「狀諸葛多智而近妖」（《中國小說史略》），是極其確切的評價。

魯迅、何磊等等先生批評《三國演義》中有很多描寫是不真實的，是胡編亂造的。何磊先生批評、分析得好，他說《三國演義》中多次「美化關羽，完全是為提倡封建的『忠』『義』思想……關羽之與劉備、張飛『桃園結義』，具有明確的政治企圖。他們『聞黃巾倡「亂」，有志欲破「賊」安民』，所以『結為兄弟』……這就清楚說明了，他們所標榜的『義』，是以反對農民起義、維護封建統治作為首要內容的，階級性十分鮮明。」《三國演義》中寫關羽「義不負心，忠不顧死」，「披肝瀝膽」，效忠劉備，最終為劉備而「斷首捐軀」。《三國演義》的作者對此十分讚賞。可見羅貫中「大肆吹捧關羽的『忠』『義』，不過是要人們效法關羽，在維護封建統治的前提下，為某一個封建主賣命而已。」「正因如此，關羽也就為地主階級所特別重視。在陳壽的《三國志》中，關羽的地位，不過同張飛、趙雲相等……自從《三國演義》把關羽寫成『忠』『義』的化身以後，他就成為完全符合統治階級理想的人物。」何先生指出：《三國演義》「通過關羽鼓吹『忠』『義』的這種描寫」，是「適合封建統治者的需要」的。何先生還說：

> 也是為了提倡給封建主子賣命，《三國演義》還塑造了一系列所謂「忠臣」形象，如董承、王子服、吉平等等，他們為了盡忠漢獻帝，誅除「國賊」曹操，「雖滅九族，亦無後悔」（第二十三回）……作者對這些人極盡歌頌之能事……把這些人吹捧為流芳千古的模範人物……《三國演義》所塑造的人物形象，是貫穿了作者的社會、政治觀點的。通過這些形象，作者宣揚了封建的「仁政」「英雄」史觀、唯心的先驗論和封建道德等。因此，我們對於這些藝術形象，也必須首先認清其思想實質。

何先生還指出：《三國演義》在描寫戰爭方面也有錯誤，「作者的鮮明傾向是：『將帥』決定戰爭的一切，『兵士』幾乎是虛設的，人民更是毫無地位。這種顛倒歷史的現象，是『英雄』史觀的一種表現；有些情節，則反映出作者唯心主義的先驗論觀點。」

何先生的這篇〈前言〉很長，我不可能一一述說，請廣大讀者認真細讀他的全文。

以上我引述了魯迅、毛澤東、郭沫若、翦伯贊、易中天、李傳軍、宣炳善、馬寶記、程曉菡、姜鵬、何磊等名人、專家、學者對《三國演義》中許多錯誤的批評，它在寫歷史真實方面遠不如陳壽的《三國志》及裴松之注，這其實也是一個「常識」。我認為《三國演義》的發行量之所以遠遠超過了《三國志》及裴注，主要原因是《三國志》及裴注是文言文寫的，廣大讀者很難讀懂，我至今尚未見到有白話翻譯本，而確實很需要有白話翻譯本，使廣大讀者掌握正確的歷史知識。而《三國演義》是用通俗的白話寫的，又寫得故事性很強，一般讀者並不清楚羅貫中在小說中胡編亂造的故事情節內容極多，「美化」「神化」「醜化」「歪曲」的歷史人物及史實也極多，大大小小的錯誤有上千處，幾百年來給了上億的中外讀者大量的錯誤知識，京劇中一些罵曹操的戲基本上來自《三國演義》，誤導了中外上億的觀眾，應該推陳出新，有新版的《捉放曹》（曹操並未殺呂伯奢）等等。京劇早晚都是要改革、要進步的，我不相信五百年、一千年都不改革，都不前進！我在 1959 年至 1961 年上大三、大四時已讀完了《魯迅全集》，知道了魯迅為曹操翻案之事，也聽說了毛澤東為曹操翻案的事，並且讀了郭沫若、翦伯贊為曹操翻案的文章，受到了許多啟發。

七

我於 1960 年春，上大三時，就購買了一本中華書局 1959 年版的《曹操集》。後來此書遺失。2009 年第 5 次印刷後，我又買了一本。它應是曹操留存在世上的全部詩、文、書信、佚文的彙集，我又認真地讀了兩遍。我之所以重新購讀它，是因為當時關於曹操墓的真偽問題爭論得正激烈，我認為就必須讀爭論雙方的文字，以及《曹操集》、陳壽的《三國志》及裴松之注、范曄的《後漢書》及李賢注、司馬光的《資治通鑑》及胡三省注。我讀了這些，對曹操、漢獻帝、《三國演義》等等，也有了許多新的認識，新的提高。

「文化大革命」時，有些人說曹操是法家，其實是錯的。曹操既受有儒家思想的影響，也受有法家、墨家思想的影響。曹操讚頌堯、舜，是因為堯沒有把君位傳給兒子，而是讓給了賢能的舜，後來舜也沒有把君位傳給兒子，而是讓給了賢能的禹。曹操稱讚「許由推讓」，是因為堯曾經打算把君位讓給許由，而許由卻逃至箕山下農耕而食，不繼君位。曹操讚揚孤竹君之二子伯夷、叔齊，是因為伯夷、叔齊兄弟二人互相推讓君位而逃走。曹操讚頌西伯（周文王）「奉事殷」而不篡殷。曹操讚頌周公輔佐周成王而不篡位，並禮賢下士。曹操贊齊桓公、晉文公「兵勢廣大，猶能奉事周室」而不篡周。曹操多次贊孔子。眾所周知，孔子主張「泛愛眾」，「君使臣以禮，臣事君以忠」，「君君，臣臣，父父，子子」（君應該是君，臣應該是臣，父應該是父，子應該是子），反對「君不君，臣不臣，父不父，子不子。」如此等等。曹操多次表明自己一生輔佐漢獻帝，他一生幾十年一直到死都不篡漢稱帝。現在說：「實踐是檢驗真理的唯一標準。」我們來考察古代的曹操，他以自己一生幾十年的歷史事實，證明了他絕不是篡漢的奸臣。他一生幾十年的思想根深柢固：絕不篡漢稱帝，而是做輔佐漢獻帝的漢室的忠臣。《三國演義》中和舊戲中罵曹操為篡逆的奸臣，是錯誤的。曹操死後，他所愛幸的「宮人」們全部都被逆子曹丕所姦占（見《世說新語》），這豈能是曹操的遺願？連曹丕的母親卞后都罵曹丕太卑鄙無恥了。曹操死後還不滿九個月，曹丕就篡漢稱帝了，這也違背了曹操一生幾十年不篡漢稱帝的意志。曹操是曹操，曹丕是曹丕，不能因曹丕篡漢稱帝，而錯罵曹操篡漢稱帝，只能說曹操選錯了繼承人，當然漢獻帝也定錯了曹操的繼承人為曹丕。建安十三年（208 年）夏曆六月，天子漢獻帝封曹操為丞相。建安十六年（211 年）正月，天子命曹丕為五官中郎將，置官屬，為副丞相，這就成了曹操的繼承人。曹操有十多個妻妾，生有 25 個兒子：曹丕、曹彰、曹植、曹熊（有的書中說曹植是曹操的次子，其實大錯特錯，曹操之妾劉夫人所生的曹昂、曹鑠，曹操之妻卞后所生的曹丕、曹彰，都比曹植年長，曹植應是曹操第五子，曹昂的生卒年應是 177-197 年，曹丕是 187-226，曹彰應是 189-223，曹鑠應是 190-216，曹植是 192-232，不是曹操的「次子」）。建安十八年（213 年）夏曆五月，天子封曹操為魏公。同年七月，天子聘曹操的三個女兒曹憲、曹節、曹華為貴人，曹操就成了漢獻帝的岳父，曹丕就成了漢獻帝的妹夫。建安二十年（215 年）正月，天子立曹節為皇后。建安二十一年（216 年）夏曆五月，天子進曹操之爵為魏王。建安二十二年（217 年）夏曆冬十月，天子以五官中郎將曹丕為魏太子。建安二十五年正月二十三日（220 年 3 月 15 日）曹操崩於洛陽，天子諡曰魏武王，以曹丕嗣位為丞相、魏王。曹操在洛陽得病臨終之前，曾派人騎快馬去長安召越騎將軍曹彰，但曹彰未趕到，曹操已死。曹彰對弟弟曹植說：「先王召我者，欲立汝也。」但曹植拒絕了，回答說：「不可。不見袁氏兄弟乎！」也就是不願像袁紹、袁術兄弟二人那樣自相殘殺，不願像袁紹死後袁紹的長子袁譚與第三子袁尚兄弟二人那樣互相打仗。曹彰也帶有軍隊，他已知父王召他，是欲廢曹丕，欲立曹植為魏太子。這應是曹操最後的決定，欲密囑曹彰，但曹彰未趕到。曹丕、曹彰、曹植都帶有軍隊，曹丕、曹彰的軍隊都很強大，曹彰對曹植說：「先王召我者，欲立汝也。」[25]如果曹植同意曹彰的傳達和建議，二人率軍隊先活捉曹丕，向天下公佈先王（曹操）臨終前

25　見《三國志·魏書·任城陳蕭王傳》及裴松之引《魏略》，曹彰是任城王。

召曹彰至洛陽是為了立曹植為魏太子（廢掉曹丕），漢獻帝的禁衛軍只有曹操的七百人，當然抵擋不住曹彰的軍隊，天子就會服從曹彰，改封曹植為丞相和魏王，曹植沒有曹丕那樣的簒漢稱帝的野心，就不可能發生曹丕簒漢稱帝之事。《三國志·魏書·劉司馬梁張溫賈傳》及裴注引《魏略》中說，曹操死後，曹彰從長安趕到洛陽，問賈逵「先王（指魏王曹操）璽綬所在」，賈回答說：「太子（指魏太子曹丕）在鄴……先王璽綬，非君侯所宜問也。」遂奉靈柩還鄴。當時「軍中騷動」，「而青州軍擅擊鼓相引去……」也可見曹彰不想讓曹丕做丞相，而想傳達曹操的最後決定：換下曹丕，而立曹植為繼承人。但曹植完全不配合，曹彰只好作罷，才有了曹丕姦占亡父愛幸的王宮中所有的侍姬和簒漢稱帝之事。郭沫若在長篇學術論文〈論曹植〉中多次罵曹植而讚頌曹丕。我的觀點則與郭沫若此文中的觀點完全相反，我認為從總體上來說，曹植比曹丕好得多。曹丕簒漢稱帝，完全違背了曹操堅決不簒漢稱帝的意志。

2009年新版《辭海》中「曹操」辭條全文如下：

曹操（155-220）即「魏武帝」。三國時政治家、軍事家、詩人。字孟德，小名阿瞞，沛國譙縣（今安徽亳州）人。初舉孝廉，任洛陽北部尉，遷頓丘令。後在鎮壓黃巾起義和討伐董卓的戰爭中，逐步擴充軍事力量。初平三年（192年），為兗州牧，收編青州黃巾軍的一部分，稱為「青州兵」。建安元年（196年），迎獻帝都許（今河南許昌縣東），從此用獻帝名義發號施令，先後削平呂布等割據勢力。官渡之戰大破河北割據勢力袁紹後，逐漸統一了中國北部。十三年，進位為丞相，率軍南下，被孫權和劉備的聯軍擊敗於赤壁。封魏王。子曹丕稱帝，追尊為武帝。在北方屯田，興修水利，解決了軍糧缺乏的問題，抑制豪強，加強集權。所統治的地區社會經濟得到恢復和發展。精兵法，著《孫子略解》《兵法接要》等書。善詩歌，有〈蒿里行〉〈觀滄海〉〈龜雖壽〉等篇，抒發自己的政治抱負，並反映漢末人民的苦難生活，氣魄雄偉，慷慨悲涼。散文亦清峻整潔。著作有《魏武帝集》，已佚，有明人輯本。今有整理排印本《曹操集》。

我認為這條注釋基本上是正確的，但也有缺點、錯誤。如第一，說曹操是「三國時政治家、軍事家、詩人」，就不夠科學，「三國時」應修改為「東漢末年」。因為曹操生活於東漢末年，他是「漢丞相」，不是「魏丞相」，他被漢天子劉協先後賜爵為「魏公」「魏王」，還是東漢朝的「魏公」「魏王」，他死後，曹丕簒漢稱魏帝，東漢才滅亡了，魏朝取代了東漢朝，「三國時」才開始，所以說曹操是「東漢末年政治家、軍事家、詩人」，比說曹操是「三國時政治家、軍事家、詩人」，符合科學。第二，應把「子曹丕稱帝，追尊為武帝」兩句移到後面。在「散文亦清峻整潔」一句之後，應增加：「死後謚為魏武王，葬於高陵。」然後才應是「子曹丕稱帝，追尊為魏武帝。著作有《魏武帝集》，已佚，有明人輯本。今有整理排印本《曹操集》。」

我認為曹操一生功大於過，而《三國演義》、舊戲中都把曹操罵為篡逆的奸臣，與史實大不相符，就大錯特錯了。曹操忠於漢靈帝劉宏。後來也基本上忠於漢獻帝劉協。他死後曹丕篡漢稱帝，劉協還活着時，劉備、孫權先後稱帝，都不忠於劉協。先說曹操忠於漢靈帝。例如，中平五年（188年），冀州刺史王芬等，謀廢漢靈帝、立合肥侯，約結曹操，被曹操拒絕。曹操拒王芬辭中說：「廢立之事，天下之至不祥也」，等等。王芬等人失敗，王芬懼而自殺。

再說曹操基本上忠於漢獻帝。中平六年（189年），漢靈帝崩，何皇后之子太子劉辯即皇帝位，何太后臨朝。何太后之兄大將軍何進與袁紹謀誅宦官，何太后不聽。何進乃召董卓，欲以脅迫何太后誅宦官。董卓率軍隊尚未到洛陽，而何進被宦官所殺。董卓到後，廢皇帝劉辯為弘農王，而立陳留王劉協為皇帝，即漢獻帝，是漢靈帝與王美人之子，是劉辯的同父異母之弟。劉辯生於漢靈帝熹平二年（173年）；劉協生於漢靈帝光和四年（181年），比劉辯小8歲。劉協做皇帝時（189年）虛齡九歲，劉辯虛齡十七歲。董卓表薦曹操為驍騎校尉，欲與曹操議事，曹操因董卓非常殘暴，不願為他效力，遂不就拜，改換姓名，逃往鄉里，過中牟縣時，被亭長所疑，捉至縣衙，功曹心知是曹操，因世方亂，不宜拘天下雄俊，對縣令說了，遂被釋放。董卓殺何太后。曹操至陳留（今河南陳留縣），孝廉衛茲以家財資曹操，使起兵，有眾五千人義兵，將以誅董卓。冬十二月，始起兵於陳留己吾。初平元年（190年）正月，關東州郡皆起兵以討董卓，推舉勃海太守袁紹為盟主。奮武將軍曹操的義兵也包括在同盟中。董卓殺弘農王劉辯。二月，董卓因關東兵強盛，逼促漢獻帝遷都長安，遂焚燒洛陽宮廟等。三月，漢獻帝到長安，朝政皆委託司徒王允，董卓仍在洛陽。同年冬，袁紹與冀州牧韓馥，謀立幽州牧劉虞（不是漢靈帝劉宏之子，而是丹陽太守劉舒之子）為皇帝，約結曹操，曹操拒絕。他在答袁紹的信中說：「董卓之罪，暴於四海，吾等合大眾、興義兵而遠近莫不回應，此以義動故也。今幼主（指漢獻帝）微弱，制於奸臣（指董卓）……而一旦改易，天下其孰安之？諸君北面，我自西向。」可見他忠於「幼主」漢獻帝，反對「改易」劉虞做皇帝。末二句是說袁紹等「諸君北面」立幽州牧劉虞為帝，而「我自西向」擁戴在長安的幼主（漢獻帝），不隨從你們。他為了天下安，堅決反對廢漢獻帝而立劉虞為帝，也就是他以前說過的「廢立之事，天下之至不祥也」的意思，他是為天下安寧着想的。何況漢獻帝劉協是漢靈帝之子，名正言順；劉虞不是漢靈帝之子，正如孔子所說「名不正則言不順，言不順則事不成」。初平二年（191年）正月，袁紹、韓馥立劉虞為皇帝，劉虞終不敢，袁紹、韓馥的陰謀遂失敗。二月，董卓為太師，位在諸侯王之上，四月，到長安。初平三年（192年）春，董卓為小事拔手戟擲義子呂布，布避之，後來二人和解，董卓命呂布守中閤，呂布與董卓的侍婢私通，恐此事被發覺，心不自安。後來呂布與司徒王允結交甚厚，對王允說了董卓擲戟之事（但對董卓、王允都沒有說自己與董卓的侍婢私通之事，此女子也不是《三國演義》中編造的貂蟬），王允正密謀誅董卓，遂請呂布為內應。四月，漢獻帝有病新愈，群臣擬慶賀，大會於未央殿，呂布懷詔書，董卓至，呂布說「有詔」，遂殺董卓。六月，董卓故將李傕（què）、郭汜（fàn）殺王允，呂布逃走。初平四年（193 年）冬，劉虞敗於公孫瓚的軍隊而被殺，袁紹、韓馥欲立劉虞為皇帝之事遂徹底成為泡影。興平二年（195 年），夏曆四月，天子立貴人伏氏為皇后。七月，天子車駕東歸，有楊定、楊奉、董承等人的軍隊侍送。十月，漢獻帝在東歸途中拜曹操為兗州牧，可見天子至少是把曹操寄為希望之一的。漢天子知道袁紹、韓馥想廢他，袁術也反對他，可能也已經知道下邳狂徒闕宣竟然自稱為天子，如此種種，而曹操是擁戴他，反對其他人稱帝的。十一月，李傕、郭汜後悔放漢獻帝東行，遂率兵追趕。一路上戰鬥激烈，歷盡艱險。建安元年（196 年）春，天子在東歸途中拜曹操為建德將軍。六月，以曹操為鎮東將軍，封費亭侯。七月，漢獻帝車駕才到達洛陽。八月，曹操將兵至洛陽，漢獻帝以曹操領司隸校尉，假節鉞（yuè），錄尚書事。曹操奉天子遷都許（今河南許昌縣），天子幸曹操營。以曹操為大將軍，封武平侯。以袁紹為太尉，袁紹以在曹操之下為恥，不肯受。曹操固辭，以大將軍讓袁紹。天子拜曹公為司空，行車騎將軍。

人與人之間總會有矛盾。無產階級革命導師馬克思與恩格斯也曾有過矛盾；列寧與斯大林的矛盾更大得多；毛澤東晚年把劉少奇當作「階級敵人」，實行「無產階段專政」，以致劉少奇冤死獄中。一千多年前的漢獻帝與曹操有矛盾，從長安侍送漢獻帝東歸的將軍董承、楊奉等等人與曹操有矛盾，曹操與妻妾也有矛盾，這都不足為奇。那時從皇帝到將軍、大臣都是一夫多妻妾的，連只有十多歲的漢獻帝也有皇后、貴人。四十多歲的曹操比漢獻帝更貪色，妻妾更多，已有妻丁夫人、妾劉夫人、卞夫人、孫夫人、環夫人等。曹操討張繡之前，在許都入朝覲稟過天子。建安二年（197 年）春，曹操與張濟的從子張繡戰於宛城，張繡率眾降，曹操納張濟的遺孀為妾，不顧大局，竟然在軍營中過新婚生活。沒想到張繡率眾叛亂，曹操慌忙從「洞房」中逃出，20 歲的長子曹昂把自己的戰馬交給父親，曹操騎馬逃走，被流矢射中右臂，10 歲的次子曹丕也騎馬逃走，曹昂、曹操的侄子曹安民、愛將典韋等人戰死，「新娘子」下落不明。漢獻帝知曹操因納張濟的遺孀而大敗之事，是會對曹操有不良印象的。漢獻帝早就認識董卓的舊將張濟，有過交往，在東歸途中任命他為驃騎將軍，沒想到他反叛了，與李傕、郭汜同流合污欲追擒天子。張濟戰死後，曹操居然納張濟的遺孀為妾，成為張繡降後復叛的主要原因之一，必然會影響漢獻帝對曹操的好感。

曹昂是曹操的劉妾所生，清河長公主、弟弟曹鑠都是此妾所生，曹昂少年時喪母。曹操之妻丁夫人不生育，曹操就命曹昂由丁夫人養育為嗣子。曹昂的死訊傳回曹府後，丁夫人大哭。曹操回府後，她還是常哭着說：「將我兒殺死，都不復念！」哭泣無節制。曹操大怒，把她休棄回娘家，以卞妾為繼室妻。後來曹操乘馬車去丁家，請丁氏同乘車回曹府，丁氏一直不理睬他，依然在織布。曹操遂與她訣絕，她就永遠失去了曹操妻妾的名分。曹操欲其家嫁之，其家不敢。後來卞夫人對曹操說丁氏已亡，請曹操殯葬之，曹操乃葬她於許城之南。當初曹操在軍中納張濟的遺孀為妾，導致了曹昂、曹安民、典韋等人戰死，他的妻妾們對曹操的貪色造成大錯，都是會不滿的，但只有結髮妻丁夫人敢於怨、敢於言，而卞妾、孫妾、環妾都不敢怨、不敢言。

在史料中，張濟的遺孀未記載姓氏，只寫「張濟妻」。那時是一夫多妻妾的社會，她既然是寡婦，也有可能很願意成為曹操之妾。這在今天，都可以理解。但在那時，張繡就氣憤得率眾反叛了。羅貫中在《三國演義》中把張濟的遺孀杜撰為「鄒氏」。羅貫中是山西太原人，讀「謅」與「鄒」同音，很可能他的意思是在小說中定她為「鄒氏」是胡「謅」出來的。羅貫中確實很能「胡謅亂編」，他胡編亂造之處極多，大大小小有上千處。這裏僅以此事為例。《三國演義》第十六回中寫張濟戰死，「濟侄張繡統其眾」。張繡是張濟的從子，而不是「侄」。羅貫中寫張繡投降了曹操，次日張的謀士賈詡引張繡來見曹操，「操待之甚厚。引兵入宛城屯紮，餘軍分屯城外，寨柵聯絡十餘里。一住數日，繡每日設宴請操。」其實《三國志·魏書·張繡傳》中記載，張繡率眾降曹後，曹操即納張濟妻，「繡恨之」，曹操「聞其不悅，密有殺繡之計。計漏，繡掩襲」曹操。操「軍敗，二子沒。繡還保穰……」裴松之注引〈傅子〉說，張繡反叛還有一個原因，是張繡有所親者胡車兒，勇冠其軍，曹操愛其驍健，親手以金贈之，張繡聞知後，疑曹操欲用左右刺殺之，遂反。可見胡車兒實際上已心向曹操。但不妨看羅貫中的胡謅亂造。他寫張繡每日設宴請曹操。一日曹操酒醉，退入寢所，問左右：「此城中有妓女否？」「操之兄子曹安民」（曹安民是曹操弟之子，羅貫中篡改為「操之兄子曹安民」）回答說：「昨晚小侄窺見館舍之側，有一婦人，生得十分美麗，問之，即繡叔張濟之妻也。」（張繡是張濟從子，羅貫中篡改為張繡之「叔」是張濟。）寫曹操聞言，便令安民領五十甲兵去取之。須臾，取到軍中。操見之，果然美麗。問其姓，婦答曰：「妾乃張濟之妻鄒氏也。」操曰：「夫人識吾否？」鄒氏曰：「久聞丞相威名，今夕幸得瞻拜。」（曹操於建安十三年才做丞相，建安二年見張濟遺孀時，她豈能說「久聞丞相威名」，羅貫中胡謅亂造處處露馬腳。）羅貫中為了汙罵曹操，胡編亂造曹操對「鄒氏」說：「吾為夫人故，特納張繡之降；不然滅族矣。」鄒氏拜曰：「實感再生之恩。」操曰：「今日得見夫人，乃天幸也。今宵願同枕席，隨吾還都，安享富貴，何如？」鄒氏拜謝。是夜，共宿於帳中。鄒氏曰：「久住城中，繡必生疑，亦恐外人議論。」操曰：「明日同夫人去寨中住。」次日，移於城外安歇，喚典韋就中軍帳房外宿衛。他人非奉呼喚，不許輒入。因此，內外不通。操每日與鄒氏取樂，不想歸期。《三國志·魏書·張繡傳》中明明寫的是曹操「納濟妻，繡恨之」（後來的《三國志人名索引》中也注明為「張濟妻」是「曹操妾」），也就是曹操在軍中已經把張濟的遺孀正式納為妾了，所以用了「納」字，曹操軍營中的人包括張繡在內全都知道，所以陳壽下文寫「繡恨之」。羅貫中卻篡改為曹操與「鄒氏」是私通關係，而且私通了許多日夜，張繡並不知曉。（曹操納寡婦為妾，羅貫中就痛罵曹操；劉備、孫權也納有寡婦為妾，羅貫中卻不罵劉備與孫權，何其偏也！）

羅貫中接着繼續胡編亂造，寫張繡家人密報張繡，繡怒曰：「操賊辱我太甚！」便請賈詡商議。後來又與偏將胡車兒商議。張繡用胡車兒之計，請典韋到寨飲酒，夜醉而歸，胡車兒混入大寨，盜走典韋的雙戟。張繡軍反，典韋戰死。曹操上馬逃奔，「操右臂中了一箭，馬亦中了三箭。虧得那馬是大宛良馬，熬得痛，走得快。剛剛走到清水河邊，安民被砍為肉泥。操急驟馬沖波過河，才上得岸，賊兵一箭射來，正中馬眼，那馬撲地倒了。操長子曹昂，即以己所乘之馬奉操。操上馬急奔。曹昂卻被亂箭射死。操乃走脫……」從史料記載來看，胡車兒並未反曹操，張繡等人也沒有用酒灌醉典韋、盜走典韋的雙戟之事。陳壽《三國志·魏書·武帝紀》裴松之注引王沈《魏書》說：曹公所乘馬名絕影，為流矢所中，傷頰及足，並中曹公右臂。裴注又引郭頒《世語》說：曹昂不能騎，進馬於曹公，公故免，而昂遇害。綜合這兩條注解來看，曹昂進給父親的馬，就應是曹操逃走時所騎之馬，是同一匹馬，不是兩匹馬，羅貫中並未讀懂。

近讀人民文學出版社 2014 年版的長篇小說《曹操與獻帝》，該書一開頭就寫「建安三年冬」，曹操已是丞相，寫了很多次「丞相」「曹丞相」，皆大錯，因為曹操於建安十三年才任丞相，犯的是與《三國演義》相同的錯誤。《曹操與獻帝》中寫李典對曹操說「啟稟丞相」。寫曹丕對父親曹操稱「您」，曹丕不可能說現代漢語「您」。寫有人說「丞相不妨戴盔穿甲。」但曹操那時還遠遠沒有做「丞相」。寫鄭康成（名玄）說「滅漢者必曹操也。曹操乃國賊。不除曹，不足以復興漢室。」寫「曹丞相派荀攸登門拜訪」鄭康成。寫荀攸說「丞相本想親自登門拜訪鄭大人」，「不知鄭大人是否有意對曹丞相這邊來的人現病示衰啊……」荀攸又說「此時無聲勝有聲。」荀攸還說「曹丞相多年來一直想找個精通詩書琴畫的才女陪讀而未如願。」荀攸還說「曹丞相擅詩書愛琴畫」。寫張遼對曹操說「……末將隨呂布多年，棄暗投明投奔丞相未及三日……懇請丞相別選他人。」寫軍士們高呼「丞相起駕！」寫上百位老者高呼「向曹丞相請——願！——」寫其中一個老者說「……丞相用兵如神……」寫鄭康成的外孫女赤芍對孿生姐姐白芍罵曹操是「國賊」，調侃她說：「你總不會看上那個國賊吧！」寫她射出一支飛箭刺殺曹操，只射中了張遼的頭盔。寫總管大太監黃福向漢獻帝稟報：「……曹丞相五百里加急報……」難道漢獻帝此時（建安三年）不知道曹操還遠遠不是什麼「曹丞相」嗎？還寫鄭康成對外孫女說：「一定要誅曹……漢朝天下不可如此喪於曹賊之手。」寫鄭康成的管家馬五向鄭稟報：「……曹丞相軍師荀攸大人五百里加急派人送來的急件。」寫鄭康成對外孫女說：「……他說曹丞相聽了他的描述甚為欣悅。……」寫白芍彈琴的聲音「鐵騎突出刀槍鳴」，「最後，曲終收撥，聲如裂帛。」寫鄭康成對白芍說：「……你到曹賊身邊，自可擇機殺之。為漢除害，為父報仇，在此一舉。」僅在第一章就稱曹操為「丞相」或「曹丞相」15 次，與史實不相符。荀攸（157-214）是東漢末年人，居然說出了六百多年以後唐代詩人白居易（772-846）寫的〈琵琶行〉中的詩句「此時無聲勝有聲。」難道荀攸在白居易寫此詩的六百年前就已經先知道了這句詩不成？該小說寫鄭玄鼓勵外孫女刺殺曹操，純屬無稽之談！歷史上也根本沒有鄭玄及其外孫女要刺殺曹操的事。此書的瞎編亂造比《三國演義》更不靠譜！

該書第二章中寫荀攸對曹操說：「丞相該找個陪讀了。」又說：「丞相乃天下英雄……白芍若知丞相本人有此意，必願來。」3 次說「丞相」，而曹操此時並不是「丞相」。歷史上沒有什麼才女名叫「白芍」，曹操也不認識什麼「白芍」。寫荀攸對曹操說：「……您的意思不是盡在其中了？」荀攸不是現在的北京人，不可能說「您的意思……」。寫荀攸對朱四說：「朱總管安排，丞相又要微服出行。」曹操此時並不是什麼「丞相」。寫丁夫人對卞夫人說：「女子無才便是德。」這句話最早是明朝人陳繼儒（1558-1639）說的，比陳繼儒早一千多年的丁夫人怎麼可能說出這一句話？寫朱四問曹操：「丞相幾月不在……」，曹操此時不是「丞相」。寫荀攸對曹操說：「……恭請丞相光臨。」曹操此時並不是「丞相」。寫荀攸說：「……曹丞相來了。」同誤。寫荀攸全家人「拜見曹丞相。」同誤。寫荀攸對郭嘉大聲報導：「郭兄，曹丞相到！」同誤。寫荀攸說：「……丞相也不會饒過他們……」同誤。寫郭嘉「一家拜謝曹丞相。」同誤。寫郭嘉向曹操跪拜不已：「丞相，不敢，不敢。」「丞相」誤。寫朱四說：「有幾處，丞相都已先後賜人……」「丞相」誤。寫「曹操看上了鄭康成的外孫女白芍，想讓她去曹府陪讀。」實為胡編亂造，有水準的讀者豈能相信這樣的「虛構」？寫百十個酗酒的紛紛拜下呼喚「丞相」，大錯，此時曹操遠未做「丞相」。寫曹操於建安二年「就已頒佈禁酒令」，大錯！禁酒令頒佈於建安八年以後。寫孔融做的官是「許都太守」，大錯，孔融只是「少府」。寫孔融對曹操說：「丞相到，卑職有失遠迎。」這寫的是「建安三年冬」的事，曹操於建安十三年六月才做丞相，孔融豈能在建安三年冬稱曹操為「丞相」？寫楊彪稱曹操為「曹丞相曹大人。」同誤。寫漢獻帝說：「老規矩，曹丞相、楊太尉……免跪。」更是大謬！難道漢獻帝也不知道建安三年冬曹操還不是「曹丞相」嗎？這樣的胡編亂造實在太離譜了！又寫漢獻帝說：「……丞相班師途中……丞相用兵神武……」還寫漢獻帝對曹操說：「丞相不會沒有要事需奏吧……」多次稱曹操為「丞相」，都是小說作者的偽造！

難道漢獻帝一連串地稱曹操為「丞相」，是他在發高燒，一連串地說胡話不成？曹操於建安初年只是「司空，行車騎將軍」，位在「大將軍袁紹」之下，還遠遠不是「丞相」。《曹操與獻帝》接着基本上抄襲《三國演義》第二十回中的有關寫法，漢獻帝問劉備祖上有何人，劉備回答後，帝命宗正卿取宗族世譜檢看，並命宗正卿宣讀。漢獻帝說劉備乃朕之叔也。大謬！劉備根本就不是漢獻帝「之叔」。早就有研究專家們指出，《三國演義》中稱劉備為「皇叔」「劉皇叔」，是作者羅貫中造的假。研究專家們反對劉備是「皇叔」說者較多，我在這裏只舉二例。程曉菡專家在〈劉備真的是「皇叔」嗎〉一文中說：關於「皇叔」，其實是羅貫中「《三國演義》的杜撰，為其『擁劉貶曹』增加分量而已」，考論羅貫中說劉備是漢獻帝之叔，「是穿鑿妄談」。文章較長，請見中華書局 2008 年版《有關三國的 101 個趣味問題》一書頁 14-15。姜鵬專家說：「早就有細心的讀者發現，即便是按照《三國演義》給出的族譜，漢獻帝也應該比劉備高出五個輩分，而不是比劉備還低一輩。更何況歷史上的劉備，根本說不清自己祖上的輩分。」考論甚詳，請見西苑出版社 2013 年版《三國前史》一書頁 175-177。《三國演義》中的錯誤極多，《曹操與獻帝》中的有一些錯誤就來自《三國演義》，總的水準還遠不如《三國演義》。

《曹操與獻帝》一書中寫漢獻帝對曹操說：「丞相方才說劉皇叔功不可沒……」，按「丞相」是錯的，「劉皇叔」也是錯的。寫漢獻帝又說：「任徐州刺史不足當丞相所說『功莫大焉』。朕擬拜玄德為左將軍並宜城亭侯，丞相看如何？」兩次稱曹操為「丞相」皆大錯！寫曹操奏道：「陛下聖明，甚為妥當。」漢獻帝下令「即擬旨，拜劉備劉玄德為左將軍，宜城亭侯。」漢獻帝對劉備說：「……朝罷，朕於宮內設宴款待皇叔，再敘叔侄禮。」接着對曹操說：「丞相還有何事要奏？」這裏寫漢獻帝拜劉備為左將軍、宜城亭侯，稱劉備為「皇叔」，要「敘叔侄禮」，稱曹操為「丞相」，都是上了羅貫中《三國演義》胡編亂造的當。據陳壽《三國志·蜀書·先主傳第二》，建安元年曹操表劉備為鎮東將軍，封宜城亭侯，並不是漢獻帝於建安三年冬封劉備為左將軍、宜城亭侯。曹操於建安十三年六月才被漢獻帝任為丞相，而不是建安二年、三年就已經任丞相了。寫趙彥說「犯曹丞相之顏……禁酒令雖頒佈許久……曹丞相回許都首夜……曹丞相把持朝政……曹丞相此舉……」就是一連串的胡話，因為曹操遠未做「丞相」，「禁酒令」也遠未「頒佈」。寫漢獻帝對曹操說：「丞相有何要奏？」漢獻帝難道也在發高燒、說胡話不成？漢獻帝於建安十三年六月才任命曹操為丞相，豈能在「建安三年冬」問曹操「丞相有何要奏？」寫趙彥說「丞相不可憑空捏造……」寫漢獻帝說：「……趙彥，不是丞相言過其實，可能是你有些言過其實。丞相息怒……」趙彥說：「……曹丞相方才還奏言許都太守孔融有失職罪……這都是曹丞相用人不當所致……孔融即使替丞相任大司徒也必勝任。而委其任許都太守……」還說「許都太守是個火坑……曹丞相本該總百官……」

漢獻帝說：「丞相又何言？」都是胡編亂造，因為建安三年冬曹操遠未做「丞相」，也沒有委孔融任「許都太守」。

還寫孔融奏：「丞相勵精圖治……丞相親定之禁酒令實無必要……丞相所制禁酒令可廢除也。」前面已說過，曹操頒佈禁酒令是建安八年以後的事，孔融反對禁酒令當然也是建安八年以後的事，漢獻帝於建安十三年六月才任命曹操為丞相。《曹操與獻帝》中瞎編亂造孔融於建安三年冬反對曹操頒佈的「禁酒令」，多次稱曹操為「丞相」，都不符合史實。寫漢獻帝居然也在建安三年冬說「既有禁酒令……丞相總百官……朕因丞相征徐州凱旋……楊雕犯禁酒令已行杖一百……所搶民女如丞相所說被安置許都太守府……丞相看如何？」都是瞎編亂造之語。

該小說還寫漢獻帝說「丞相凱旋之日即微服出行……」說「……丞相行察吏之責……實為丞相察吏之不可缺……丞相以為如何？」還寫漢獻帝說：「丞相或言重了。」還說：「……丞相這個肚量還是有的。丞相，我看你可以給趙彥一個免死牌……」寫漢獻帝說：「丞相華麗之章……」漢獻帝不可能在建安三年冬稱曹操為「丞相」。寫孔融說自己「……向丞相請辭。許都太守之職在下實不能擔。」又說「丞相要求過嚴……」寫漢獻帝對曹操說：「丞相，這可是個難題啊。」建安三年冬曹操遠未做「丞相」，他也沒有委任過孔融為「許都太守」。該小說寫曹操說：「操以丞相府之名已下過進賢令……臣還準備發求賢榜……凡揭榜自薦者皆到丞相府由臣親自面試……」建安三年冬曹操既然遠未任丞相，他怎麼可能有什麼「丞相府」？寫漢獻帝說：「……今丞相如此苛求……」寫曹操說自己「……即日即發求賢榜，張貼於丞相府及六部……」若「十日內」無成效，「將罪己並辭去丞相一職……」，此時（建安三年冬）曹操根本就不是「丞相」，他也根本還沒有「丞相府」，漢獻帝怎能稱他為「丞相」？他怎能說自己是「丞相」、有「丞相府」呢？又寫漢獻帝說「丞相此話可比軍令狀……」，也是胡亂謅。還寫曹操說出「不拘一格降人才」，這是清末思想家與文學家龔自珍（1792-1841）的詩句，比龔自珍早一千六百多年的曹操（155-220）怎麼可能知道龔自珍著名的詩句？這不是亂彈琴嗎？歷史上曹操的求賢令發佈於建安十五年，孔融於建安十三年已死，而該小說中違背史實胡編亂造為求賢令發佈於建安三年冬，孔融還活着，這真是俗話說的「活見鬼」！

該小說中寫黃福稟報「……劉皇叔已到……」寫漢獻帝說：「……皇叔已在朝上行過君臣禮，該我行叔侄禮了。」還說：「特設宴款待玄德叔……」並問劉備：「……玄德叔好歌舞乎？」寫漢獻帝說：「玄德叔慢慢就知道了。」問劉備：「今日朝上玄德叔看出什麼來？」寫漢獻帝試探劉備：「這次是曹丞相特意舉薦你……想必玄德叔與他相交甚厚。」寫漢獻帝說：「玄德叔慢慢就知道了。」漢獻帝說：「……玄德叔還看不出來嗎？」說「玄德叔免了……」「皇叔是家裏人。」「玄德叔曾久待徐州……」寫漢獻帝說：「這幅君子好逑圖，不知玄德叔是否知道，為鄭康成外孫女白芍所畫。」又說：「玄德叔可知否，朕曾召白芍來宮中給朕與皇后陪讀，她推病推辭了。而這次曹操要她做陪讀，據說已然動身了。」又問劉備：「……這白芍人又如何，玄德叔可曾親眼見過？」寫漢獻帝對宮女們說：「……看在國丈、皇叔的面上饒你們一回……」寫漢獻帝對劉備說：「朕全靠玄德叔了。」寫劉備是「劉皇叔」「皇叔」「玄德叔」，寫曹操此時是「曹丞相」，都是上了羅貫中《三國演義》的當。寫鄭康成的外孫女要做曹操的陪讀，也是不可能有的失敗的「虛構」。

該小說中還寫：「相府外戍衛森嚴。相府內……」既然建安三年冬曹操遠未做丞相，他也就不可能有「相府」，所謂「相府外」「相府內」都是不該有的硬傷。還寫曹操的謀士們面面相覷議論：「丞相不曾召他（按指車冑）回來……」寫郭嘉說：「今日朝上，丞相親自與他們理論……」郭嘉還說：「……看丞相孤軍應敵……」「丞相廷上作戰……丞相毫不分辯……丞相不設，這是丞相手中的法度。」一連串地稱曹操為「丞相」，全是偽造。寫荀攸說：「丞相這份『薄禮』實在不薄」……另一位謀士說：「楊彪與丞相遲早是勢不兩立。」寫建安三年冬這些謀士都稱曹操為「丞相」，都是胡扯！還寫曹操對謀士們說出「……攘外必先安內……」，這一句話 6 個字最早是明朝政治家張居正（1525-1582）在〈陳六事書〉中說的，後來日本帝國主義侵華時，蔣介石（1887-1975）也說過。曹操（155-220）比張居正早一千三百多年，比蔣介石早一千七百多年，曹操怎麼可能知道一千幾百年後的張居正、蔣介石說過「攘外必先安內」，他自己也說「攘外必先安內」呢？該小說中還寫荀攸說：「遵丞相鈞旨。」寫曹操說：「……求賢榜明日一早須張貼於丞相府及六部衙門外……」寫曹操說孔融「反對禁酒令」，寫車冑將軍說「唯見丞相稟報。」這些「丞相」「求賢榜」「丞相府」「禁酒令」都是硬傷，因為曹操公佈「禁酒令」是建安八年以後的事，才有孔融的反對，他做「丞相」、有「丞相府」是建安十三年六月的事，他公佈「求賢令」是建安十五年的事，在建安二年、三年，他沒有頒佈禁酒令，孔融當年也不可能「反對禁酒令」，曹操沒有做「丞相」，也不可能有「丞相府」，他沒有頒佈「求賢令」，也沒有在子虛烏有的「丞相府」等處「張貼」「求賢榜」之類偽造的事。

該小說寫車冑將軍的車隊「在丞相府前停下。夜晚的丞相府戍衛森嚴。」車冑「進入相府廷院……有人報：『車冑將軍叩見丞相。』……曹操說：『讓他進來。』……車冑……拜倒在曹操面前：『末將車冑前來向丞相請罪。』……車冑說：『丞相限十日破案抓徐州刺客……冑本人特向丞相負荊請罪。』」車冑說自己「實為護送一重要之人到相府。」這一連串的「丞相府」「丞相府」「相府」「丞相」、曹操承認自己是「丞相」「丞相」「丞相」「丞相」「到相府」，全都是不該有的硬傷：建安三年冬曹操遠未做「丞相」，他怎麼會有「丞相府」「相府」？車冑豈能稱他為「丞相」？他豈能承認自己是「丞相」？「徐州」有「刺客」刺殺他，也是編造。

該小說寫車冑說：「在下特護送鄭康成外孫女白芍到丞相府。她是曹丞相的人……」都是小說作者的編造。寫車冑說：「丞相出兵征戰如飛箭……」又說「……未請示丞相不敢擅行……」這兩處「丞相」都是硬傷。曹操吩咐下人把白芍「先送到二位夫人處見面……」也是硬傷，我到後面再說。

該小說接着寫曹操見白芍，白芍叩拜說：「白芍叩見丞相。」這是「建安三年冬」的事，小說作者不知道建安十三年六月漢天子才任命曹操為丞相。因為作者不知，所以只能靠主觀臆猜去胡亂編造。歷史上更沒有曹操與少女白芍的什麼「風流故事」。小說中寫白芍說：「丞相很是體恤民情。」她還說「丞相多疑了……」「丞相閱人無數……」「丞相疑心重重……」「丞相過獎了」。第一章中已寫鄭玄（字康成）派外孫女去刺殺曹操，對她說「……你到曹賊身邊，自可擇機殺之……」鄭玄是學問很大的人，他難道不知「建安三年冬」曹操還不是「丞相」。緊接着在第二章中，寫他的外孫女白芍見了曹操，豈能一連串地稱呼曹操為「丞相」？豈不是硬傷？

小說接着寫曹操問白芍：「見過二位夫人，感覺如何？」白芍回答：「卞夫人寬仁；丁夫人機敏。」大謬！這寫的是「建安三年冬」的事，此時曹操的原配妻丁夫人已被曹操休棄回了娘家，已不在曹操府中，曹操還不是丞相，她更不會在子虛烏有的「丞相府」中。「建安三年冬」即西元198年冬，曹操的妾之一卞夫人已成了曹操的繼室妻，她已為曹操生下了4個兒子：曹丕（187年生）、曹彰（約189年生）、曹植（192年生）、曹熊（約194年生）。曹操的妾劉夫人已死，生的長子曹昂（177-197）已陣亡，生的次子曹鑠（約生於187年）還活着。曹操的妾環夫人，也生有3個兒子：曹沖（196年生），後來生有曹據、曹宇。曹操此時還有妾杜夫人、尹夫人，還沒有為曹操生兒子。「建安三年冬」，曹操府中已無「丁夫人」，白芍豈能見到「丁夫人」？曹操府中此時至少有妻卞氏和妾孫氏、環氏、杜氏、尹氏。曹操讓白芍去見已被他休棄回娘家的「丁夫人」，就是不該有的硬傷；曹操未讓她去見自己的妾孫夫人、環夫人、杜夫人、尹夫人（至少應該見孫氏、環氏，而不見），也講不通，仍然是硬傷。

該小說中寫白芍對曹操說車冑「是奉承丞相」。寫她還對曹操說：「……丞相竟至這般。」「丞相不必詐我了。」「我對丞相你這人感興趣。」「丞相還真知進退。」「……丞相在世上『橫行霸道』……」「……丞相是否太輕信了。」她在建安三年冬如此多次稱曹操為「丞相」，全都是硬傷。

該書前兩章的硬傷就已經有一百處左右了，可以說是「錯誤百出」；以後六章和〈尾聲〉中的硬傷更多，如第三章中寫建安三年（198年）冬，任命曹丕為吏部侍郎、刑部侍郎兼許都太守。作者不清楚曹丕生於西元 187 年，到建安三年（198 年）時只有 11 歲，豈能任這些要職？連羅貫中都不敢在《三國演義》中這樣胡編亂造，但柯雲路先生卻敢這樣瞎編，這一類的硬傷就有上千處之多，我到以後再說吧。這種錯誤都繼承了《三國演義》中違背史實、歪曲史實的錯誤寫法，給廣大讀者傳授的是大量錯誤的知識。

《三國演義》中不符合史實之處極多。如歷史上的關羽生於西元 160 年，比劉備大一歲，《三國演義》中寫劉、關、張「桃園三結義」，寫劉備是大哥，關羽是二弟，張飛是三弟，其實歷史上並無「桃園三結義」之事，該小說中很多次寫關羽是劉備之「弟」，全都是錯的。歷史上的張飛字益德，《三國演義》中近百次篡改為「翼德」，也全都是錯的。歷史上沒有曹操殺呂伯奢之事，呂是曹操的「故人」，而不是曹操之父的「結義弟兄」。歷史上的曹操在建安十三的六月才任丞相，《三國演義》中篡改為曹操在建安元年就是「丞相」了，把曹操任丞相的時間提前了十餘年，寫建安元年至十三年春之間有不少人稱曹操為「丞相」「曹丞相」，寫此之間的曹府是「丞相府」「相府」，這樣寫了數百次，全都是錯的。歷史上的呂布是董卓的義子，與董卓的侍婢私通，他怕董卓知道此事，是他殺董卓的原因之一。他們二人私通之事，董卓、王允都不知道。《三國演義》中篡改為王允把自己的歌姬貂蟬先許給呂布為妾，後送給董卓為妾，使呂布恨董卓，終於殺了董卓，這種「虛構」很不合事理、情理，因為董卓與呂布很容易「對證」出來是王允、貂蟬二人在「搗鬼」，在離間他們父子二人互相仇殺，就會先殺了王允、貂蟬，使他們的「連環計」成為「弄巧成拙」之計。歷史上也沒有王允獻貂蟬之事，甚至沒有「貂蟬」這個「歷史人物」。歷史上沒有劉安殺妻，把妻的肉獻給劉備吃之事。羅貫中以劉備為漢室正統，罵曹操是篡逆的奸臣，在小說中很多次擁劉反曹，甚至偽造了一個劉備的「世譜」，偽造了漢獻帝叫取宗族世譜檢看，令宗正卿宣讀，漢獻帝排世譜，說劉備是自己之叔，遂「敘叔侄之禮」，小說中上百次稱劉備為「劉皇叔」「皇叔」，這些全是羅貫中的偽造。即便按照羅貫中偽造的劉備的「世譜」，劉備也比漢獻帝低 5 輩，而不是漢獻帝之叔，根本不是「劉皇叔」「皇叔」。羅貫中時，《史記》《漢書》《後漢書》《三國志》及裴注早已印行，羅貫中沒有認真細讀，或者細讀了而偏偏要故意歪曲史實，很多次亂說劉備是漢獻帝之叔，是「劉皇叔」「皇叔」。我把漢獻帝的世譜與羅貫中偽造的劉備的世譜作一比較，即可明白劉備比漢獻帝晚 5 輩，而不是漢獻帝之「叔」，不是什麼「劉皇叔」。請看漢景帝劉啟的後人：

據《後漢書》排的漢帝世譜	《三國演義》偽造的劉備世譜
1 輩，漢景帝劉啟生長沙定王劉發； 2 輩，劉發生舂陵節侯劉買；	1 輩，漢景帝第七子中山靖王劉勝； 2 輩，劉勝生陸城亭侯劉貞；

3 輩，劉買生鬱林太守劉外；	3 輩，劉貞生沛侯劉昂；
4 輩，劉外生鉅鹿都尉劉回；	4 輩，劉昂生漳侯劉祿；
5 輩，劉回生南頓令劉欽；	5 輩，劉祿生沂水侯劉戀；
6 輩，劉欽生漢光武帝劉秀；	6 輩，劉戀生欽陽侯劉英；
7 輩，劉秀生漢明帝劉莊；	7 輩，劉英生安國侯劉建；
8 輩，劉莊生漢章帝劉炟；	8 輩，劉建生廣陵侯劉哀；
9 輩，劉炟生漢和帝劉肇；	9 輩，劉哀生膠水侯劉憲；
10 輩，劉肇生漢殤帝劉隆；	10 輩，劉憲生祖邑侯劉舒；
10 輩，漢章帝之孫漢安帝劉祜繼位；	
11 輩，劉祜生漢順帝劉保；	11 輩，劉舒生祁陽侯劉誼；
12 輩，劉保生漢沖帝劉炳；	12 輩，劉誼生原澤侯劉必；
12 輩，漢章帝玄孫漢質帝劉纘繼位；	
11 輩，漢章帝曾孫漢桓帝劉志繼位；	
12 輩，漢章帝玄孫漢靈帝劉宏繼位；	
13 輩，劉宏生漢獻帝劉協。	13 輩，劉必生潁川侯劉達；
	14 輩，劉達生豐靈侯劉不疑；
以上漢景帝之後13輩在《後漢書》中都有記載。	15 輩，劉不疑生濟川侯劉惠；
	16 輩，劉惠生東郡范令劉雄；
	17 輩，劉雄生劉弘，不仕；
	18 輩，劉弘生劉備。
	以上 18 輩除個別人外，史書中基本上無記載。

可以看出：漢獻帝劉協是漢景帝的第十三代孫；而即便是按照羅貫中的偽造，劉備也是漢景帝的第十八代孫，比漢獻帝低 5 輩，根本就不是漢獻帝之「叔」，不是什麼「皇叔」「劉皇叔」！羅貫中的《三國演義》誤導了億萬讀者；京劇《龍鳳呈祥》多次稱劉備為「劉皇叔」「皇叔」，也誤導了億萬觀眾。

曹操一生多次明確表示忠於漢帝、保衛漢帝，反對謀廢漢帝、另立偽帝。如中平五年（188 年）冀州刺史王芬等人謀廢漢靈帝，而立合肥侯為帝，曹操反對，王芬等人失敗。初平元年（190 年），董卓毒死弘農王劉辯，促漢獻帝劉協由洛陽遷都長安，天子只有 9 歲。袁紹與韓馥謀廢漢獻帝，而立幽州牧劉虞（劉舒之子）為帝，曹操拒之，在答袁紹的信中說：「今幼主（指漢獻帝）微弱，制於奸臣（指董卓）……一旦改易，天下其孰安之？」明確表示自己反對「北面」立劉虞為帝，而「西向」長安的漢獻帝。袁紹曾得一枚玉印，在座中舉向鄰座的曹操叫他看，想得到曹操的支持而稱帝，曹操「由是笑而惡焉。」[26]裴

26　見《三國志·魏書·武帝紀》。

注引王沈《魏書》曰：曹操大笑對袁紹說：「吾不聽汝也。」袁紹又使人去對曹操說：「今袁公勢盛兵強……天下群英，孰適於此？」曹操不應。由此益不去見袁紹，憎惡他想稱帝，圖誅滅之。因為有曹操在，曹操的軍隊相當強大，袁紹不敢稱帝，怕兩敗俱傷。初平二年（191年）春，袁紹、韓馥欲立劉虞為帝，劉虞終不敢稱帝而拒絕，袁紹等的圖謀遂徹底失敗。初平三年（192年）呂布等人殺董卓。建安元年（196年）漢天子劉協於六月在回洛陽途中封曹操為鎮東將軍、費亭侯。七月，天子回到洛陽，曹操至洛陽，保衛京都。天子授曹操節鉞，錄尚書事。洛陽殘破，董昭等人勸曹操都許（今許昌）。九月，遷都於許，天子封曹操為武平侯等。十月，曹操為司空，行車騎將軍。建安二年（197年），袁術稱帝於淮南壽春。曹操攻袁術，袁術敗走渡淮，自此遂衰。建安三年（198年）冬，曹操攻呂布，圍下邳（今江蘇邳縣），呂布派遣秦宜祿出城去向袁術求救。劉備、關羽助曹操圍呂布。關羽屢次請求曹操把下邳攻下之後，把秦宜祿之妻杜氏賜賞為偶，曹操疑杜氏必然長得很美，所以關羽屢次請求討要她，遂答應關羽。其實關羽也是有配偶的人，英雄愛美人，自古皆然。曹操攻陷下邳之後，俘獲了杜氏及其子秦朗，曹操見杜氏果然長得很美，遂命人把她及其子秦朗都護送到自己府中，接着納她為妾，以秦朗為養子。沒有把她賞賜給關羽。在此前後，曹操得到了何進的兒媳婦尹氏，也納為妾，以她的兒子何晏為養子。待秦朗、何晏如同親兒子一樣。羅貫中為了維護關羽的形象，不寫呂布派遣秦宜祿離開下邳去向袁術求救兵之事，也不寫關羽屢次向曹操請求討要賞賜秦宜祿妻杜氏之事。曹操攻陷下邳，被擒的呂布向劉備求救命，呂布曾救過劉備的命，而劉備卻提醒曹操應殺呂布，於是曹操下令勒死呂布。建安四年（199年）夏，車騎將軍董承與劉備密謀殺曹操，未發，劉備疑曹操已覺察，曹操適遣劉備東向邀擊袁術，而離開曹操。六月，袁術病死。當時袁紹的軍隊比曹操的軍隊強大，曹操是冒着生命的危險在保衛漢天子。建安五年（200年）正月，19歲的漢獻帝遠不如45歲的大政治家曹操成熟，他誤以為袁紹若與曹操戰，曹操必敗，他只有在袁紹的保護下才安全，他的岳父董承及其女兒董貴人也是這樣估計形勢的。袁紹立劉虞為帝已失敗，自己又不敢冒天下之大不韙稱帝，遂向漢獻帝表示忠誠之意。復旦大學歷史系姜鵬博士在《三國前史》一書中認為：據司馬光《資治通鑑》中說，「董承稱受帝衣帶中密詔，與劉備謀誅曹操。」這句話的意思是董承對外宣稱自己受漢獻帝秘密指令，和劉備等人一起，謀劃誅殺曹操。這裏的關鍵字是什麼？是「董承稱」這三個字，所謂漢獻帝想要殺曹操的密詔，只是董承對外宣稱的，並沒有直接證據可以證明漢獻帝下過這樣的詔書。董承和曹操有矛盾，董承最初是董卓的部將，曾和袁術合作，派軍隊阻止過曹操迎接漢獻帝的隊伍。所謂漢獻帝的密詔完全有可能是董承捏造的，漢獻帝根本沒有要殺曹操的意思。劉備的身分何其低微，應該根本沒有機會見到漢獻帝，漢獻帝怎麼可能在密詔中委托他和董承一起去誅殺曹操呢？所謂漢獻帝密詔誅殺曹操這件事，應該是為了抹黑曹操而編造出來的。姜博士的考論文字很長，見該書頁 187-189，我只是摘其大意而已。我認為：羅貫中在《三國演義》中偽造了建安三年冬漢獻帝與曹操等人在許田打獵、曹操狂傲的「故事」情節，漢獻帝回去後很恨曹操，咬破手指寫下血書要董承招集各路軍隊誅殺曹操，羅貫中又偽造了漢獻帝詔書的全文，文末署：「建安四年春三月詔」。羅貫中的偽造就露了破綻：許田打獵是建安三年冬，漢獻帝回去後很快就寫了血書，為何詔書末尾署的是「建安四年春三月詔」呢？羅貫中豈非自相矛盾？《曹操與獻帝》一書中相關的「故事」情節，基本上是抄襲《三國演義》，但也有所改變，如改成了漢獻帝用剪刀刺破手指寫血書，因血太少，董承的女兒「董妃」就用剪刀「挑破自己手指，鮮血直湧：『陛下請用。』……」田獵的時間是建安三年冬，「田獵完畢，漢獻帝下午回到宮中」，當天「夜晚」，主要用的是「董妃」手指上的血寫的「詔書」，卻抄襲羅貫中偽造的「漢獻帝」的「詔書」全文，末尾署的也是抄襲羅貫中偽造的「建安四年春三月詔」，廣大讀者最終還能相信這一類的胡編亂造嗎？何況董承之女到死都不是「妃」，而是比妃規格低的「貴人」。

我同意姜鵬博士的說法，歷史上實無漢獻帝寫血書命董承誅殺曹操之事，只不過是董貴人給父親寫信要他糾集眾人殺曹操而已，董承就招集了幾個人密謀，包括种輯、吳子蘭、王子服、劉備等人在內，欲誅曹操。但董承「機事不密」，劉備逃走。後來劉備給天子上表、上書都說了昔與董承謀誅曹操之事，但都沒有說見過陛下的詔書，是天子沒有寫過誅殺曹操的詔書之鐵證！從古到今都有亂政的女人，如呂后、漢獻帝的董貴人、伏皇后、清朝的慈禧、當代的江青。董貴人與其父董承欲誅曹操，董承就假稱漢獻帝有詔。但劉備沒有說見過天子的詔書。姜鵬博士的《三國前史》中多次說漢獻帝並不是傀儡，我同意此說。曹操專橫，隨便殺人，杜絕言路，漢獻帝是不滿的。有一次曹操因有事入見，獻帝於宮殿中，憤怒地對他說：「君若能相輔，則厚；不爾，幸垂恩相舍。」曹操大驚失色，嚇得請求出去。獻帝同意他出去，他出殿門時嚇得「顧左右，汗流浹背，自後不敢復朝請。」[27]可證曹操有時候還是很害怕漢天子的。如果不是曹操冒着自己死亡的危險把漢天子護送到許都誓死保衛的話，比曹操軍力強大的袁紹就有可能打敗曹軍搶走漢天子，先是挾天子以令諸侯，其後殺了漢天子而自己稱帝。我贊成易中天教授的正確說法，諸葛亮說曹操「挾天子而令諸侯」，其實是不對的，而毛玠建議曹操「奉天子以令不臣」，曹操實行的正是「奉天子以令不臣」。建安五年（200 年）正月，董承等人殺曹操之密謀洩漏，董承等人皆被曹操所殺，並滅其三族。據說董貴人已懷孕，漢獻帝屢次請求曹操饒她的命，曹操不允。當年是敵對雙方互相「滅三族」的時代，如果曹

27　見《後漢書·皇后紀·獻帝伏皇后》。

操被誅殺，他的「三族」也會被滅。曹操當年已有妻卞氏、有妾孫氏、環氏、杜氏、尹氏、秦氏等，兒女甚多，他的眾妾中也有懷孕的，如果曹操被誅殺，他的妻妾們包括懷孕者及兒女們就會統統被殺，即「滿門抄斬」，甚至「滅三族」「滅九族」。曹操冒着生命危險，冒着全家被殺、三族或九族被滅的危險，保衛漢獻帝，何罪之有？即便如《三國演義》中所胡編亂造的在許田打獵時有狂傲的表現，漢獻帝也不應該忘人大恩、記人小過，寫詔書要誅殺他，何況這「詔書」還是來源於董承謊稱的呢！據說伏皇后見了曹操不饒董貴人的場面後，暗中給父親伏完寫信，敘述了曹操殘逼董貴人之狀，令父親屯騎校尉密圖曹操，伏完不敢發，於建安十四年卒。伏皇后給父親寫密信之事到建安十九年才洩露，被曹操所知，這到後面再說。

建安五年正月董承等人密謀誅曹操之事泄，董承、董貴人等被曹操處死。如果漢獻帝有詔殺曹操，按說曹操也應該殺漢獻帝。孔子早就說過「君使臣以禮，臣事君以忠」。孟子也說過像桀紂那樣的暴君，臣民皆應該誅之。曹操保衛漢獻帝有大功，可以說有大恩於他，他卻忘恩負義，寫下詔書要殺大恩人，曹操完全可以殺了他。但曹操並沒有殺他。曹操的忠君思想在他的各種思想中實占據着主導地位。曹操接着東征劉備於小沛，破之，獲其妻，劉備逃跑投奔袁紹。劉備如果知道天子有詔誅曹操而第一次逃跑，是一不忠君。而第二次逃跑投奔袁紹，袁紹原是要廢漢獻帝而立劉虞為帝之人，劉備居然投奔他，是二不忠君。袁紹進軍攻許都，併發布討曹檄文，宣告曹操之罪惡。袁紹與曹操大戰在即，如果漢獻帝有寫密詔誅殺曹操之事，當是在袁、曹大戰之前不久。建安五年正月曹操誅殺董承等人。七月，袁紹使劉備攻打汝南。八月，袁紹進軍臨官渡（今河南中牟縣東北），軍隊超過十萬人，而曹操投入的兵力才有兩萬人左右，漢獻帝與伏皇后、伏完應是認為袁紹必勝，曹操必敗、必死的。十月，曹操軍在官渡大戰中以少勝多，袁紹軍慘敗，僅剩下袁紹等八百騎北渡河逃跑。建安六年四月，曹操擊袁紹倉亭軍（今山東范縣東北），破之。九月，曹操引兵南征劉備於汝南，劉備逃跑，投奔荊州牧劉表。建安七年五月，袁紹吐血而死。如果說漢獻帝、伏皇后、伏完能事先預料到袁紹必大敗、必嘔血而死，實講不通。袁紹軍大敗後，曹操的軍隊已成了最強大的軍隊。建安十年曹操大破袁紹長子袁譚軍，殺袁譚。袁譚之弟袁熙、袁尚奔遼西烏桓。十二年曹操征烏桓，袁熙，袁尚被殺。建安十三年六月，漢獻帝遂任命曹操為漢丞相。七月，曹操南征劉表。八月，劉表卒，其子劉琮代荊州牧，領其軍屯襄陽，劉備屯樊。九月，曹操至新野，劉琮舉荊州降曹操。曹軍攻打劉備，劉備逃至夏口（今漢口）。建安十四年，伏完病死。建安十六年，漢獻帝以曹丕為五官中郎將、副丞相。建安十八年五月，漢獻帝命曹操為魏公。七月，漢獻帝聘魏公曹操的三個女兒曹憲、曹節、曹華為貴人。建安十九年十一月，伏皇后十多年前給父親伏完寫的信到了曹操手中，該信中說皇帝以董承被誅之事怨恨曹操，信中罵曹操的文辭甚醜惡，令伏完密圖誅曹操。此信在十多年後的建安十九年十一月才被發現。曹操與伏皇后也是「你死我活」的鬥爭，若留下伏皇后，她早晚還會誘勸漢獻帝誅殺曹操。她臨死時請皇上救命，他說：「我亦不自知命在何時也。」這一次曹操仍然沒有殺漢獻帝。既然在此前一年多，即建安十八年七月，漢獻帝已聘曹操的三個女兒為貴人，可見他是好色的君王，並不專一愛伏皇后的君王。到了建安二十年正月，他就立曹操的女兒曹節為皇后了。建安二十一年五月，他進曹操之爵為魏王。建安二十二年冬，他以曹丕為魏太子。可見他與曹操、曹丕的關係已很親密。建安二十四年七月，以卞氏為魏王后。孫權居然向曹操上書稱臣，稱說「天命」魏王應稱帝，曹操以孫權書示人說：「是兒欲踞吾著爐火上邪！」意思是孫權這小子欲把我置於爐火上烤死我啊！曹操手下的人陳群、桓階、夏侯惇也都勸曹操廢了漢獻帝而稱帝，曹操都拒絕了。他也絕對不可能希望兒子曹丕將來篡漢稱帝，絕對不可能把兒子放在爐火上去烤。他的女兒曹節在做皇后，他絕對不可能希望將來曹丕篡漢稱帝，把妹妹曹節皇后廢了，由曹丕立自己之妻或妾為皇后。曹操一直到死都沒有篡漢稱帝，他是漢室的忠臣，是女婿漢獻帝的忠臣。他於建安二十五年正月二十三日（220 年 3 月 15 日）死於洛陽，漢獻帝謚其曰魏武王。尊卞后為王太后。漢獻帝命曹丕嗣位為漢丞相、魏王。二月二十一日（220 年 4 月 11 日）葬魏武王曹操於高陵，漢獻帝與群臣來祭奠送葬。（曹操墓是由他自己設計的，有他自己的墓室還有已死去的劉妾與陳妾的兩個墓室。墓建成於 220 年 3 月前，先將陳、劉二妾葬入。劉妾是長子曹昂之母，大約死於 195 年，死時 40 多歲。陳妾是曹幹又名曹良之母，死時約 20 歲。曹操在建安二十二年即 217 年封曹良為弘農侯，未給曹昂封侯，所以陳妾葬於尊位北耳室，劉妾葬於南耳室。）

曹操死後不久，逆子曹丕就霸占了亡父所愛幸的一切宮人。南朝宋人劉義慶《世說新語》中說：曹操死後，曹丕「悉取」先父的「宮人自侍」。有一次曹丕病困，其母卞太后去看望他，見直侍者並是他先父「昔日所愛幸者」，憤歎曰：「狗鼠不食汝餘，死故應爾！」後來曹丕死後葬至山陵，卞太后「亦竟不臨」，即不臨葬禮。今之學者余嘉錫先生箋疏曰：「卞后言此，斥丕之所為，禽獸不如也。」[28]曹操死後還不滿 9 個月，曹丕就違背了先父曹操不篡漢稱帝的意志，篡漢稱帝了，他廢了漢獻帝，貶降獻帝為山陽公，改國號漢為魏，自稱魏皇帝，貶降妹妹曹節皇后為山陽公夫人。他沒有臉面去見妹妹曹節，就派遣使臣去向曹節索討皇后璽綬，曹節斥責來使，以璽擲於欄板下，涕淚橫流罵曹丕說：「天不祚爾！」（天不保佑你！）左右的宮女皆哭泣莫能仰視。[29]曹丕篡

28 見中華書局 2007 年第 2 版余嘉錫著作集《世說新語箋疏》頁 786-787。

29 見《後漢書·皇后紀·獻穆曹皇后》。

漢稱帝，絕不等於曹操篡漢稱帝。恰恰相反，他姦占了亡父曹操所有一切愛幸的宮人、篡漢稱魏帝，貶漢獻帝為山陽公、貶曹節皇后為山陽公夫人、貶另外兩個妹妹皇帝貴人為山陽公妾，漢獻帝四個皇子封王者皆降為列侯，這一切都違背了曹操的意志！曹丕追尊先父魏武王為魏武帝，也不符合亡父曹操的遺願。但他篡漢稱魏帝、尊王太后為皇太后，卞太后卻沒有反對，是卞太后的錯誤，她也違背了曹操不篡漢稱帝的意志與遺願。研究者應該把曹操的正確言行與曹丕的罪惡、卞后的錯誤分別開來，而不應混為一談。卞太后斥罵兒子曹丕霸占了亡父愛幸的宮人們，是正確的；但她沒有反對曹丕篡漢稱魏帝，接受了曹丕尊稱的「皇太后」，則都是錯誤的。漢獻帝劉協被魏文帝曹丕貶降為山陽公之後，為了保全自己的性命、討好曹丕，就把兩個女兒奉送給曹丕為嬪，曹丕好色貪淫，照納不誤。他搞的女人極多，縱淫過度，死時僅 39 歲（187-226）。這到後面再說。

當建安七年（202）袁紹死後，次子袁熙為幽州刺史，去幽州上任，其妻甄氏留在鄴城照顧婆婆劉氏。建安九年（204），曹操軍圍鄴城，曹操也很好色，知袁熙之妻甄氏是大美女，欲攻下鄴城後納甄氏為妾。及攻下鄴城後，曹丕先進入袁紹府，見甄氏「姿貌絕倫」，遂占為己有。曹操不知，急令下人召甄氏來見，左右回稟，曹操才知道曹丕已先把她帶走。曹操遂把她讓給兒子曹丕，為他迎娶甄氏。時曹操 49 歲，曹丕 17 歲。後來甄氏為曹丕生有兒女。曹操死後，曹丕悉數姦占了曹操所愛幸的宮人們，篡漢稱帝之後，又貪淫山陽公劉協奉獻給他的二女，對郭妃、李貴人、陰貴人等並愛幸於洛陽，對留在鄴城的甄夫人很冷漠。甄氏越加失意，有怨言。帝曹丕大怒，於黃初二年六月（221年 8 月）遣使臣賜她一死。曹丕寵愛郭妃，郭妃忌妒甄氏，曹丕賜甄氏自殺之後，郭妃令人殯葬時對她實行披髮覆面，以糠塞其口中，樣子非常難看，其命運極為悲慘！黃初三年（222 年），曹丕立郭妃為皇后，使她養甄氏之子。曹丕寵幸的還有柴貴人等等，因貪色縱淫過度，於黃初七年（226 年）死，年僅 39 歲，葬首陽陵，其母卞皇太后不臨。魏明帝即位，尊卞皇太后曰太皇太后，郭皇后曰皇太后，追謚母親甄夫人曰文昭皇后。卞后不反對孫子繼皇帝位（是為魏明帝），接受孫子曹睿尊曰太皇太后，也違背了曹操的意志與遺願。曹操一生數十年絕不篡漢稱帝，是漢靈帝的忠臣，總體上來說也是漢獻帝的忠臣。而曹丕、曹睿都不是漢獻帝的忠臣。

其實劉備、諸葛亮、劉禪、孫權也都不是漢獻帝的忠臣。曹丕於黃初元年（220 年）冬稱魏帝，以漢獻帝劉協為山陽公，政治家劉備、諸葛亮等人應該知道這些，應該知道劉協還活着。但諸葛亮等人卻勸劉備稱帝了，其實劉備也想稱帝，不過是諸葛亮等人投其所好罷了。陳壽《三國志・蜀書・先主傳第二》記載劉備十五歲以前就說過自己以後必做皇帝，他的叔父劉子敬對他說：「汝勿妄語，滅吾門也！」可見劉備在十五歲以前就有做皇帝的野心，那時漢獻帝劉協還沒有誕生（劉備比劉協大 20 歲）。劉備 24 歲時因鎮壓黃巾農民起義軍有功，任安喜縣尉。因打督郵二百杖而棄官逃走。羅貫中在《三國演義》中胡編亂造為「張翼德怒鞭督郵」，亂寫張飛用「柳條」鞭打督郵，「一連打折柳條十數枝」，寫劉備「終是仁慈的人，急喝張飛住手」。其實歷史上是劉備怒打督郵二百杖，並不是什麼「仁慈的人」，不是張飛「一連打折柳條十數枝」，《三國演義》中也把歷史上的「張益德」篡改成了「張翼德」。京劇《龍鳳呈祥》中「喬玄」唱的劉備的「二弟」關羽是錯的，關羽生於西元 160 年，比劉備大一歲（劉備生於 161 年），關羽並不是劉備的「二弟」，「喬玄」唱的劉備的「三弟翼德」也是錯的，既然關羽不是劉備的「二弟」，那麼張飛也就不是劉備的「三弟」。張飛字「益德」，也不是什麼「翼德」。「喬玄」唱的張飛「鞭打督郵」還是錯的，歷史上杖打督郵的是劉備，而不是什麼張飛「鞭打督郵」。《三國志·蜀書·周瑜傳》寫：「橋公兩女」，孫策「納大橋」，周瑜「納小橋」，可見姓「橋」而不姓「喬」。《三國演義》中多次寫為「喬國老」，是錯的，但羅貫中也不敢寫為「喬玄」。京劇中改為「喬玄」大錯！若改為「橋玄」也大錯，因為「橋玄」是另一個人。

建安二十四年（219 年）秋，劉備自稱為「漢中王」，這並不是漢獻帝封的，因而是非法的。不像建安二十年正月漢獻帝立曹操之女曹節為皇后，建安二十一年五月漢獻帝進魏公曹操之爵為魏王，都是合法的。劉備於建安二十四年秋自稱為「漢中王」，向漢獻帝上表，為了證明這「漢中王」是合法的，就說「漢中王」是自己手下的臣下一百二十人推舉的，但他在表中說的十一人的官職基本都不是漢獻帝封的，如「軍師將軍臣諸葛亮」等等，是你劉備封的，不是漢獻帝封的，當然也不合法。劉備在給漢獻帝上表中說自己曾「與車騎將軍董承同謀誅曹」，說董「承機事不密，令操遊魂得遂長惡，殘泯海內。」值得注意的是，劉備沒有向漢獻帝說自己讀過天子陛下誅殺曹操的詔書，可證漢獻帝並沒有給過董承誅曹操的詔書，至少劉備沒有讀過此「詔書」。劉備向漢獻帝上言中又說：「臣昔與車騎將軍董承謀討曹，機事不密，承見陷害……」再一次說自己昔日與董承謀討曹，又沒有說自己昔日讀過天子陛下討曹的詔書，又一次證明了漢獻帝沒有給過董承討曹操的詔書，所以劉備沒有讀過此「詔書」。昔日只是劉備曾與董承「同謀誅曹」「謀討曹」而已。漢獻帝對曹操先後殺董貴人、伏皇后及其二子很不滿，也很無奈，但那些事已過去了；漢獻帝於建安二十年（215 年）立曹節為皇后，於二十一年（216 年）進曹操爵為魏王，就改善了與曹操及其女兒的關係。而劉備於建安二十四年（219 年）秋自稱為非法的「漢中王」，表面上向漢天子稱「臣」，實際上實行的是「不臣」，他多年來實行的都是「不臣」，曹操多年來奉天子以征討不臣，包括征討劉備在內，都是合法的、名正言順的。

曹操有凶暴殘忍的一面，如殺董貴人、伏皇后及其二子，殺的人很多，殺名醫華佗

（但華佗沒有給關羽治過病，《三國演義》中偽造了華佗給關羽「刮骨療毒」的假故事）、殺孔融、殺楊修等等，連自己的「幸姬」（寵幸的侍姬）也殺。有一「幸姬」常隨他「晝寢」（白天睡覺），他告訴她：「須臾覺我」（過一會兒叫醒我），她沒有及時喚醒他，他自己醒來後，就用棍棒打死了她。[30]他常對侍姬們說：「我眠中不可妄近，近便斫人，亦不自覺，左右宜深慎此！」有一次他睡下了，他所幸的一侍姬擔心他受涼，走近他給他蓋被子，他就用劍砍死了她。[31]他有一歌妓，聲音最清亮而高，而性情甚惡，曹操欲殺則愛才，欲留則不堪。於是選百人一時俱教唱，發現另有一歌妓的聲音也最清亮而高，「便殺惡性者」。[32]他殺人極多，是他罪惡的一面。

但他一生幾十年到死都不篡漢稱帝，政治目標是輔佐漢獻帝統一中國，使天下安，使黎民安，所以奉天子征討不臣，最終基本上統一了北方，是他有功勞的一面。2009 年新版《辭海》中對他評價很高，敬請廣大讀者認真細讀，我就不多引述了。新版《辭海》中對劉備的評價遠不如曹操，如寫他「曾先後依附公孫瓚、陶謙、曹操、袁紹、劉表」，並不光彩，寫他「221 年稱帝，都成都，國號漢，建元章武。次年在吳蜀夷陵之戰中大敗，不久病死。」其實他的「稱帝」是大錯，遠遠不能與曹操終生不稱帝相比。曹操的詩文中很多次讚頌古代聖賢們禪讓君位、不霸君位、不爭君位、不篡君位、輔佐君王等等高尚精神品質，讚頌的人有堯、舜、許由、伯夷、叔齊、周文王、周公、齊桓公、晉文公、管仲等等，這些人物對他的深刻影響，造就了他的忠君、不篡漢稱帝的思想。曹丕則以權術欺騙父王，爭當太子，無所不用其極，遠不能與互讓君位的伯夷、叔齊相比，曹操死後，他就必然會違背先父的遺志而篡漢稱帝，帶了一個很壞的頭。劉備在十五歲以前就想當皇帝，說出狂妄自大的話，他的叔父劉子敬對他說：「汝勿妄語，滅吾門也！」曹丕於西元 220 年 12 月篡漢稱帝，貶降漢獻帝劉協為山陽公，劉備、諸葛亮等人應該知道劉協還活着，即便一時不知，也可以派軍探打聽到劉協還活着。即便有傳聞說漢獻帝已被曹丕害死，劉備、諸葛亮等人也應該查實。但劉備卻搞了一個「發喪」、製作孝服，追諡漢獻帝為「孝滑皇帝」。這實在荒唐，難道是咒漢獻帝死亡不成？許靖、麋竹、諸葛亮、賴恭、黃柱、王謀等人卻勸劉備稱帝，這也很荒唐！因為漢獻帝劉協還沒有死，劉備等人應該切切實實調查清楚。退一萬步說，即使劉備等人誤認為漢獻帝已經死了，劉協還有四個兒子為王者被曹丕降成了列侯，劉備應該率軍隊討伐曹丕，救漢獻帝的兒子們，也輪不到你劉備稱帝呀！何況漢獻帝還活着呢！劉備應先查明漢獻帝還活着，發

30 見《三國志・魏書・武帝紀》裴注引〈傅子〉曰。

31 見《世說新語》。

32 同上。

兵「勤王」（救君王），而不應先稱帝。即使羅貫中後來偽造的劉備「世譜」是真的，劉備也不是漢獻帝之「叔」，而是比漢獻帝低 5 輩之人，根本不是什麼「皇叔」，《後漢書》及其注、《三國志》及其注中也都沒有說過劉備是什麼「皇叔」。漢獻帝的親兒子們還活着，劉備至少比這四位列侯還低 4 輩，怎麼可以自己先稱帝呢？但劉備卻於西元 221 年夏堂而皇之地稱帝了，這就與曹丕一樣，對漢獻帝大不忠，對漢獻帝的兒子們也大不忠。西元 221 年秋，孫權向曹丕稱臣，也是大錯，因曹丕是篡漢稱帝，是大逆不道，何況劉協還活着。曹丕授孫權為大將軍、封為吳王。西元 223 年春，劉備病重，托孤劉禪於丞相諸葛亮說：「君才十倍曹丕，必能安國，終定大事。若嗣子（劉禪）可輔，輔之；如其不才，君可自取。」亮涕泣曰：「臣敢竭股肱之力，效忠貞之節，繼之以死！」四月二十四日（223 年 6 月 10 日）劉備死。五月劉禪繼皇帝位，也很荒唐，因為劉協還活着。曹丕於黃初七年五月七日（226 年 6 月 19 日）死，同月魏明帝繼皇帝位，尊卞皇太后為太皇太后，她和孫子魏明帝也都不忠於劉協。西元 229 年夏，孫權稱吳帝，劉協還活着，孫權也不忠於劉協。西元 230 年 7 月 9 日，卞太皇太后死，享年 70 歲（161-230），祔葬於曹操墓旁。（曹操墓中先入葬的有陳、劉二妾，她們都比曹操死得早。曹操設計自己的墓時，有正式妻妾名分的共有 15 人，劉妾、陳妾已死。另一妾張濟的遺孀下落不明。身邊活着的有妻卞氏、妾孫氏、環氏、杜氏、尹氏、秦氏、王氏、李氏、周氏、劉氏、宋氏、趙氏共 12 人。曹操設計自己的墓時即 218 年，只設計了自己的墓室和已死的陳妾、劉妾的墓室，沒有設計還活着的 1 妻卞氏和 11 妾的墓室。墓建成於 220 年 3 月之前，陳妾、劉妾的靈柩先葬入她們的後室北、南二耳室。曹操死於 220 年 3 月 15 日，靈柩於同年 4 月 11 日葬於前室。妻卞后死於十年後的 230 年 7 月 9 日，同年 8 月，靈柩祔葬於曹操墓之旁的卞后墓，今已不存，或已被盜空。）劉協到魏明帝青龍二年三月（234 年 4 月至 5 月間）才去世。諸葛亮於同年秋病死。漢獻帝的皇后曹節（山陽公夫人）於西元 260 年夏（魏元帝曹奐景元元年夏）去世，山陽公的 4 個為王的兒子降為列侯者還活着。劉禪於景元四年（263 年）冬降魏，巴蜀皆平。

由以上可以得出結論：(1)曹操一生沒有篡漢稱帝，是漢獻帝的忠臣；(2)曹丕篡漢稱魏帝，貶降漢獻帝為山陽公，不忠於漢獻帝劉協；(3)卞后不反對曹丕稱帝，也不忠於漢獻帝；(4)劉備稱帝，不忠於漢獻帝；(5)孫權向曹丕稱臣，曹丕死後，劉協還活着，孫權稱帝，也不忠於劉協；(7)諸葛亮只忠於劉備、劉禪，並不忠於漢獻帝劉協；(8)關羽、張飛只忠於劉備，並不忠於漢獻帝劉協；(9)劉協到西元 234 年才逝世；(10)歷史事實證實了以上許多人中只有曹操一人是他的忠臣，而曹丕、卞后、劉備、關羽、張飛、諸葛亮、劉禪、孫權等等人都不忠於他，劉禪最後降魏，辜負了劉備的期望，也使得諸葛亮的輔佐徹底落了空；(11)羅貫中在《三國演義》中很多次誣罵、醜化曹操，又很多次歌頌、美化、神化、聖化劉備、關羽、諸葛亮，很多次歪曲史實、顛倒歷史，誤導了億萬讀者，使得無數的讀者上當受騙，謬種仍在不斷地流傳。

《三國演義》中的錯誤太多，遠遠不能與《紅樓夢》相比，也遠不如《金瓶梅詞話》。

八

《水滸傳》的重要錯誤，是作者施耐庵、羅貫中的思想醜化方臘農民起義軍，把方臘及其部下寫得非常醜惡、凶殘，歌頌宋江受朝廷招安，忠於昏君宋徽宗，帶領軍隊去攻打鎮壓方臘農民起義軍。晁蓋率領的軍隊是農民起義軍，廣義的「農民」包括了漁民在內。小說第七回末尾預示以後的梁山泊起義是「大鬧中原，縱橫海內。直教農夫背上添心號，漁父舟中插認旗。」也就是說以後梁山泊起義的士兵們是基本上由「農夫」「漁父」組成的，是農民起義軍。從第二十回開始，晁蓋就領導了這支隊伍，後來發展壯大到了數十萬人。第六十回中寫晁蓋戰死，眾人推舉第二把手宋江做了領袖。李逵說宋江哥哥以後可以做大宋皇帝，宋江喝道：「這黑廝又來胡說！再休如此亂言，先割了你這廝舌頭！」李逵道：「……請哥哥做皇帝，倒要割了我舌頭！」宋江把晁蓋的「聚義廳」改為「忠義堂」，實際上是要受宋徽宗朝廷的招安，對皇帝「忠義」。宋江在此之前就有受招安的思想，後來果然受了招安，做宋徽宗朝廷的鷹犬爪牙，去打方臘農民起義軍。第八十二回寫「梁山泊分金大買市　宋公明全夥受招安」。第八十三回寫宋江受招安後率領軍隊去征遼，這是正確的，因為當異族侵略時，應該反對異族侵略，一直到第九十回寫征遼完畢，在思想意義上是應該肯定的。但從第九十回起寫宋江為宋徽宗去征方臘，一直到一百回終，卻是全書中最糟的部分。宋江的農民起義軍，受招安後，卻攻打、鎮壓、消滅的是方臘的農民起義軍，宋江對皇帝、對朝廷的「忠義」，卻是如此荒唐絕倫的醜惡貨色！

魯迅在〈流氓的變遷〉一文中一針見血地寫道：

> 「俠」字漸消，強盜起了，但也是俠之流，他們的旗幟是「替天行道」。他們所反對的是奸臣，不是天子，他們所打劫的是平民，不是將相。李逵劫法場時，掄起板斧來排頭砍去，而所砍的是看客。一部《水滸》，說得很分明：因為不反對天子，所以大軍一到，便受招安，替國家打別的強盜——不「替天行道」的強盜去了。終於是奴才。

宋江去打方臘農民起義軍，終於是「天子」及其朝廷的奴才，但宋江卻是作者施耐庵、羅貫中歌頌的對「天子」忠義的英雄人物，這是作者思想上的錯誤，是《水滸傳》遠遠比不上《紅樓夢》之處，比不上《金瓶梅詞話》之處。《水滸傳》第七十二回中寫柴進走進宋徽宗的睿思殿，見屏風上有宋徽宗「御書四大寇姓名，寫道：『山東宋江，淮西王慶，河北田虎，江南方臘。』」從第九十回開始寫宋江奉聖旨打方臘。《金瓶梅詞話》受有《水滸傳》的影響，也罵王慶、田虎、方臘、歌頌宋江。第一回中寫：「宋徽宗政和年間……四處反了四大寇。那四大寇？山東宋江，淮西王慶，河北田虎，江南方臘。皆轟州劫縣，放火殺人，僭稱王號；惟有宋江，替天行道，專報不平，殺天下贓官汙吏，豪惡刁民。」作者在第九十七、九十八回中也稱讚宋徽宗與朝廷派軍隊「征剿梁山泊賊王宋江」等，寫「三十六人，萬餘草寇，都受了招安，地方平復。」但《水滸傳》中用了大約十回數萬字的篇幅寫宋江打方臘，極力醜化方臘及其農民起義軍，而《金瓶梅詞話》中則沒有具體寫宋江打方臘之事，在這一問題上，比《水滸傳》，對廣大讀者的害處小得多。

毛澤東的觀點，是與魯迅相一致的。據毛澤東研究專家陳晉主編的《毛澤東讀書筆記解析》中說，毛澤東 1973 年 12 月 21 日接見部隊領導的談話中就指出「《水滸》不反皇帝，專門反對貪官。後來接受了招安。」是這一部小說中的一個重要問題。他認為《水滸》中寫宋江投降，是「反面教材」。他在 1975 年 8 月 14 日關於《水滸》的談話中說：「《水滸》這部書，好就好在投降。做反面教材，使人民都知道投降派。」「《水滸》只反貪官，不反皇帝。摒晁蓋於一百零八人之外，宋江投降，搞修正主義，把晁的聚義廳改為忠義堂，讓人招安了。宋江同高俅的鬥爭，是地主階級內部這一派反對那一派的鬥爭。宋江投降了，就去打方臘。」「這支農民起義隊伍的領袖不好，投降。李逵、吳用、阮小二、阮小五、阮小七是好的，不願意投降。」「魯迅評《水滸》評得好，他說：『一部《水滸》，說得很分明：因為不反對天子，所以大軍一到，便受招安，替國家打別的強盜——不「替天行道」的強盜去了。終於是奴才。』」[33]「金聖歎把《水滸》砍掉了二十多回。砍掉了，不真實。魯迅非常不滿意金聖歎，專寫了一篇評論金聖歎的文章〈談金聖歎〉。」[34]「《水滸》百回本、百二十回本和七十一回本，三種都要出。把魯迅的那段評語印在前面。」

陳晉主編的這部書是廣東人民出版社 1996 年出版的。「解析」中說江青於 1975 年 8 月下旬召集人們對毛澤東評《水滸》的談話借題發揮，毛澤東知道後，批評江青的話是「放屁，文不對題」，又說江青的「稿子不要發，錄音不要放，講話不要印。」一場借題發揮的政治鬧劇才逐漸收場。見該書頁 1374-1381，文字很長，我在這裏只引述了一少部分文字。

---

33 見魯迅：《三閑集·流氓的變遷》。

34 見魯迅：《南腔北調集》。

毛澤東評《水滸》的以上談話，也見於中央文獻出版社 1998 年版《建國以來毛澤東文稿》第 13 冊頁 457，還見於長江文藝出版社 2002 年版劉漢民編著的《毛澤東詩話詞話書話集觀》一書頁 379-381。

有的研究者說歷史上沒有宋江起義，也沒有宋江這個農民起義的領導人。我查閱了一些史料，知道歷史上確實有宋江領導的農民起義，宋江後來確實受了招安投降了，而且確實去打了方臘。我曾在《西北大學學報》《菏澤學院學報》等學術刊物上發表過一些長文，談過我的一些說法。現在我認為魯迅、毛澤東評論《水滸》的卓見還是值得重視的。《水滸》中讚揚宋江對昏君、朝廷的「忠義」，受招安後去打方臘，極力醜化方臘農民起義軍，是這部小說中的重要錯誤，遠遠比不上《紅樓夢》，也比不上《金瓶梅詞話》。

九

我從 1951 年到 1957 年 11 歲到 17 歲讀中學時，喜歡讀《西遊記》《水滸傳》《三國演義》《紅樓夢》。1957 年考上大學中文系本科以後，直到 1961 年畢業，這 4 年中，仍愛讀《紅樓夢》，也愛讀《魯迅全集》，覺得《三國演義》中歪曲史實之處太多，我受魯迅的影響認識到《水滸》中讚揚宋江受招安後去打方臘農民起義軍「終於是奴才」，就不喜歡《三國演義》和《水滸傳》了。我那時也不再是「童年」，漸漸地由「少年」進入了「青年」，對於「童年」「少年」時喜歡讀的《西遊記》，也不大喜歡了。在大學期間讀過《大唐西域記》等等書，知道唐僧玄奘去印度取經，極為堅強，歷盡苦難，終回大唐長安，並不像《西遊記》中的唐僧那樣多次人妖不分、忠奸不辨、是非顛倒、黑白混淆，顯得很糊塗，也很可憎。那確實是我「童年」「少年」時喜歡讀的書之一，但隨着年齡的增長，進入「青年」之後，就感到《紅樓夢》《魯迅全集》《詩經》、屈原的賦、《史記》、李白與杜甫的詩等等，就比《西遊記》更喜歡了。

但我讀《金瓶梅詞話》很晚，因為上大學中文系時，上級不允許學生們讀《金瓶梅詞話》、崇禎本、張評本；後來讀中文系碩士研究生時，上級也不允許讀這些；直到 1983 年我晉升為中文系講師後，才有「資格」讀這些書，也才能夠進行研究。

十

對於中國古代長篇小說六大名著，研究者們各有各的看法，各有各的興趣愛好，這是很正常的。魯迅、毛澤東認為《紅樓夢》寫得最好，紅學家們如俞平伯、馮其庸、蔡義江、胡文彬、張慶善、孫玉明、梅節等等先生也這樣認為。但胡適認為《紅樓夢》不如吳敬梓的《儒林外史》、韓子雲的《海上花列傳》、劉鶚的《老殘遊記》。其實《海上花列傳》《老殘遊記》都進入不了「中國古代長篇小說六大名著」。

魯迅對《紅樓夢》《金瓶梅》評價很高，我在前面已經作過介紹，這裏不再重復。他對《儒林外史》也有高度評價。例如，他在《中國小說史略·第二十三篇·清之諷刺小說》中說，吳敬梓的《儒林外史》「秉持公心，指摘時弊，機鋒所向，尤在士林；其文又慼而能諧，婉而多諷；於是說部中乃始有足稱諷刺之書。」「是後亦鮮有以公心諷世之書如《儒林外史》者。」他在〈中國小說的歷史的變遷〉中說：「在清朝，諷刺小說反少有，有名而幾乎是唯一的作品，就是《儒林外史》……敬梓多所見聞，又工於表現，故凡所有敘述，皆能在紙上見其聲態；而寫儒者之奇形怪狀，為獨多而獨詳……當時……士流中，八股而外，一無所知，也一無所事。敬梓身為士人，熟悉其中情形，故其暴露醜態，就能格外詳細……其變化多而趣味濃，在中國歷來作諷刺小說者，再沒有比他更好的了。」魯迅說後來李寶嘉的《官場現形記》、吳沃堯的《二十年目睹之怪現狀》這兩種書，比起《儒林外史》藝術的手段差得遠；「最容易看出來的就是《儒林外史》是諷刺，而那兩種都近於謾罵。」魯迅說：「諷刺小說是貴在旨微而語婉的，假如過甚其辭，就失了文藝上底價值，而它的末流都沒有顧到這一點，所以諷刺小說從《儒林外史》而後，就可以謂之絕響。」可以看出中國古代小說研究專家魯迅對《儒林外史》的評價是相當高的。以上他談的是《儒林外史》的優點。

但魯迅也指出了《儒林外史》的缺點。他在《且介亭雜文二集·葉紫作《豐收》序》中說：「中國確也還盛行着《三國志演義》和《水滸傳》，但這是為了社會還有三國氣和水滸氣的緣故。《儒林外史》作者的手段何嘗在羅貫中下，然而留學生漫天塞地以來，這部書就好像不永久，也不偉大了。偉大也要有人懂。」這最後一句七個字「偉大也要有人懂」非常重要，特別重要！《儒林外史》的作者吳敬梓的寫作手段，並不在羅貫中之下，但《儒林外史》沒有《三國演義》《水滸傳》寫得通俗易懂，所以沒有《三國演義》《水滸傳》流傳得廣遠。在現在的很多書店裏，《三國演義》《水滸傳》的銷售量也比《儒林外史》的銷售量大得多。

《金瓶梅詞話》從總體上來說，比《儒林外史》寫得通俗易懂，這是前者優於後者之處，至少可以說是前者比起後者來的優點之一，當然還有別的一些優點，我到後面再說。但現在中國內地各書店中，《金瓶梅詞話》、崇禎本《金瓶梅》、張評本《金瓶梅》的銷售量，可能還比不上《儒林外史》的銷售量。這要具體問題具體分析。我認為之所以是這樣的情況，主要是《金瓶梅詞話》、張評本《金瓶梅》是刪節本，廣大讀者一看書中的說明說是刪節本，就不買了。其次，即便是全本，但定價太高，一般讀者買不起。

再次，即便有一些讀者能買得起，但排印的全是繁體字，而中國內地的廣大中青年是不大能讀懂繁體字的，如果要不停地查繁體字與簡化字對照的字典就太麻煩，就乾脆不買了。我聽到過一個笑話：中國內地有一個名牌大學裏有一位著名的中國古代史教授，帶有幾名博士生，有一天這位博導叫博士生們來上課時帶上《後漢書》第一冊，有一位博士生帶着借書證到圖書館書庫裏去找，結果沒找到，對博導說圖書館裏沒有這部書，教授說「不可能連《後漢書》都沒有。」別的博士生叫他看手中的這本書，他看見封面上是繁體字「後漢書」三字，他說「書庫裏有，但我不認識封面上的這三個繁體字。」眾人哄堂大笑。這雖然是一個笑話，但博士生們如果讀繁體字的《金瓶梅詞話》全本或崇禎本全本都比較困難，那麼文化水準低的廣大讀者就更難讀懂繁體字的它們了，它們的銷售量怎麼能超過簡化字的《儒林外史》呢？

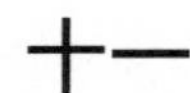

十一

魯迅在 1923 年作的《中國小說史大略》中稱讚《金瓶梅》是「同時說部，無以上之」的小說。稍後，他在《中國小說史略》中也稱讚《金瓶梅》是「同時說部，無以上之」。也就是說，它是明代最好的小說。那時他還沒有讀過 1932 年前後才發現的《金瓶梅詞話》，他只讀過《金瓶梅》明末崇禎本和清代康熙間的張竹坡評本。到 1933 年 5 月 31 日他才購到了新發現的《金瓶梅詞話》影印本，他寫作、翻譯外國文學極忙，沒有多餘的時間認真細緻地、逐字逐句地校勘《金瓶梅詞話》與崇禎本、張評本的異同，1936 年 10 月 19 日就病逝了。後來很多的金學家們基本上贊成魯迅認為《金瓶梅詞話》「為通行至今的同書的祖本」的說法，對詞話本、崇禎本、張評本的小說文本進行過認真細緻地比勘後，基本上認為祖本詞話本優於後來的崇禎本、張評本的小說文本，所以中外的金學家們基本上都更重視祖本詞話本，研究的也基本上多是詞話本，儘管詞話本在刻板時刻出了不少錯別字等等錯誤，但它在總體上是優於崇禎本、張評本小說文本的。所以，詞話本更當之無愧於「同時說部，無以上之」的美譽。

《金瓶梅詞話》既反貪官，又反皇帝，這就優於《水滸傳》的只反對奸臣，不反對皇帝，用毛澤東批評的話來說，那就是「《水滸》只反貪官，不反皇帝。」《金瓶梅詞話》第一回中就反皇帝和他寵信的高俅、楊戩、童貫、蔡京四大奸臣，寫道：「宋徽宗皇帝政和年間，朝中寵信高、楊、童、蔡四個奸臣，以致天下大亂，黎民失業，百姓倒懸」。這因果關係歸結得很好，很正確，由於「宋徽宗皇帝」昏庸，朝廷腐敗，「寵信高、楊、童、蔡四個奸臣」，才造成了「天下大亂，黎民失業，百姓倒懸」。崇禎本第一回中基本上刪去了這些文字，修改成了：「大宋徽宗皇帝政和年間，山東省東平府清河縣中，有一個風流子弟，生得狀貌魁梧，性情瀟灑，饒有幾貫家資，年紀二十六七歲。這人複姓西門，單諱一個慶字。」把大眼光改成了小眼光，把宏觀改成了微觀，把大背景改成了小背景，不如祖本詞話本。

《金瓶梅詞話》是反貪官、反皇帝的書，也是反貪汙、行賄、受賄的書。任何一個朝廷、政府，如果皇帝是昏庸的，是荒淫無道的，是縱容貪官污吏的，權臣是貪污、受賄的，君臣是腐敗的，就必然禍國殃民，就不可能使國泰民安。《金瓶梅詞話》反皇帝昏庸腐敗、荒淫無道、庇護貪官污吏，該書反官員貪污受賄、包庇殺人劫貨凶犯、執法犯法，在這些方面揭露得很深刻，對後世也有長遠的鑒戒意義，是一部難得的好書。在這些方面，優於《水滸傳》《三國演義》《西遊記》《儒林外史》等名著，當然更優於那些非名著的長篇小說了。

《金瓶梅詞話》中揭露與抨擊皇帝宋徽宗昏庸無道，姑息養奸。從第十七回開始，寫兵科給事中宇文虛中等人向他上本彈劾誤國權奸蔡京、王黼、楊戩禍國殃民，他不能明辨是非，批示決定蔡京留下輔政。在他的「寬恩」之下，楊戩也沒事了。有這樣的昏君，也就難以抵抗異族入侵。楊戩的親戚、黨羽西門慶作惡多端，但因朝廷負責三法司會問的右相李邦彥受了西門慶行的重賄五百兩金銀，就把「西門慶」的名字改成了「賈慶」，將其開脫無罪（第十八回，崇禎本把「賈慶」修改為「賈廉」，大錯，因為「慶」的繁體字很難改為「廉」字，只把「西門慶」改為「賈慶」就行了，沒必要改為「賈廉」）。宋徽宗庇護誤國的權奸蔡京、楊戩，又被權奸李邦彥所矇騙，是小說中所鞭撻的無道昏君。

詞話本第三十回中寫宋徽宗給權奸蔡京欽賞了幾張空名誥身劄付。因豪惡、大淫棍西門慶一再派人去東京給太師蔡京行重賄、送厚禮，蔡京受了西門慶行的重賄、厚禮，就把宋徽宗欽賞的一張空名誥身劄付，賜給西門慶，填寫上了西門慶的姓名，填注其列銜金吾衛衣左所副千戶、山東等處提刑所理刑官。豪惡西門慶做官，就與昏君宋徽宗欽賞權奸蔡京幾張空名誥身劄付密切相關。蔡京又賞西門慶派去的吳典恩、湯來保也做了官：一張劄付上填寫吳典恩任山東清河縣驛丞；另一張劄付上填寫來保任山東鄆王府校尉。這真是對宋徽宗、蔡京、西門慶等人醜惡行徑的深刻揭露和絕妙嘲諷！作者在同回中罵皇帝、奸臣：「那時徽宗，天下失政，奸臣當道，讒佞盈朝。高、楊、童、蔡四個奸黨，在朝中賣官鬻獄，賄賂公行，懸秤升官，指方補價。夤緣鑽刺者，驟升美任；賢能廉直者，經歲不除。以致風俗頹敗，贓官汙吏遍滿天下，役煩賦重，民窮盜起，天下騷然。」揭露了昏君與奸臣為非作歹、禍國殃民之罪。

詞話本第四十八回中寫巡按山東監察御史曾孝序向皇帝上一本，參劾山東提刑所掌刑金吾衛正千戶夏延齡、理刑副千戶西門慶。參劾他們「貪肆不職。乞賜罷黜，以正法紀」。其中說夏延齡有「貪鄙之行」，「復著狼貪」，「縱子」夏承恩，「冒籍武舉，倩人代考，而士風掃地矣；信家人夏壽，監索班錢，被軍騰詈」等等。奏劾「理刑副千戶西門慶，本係市井棍徒，夤緣升職，濫冒武功，菽麥不知，一丁不識。縱妻妾嬉遊街巷，而帷薄為之不清；攜樂婦而酣飲市樓，官箴為之有玷。至於包養韓氏之婦，恣其歡淫，而行檢不修；受苗青夜賂之金，曲為掩飾，而贓跡顯著。此二臣者，皆貪鄙不職，久乖清議，一刻不可居任者也。」他請求皇上「將延齡等亟賜罷斥。」夏延齡、西門慶看了邸報後，嚇得面面相覷，急忙差了家人夏壽、來保，帶上銀子、厚禮，去東京向蔡京的管家翟謙行重賄。結果翟謙對蔡京說了，蔡京就不向昏君奏明此事，翟謙差人拿帖兒，吩咐兵部尚書余深把曾孝序上的本壓下來，不上奏於皇上。第四十九回中寫曾孝序見本上去不行，就知道夏延齡、西門慶二官打點了，心中忿怒。因蔡京所陳七事，內多乖方舛訛（崇禎本不該刪「乖方」二字），皆損下益上之事，即赴京見朝覆命，上了一道表章。極言天下之財貴於通流，取民膏以聚京師，恐非太平之治……「臣聞民力殫矣，誰與守邦？」可見曾孝序是為國為民而言的。但蔡京大怒，奏明宋徽宗，說他大肆倡言，阻撓國事。竟然將曾孝序付吏部考察，黜為陝西慶州知州。陝西巡按御史宋聖寵，是學士蔡攸之婦兄也。蔡攸是蔡京的長子。蔡京陰令聖寵劾其（曾孝序）私事，逮其家人，鍛煉成獄，將曾孝序除名，竄於嶺表，以報其仇。可見宋徽宗與權奸蔡京共同迫害了為國為民的清官曾孝序。

我在二十多年前編著書稿《金瓶梅人物大全》一書時，見戴鴻森校注本《金瓶梅詞話》第四十九回中寫：「那時將曾公付吏部考察，黜為陝西慶州知州。陝西巡按御史宋盤，就是學士蔡攸之婦兄也。太史陰令盤就劾其私事，逮其家人，鍛煉成獄，將孝序除名，竄於嶺表……」覺得「宋盤」這個人物有問題。覺得第十七回中寫的「張達殘於太原」，也有問題。當年我住在成都，與馬征共同編著此書，她也說這兩個人物的詞條（「張達」「宋盤」）寫得有問題，應該再認真查閱史料，寫得扎實一些。我那時住在四川省社會科學院，就去該院圖書館查閱《宋史》《金史》等等。我在《金史·卷七十九·張中孚傳》中查到了張達是張中孚之父。該傳中說張中孚「父達，仕官至太師，封慶國公。中孚以父任補承節郎。宗翰圍太原，其父戰歿」。也就是說，在金軍將領完顏宗翰圍攻太原時，張中孚其父張達戰歿了。《金瓶梅詞話》的作者寫的「張達歿於太原」，「歿」是草書字，刻書的人不認識，把「歿」字誤刻為「殘」字了，崇禎本、張評本均誤為「殘」字。「歿」字是，「殘」字非。我又從《宋史·卷四五三·曾孝序傳》中查出曾孝序在東京與蔡京爭論過，曾孝序說「天下之財貴於流通，取民膏血以聚京師，恐非太平法。」蔡京銜恨之。當時蔡京方行結糴、俵糴之法，盡搜刮民財充數。曾孝序向宋徽宗上疏曰：「民力殫矣！民為邦本，一有逃移，誰與守邦？」蔡京益怒，「遣御史宋聖寵劾其私事，追逮其家人，鍛煉無所得。但言約日出師，幾誤軍期，削籍，竄嶺表。」又查出《宋史·

卷四七二·奸臣蔡攸傳》，寫蔡京的長子蔡攸「妻宋氏出入禁掖」，可證蔡攸的婦兄確實姓宋。《金瓶梅詞話》的作者在書稿中寫的應是：「陝西巡按御史宋聖寵是學士蔡攸之婦兄也。太師陰令聖寵劾其私事，逮其家人」，因「宋聖寵」「聖寵」寫的是草書字，刻工不認識兩處草書的「聖寵」二字，共四個字，就兩處都誤刻為「盤就」二字，因為「聖」字草書像「盤」字，「寵」字草書像「就」字，因形近而誤。「太史」是「太師」之誤，音近而誤，「太師」是指太師蔡京。刻工就誤刻為「陝西巡按御史宋盤就是學士蔡攸之婦兄也。太史陰令盤就劾其私事」等等。崇禎本把「太史」改訂為「太師」。但詞話本中的「宋盤就」是刻錯了，應改正為「宋聖寵」；詞話本中的「陰令盤就」還是刻錯了，應改正為「陰令聖寵」。崇禎本沿襲了詞話本中的這兩處刻誤，也刻錯了。張評本中亦誤。兩處「聖寵」是，兩處「盤就」非。在《金瓶梅詞話》中，清官好官曾孝序及其家人的悲慘命運，都是由昏君宋徽宗決定的。他就是這樣不辨忠奸與是非，包庇、縱容權奸蔡京，迫害忠良的無道君。

第六十四回中寫「大金遣使臣進表，要割內地三鎮。依着蔡京老賊，就要許他。」金軍入侵，主降派蔡京等人，主張割地議和，內地的人民百姓處於越加危難的境地。第六十五回中寫宋徽宗卻追求更奢侈、豪華、快樂的享受，要「營建艮嶽」。「艮」音 gèn，「艮嶽」是宋徽宗在汴京東北隅作的土山，搞得極其奢華。該回中寫：「朝廷如今營建艮嶽，敕旨令太尉朱勔，往江南湖湘採取花石綱，運船陸續打河道中來，頭一運將次到淮上。又欽差殿前六黃太尉來迎取卿雲萬態奇峰，長二丈，闊數尺，都用黃氈蓋覆，張打黃旗，費數號船隻，由山東河道而來。況河中沒水，起八郡民夫牽挽。官吏倒懸，民不聊生。」還寫「州縣不勝憂苦這件事。欽差若來，凡一應……公宴、器用、人夫，無不出於州縣，必取之於民，公私困極，莫此為甚。」第六十八回中寫：「況此民窮財盡之時，前者皇船載運花石，毀閘折壩，所過倒懸，公私困弊之極……八府之民皆疲弊之甚」。作者借書中一些人物之口，揭露皇帝追求更大的享樂，造成了人民更大的苦難。

西門慶本身就是一個殺人犯，他和潘金蓮、王婆共謀毒死了潘的丈夫武植（武大郎），通過行重賄送厚禮使三人都得以逍遙法外。但他又通過給權奸蔡京行重賄送厚禮，間接從昏君宋徽宗那裏、直接從權奸蔡京那裏，得到了皇帝欽賜給蔡京的空名誥身劄付，並由蔡京親自填注，做了副千戶、山東提刑所的理刑官。他受了殺人犯苗青的一千兩銀子重賄，與正千戶、山東提刑所的掌刑官夏延齡均分，兩個執法犯法、貪贓賣法的理刑官，就放走了殺人犯苗青。由於西門慶行重賄買通了權奸蔡京、朱勔等人，第七十回中寫兵部一本，其中向皇上奏夏延齡、西門慶應升官。對於夏延齡是明升暗調，沒有了實權；而對於西門慶則真正是升了官，掌了實權。奏本中的有關文字是：「山東提刑所正千戶夏延齡，資望既久，才練老成，昔視典牧而坊隅安靜，今理齊刑而綽有政聲，宜加獎勵，以冀甄升，可備鹵簿之選者也；貼刑副千戶西門慶，才幹有為，英偉素著，家稱殷實而在任不貪，國事克勤而台工有績，翌神運而分毫不索，司法令而齊民果仰，宜加轉正，以掌刑名者也。」西門慶本來殺人、行賄、貪污、受賄、包庇與開脫殺人犯等等壞事都幹過，民憤極大，這裏向皇帝的奏本中卻稱讚他「才幹有為……在任不貪……齊民果仰」。昏君宋徽宗不察，居然下聖旨批准，使得他「轉正，以掌刑名」。小說中寫西門慶、夏延齡看了「升官邸報」，完全是不同的感受：「西門慶看了他轉正千戶掌刑，心中大悅；夏提刑見他升指揮管鹵簿，大半日無言，面容失色。」因為西門慶「轉正千戶掌刑」，更可以為所欲為、作威作福、貪污受賄，得到更多的好處；而夏延齡雖升為指揮，但管的是鹵簿，會失去很多經濟上的利益，他請求蔡京以指揮職銜，再在任所掌刑三年，翟謙對主子蔡京說情，力挺西門慶掌刑（因西門慶給翟的好處極多），夏才失敗。

第七十回、七十一回中寫何太監何沂想叫侄兒何永壽在山東理刑，轉央皇上所寵的安妃劉娘娘向皇上請求。這何永壽，年紀不上二十歲，宋徽宗居然看在所寵的安妃劉娘娘的情分上，授予這十八九歲的何永壽做金吾衛左所副千戶，在山東提刑所理刑。何太監對西門慶說：「舍侄兒年幼，不知刑名，望乞大人看我面上，同僚之間，凡事教導他教導。」既然他「年幼，不知刑名」，豈能在山東提刑所做理刑官？其實西門慶也沒有什麼文化，識字不多，原是「市井棍徒」（曾孝序奏本中語）。昏君宋徽宗卻批准西門慶與何永壽二人做了山東提刑所的掌刑與貼刑官，讓他們執山東一省的司法大權，豈非荒唐絕倫，當作兒戲！

小說中寫宋徽宗重用權奸，寵溺妃嬪，奢侈腐化。作者借用《大宋宣和遺事》中的詩罵宋徽宗道：「深悲庸主事荒淫……稔亂無非近佞臣。」（崇禎本第七十一回回首改換成了一首詩；詞話本此回回首是一首七律詩，刻工刻錯了幾個字。）作者罵他「朝歡暮樂，依稀似劍閣孟商王（指五代後蜀國君孟昶）；愛色貪杯，仿佛如金陵陳後主。從十八歲登基，即位二十五年，倒改了五遭年號，先改建中靖國，後改崇寧，改大觀，改政和。」後來又改重和，改宣和。

宋徽宗和一切昏君一樣，喜歡聽佞臣的頌詞。蔡京等權奸投其所好，極其肉麻地讚頌他，他喜歡聽，而不喜歡聽逆耳的忠言，所以就迫害忠良。

小說第七十八回中寫他命朝廷行下文書，天下十三省，每省要萬兩銀子的古器；東平府坐派二萬兩。寫「朝廷皇城內新蓋的艮嶽，改為壽嶽（按《宋史・徽宗紀》說『以金芝產於艮嶽萬壽峰，改名壽嶽』），上面起蓋許多亭台殿閣，又建上清寶籙宮、會真堂、璇神殿，又是安妃娘娘梳妝閣，都用着這珍禽奇獸，周彝商鼎，漢篆秦爐，宣王石鼓，歷代銅鞮，仙人掌承露盤，並希世古董，玩器擺設，好不大興工程，好少錢糧！」可以看出在異族侵略、兵荒馬亂、人民逃難、流離失所的水深火熱之境，皇帝與皇家卻不顧國家的安定、人民的死活而在追求更奢華的享受！作者是在借宋罵明，罵的是宋朝的皇帝，實際上是在忠告明朝的萬曆皇帝，希望皇帝覺醒，不要寵溺鄭貴妃，不要貪圖享受，應該信用忠良，排除奸佞。所以第九十八回中寫太學國子生陳東上本參劾眾權奸，宋徽宗將蔡京、童貫、李邦彥、朱勔、高俅、李太監（李彥）六人永遠充軍，將蔡攸處斬，家產抄沒入官。但宋徽宗並未完全覺醒，他對異族入侵實行的投降政策，遠不能與抗金的人民和英雄們相比。

第九十九回中寫：「東京朝中徽宗天子，見大金人馬犯邊，搶至腹內地方，聲息十分緊急。天子慌了，與大臣計議，差官往北國講和，情願每年輸納歲幣金銀彩帛數百萬。一面傳位於太子登基，改宣和七年為靖康元年，宣帝號為欽宗。皇帝在位，徽宗自稱太上道君皇帝，退居龍德宮。」第一百回中寫「東京欽宗皇帝登基」，也就是「靖康皇帝」。寫「大金人馬搶了東京汴梁，太上皇帝與靖康皇帝都被虜上北地去了。中原無主，四下荒亂，兵戈匝地，人民逃竄。黎庶有塗炭之哭，百姓有倒懸之苦。」寫「中原已有個皇帝。」也就是宋徽宗的兒子宋高宗。作者寫道：「徽宗、欽宗兩君北去，康王泥馬度江，在建康即位，是為高宗皇帝。」人民文學出版社 2000 年版陶慕寧校注本《金瓶梅詞話》頁 1365 注：「泥馬度江——傳說宋徽宗第九子康王趙構在金國作人質，後乘崔府君廟中泥馬渡過夾江，逃至南方，做了南宋高宗皇帝。」這種帶有迷信的傳說當然不可信。又注：「建康——南宋初擬為都城，後南逃杭州定都，名臨安。建康即今南京市。」《金瓶梅詞話》的作者雖然寫了宋徽宗（趙佶）、宋欽宗（趙桓）、宋高宗（趙構），但他在小說中鞭撻的皇帝是宋徽宗。也鞭撻了奸臣、貪官蔡京、童貫、李邦彥、夏延齡、西門慶等等許多人。魯迅批評《水滸傳》「所反對的是奸臣，不是天子」，毛澤東批評「《水滸》只反貪官，不反皇帝。」我個人認為《金瓶梅詞話》既反奸臣、貪官，又反皇帝，在這方面是優於《水滸傳》的。

羅貫中在《三國演義》中以漢室劉姓皇帝為正統，當然不反漢獻帝劉協。但他主要讚頌的是劉備、諸葛亮、關羽，主要讚頌的不是劉協。他主要罵的是曹操。但他對陳壽的《三國志》及裴松之注沒有進行過認真細緻地研究，不清楚曹操一生都沒有篡漢稱帝，他在建安五年（200 年）的官渡之戰中以少勝多，擊敗袁紹軍以後，他的軍隊就成了中國最強大的軍隊，從西元 200 年擊敗袁紹軍到 220 年他去世，在將近二十年間，他的兵力最強大，他如果要廢掉漢獻帝而自己稱帝，本來是很容易的事，但他一直到死都不篡漢稱帝。漢獻帝於建安十八年五月命曹操為魏公，並看上了曹操的三個女兒曹憲、曹節、曹華（曹操還有另外幾個女兒），同年七月，漢獻帝就聘曹憲、曹節、曹華為貴人。建安二十年正月（215 年初），立曹節為皇后，非常恩愛。建安二十一年五月，漢天子進魏公曹操之爵為魏王。從漢獻帝立曹節為皇后以來，就和岳父曹操的關係更親密了。曹操病逝於建安二十五年正月（220 年 3 月），距漢獻帝立曹節為皇后整整五年，這五年間孫權、陳群、桓階、夏侯惇都勸曹操廢掉漢獻帝而稱帝，曹操都拒絕了，他決心終生輔佐漢天子，自己絕不稱帝。他死後不久，逆子曹丕就姦占了他昔日愛幸的所有的宮人，被母親卞后所斥罵。曹操死後不滿九個月，曹丕就篡漢稱魏帝了。降漢獻帝為山陽公，降妹妹曹節皇后為山陽公夫人，派使臣去向曹節逼討皇后璽綬時，曹節哭着罵曹丕得不到天的保佑。一千多年來很多人認為曹丕篡漢就等於曹操篡漢，其實這樣的認識大錯特錯！曹丕不等於曹操，曹丕篡漢不等於曹操篡漢。曹操到死都是忠於漢獻帝的。漢獻帝早年與曹操有矛盾，但從建安二十年正月立曹節為皇后到曹操病逝的建安二十五年正月，這五年之間他們在統一中國的大事業上，在君臣關係上，在翁婿關係上，他們都是特別親密的。曹丕篡漢稱帝是大罪過。漢獻帝聰明睿智，對於北方的統一、人民安居樂業等等，也有不可磨滅的貢獻，並非曹操一人之功。他僅比曹丕大 6 歲，並非年老體衰，也不是弱智的幼童，曹丕稱魏帝，降漢獻帝為山陽公，毫無道理。即使是漢獻帝要禪位，曹丕也應該像父親曹操那樣堅決不稱帝，堅持秉忠心輔佐漢天子，堅決不僭位。只要堅決不篡漢稱帝，怎麼會落得個千秋的罵名？一千七百九十多年來，無數人罵曹丕篡漢稱帝，包括魯迅在內（魯迅說曹丕「篡漢而即帝位」）。[35]但一千七百九十多年來很少有人注意到：曹丕於西元 220 年冬篡漢稱帝，漢獻帝劉協被降為山陽公，還活了十三四年，一直活到了西元 234 年夏。還值得注意的是：曹丕稱帝還不到半年，劉備、諸葛亮等等人不認真打聽漢獻帝是否還活着，就宣佈漢獻帝已經被害死了，許靖、糜竺、諸葛亮等等人就急不可耐地勸劉備稱帝，劉備居然於西元 221 年夏也稱帝了！其實關羽、張飛、諸葛亮等等人忠的是劉備，並非真正忠於漢獻帝劉協。孫權居然於西元 229 年也稱帝了，也不忠於漢獻帝劉協。而劉協到西元 234 年夏才死，魏明帝曹睿追諡山陽公劉協為漢孝獻皇帝。在以上這些人中，只有曹操一人忠於漢獻帝，一直到死都沒有篡漢稱帝；而曹丕、劉備、關羽、張飛、諸葛亮、曹睿、孫權等等人都不忠於漢獻帝（山陽公）劉協。關羽、張飛、諸葛亮只忠於劉備。

一千八百多年來，對曹操毀譽紛紛。在罵曹操的古書中，《三國演義》的影響最大。連京劇《捉放曹》等等都受有《三國演義》的影響。魯迅說過：「我們講到曹操，很容易就聯想起《三國志演義》，更而想起戲台上那一位花面的奸臣，但這不是觀察曹操的真正方法。」「其實，曹操是一個很有本事的人，至少是一個英雄，我雖不是曹操一黨，但無論如何，總是非常佩服他。」毛澤東在魯迅的這些文字下面用粗重的紅鉛筆畫了着重線，表明他對魯迅的觀點是贊同的。毛澤東在 1957 年 4 月 10 日的談話中不同意羅貫

35　見人民文學出版社 2005 年版《魯迅全集》第 3 卷頁 526。

中在《三國演義》中擁劉罵曹，說「小說上曹操是奸雄，不要相信那些演義。」他對曹操評價很高，認為「他是代表進步一方面的，而劉備所要扶持後來又繼承了漢則是沒落的。」意思是劉備父子遠不如曹操。1957 年 1 月毛澤東在莫斯科期間對胡喬木等十多名工作人員說：「……曹操這個人也不簡單。唱戲總是把他扮成大白臉，其實冤枉，這個人很了不起。」[36]毛澤東於 1958 年 11 月 20 日上午在武漢召集陶魯笳、柯慶施、李井泉、王任重 4 名高級幹部開座談會，毛澤東說：「今天找你們來談談陳壽的《三國志》。」毛澤東說羅貫中的「《三國演義》是小說，《三國志》是史書，二者不可等同視之……若論真實性，就是更接近歷史真實，羅貫中的《三國演義》就不如陳壽的《三國志》囉！」陶魯笳回憶毛澤東在 1958 年 11 月上旬的第一次鄭州會議上說：「你們讀《三國演義》和《三國志》注意了沒有，這兩本書對曹操的評價是不同的。」「《三國演義》是把曹操看作奸臣描寫的；而《三國志》是把曹操看作歷史上正面人物來敘述的，而且說曹操是天下大亂時期的『非常之人』『超世之傑』。可是因為《三國演義》又通俗又生動，所以看的人多，加上舊戲上演三國戲都是按《三國演義》為藍本編造的。所以曹操在舊戲舞台上就是一個白臉奸臣。這一點可以說在我國是婦孺皆知的。」陶魯笳回憶說：「毛主席說到這裏，憤憤不平地說，現在我們要給曹操翻案。我們黨是講真理的黨，凡是錯案、冤案，十年、二十年要翻，一千年、二千年也要翻。他實事求是地評價曹操說：『曹操統一北方，創立魏國，抑制豪強，實行屯田，興修水利，發展生產，使遭受大破壞的社會開始穩定和發展，是有功的。說曹操是奸臣，那是封建正統觀念製造的冤案，這個案一定要翻。』」[37]顯然，中國共產黨的領袖毛澤東在黨的會議上，對羅貫中在《三國演義》中歪曲歷史罵曹操是奸臣，對曹操製造的錯案、冤案，是憤憤不平的，提出了「現在我們要給曹操翻案。」他說：「我們黨是講真理的黨，凡是錯案、冤案，十年、二十年要翻，一千年、二千年也要翻。」是何等巨大的魄力！毛澤東是 1958 年 11 月提出為曹操翻案的。1959 年，郭沫若、翦伯贊等人發表文章、作品為曹操翻案。事過了五十多年，到現在的 2014 年，還有學問、見識、水準遠不如魯迅、毛澤東、郭沫若、翦伯贊、易中天的浮淺者深受《三國演義》的影響，違背歷史、歪曲歷史，大罵曹操。我贊成毛澤東等人的卓見，《三國演義》中違反歷史、歪曲歷史、不符合歷史真實之處很多。我認為《三國演義》遠不如陳壽的《三國志》及裴松之注，也遠不如《紅樓夢》《金瓶梅詞話》。

---

36 見廣東人民出版社 1996 年版《毛澤東讀書筆記解析》頁 1388-1393。

37 見陶魯笳：〈憶毛澤東同志教我們讀書〉，載《黨史文匯》1993 年第 9 期。

十二

《金瓶梅詞話》的內容極其豐富，可以說是博大精深，是明代的大百科全書式的傑著。該小說中的男一號人物是西門慶，女一號人物是潘金蓮。西門慶與潘金蓮的故事是從《水滸傳》第二十四回到二十七回而來的。《水滸傳》中的武大郎、潘金蓮、西門慶、王婆都是「藝術虛構」的人物，歷史上都沒有這些人。《水滸傳》中寫西門慶是山東陽穀縣的破落戶財主，開着個生藥鋪，家中有一妻和幾房妾，求開茶房的王婆說媒，要勾搭武大郎的老婆潘金蓮，許送王婆十兩銀子。王婆遂定計，賺潘金蓮來家中與西門慶相見。潘金蓮從王婆與西門慶的對話中，聽出西門慶很有錢；他的先妻已死了三年；他養的外宅是在東街唱慢曲兒的張惜惜，他嫌她是賣藝人，不喜歡；現今只是把李嬌嬌娶在家裏，嫌她不會當家，沒有冊正。王婆說沒酒了，要出去買酒，西門慶給了她五兩來碎銀子，她就出去用索兒縛了房門，西門慶就和潘金蓮私通了。西門慶當天便回到家裏取一錠銀子送給王婆。自當日始，潘金蓮每日到王婆家裏來和西門慶私通。不到半月，街坊鄰舍都知道了。一個賣時新果品的十五六歲的喬鄆哥，有一籃子雪梨要賣給西門慶，多口的人對他說西門慶和武大郎的老婆，每日只在紫石街上王婆的茶坊裏。鄆哥謝了阿叔，就奔入王婆的茶坊找西門慶，王婆在門外把守，不放他進去，並且打了他。他就去找賣炊餅的武大郎，武大挑着炊餅擔兒，正從那條街上來。鄆哥就對他說了，武大說去捉姦。鄆哥定計說明天二人一同去。次日。鄆哥頂住王婆在壁上，武大便搶入茶房，王婆大叫「武大來也！」潘金蓮忙先奔來頂住了門，西門慶便鑽入床底下躲了。武大推不開房門。潘金蓮發話激西門慶從床下出來打武大，奪路走。西門慶便出來拔開門，飛起右腳，踢中武大心窩，便倒了。西門慶見踢倒了武大，一直走了。武大吐血，王婆和潘金蓮把他扶回家去。武大臥病多日不起，潘每日化妝出去與西門慶私通。王婆定計，西門取砒霜來，潘把它混入藥中，武大喝了，將死，她用兩床被子把他捂死。西門用十兩銀子賄賂團頭何九叔殮屍。何九看屍，知是中毒身死。火化屍體後，何九偷了兩塊骨頭，歸到家中。潘每日在家中樓上和西門恣意取樂，這條街上很多人皆知。多日後武松從東京回來向知縣交了差，去見哥哥。卻見靈床子寫着「亡夫武大郎之位」，叫「嫂嫂，武二歸來！」西門慶奔後門逃走，潘金蓮忙洗了胭粉，拔去首飾，換上了孝裙孝衫，從樓上假哭下來。武松發問，潘謊說武大害急心疼病死的。武松不信，回到住處換了素服，藏了一把刀，叫了個土兵，來大哭弔孝。次日又問潘，知是團頭何九叔維持抬屍出去，便去見何九，請何九到酒店坐下。喝酒中，武松拔刀插在桌上，叫何九說實話。何九從袖中取出袋兒，拿出武大的兩塊骨頭和西門慶給的十兩銀子，說出實情。又說賣梨的鄆哥曾和武大郎去茶坊捉姦。武松叫何九一起去見鄆哥。二人見鄆哥後，鄆哥說了捉姦實情。武松把二人帶到縣廳上，告西門慶與嫂通姦，下毒藥謀害親兄性命，這兩人便是證見。知縣與縣吏商議，知縣與縣吏都與西門慶有勾結，不准武松所告。武松取出骨殖等證據，知縣說從長商議。當日西門慶得知，使心腹人來縣裏許縣吏銀兩。次日晨武松到縣廳催知縣拿人，知縣貪圖賄賂，回出骨殖並銀子，說證據不可信。武松收了銀子和骨殖，再付與何九叔收了。武松帶了三兩個土兵，帶了硯台筆墨，買了三五張紙，又買了些熟肉、果品等，到家安排了酒宴，叫「嫂嫂來待客，我去請來。」先請隔壁王婆來坐了，又去請了四家鄰舍胡正卿等四人來坐席吃酒宴。土兵前後把着門，誰也出不去。武松掣出那把尖刀，潘金蓮從實招說一遍，武松叫胡正卿寫了。王婆見她先招了，也只得招認，武松也叫胡正卿寫了。武松殺了潘金蓮，取出心肝五臟，供在靈前。又割下她的頭，叫土兵去樓上取下一床被來，把婦人頭包了。武松吩咐土兵們看守，帶着潘金蓮那顆頭，去殺西門慶。得知西門慶和一個相識去獅子街橋下大酒樓上吃酒，就去那酒樓上殺西門慶。把潘的頭扔到西門慶的臉上，那個財主官人也驚倒了。西門慶飛起右腳把武松的刀踢落下街心去了，武松把西門慶倒扔下到街心，武松提了潘的頭跳下在當街上，先搶了那口刀，割下西門慶的頭，把兩顆頭相結在一處，提在手裏，奔回家中，把兩顆人頭供在靈前。第二十六回潘金蓮、西門慶已死。第二十七回寫武松押了王婆，提了兩顆人頭，徑投縣衙。武松押王婆在廳前跪下，放下行凶刀子和兩顆人頭，武松和四家鄰舍也跪下，武松從懷中取出胡正卿寫的口詞，告說一遍。知縣叫令史問了王婆口詞，王婆招供。四家鄰舍指證明白。喚過何九叔、鄆哥，都取了明白證狀。將一干人解到東平府，申請發落。府尹陳文昭審錄一遍，把武松下在牢裏。把王婆禁在死囚牢裏收了。等朝廷明降，方始結斷。朝廷明降後，對武松脊杖四十，刺配二千里外孟州牢城，把王婆帶到東平府市心，吃了剮刑。武松帶上行枷，看剮死了王婆，與兩個防送公人上路……以上是這五回有關文字的故事梗概。

《金瓶梅詞話》對《水滸傳》這五回中西門慶與潘金蓮、王婆、武大郎、武松的故事，「藝術改造與擴展」得很厲害。從第二回中寫西門慶在竹簾下遇潘金蓮，向王婆許下送十兩銀子說合，第五回三人害死武植（武大郎），到第九回西門慶把潘金蓮娶到家中，西門慶在大酒樓上逃走，武松誤打死李外傳（zhuàn），西門慶、潘金蓮、王婆都沒有死，到第七十九回西門慶才自己縱淫而死。到第八十七回武松用一百零五兩銀子從王婆家裏買下潘金蓮為妻，王婆送潘過去成親，武松在家中先後殺死了潘金蓮、王婆。西門慶、潘金蓮、王婆都比《水滸傳》中的這三人多活了幾年。這幾年中的故事極多。包括第二回中把山東陽穀縣改為山東清河縣，把西門慶無兒女改為有一女（名西門大姐），是先頭渾家陳氏所生，陳氏死後，西門慶娶清河左衛吳千戶之女（吳月娘）填房為繼室，又娶了妓院中李嬌兒到家為第二房妾，還娶了私娼卓丟兒到家為第三房妾。還曾娶過一些女人到家，因不中意，就令媒人賣了。《水滸傳》第二十四回中寫武大郎身不滿五尺，單身，清河縣人，在縣裏挑擔賣炊餅為生。清河縣裏有一個大戶，有一個使女潘金蓮。大戶糾纏她，她只是去告主人婆，不肯依從，大戶恨記於心，倒賠房奩，把她白白地嫁與武大。有幾個奸詐的浮浪子弟招惹她。她不喜歡武大，「愛偷漢子」。武大就和她搬到陽穀縣紫石街賃房居住，每日仍舊挑賣炊餅。第二十三回寫武松本要回清河縣去看望哥哥，但過景陽岡時打死了老虎，倒做了陽穀縣都頭，在陽穀縣遇到了哥哥。第二十四回中寫潘金蓮勾引武松，被武松斥罵。知縣兩年半多，賺了好些金銀，使武松上東京去與親眷處收貯，武松就上路了，才有了西門慶與潘金蓮的故事。《金瓶梅詞話》第一回中寫武大郎名叫武植，排行大郎，由《水滸傳》中的清河縣人改為山東陽穀縣人，由「身不滿五尺」改為「身不滿三尺」。由故事發生地陽穀縣改為清河縣。把武松曾酒醉後打了「本處機密」（清河縣機密房的人），改為曾酒醉「打了童樞密」（朝廷權奸童貫）。把陽穀縣知縣改為清河縣知縣。把武松做了陽穀縣都頭改為做了清河縣巡捕都頭。把大戶纏潘金蓮，金蓮不從，只是去告主人婆，大戶恨記於心，把潘嫁給武大，改為武大的渾家已死，丟下一女兒名喚迎兒，已十二歲，住着張大戶的房，武大本分，張大戶不問他要房錢，張大戶之妻余氏無兒女，就勸張大戶買兩個使女，張大戶謝了余氏，余氏就叫媒人買了潘金蓮、白玉蓮兩個使女。後來白玉蓮死了，潘金蓮已十八歲。一日余氏去鄰家赴席，張大戶把潘金蓮喚至房中「收用」（姦占）了。張大戶自從收用潘金蓮之後，身上添了四五種病。後來主家婆余氏頗知此事，與大戶嚷罵了數日，將金蓮甚是苦打。大戶知不容此女，自己早晚還要看覷她，就把她嫁與武大為妻。武大挑擔出去賣炊餅，張大戶便進入房中與她廝會偷情。武大雖一時撞見，亦不敢聲言。後來張大戶病死，主家婆察知其事，怒將金蓮、武大趕出。武大就去紫石街租房居住。潘金蓮憎嫌武大醜陋、遲鈍、一味花錢買酒喝，自己就「好偷漢子」，在門外勾引一夥漢子說很多肉麻的話，「無般不說出來」。武大在紫石街住不牢，潘金蓮就把自己的釵梳交給武大賣了十數兩銀子，典得縣西街上下兩層四間房屋居住。《水滸傳》中寫武大見武松前後是在陽穀縣紫石街住，《金瓶梅詞話》改為在清河縣縣西街上住，而且多了一個前妻留下的女兒迎兒，把潘金蓮改寫為迎兒的後媽。把潘金蓮見武松後想嫁給他，更嫌憎武大是「三寸丁谷樹皮」，改為「身不滿尺的丁樹」，「三寸丁」與「身不滿尺」都是極而言之。《水滸傳》中寫武大「身不滿五尺」，《金瓶梅詞話》中改寫為「身不滿三尺」，總之，寫他的個子很低。《水滸傳》第二十四回中寫潘金蓮初見西門慶是在山東陽穀縣紫石街，《金瓶梅詞話》第二回中改寫為是在山東清河縣縣西街，把王婆開的茶坊也由陽穀縣紫石街改為在清河縣縣西街，王婆三十六歲死了老公，丟下一子名叫王潮。第三回中寫王婆開了後門走過武大家來，潘金蓮請她到樓上坐，對話中，潘問她的兒子（王潮）怎的一向不見？她說：「那廝跟了個客人在外邊……」，潘問她：「大哥今年多少青春？」王婆道：「那廝十七歲了。」下面還有一些對話，是《水滸傳》中所無的。這為《金瓶梅詞話》第七十九回西門慶死後，第八十六回吳月娘因女婿陳經濟與潘金蓮私通，把陳打出門去，叫已改開磨房的王婆把潘領走賣人，潘到王婆新家中與二十多歲的王潮私通，埋下了伏筆。這些都是《水滸傳》中沒有的。《金瓶梅詞話》第三回中寫潘金蓮在茶坊裹為王婆做衣服時，從王婆與西門慶對話中，聽到西門慶現在之妻（吳月娘）也是王婆做的媒，是吳千戶家小姐，前妻（陳氏）留下的女兒名叫「大姐」，「被東京八十萬禁軍楊提督（楊戩）親家（陳洪）陳宅合成帖兒（訂了親）。他兒子陳經濟，才十七歲，還上學堂。」下面還有一些對話，也是《水滸傳》中所無的。這為以後西門慶納潘為妾之後，她與西門慶的女婿陳經濟私通，埋下了伏筆。在《金瓶梅詞話》第三回中，潘還聽到西門慶的先妻陳氏已經死了三年，續娶的妻（吳月娘）常有病，不管事。西門慶對養的外宅唱慢曲兒的張惜春，因不喜歡，沒有娶她到家中。把「勾欄」（妓院）中的李嬌兒已娶在家裹，因她不會當家，所以沒有冊正她。把卓丟兒也娶在家，做了第三房，她近來得病，不得好。《水滸傳》中沒有寫西門慶的先頭娘子姓陳；沒有寫吳月娘；「張惜春」作「張惜惜」；「李嬌兒」作「李嬌嬌」；沒有寫卓丟兒。《金瓶梅詞話》第二回中寫西門慶「專一飄風戲月，調占良人婦女，娶到家中，稍不中意，就令媒人賣了。一個月倒在媒人家去二十餘遍」，也是《水滸傳》中沒有的。《金瓶梅詞話》第四回中寫「西門慶自幼常在三街四巷養婆娘」等等，《水滸傳》中也無這些文字。《金瓶梅詞話》第四、五回中寫潘金蓮虐待迎兒。《水滸傳》中沒有寫迎兒，沒有寫潘金蓮是迎兒的後媽，所以不存在她虐待迎兒之事。《金瓶梅詞話》第五回中寫潘金蓮、西門慶、王婆害死武大後，增寫有潘金蓮問西門慶「你若負了心，怎的說？」西門慶道：「我若負了心，就是你武大一般。」（但後來西門慶就負心了，搞的女人很多。）第六回中寫潘金蓮的母親來看女兒。潘媽媽走後，西門慶來，潘金蓮問他，他說小妾（卓丟兒）死了，殯送忙了兩日。第七回寫西門慶娶楊宗錫的遺孀孟玉樓為第三房。第八回寫西門慶一個多月不去見潘金蓮，潘罵了幾句「負心賊」；虐打迎兒很厲害；在門口叫住西門慶的奴才玳安，逼問他，才知西門慶娶孟玉樓之事，止不住紛紛落淚；西門慶通宵住在妓院裹；王婆在街上找見西門慶，傳達了潘金蓮的話，他去潘家看兩個多月未見的潘，否認討新娘子之事，說只因小女出嫁，忙了幾日；吃早飯時西門與潘還不起床，王婆帶着武松的來信，對他們喊叫說了，二人嚇得起床後讀了信，知武松不久回來，王婆定計先燒武大靈牌，後娶潘金蓮到家；燒靈時，二人淫媾說的一些話被一僧人聽到，對眾僧說了，都不禁手舞足蹈。第九回寫西門慶把先頭娘子陳氏的陪床的孫雪娥納為第四房；潘金蓮把迎兒交王婆養活，西門慶娶潘到家為第五房，叫吳月娘的丫頭龐春梅伏侍潘金蓮，又用六兩銀子為潘買了一個上灶丫頭秋菊；武松回來只見到迎兒，問她，她只哭不說，王婆走過來，說武大已病死，潘嫁了外京人，丟下迎兒，叫我替她養活，「專等你回來，交付與你」；有多口的對武松說賣梨的鄆哥兒與仵作，二人最知詳細；武松從鄆哥處得知詳情，問何九在哪裏居住，鄆哥說你回來三日前他已不知去向；武松請陳先生寫了狀子，去縣衙告狀，知縣等官與西門慶有首尾，不准所告；西門慶使家人來保、來旺袖着銀兩打點官吏，都買囑了，武松只得收了狀子下廳；武松得知西門慶和一相知往獅子街（橋下）大酒樓吃酒去了，就奔這酒樓去；西門慶向樓窗下看見武松奔酒樓來，就推說「更衣」（上廁所）逃跑了，武松上樓見給西門慶報信的本縣皂隸李外傳，問他西門慶哪裏去了，李外傳嚇得說不出，被武松扔到街心裏，武松奔下樓把他踢死，地方保甲慢慢收籠了武松，連酒保王鸞，並兩個粉頭包氏、牛氏都拴了，來見知縣。第十回寫潘金蓮叫西門慶上下多使些錢，「務要結果了他，休要放出他來」；西門慶差來旺去給知縣李達天送了一副金銀酒器，五十兩雪花銀，上下吏典也使了許多錢，只要休輕勘了武二；知縣受了賄賂，斥武松打死了李外傳，嚴刑拷打了武松，做了文書，解送東平府；府尹陳文昭聽了武松把前情告訴一遍，把押送武松來的清河縣司吏錢勞痛責二十板，罵知縣李達天「任情賣法」，行文書着落清河縣添提豪惡西門慶、潘氏、王婆、鄆哥、何九，從公根勘明白，奏請施行；西門慶得知後，忙走去央求親家陳宅心腹，並使家人來旺星夜往東京，下書與楊戩，楊戩轉央太師蔡京，蔡又怕傷了李知縣名節，忙齎了一封緊要密書帖兒給陳文昭，免提西門慶、潘氏。陳文昭是蔡京的門生，又見楊戩乃是朝廷（指皇帝）面前說得話的官，以此人情兩盡了，只把武松免死，脊杖四十，刺配二千里充軍去孟州牢城。改寫的陳文昭實際上是徇情枉法之人，比《水滸傳》中的陳文昭壞，沒有處死殺人犯王婆。《水滸傳》第二十七回中寫刑部官直稟過省院官，議下處死殺人犯王婆，所以「朝廷明降」：「據王婆生情造意，哄誘通姦，立主謀故武大性命，唆使本婦下藥毒死親夫……唆令男女故失人倫，擬合凌遲處死……姦夫淫婦雖該重罪，已死勿論……」但《金瓶梅詞話》中改寫為武松並未殺死潘金蓮、西門慶。改寫為太師蔡京給門生陳文昭寫密信叫他「免提西門慶、潘氏」，而陳文昭也未提殺人犯王婆，把王婆的死罪也免了。陳文昭罵清河縣知縣「任情賣法」，實際上他也是一個「任情賣法」之官！

十三

《金瓶梅詞話》從第十回後半回開始到以後數十回，更為重要，更值得廣大讀者認真閱讀，更值得中外眾多學者認真研究。因為從第十回後半回起，到以下數十回，更是脫離了「藝術改造」，而基本上不再去「藝術改造」《水滸傳》中的幾回文字，幾乎成了更加寶貴的「藝術創新」，而且有了很多重要的內容。例如：

第十回後半回寫了李瓶兒的來歷，她原是大名府梁中書之妾，後帶着珠寶與養娘逃走，嫁給花太監的侄子花子虛為妻；花太監死後留下的財物極多。西門慶結交有應伯爵、謝希大、祝日念、孫寡嘴、吳典恩、雲裏手、常時節、卜志道、白來搶，共十個朋友。卜志道死後，花子虛補了。花子虛愛嫖妓，也收用了迎春、繡春二丫頭。西門慶也愛嫖娼，向潘示意要收用春梅，潘就讓他收用了她。

第十一回中又一次寫西門慶之流的十朋友，以有錢有勢的西門慶為首，下有應伯爵、謝希大、吳典恩、孫天化、雲離守、花子虛、祝日念、常時節、白來創，為非作歹。（與前一回刻印的名字不完全相同，應以本回中刻印的姓名為準，崇禎本中修改了幾個人的名字，不對。）寫花子虛的「令翠」是後巷妓院中的吳銀兒；西門慶則去二條巷妓院「梳籠」了李桂姐，應伯爵等人則是西門慶的隨從。

第十二回中寫西門慶大約半個月住在妓院李桂姐房中不回家，潘金蓮就和孟玉樓帶來的十六歲的琴童勾搭成姦多日。西門慶回家後，孫雪娥與李嬌兒對西門慶說了，西門慶一片聲叫琴童，潘金蓮囑咐他千萬不要說出來。西門慶問琴童，他撒謊不招，西門慶喝令打琴童三十大棍，趕了出去。西門慶進潘的院子中，給她一耳光，把她打了一跤，手取一根馬鞭，自坐在院內，喝令她脫光跪下，說審問奴才「他一一都供出來了，你實說，我不在家，你與他偷了幾遭？」她哭着說「冤屈殺了我」。西門慶從袖中取出琴童身上帶的香囊，說「是你的物件兒」，如何在他身底下，打了婦人一馬鞭，她說是自己丟掉的，「誰知這奴才拾了」，正合着琴童供稱是在花園內拾的一樣的話。他又問春梅，春梅幫着女主人說話，他就饒了她。

第十三回中寫李瓶兒打發花子虛到妓院中去，以便西門慶到她家中私會偷情，此後二人常私通。

第十四回中寫花子虛邀請西門慶、應伯爵等四、五人在妓院鄭愛香家吃酒時，幾個做公的進來把花子虛捉拿去了，是因為花子虛的房族中花大、花三、花四告老二花子虛分家財事，在東京開封府遞了狀子，批下來着落清河縣拿人，所以把花子虛從清河縣捉拿去東京了。李瓶兒就使小廝天福兒到隔壁去請西門慶來家裏說話，西門慶就去隔壁見她。她對西門慶說「此是俺過世老公公（花太監）連房大侄兒花大、花三、花四，與俺家（花二即花子虛）都是叔伯兄弟。大哥喚做花子由，三哥喚花子光，第四個的叫花子華。俺這個名花子虛，卻是老公公嫡親侄兒。雖然老公公掙下這一分家財」，見花子虛不成器，「從廣東回來，把東西只交付與我手裏收着。」「去年老公公死了」，花大、花三、花四沒分得銀子。西門慶說「原來是房分中告家財事」，又說「東京開封府楊府尹，乃蔡太師門生……如今倒是蔡太師用些禮物……」李瓶兒就開箱子搬出六十錠大元寶，共計三千兩，叫西門慶收去，尋人情上下使用。李瓶兒就先把三千兩金銀轉移到西門慶家，西門慶收下她許多軟細金銀寶物。西門慶連夜打點馱裝，差家人來保上東京去給蔡京等人送禮行賄。開封府尹見了分上，從監中放出花子虛。幾天後花子虛回到清河縣，只得把太監大宅變賣了七百兩銀子，把南門外莊田變賣了六百五十五兩銀子，把住居小宅變賣了五百四十兩銀子，共銀一千八百九十五兩（誤刻為二千八百九十五兩），付給花大、花三、花四均分。花子虛打了一場官司出來，沒分得絲毫，把銀子、房舍、莊田又沒了，兩箱內三千兩大元寶又不見蹤影，問李瓶兒，被婦人罵了四、五日。說「……你那三千兩銀子，能到的那裏？蔡太師、楊提督好小食腸兒？……」，意思是權臣蔡京、楊戩的胃口都很大，不行賄很多銀子辦不了事，不可能放你出監回來。花子虛只得拼湊了二百五十兩銀子，買了獅子街一所房屋居住。他得了這口重氣，又害了一場傷寒。後來李瓶兒不肯花錢給他治病，他就斷氣死了，亡年二十四歲。花子虛在時，李瓶兒不但與西門慶私通多日，而且連兩個丫頭迎春、繡春也叫西門慶要了。花子虛死後，越發通家往還。

第十五回中寫花子虛死後，西門慶就嫖占了花子虛的「表子」吳銀兒。

第十六回中寫李瓶兒「孝服」不滿，仍與西門慶私通（和潘金蓮當年一樣）。西門慶對吳月娘說李瓶兒要嫁給他，吳月娘不同意。花子虛死後，賁地傳補上，仍是「十個朋友」。

第十七回中寫西門慶的女兒西門大姐、女婿陳經濟從東京逃回清河縣。因兵科給事中宇文虛中等人奏一本，參劾倒了權奸楊戩，聖旨下來，拿送南牢問罪（楊戩的侄子娶的是陳洪的女兒，陳洪的兒子陳經濟娶的是西門慶的女兒西門大姐），陳洪、西門慶都是楊戩的黨羽，受到牽連。西門慶忙打點金銀寶玩，馱裝停當，派遣來保、來旺上東京去行賄，西門慶多日閉門不出。李瓶兒等西門慶多日來娶，卻毫無音訊，得病將死。養娘馮媽媽對她說了，請了醫生蔣竹山來看病。吃了他的藥，精神復舊。蔣勸她嫁人，她說準備嫁給西門慶。蔣說自己常在他家看病，最知詳細。他家中不算丫頭，大小五、六個老婆。稍不中意，就令媒人領出賣了，就是打老婆的班頭，坑婦女的領袖……況近日他親家那邊為事，干連在家，躲避不出……東京行下文書，坐落府縣拿人（「行下文書」誤刻為「門下文書」，因抄本寫的是「行」字草書，刻工誤識為「门」的簡體字草寫，遂誤刻為繁體的「門」字）……李瓶兒才知道他家中出了事。她看上了蔣「先生這般人物」。蔣竹山雙膝跪地說自己無妻室兒女，去年荊妻已故等等。李瓶兒就將他「倒踏門招進來，成其夫婦。」「過了三日，婦人湊了三百兩銀子，與竹山打開門面兩間開店」。

第十八中寫來保、來旺到東京打點，蔡京的兒子蔡攸也是皇上的寵臣，現為祥和殿學士，兼禮部尚書、提點太一宮使，就向他行賄五百兩白銀。蔡攸受了賄，就指點他們去拜見秉筆「右相李爺」，告訴了住址，「問聲當朝右相、資政殿大學士兼禮部尚書，名諱邦彥的」，並差管家高安同去見。來保見了李邦彥，就把「禮物」呈上，行賄五百兩金銀。李邦彥說「你楊爺（楊戩），昨日聖心回動，已沒事。但只是手下之人，已定問發幾個。」來保等見名單上「楊戩名下」有「西門慶」名字，寫「不可一日使之留於世也」，慌的只顧磕頭，說「小人就是西門慶家人。望老爺開天地之心，超生性命則個！」李邦彥見五百兩金銀只買一個名字，就取筆將文卷上「西門慶」名字改作「賈慶」，一面收上禮物去。當朝右相李邦彥居然受西門慶賄賂五百兩金銀，可見權臣已經腐敗到了何等地步！

第十九回中寫西門慶教唆流氓魯華、張勝去邏打蔣竹山，向蔣訛詐三十兩銀子，西門慶已與提刑官夏延齡勾結好了，蔣竹山的欠銀文書本是偽造的，夏提刑卻故意斷為真的，痛責他三十大板，打得皮開肉綻，鮮血淋漓。命兩個公差押他到家，討三十兩銀子「交還」魯華。蔣哭求李瓶兒給三十兩銀子，說不然押回衙門就會被打死。李瓶兒就給了銀子，扯碎了假文書，也把蔣竹山趕出了家門。李瓶兒打聽得西門慶沒事了，還是想嫁給他。她使養娘去給吳月娘送生日禮；又對西門慶的奴才玳安哭訴還是想嫁給西門慶，玳安給主子傳達後，西門應就娶她到家為第六房。因生氣她曾嫁給蔣竹山，所以一連三夜不進她的新房，她飽哭一場，懸樑自縊，被潘金蓮、春梅救下來。次日晚西門慶袖着馬鞭子到她房中，怒罵她一通，拿一條繩子丟在她面前，叫她上吊，她想着西門慶是「打老婆的班頭，降婦女的領袖」，痛哭起來。西門慶大怒，叫她下床來，脫了衣裳跪着……抽了她幾鞭子，她才脫去上下衣裳，戰戰兢兢跪在地上。西門慶怒斥她「……慌忙就嫁了蔣太醫那廝……你把他倒踏進門去，拿本錢與他開鋪子，在我眼皮子根前開鋪子，要撐我的買賣。」兩人的對話很長，作者寫得很精彩，請廣大讀者細讀。我認為李瓶兒說的話寫得更好，她的話終於使西門慶轉怒為喜……

第二十回中寫西門慶自從娶李瓶兒過門，又兼得了兩三場橫財，家道營盛，外莊內宅煥然一新，米麥陳倉，騾馬成群，奴僕成行，把李瓶兒的小廝天福兒改名為琴童。又打開門面二間，兌出二千兩銀子，委付夥計賁地傳開解當鋪。西門慶每月出二十兩銀子包着麗春院妓女李桂姐。李見西門慶不來時，又接了杭州販綢絹的丁相公之子丁二官，睡了兩夜。西門慶來到，老虔婆忙叫桂姐與丁二官去後邊第三層一間小房裏坐；對西門慶說桂姐不在。西門慶叫虔婆上酒來，坐在房中等她。虔婆命人上了酒、菜。西門慶往後邊「更衣」（上廁所），聽見一個房中有笑聲。更衣畢，偷看見房內是李桂姐陪着一個男的，氣得走到前邊，把吃酒的桌子掀倒，喝令跟馬的四個小廝上來，把李家門窗戶壁床帳都打砸了。跟隨他的應伯爵、謝希大、祝日念拉勸不住。西門慶口口聲聲叫着要把那「蠻囚」和粉頭一條繩子栓了，鎖在門房內。丁二官嚇得藏在裏間床底下，叫「桂姐救命！」她說「……有媽哩……」西門慶大鬧了一場，賭誓再不踏進她門來，大雪裏上馬回家。

第二十二回中寫來旺的媳婦得癆病死了，吳月娘新近給他娶了一個媳婦，是賣棺材的宋仁之女，原是廚役蔣聰之妻。蔣聰常到西門慶家幹活，來旺常到蔣聰家叫蔣聰去，就和她刮上了。一日，蔣聰和一個廚役分財不均，酒醉廝打，那廚役把蔣聰殺死。她央求來旺對西門慶說了，替她拿帖兒和縣丞說，差人捉住殺人犯處死，抵了蔣聰命。來旺對吳月娘沒說實情，只說她是自己的媳婦（未婚妻），會做針指。月娘使了五兩銀子，兩套衣服，四匹青紅布，並簪環之類，與來旺娶為妻。月娘因她名叫金蓮（而潘金蓮也名金蓮），不好稱呼，遂改名為惠蓮。初來時同眾家媳婦上灶，在上邊遞茶遞水，被西門慶看上了，設計叫來旺押五百兩銀子，往杭州替蔡太師製造慶賀生辰的錦繡蟒衣，並家中穿的四季衣服，往回也有半年，安心要調戲她。第一次沒調戲成，她沒答應，她推開西門慶的手，一直往前走了。西門慶歸到上房，叫丫鬟玉簫拿一匹藍緞子，送到惠蓮屋裏，給她帶一些話。玉簫送了去，並把主子的話對她說了，往山子底下洞兒裏私會。約會已定，兩個都往山子底下成事，玉簫在門首「觀風」。不想被潘金蓮發現，惠蓮逃走，捉住西門慶，把他大罵一通。但潘對別人並不提起此事。惠蓮常趨附金蓮，被西門慶撞在一處，無人，潘教他兩個苟合，圖漢子喜歡。西門慶又對月娘說不叫惠蓮上大灶，只叫她和玉簫在小灶上燒茶水、做菜、打發月娘房裏吃飯、做針指。作者告誡讀者說：「凡家主，切不可與奴僕並家人之婦苟且私狎，久後必紊亂上下，竊弄奸欺，敗壞風俗，殆不可制。」可見作者並不是誨淫的，而是勸告讀者不要亂淫「敗壞風俗」。

第二十三回中寫西門慶與宋惠蓮越加放肆，有時趁吳月娘不在，竟在她房中苟合；有時要在潘金蓮房中苟合過夜，潘金蓮不同意他們二人在這裏過夜，說春梅也不會容她在這裏過夜。西門慶說，既是你娘兒們不肯，罷，我和她往山子洞兒那裏過一夜。你吩咐丫頭拿床鋪蓋，生些火……當晚，潘金蓮吩咐秋菊抱鋪蓋、籠火，在山子底下藏春塢雪洞兒預備。西門慶、宋惠蓮在藏春塢中苟合，潘金蓮走來竊聽，聽到宋惠蓮潮笑她是「你家第五的秋胡戲」，你娶她來家多少時了？是女招的（處女）？是後婚兒來（再嫁的）？西門慶說：「也是回頭人兒（再嫁的）。」宋惠蓮說：「……原來也是個意中人兒（情人），露水夫妻。」潘金蓮聽到後非常生氣，就想着要收拾她。次日金蓮臨鏡梳妝，惠蓮殷勤侍奉。……金蓮說了一些話，後面說：「……俺每都是露水夫妻，再醮貨兒，只嫂子是正名正頂轎子娶將來的，是他的正頭老婆，秋胡戲。」惠蓮雙膝跪下，求女主子開恩寬恕。

第二十四回寫潘金蓮與陳經濟互相調情勾搭，被宋惠蓮看見。西門大姐罵陳經濟和宋惠蓮互相調情，倘若「爹知道了，淫婦便沒事，你死也沒處死！」荊千戶新升一處兵馬都監，來拜望西門慶，西門慶陪他在廳上說話，使小廝去要茶。平安去傳話，宋惠蓮正和玉簫、小玉玩耍，都不理他。平安催逼，惠蓮說要茶，問廚房裏上灶的要去……」平安就去廚房對來保妻惠祥說了，惠祥大罵宋惠蓮。荊都監坐久了，茶才上來。荊走後，西門慶嫌茶冷不好吃，問平安，才知是灶上頓的茶，叫月娘查出。月娘使小玉叫惠祥當院子跪着，被月娘數罵了一回，饒了她起來。她到後邊大罵宋惠蓮，罵她即便是男主子的「小老婆，我也不怕你！」罵她先前在蔡通判家「養的漢數不了」，「漢子有一拿小米數兒」，即手抓一把小米那麼多的數（是罵時誇張的語言）。惠蓮說：「……隨你壓我，我不怕你。」惠祥道：「有人與你做主兒，你可不怕哩。」意思是有西門慶與你做主，所以你不怕。後來宋惠蓮越發猖狂，仗着西門慶背地和她勾搭，逐日與孟玉樓、潘金蓮、李瓶兒、西門大姐、春梅在一處玩耍。

第二十五回中寫來旺往杭州織造蔡太師生辰衣服回還，惠蓮給他換衣、安排飯吃。來旺悄悄給孫雪娥送了些禮物，孫雪娥對他說你去了四個月，你媳婦怎的和西門慶勾搭、潘金蓮屋裏怎的做窩巢等等事。來旺回屋喝醉了審問老婆，惠蓮撒謊，來旺舉拳打了她，罵西門慶是「沒人倫的豬狗」。一日，小玉看見孫雪娥從來旺屋裏出來，看見惠蓮是在廚下幹活切肉。西門慶有事叫來旺，見來旺從屋裏跑出來。以此都知孫雪娥與來旺有首尾。一日，來旺吃醉了，在前邊當着男僕甘來興等人的面恨罵西門慶，罵的話很多，說「我教他白刀子進去，紅刀子出來」。（曹雪芹在《紅樓夢》第七回中把「白刀子進去，紅刀子出來」，修改為「紅刀子進去，白刀子出來」，更為精彩，因為寧國府中的老奴焦大已喝醉，說的「白」「紅」就顛倒了，己卯本脂批說「是醉人口中文法」，己卯本、庚辰本、楊藏本三種本子中的「文法」皆顛倒，是；甲戌本、王府本、戚滬本、南圖本、舒序本、俄藏本、卞藏本、甲辰本、程甲本、程乙本十種本子中皆不顛倒，並誤，其中有一些本子中也有脂批：「是醉人口中文法」，但「白」「紅」不顛倒，就不能說「是醉人口中文法」了。）來旺說也要殺潘金蓮。說多虧了自己上東京打點，把武松墊發充軍去了。說自己「破着一命剮，便把皇帝打！」（《紅樓夢》第六十八回中「藝術改造」為「拚着一身剮，敢把皇帝拉下馬！」）西門慶勾搭上宋惠蓮，就讓她丈夫來旺做了買辦，把來興的買辦奪了，來興就恨來旺，來興就走到潘的房中，當着孟玉樓的面，對潘說來旺「要殺爹和五娘……又說五娘……毒藥擺殺了親夫，多虧了他上東京去打點，救了五娘一命。說五娘如今恩將仇報，挑撥他老婆養漢……」西門慶晚上到潘的房中，潘就對他說了來旺要殺主之事，並說：「你背地圖要他老婆，他便背地要你家小娘子……」西門慶去問了來興、小玉，把孫雪娥打了一頓。西門慶背地裏問宋惠蓮，宋說來旺沒有這個話，是來興「平空做作出來……血口噴他」。她叫西門慶派來旺遠出，不要在家裏。次日，西門慶派來旺去東京押送蔡太師生辰擔。潘金蓮得知後，給西門慶出主意：不如打發他離門離戶。

第二十六回寫西門慶聽了潘金蓮之言變了卦。次日，西門慶對來旺說叫來保替你去東京，你歇幾日，家門首的生意尋一個與你做。來旺回到房中，因西門慶換來保去東京而大怒，醉中胡說，怒起宋惠蓮來，要殺西門慶。一日，西門慶給他六包銀子三百兩，叫他搭主管，在家門首開酒店，他磕頭感謝。回屋叫老婆把銀兩收入箱中，他出去尋主管，天晚大醉回家。一更後外面喊捉賊，來旺醒來取棒去趕賊。只見玉簫大叫「一個賊往花園中去了！」來旺就往花園中趕來。黑影裏抛出一條凳子把他絆倒，一把刀落地，閃出四、五個小廝把他捉住，押到廳上，大廳上燈燭熒煌，西門慶坐在上面，叫拿上來。來旺跪下，說小的是來捉賊……，來興就把刀放在面前，與西門慶看。西門慶大怒，罵來旺「領三百兩銀子做買賣，如何……要殺我？」喝令左右押到他房中，「取我那三百兩銀子來。」眾小廝隨即押到房中。惠蓮大哭，說中了人的「拖刀之計」。開箱子取出六包銀子，拿到廳上，看後只有一包銀兩，五包都是錫鉛錠子，西門慶誣來旺抵換了銀兩。又說「你打下刀子，還要殺我……」叫來興作證，來興跪下證明來旺「曾在外對眾發言要殺爹」，西門慶說「……明日寫狀子送到提刑所去。」宋惠蓮來廳上跪下說：「爹，此是你幹的營生。他好意進來趕賊，把他當賊拿了。你的六包銀子，我收着，原封兒不動，平白怎的抵換了？恁活埋人，也要天理……」次日，西門慶命人把來旺押送到提刑院去，連吳月娘也罵西門慶「……你就賴他做賊，萬物也要個着實才好，拿紙棺材糊人，成個道理？恁沒道理昏君行貨！」罵「賊強人，他吃了迷魂湯了！」罵潘金蓮給西門慶出主意迷了他的魂。來旺被押到提刑院。西門慶先差玳安給夏提刑、賀千戶行賄一百兩白銀，兩官受賄後「審問」，來旺說了西門慶調戲他媳婦宋氏成姦，如今故入此罪，要墊害圖霸妻子等事。夏提刑喝令左右打他嘴巴。又喝令打他二十大棍，打得皮開肉綻，鮮血淋漓。叫獄卒帶下去收監。宋惠蓮求西門慶放來旺出來，替他尋上個老婆，我長遠不是他的人了。西門慶對惠蓮說要買對過喬家房，收拾三間給你住，等等。孟玉樓知道後，去對潘金蓮說了。潘表示絕不讓她做西門慶第七個老婆。孟玉樓也說「漢子沒正條，大的又不管……」潘表示要「拚着這命」，即便死在西門慶手裏，也不差什麼。西門慶在花園中翡翠軒書房裏，要叫陳經濟來寫帖子請夏提刑放來旺出來。潘金蓮走進來向西門慶進言，要他結果了來旺，「你就摟着他老婆也放心。」西門慶就改變了主意，寫帖子教夏提刑等人頻繁地打來旺，只要重不要輕。提刑兩名官，並上下觀察、緝捕、排軍、監獄中吏卒等等，都受了西門慶的財物，要把來旺迫害至死。多虧有一當案孔目名喚陰騭，與提刑官抵面相講，才改為當廳責打來旺四十板，論了個遞解原籍徐州為民。押解到家門口時，西門慶不出來，命五、六個小廝用棍子打走。押解到岳父宋仁家，來旺對丈人哭訴其事，宋仁給了他一兩銀子，給兩個公人一吊銅錢、一斗米。西門慶瞞哄着惠蓮，說不久即放出。她後來問給西門慶跟馬的小廝鉞安，他才說了「打了四十板，遞解原籍徐州家去了……」她放聲大哭，不知他在路上死活，哭了一回，懸樑自縊。被來昭妻一丈青發現，救了下來。西門慶進來，見她坐在冷地下哭泣，令玉簫攙扶她炕上去，玉簫說剛才娘（指吳月娘）教她上去，她不肯去。西門慶道：好強孩子，冷地下冰着你……。她對西門慶說：「……你瞞着我幹的好勾當兒！還說什麼『孩子』不『孩子』，你原來就是個弄人的劊子手，把人活埋慣了。害死人，還看出殯的！你成日間只哄着我，今日也說放出來，明日也說放出來，只當端的好出來。你如遞解他，也和我說聲兒。暗暗不透風，就解發遠遠的去了。你也要合憑個天理！你就信着人，幹下這等絕戶計！把圈套兒做的成成的，你還瞞着我……」西門慶買了酥燒、一瓶酒使來安給惠蓮送去，她罵西門慶是用「大拳打了，這回拿手摸挲。」要摔掉，被一丈青攔住。西門慶查問是誰把消息對惠蓮說的，畫童供出了鉞安。潘金蓮保護了鉞安。但在潘金蓮的挑撥下，孫雪娥與宋惠蓮互罵互打，致使惠蓮再一次自縊，死時二十五歲。西門慶家人遞一紙狀子到李知縣手裏，誣枉宋惠蓮失落一個銀鍾，恐家主查問見責，自縊身死。又送了李知縣三十兩銀子，就照此判案，要燒屍。宋仁來喊冤，說他女兒死的不明，是被西門慶逼死的，「我還要撫按上告，進本上告，誰敢燒化屍首！」

第二十七回中寫李知縣差兩個公人，一條索子把宋仁捉拿到縣衙，誣他倚屍詐財，打了二十大板，打得順腿流血，歸家着了重氣，害了一場時疫，不上幾日就死了。西門慶花錢雇了許多銀匠在家中卷棚內給蔡太師打造上壽的銀人、金壺、玉桃杯，還有來旺從杭州帶回的給蔡京上壽的蟒衣等等，着來保與吳主管上東京去給蔡太師送禮祝壽。西門慶與潘金蓮在葡萄架下淫媾畢，春梅、秋菊扶她歸房。來昭之子小鐵棍兒從花架下鑽出來，趕着春梅要果子，春梅給了幾個桃子、李子。

第二十八回中寫次日潘起來發現丟了一只紅睡鞋，秋菊、春梅到花園也沒找到，春梅打秋菊兩耳光，拉回來見婦人，潘叫她跪在院子裏頂石頭。小鐵棍兒拾了這只鞋，被陳經濟騙到手，到潘房中，要換她一方汗巾，她只得給他，叮嚀他休教西門大姐看見，他答應了，才把那只鞋給她，說了小鐵棍兒昨日在花園裏拾的等事。陳走後，潘教春梅取板子拉倒秋菊打了十下，打的秋菊抱股而哭。提刑所賀千戶新升淮安提刑所掌刑正千戶，西門慶差鉞安去送禮。西門慶到潘房中，潘說小鐵棍兒拾了她一只紅睡鞋叫很多人都看見了（實為誇張），挑唆西門慶去打他。西門慶不問誰告你說來，就去前邊揪住他頂角，拳打腳踢，打得他殺豬也似叫起來，打完走了。這孩子躺在地下，死了半日。來昭兩口子都來扶救，半日蘇醒。見他鼻口流血，抱他到屋裏，問他方知他拾了潘的一只鞋、被陳要走之事。一丈青到廚下「指東罵西，一頓海罵」道：「賊不逢好死的淫婦（罵潘）、王八羔子（罵陳）！我的孩子與你有甚冤仇？他才十一二歲，曉的甚麼……平白地調唆打他恁一頓，打的鼻口都流血。假若死了他，淫婦、王八也不好，稱不了你甚麼願！」廚房裏罵了，到前邊又罵，整罵了一、二日。

第二十九回中寫孟玉樓對潘金蓮說一丈青罵「淫婦、王八羔子」之事，說吳月娘說你是「這一家子亂世為王，九條尾狐狸精出世了，把昏君禍亂的貶子休妻」，說打發來旺出去了，把他媳婦逼的吊死了。「如今為一只鞋子，又這等驚天動地反亂。你的鞋好好穿在腳上，怎的教小廝拾了？想必吃醉了，在那花園裏和漢子不知怎的餳成一塊」，才掉了鞋。如今沒的遮羞，「拿小廝頂缸，打他這一頓」。潘恨吳月娘；要攆來昭一家「離門離戶」。晚上西門慶到潘的房中，她說了來昭媳婦一丈青大罵你打了她孩子。次日，西門慶要攆來昭三口子出門。多虧月娘攔勸下，西門慶就打發來昭一家往獅子街房子看守，替了平安兒。月娘知道後，甚惱金蓮。西門慶與潘金蓮淫媾後，潘叫秋菊「取白酒來，與你爹吃。」她嫌酒涼，就潑了秋菊一頭一臉，叫春梅每邊臉上打她十個嘴巴，春梅說「沒的打污濁了我的手；娘只教他頂着石頭跪着罷。」潘就叫春梅拉她到院子裏頂塊大石頭跪着。

第三十回中寫來保押生辰擔到東京給蔡太師送禮賀壽，先見了蔡京的管家翟謙，給他送禮行賄，翟受了賄。接着，吳主管與來保進獻蔡太師生辰禮物。蔡京受了西門慶的重賄，就用皇上欽賜的空名誥身劄付，安西門慶做山東提刑所理刑副千戶，頂補千戶賀金的員缺。吳主管冒充說自己是西門慶的舅子，名喚吳典恩，蔡京命人取另一張劄付，安吳典恩做清河縣驛丞。蔡京命堂候官再取來一張劄付，把來保名字填寫於山東鄆王府，做了一名校尉。翟謙把來保等邀到廂房管待，說自己將及四十，身邊的女人們通無所出，「央及你爹（西門慶）」尋一個十五六歲的女子送來，「該多少財禮，我一一奉過去。」西門慶家中，李瓶兒生下一子，西門慶十分歡喜，使小廝叫媒人來尋養娘，看、奶孩兒。媒人薛嫂領來一個媳婦，年三十歲，說新近丟了孩兒不上一個月。男子漢當軍，恐出征去無人養贍媳婦，只要六兩銀子，要賣她。吳月娘對西門慶說了，用六兩銀子把她買下，給她起名為如意兒，教她早晚看、奶李瓶兒生的「哥兒」。來保、吳主管從東京回來，給西門慶稟報了皇上欽賜了蔡太師幾張空名誥身劄付，太師「與了爹一張」，爹做了官等等事，西門慶高興地把「朝廷明降」拿給妻妾們看，說「太師老爺抬舉我」做了官等等，就把剛生下來的兒子起名為「官哥兒」。眾親鄰、朋友得知西門慶生子喜加官，都來趨附、送禮慶賀。

第三十一回中寫吳典恩去上任，但沒有錢，再三央及應伯爵向西門慶借銀子，「上下使用」。應伯爵帶他去借，西門慶借給他一百兩銀子，連利息也不要。李知縣給西門慶送來一個小郎名叫小張松，西門慶給他改名為書童。祝日念又給西門慶舉保來了一個小廝，西門慶亦給他改名為棋童。西門慶上任後結交的官更多。

第三十三回中寫西門慶又開了一個絨線鋪，一日也賣數十兩銀子，夥計名叫韓道國。他弟韓二，與嫂子王六兒私通，被幾個小夥子捉住，用一條繩子把他們二人拴出來，觀看的人不少。

第三十四回中寫韓道國請應伯爵求西門慶對李知縣說釋放他老婆王氏，應伯爵帶他去西門慶的花園書房裏，見到西門慶給大小官送中秋禮的賬簿，應伯爵取過一本，揭開見上面寫着：蔡老爺、蔡大爺、朱太尉、童太尉、中書蔡四老爹、都尉蔡五老爹、本處知縣、知府四宅。第二本是周守備、夏提刑、荊都監、張團練、並劉、薛二內相（二太監）。給大小官都送有禮，各有輕重不同。韓道國、應伯爵求了西門慶，西門慶就吩咐節級叫保甲把王氏放了。過一日，西門慶與夏提刑坐廳，反把四個捉姦的小夥子打得皮開肉綻，收入監中。四人捎信出去，教父兄使銀子，上下尋人情救他們。西門慶雞姦書童，書童因寵攬事，平安含憤對潘金蓮戳舌，說「爹」和書童「在書房裏幹的齷齪營生」等，潘金蓮罵西門慶「恁賊沒廉恥的昏君強盜……」

第三十五回中寫潘金蓮罵西門慶是「賊沒廉恥的貨」「挾仇」打了平安，說西門慶只喜歡李瓶兒、書童兩個人，罵西門慶是「賊不逢好死變心的強盜，通把心狐迷住了……」

第三十六回中寫翟謙寄書尋女子，並說新狀元蔡一泉是蔡太師之假子（乾兒子），「奉敕回籍省視，道經貴處，仍望留之一飯，彼亦不敢有望也。」原來科舉安忱是第一名，被言官論他是先朝宰相安惇之弟，係黨人子孫，不可以做狀元，徽宗不得已，把蔡蘊擢升為第一，做了狀元。投在蔡京名下，做了假子，升秘書省正字，給假省親。他和同榜進士安忱同船。他們對西門慶都有見面禮。蔡蘊是滁州匡廬人。安忱是浙江錢塘縣人（杭州人），現除工部觀政，亦給假還鄉續親。西門慶以盛筵款待，席間有一些人唱戲，叫書童也妝扮起來，三個旦，兩個生，都是蘇州人，也都是男的。安進士「喜尚南風」（同性戀），見書童唱的好，拉着他的手，兩個一遞一口吃酒。當晚西門慶留宿，派書童、玳安答應。次日，西門慶廳上擺飯伺候。西門慶送上厚禮：蔡狀元是金緞一端、領絹二端、合香五百、白金一百兩；安進士是色緞一端、領絹一端、合香三百、白金三十兩。二人謝道：「此情此德，何日忘之！」二人表示以後報答。

第三十七回中寫西門慶騎馬街上過，撞見馮媽媽，教小廝叫住，問她尋的女子怎樣。馮說這女子十分人材，交新年十五歲，小名叫愛姐。西門慶說此是東京蔡太師老爺府裏大管家翟爹要做二房，圖生長，托我替他尋……因問：「是誰家的女子？問他討個庚帖兒來我瞧。」馮說「……是你家開絨線鋪韓夥計的女孩兒……」馮去韓道國家，對他渾家王六兒說了，還說宅內老爹看了你家孩子的帖兒，甚喜不盡，不教你這裏費一絲兒東西，一應妝奩陪送，都是宅內管，還與你二十兩銀子財禮。你女兒若生下孩子，「你一家子都是造化的了，不愁個大富貴」，說他明日「衙門中散了，就過來相看……」次日，西門慶衙門中散了，到家換衣畢，就騎馬來到韓家，下馬進去。馮媽媽請入裏面坐了。王六兒引着女兒愛姐出來拜見。西門慶且不看她女兒，不轉睛只看婦人，心搖目蕩，不能定止，暗想：原來韓道國有這一個女人在家，怪不得那些人鬼混她！令玳安取出錦帕二方、金戒指四個、白銀二十兩，王六兒將戒指戴在女兒手上，朝上拜謝，女兒回房去了。西門慶說遲兩日接你女孩兒往宅裏去，給她裁衣服。婦人又磕下頭去，謝道：「俺每頭頂、腳踏是大爹的……俺兩口兒就殺身也難報……」西門慶聽她一口一聲只是「爹」長「爹」短，就把心來惑動了。西門慶派小廝接韓愛姐來家，她娘買了禮，親送她來，與月娘大小眾人磕頭拜見。西門慶買了四匹綢子給愛姐做裏衣；又叫了趙裁縫來給她做兩套金緞衣、一件大紅緞袍，她娘晚夕回家去了，她住在西門慶家。西門慶給她買了嫁妝、描金箱籠等等器具，擇日起身，西門慶問縣衙裏討了四名快手，又撥了兩名排軍；來保、韓道國雇了四乘頭口，緊緊保定車輛、暖轎，送上東京去了。西門慶暗托馮婆要到王氏那裏坐半日，問她肯不肯？馮婆去問了，王六兒願意「請他過來，奴這裏等候。」西門慶聽了馮婆的回話不勝欣喜，給了馮一兩銀子去治辦酒、菜。次日下午，西門慶到了王六兒家中。西門慶對馮說給王尋一個使女。馮叫王拜謝。說趙嫂兒家有個十三歲的女孩，她老子是個巡捕的軍，因倒死了馬，怕守備打，「把孩子賣了。只要四兩銀子，教爹替你買下罷。」婦人向前道了萬福。馮去了廚下。西門慶就和王六兒苟合。次日，西門慶給了馮媽媽四兩銀子買了那丫頭使喚，改名為錦兒。我認為《金瓶梅詞話》最主要的特質是「揭露」二字。在這裏揭露了西門慶、王六兒、馮婆的醜惡行為。

第三十八回中寫王六兒和西門慶私通後就對韓二不好了，韓二帶了一條小腸來哥家要和王六兒一起吃酒，王六兒怕西門慶來，不去兜攬他。他見桌下有一壇酒要吃，王六兒叫他休動，「是宅裏老爹送來的，你哥還沒見哩……」韓二定要吃，被婦人推了一跤，韓二罵道：「……你另敘上了有錢的漢子，不理我了，要把我打開……我教你這不值錢的淫婦，白刀子進去，紅刀子出來！」王六兒取棒槌把他打出來，一邊罵他。西門慶正騎馬來，問婦人他是誰，婦人說是韓二，西門慶說「等我明日到衙門裏與他做功德！」二人淫媾，西門慶到深夜才回家。次日早，衙門裏差了兩個緝捕，把韓二拿到提刑院，說他是賊，二十板打得他順腿流血。睡了一個月養傷，險些死亡，以後再不敢上婦人門纏攪了。來保、韓道國從東京回來，向西門慶稟報翟管家見了女子甚是喜歡等等，西門慶讀了翟謙的回信，無非是知感不盡之意，自此翟謙與西門慶互稱親家。韓道國回到家中，王六兒對他說了西門慶與自己私通之事，韓道國說「……休要怠慢了他，凡事奉他些兒」，如今好容易賺錢，等等。作者揭露了他的無恥，為了賺錢，可以把老婆給有錢的男人去任意玩弄。寫潘金蓮邊彈琵琶邊說唱，罵西門慶是「負心賊」，違背了「當初說的話」「懊恨薄情輕棄」「賊狠心的冤家」「棄舊憐新」「不合今日教你哄了」「將你這定盤星兒錯認了」「誤了我青春年少」「他把心變了，把奴來一旦輕拋不理」，等等。

第四十七回至第四十八回，據周鈞韜先生考論，可參見明萬曆二十二年（1594 年）的刻本《新刊京本通俗演義全像百家公案全傳·第五十回公案·琴童代主人伸冤》。該書共十卷一百回，卷末題署「萬曆甲午歲末朱氏與畊堂梓行」。「萬曆甲午歲末」即萬曆二十二年（1594 年）歲末。周先生認為這「是個再刻本，而不是這部公案小說的初刻本。它付刻於萬曆二十二年，則是在《金瓶梅》成書以後，由此可見，《金瓶梅》所抄的不可能是這個版本，而應該是這部公案小說的初刻本，或者是敘苗天秀故事的話本、筆記。但這一類資料恐怕久已失傳，因此目前筆者只能用《新刊京本通俗演義全像百家公案全傳》來與《金瓶梅》相比勘。」我引的是中州古籍出版社 1991 年版周鈞韜著《金瓶梅素材來源》一書頁 237。我不知周先生現在是否改變了這一觀點。我的觀點與周先生的觀點不同。我比較贊成黃霖先生的說法，我也認為《金瓶梅詞話》抄本大約開始創作於萬曆二十年（1592 年）。這一年只寫成了四帙抄本，第一帙是第一回至第五回，第二帙是第六回至第十一回，這二帙抄本以高價賣給了江蘇金壇的王肯堂，屠本畯於 1592 年在王肯堂家中讀過這二帙抄本。緊接着，屠本畯又到蘇州王穉登家中讀了另外二帙抄本，應是第三、四帙，第三帙是第十二回至第十六回，第四帙是第十七回至第二十二回。也就是說，詞話本抄本在 1592 年才只完成了四帙共二十二回。董其昌購得的抄本只有前半部，也就是前十帙，從第一回至第五十二回。袁中郎於 1596 年從董其昌處借而抄之，問董「後段在何處？抄竟當於何處倒換？幸一的示！」董其昌無法回答。董其昌購得前十帙抄本的時間應是萬曆二十三年，西元 1595 年。《金瓶梅詞話》的作者在讀了《新刊京本通俗演義全像百家公案全傳·第五十回公案·琴童代主人伸冤》之後，才把蔣天秀被殺害一案，改寫為苗天秀被殺害一案。因此，這部《百家公案全傳》萬曆二十二年（1594 年）歲末刻本應是初刻本（我至今尚未查出還有比它更早的刻本），《金瓶梅詞話》抄本的作者讀了這一公案，才於萬曆二十三年（1595 年）把原作中的蔣天秀被殺害一案，在《金瓶梅詞話》第四十七回至第四十八回中改寫為苗天秀被殺害一案。董其昌購得的抄本只到第五十二回（共十帙抄本），已包括了苗天秀被殺害的故事在內。袁中郎借董其昌的抄本，也只有前十帙共五十二回，借抄的時間是 1596 年。也就是說，到萬曆二十三年（1595 年），抄本全書一百回尚未寫完。《金瓶梅詞話》抄本全書一百回寫完應在萬曆二十五年（1597 年）；說散本抄本完成得更晚。詞話本作者在第四十七回至第四十八回中，把〈琴童代主人伸冤〉中的「蔣天秀」，改寫為「苗天秀」，把殺害主人的「董家人」，改寫為家人殺人犯「苗青」，把「琴童」，改寫為「安童」，如此等等，「藝術改造」之處很多，不能說是「抄襲」。

周先生說：「《金瓶梅》中的員外苗天秀，艄子陳三、翁八均為原作中的人名」（見周著頁 239），周說誤。按「原作中的人名」是「蔣天秀」，《金瓶梅詞話》中改為「苗天秀」；「原作中的」艄子「一姓陳，一姓翁」，並不是「陳三、翁八」，《金瓶梅詞話》中改為「陳三、翁八」。周先生說：「原作中稱，董家人與苗天秀使女調情，被苗天秀痛責故切恨在心」（見周著頁239-240），周說亦誤。按這兩處「苗天秀」在「原作中」實是蔣天秀。周著頁240上的4處「苗天秀」，都是「蔣天秀」之誤。原作〈琴童代主人伸冤〉中寫此人「姓蔣名奇，表字天秀」，他無疑是「蔣天秀」，而不是「苗天秀」。原作中還寫「後來天秀之子蔣仕卿，讀書登第」，他的兒子既然名字叫「蔣仕卿」，進一步證明了他是「蔣天秀」，而不是「苗天秀」。《金瓶梅詞話》中把原作中的「蔣天秀」改寫成了「苗天秀」。把「董家人」改寫成了「苗青」。

《金瓶梅詞話》對〈琴童代主人伸冤〉的「藝術改造」，我在前面已談之甚詳。但最重要的「藝術改造」，是寫殺人犯苗青向山東提刑官西門慶行賄一千兩銀子、一口豬，西門慶執法犯法，索賄受賄，把一千兩賄銀與另一個提刑官夏延齡均分。夏延齡也是受賄賣法的贓官，他和西門慶一起放脫了殺人犯苗青，使之逍遙法外。還增寫了巡按山東監察御史曾孝序上本參劾西門慶「受苗青夜賂之金，曲為掩飾，而贓跡顯著」，與夏延齡「此二臣者，皆貪鄙不職，久乖清議，一刻不可居任者也」，請皇上將此二臣「亟賜罷斥」。此二官看邸報後忙打點禮物差人上東京央及權臣蔡京以保官位和性命。夏提刑拿出二百兩銀子、兩把銀壺，西門慶拿出金鑲玉寶石鬧妝一條、三百兩銀子，二贓官差夏壽、來保星夜往東京去行重賄。二人到東京見了蔡京的管家翟謙，送上重賄。翟謙說「等我對老爺（蔡京）說，交老爺閣中只批」「該部知道」，「我這裏差人再拿我的帖兒分付兵部余尚書（余深）」，把曾孝序的本「只不覆上來」，皇上自然看不到，叫西門慶、夏延齡「只顧放心，管情一些事兒沒有。」曾孝序上的本等於白寫了。《金瓶梅詞話》的作者寫西門慶、夏延齡是受賄賣法的貪官、贓官，但西門慶多次給朝廷權奸蔡京行重賄、送厚禮，蔡京受賄枉法更厲害得多，兵部尚書余深等等壞官也是他的鷹犬、爪牙，昏君宋徽宗等於是權奸們、壞官們的保護傘，朝政已腐敗透頂。第四十八回中不但增寫了「曾御史參劾提刑官」（參劾等於無效），還增寫了「蔡太師奏行七件事」。其中有兩件事可以使貪官、奸商西門慶得到好多利益，所以他很高興。

第四十九回中寫曾孝序見本上去不行，就知道二官打點了，甚怒。因蔡京所陳七事，皆損下益上，不利於民而利於官及富人，即赴東京見朝覆命，上了一道表章。蔡京大怒，奏上皇帝，將曾公付吏部考察，貶為陝西慶州知州。「陝西巡按御史宋聖寵是學士蔡攸之婦兄也，太師陰令聖寵劾其私事，逮其家人，鍛煉成獄，將孝序除名，竄於嶺表，以報其仇。」詞話本將「宋聖寵」「聖寵」誤刻為「宋盤就」「盤就」，請參讀《宋史·卷四五三·曾孝序傳》，崇禎本、張竹坡評本沿襲了此誤，但訂正了詞話本中誤刻的「太史」，改正為「太師」。蔡攸是蔡京的長子，他的妻（蔡京的此兒媳）確實姓宋，在《宋史·蔡攸傳》中作「宋氏」。以上請參見我與馬征合編著的《金瓶梅人物大全》頁 368-369「宋聖寵」條、「蔡攸妻」條，頁 212-213「蔡攸」條，吉林文史出版社 1991 年版。有些研究者說宋聖寵是宋盤，實誤。《金瓶梅詞話》抄本中寫的是草書「宋聖寵」「聖寵」，刻工不認識草書，誤刻為「宋盤就」「盤就」。一些研究者把「宋盤就……」又誤斷為「宋盤，就是學士蔡攸之婦兄也」，「就」字從下句，但下文「陰令盤就劾其私事」，「盤就」二字卻不斷開。這些研究者都沒有查《宋史·曾孝序傳》，都不清楚《金瓶梅詞話》第四十九回中刻出的「宋盤就」「盤就」，實為「宋聖寵」「聖寵」之誤。有的研究者說「宋盤」是「宋喬年」，就更錯了。歷史上的宋喬年是蔡京的親家翁，是蔡京的長子蔡攸的岳父，見《宋史·卷三五六·宋喬年傳》，說其女嫁蔡京長子蔡攸。在《宋史·卷四七二·蔡攸傳》中說蔡攸「妻宋氏出入禁掖」，均可證蔡攸的「婦兄」（大舅子）姓宋。《金瓶梅詞話》抄本第四十九回中寫「陝西巡按御史宋聖寵是學士蔡攸之婦兄也，太師陰令聖寵劾其（曾孝序）私事，逮其家人……」刻工把「宋聖寵」「太師陰令聖寵」，誤刻為「宋盤就」「太史陰令盤就」，《金瓶梅詞話》作者的水準比刻工的水準高得多，他在此處所寫，來自《宋史·卷四五三·曾孝序傳》，其中寫蔡京「遣御史宋聖寵劾其（曾孝序）私事，追逮其家人……」因「聖寵」二字的繁體草書與「盤就」二字的繁體草寫，字形相近，《金瓶梅詞話》的刻工不能辨識，遂誤刻為「盤就」。同回中寫宋喬年是新點巡按山東監察御史，即曾孝序做巡按山東監察御史期滿，朝廷新點宋喬年繼任此官職，宋喬年與宋聖寵（誤刻為「宋盤就」）並不是同一個人。寫西門慶邀請新點兩淮巡鹽御史蔡蘊吃酒席，並請代邀宋公。宋喬年到山東東平府察院後，蔡蘊便邀請他同去西門慶家吃酒席。西門慶這宴席，就花費有上千兩銀子，還給宋、蔡二御史都送了厚禮。宋喬年受賄禮後先告辭。西門慶留蔡蘊宿一宵，奉送上二妓女，蔡只留下董嬌兒。次日早上，蔡蘊賞給董嬌兒一兩銀子。董拿給西門慶瞧。西門慶說：「文職的營生，他那裏有大錢與你？這個就是上上簽了。」因叫月娘每人給了她五錢銀子。新興大商人西門慶比兩淮巡按御史蔡蘊有錢。他在城外永福寺為蔡蘊餞行，臨別時對蔡說起苗青之事，說苗青是自己的「相知」，「誤在舊大巡曾公案下，行牌往揚州，案候捉他。」請蔡御史見宋御史，「借重一言」，對二御史表示感激。蔡蘊答應，說「……設使就提來，放了他去就是了。」西門慶又作揖謝了。後來蔡蘊遇見了宋喬年，公差從揚州提了苗青來，蔡對宋說：「此係曾公手裏案外的，你管他怎的？」遂放回去了。倒下詳去東平府，斬了兩個船家陳三、翁八，放了告狀的安童。在封建專制制度下，或者是帝王獨裁專政，或者是某一個掌實權的奸臣專斷。宋徽宗荒淫無道，貪圖享受，不理朝政，《金瓶梅詞話》中寫由太師蔡京專權，以權奸蔡京為中心，形成了一個上自朝廷、下至地方的奸臣貪官們的關係網，他們一貫受賄、徇私情枉法，以權謀私，為了彼此得到非法的利益，肆意踐踏法律，顛倒善惡正邪，混淆真偽是非，庇護殺人劫貨的凶犯，使之逍遙法外，甚至以後飛黃騰達，他們共同禍國殃民，作者深刻地揭露了上自皇帝，下至行賄、受賄的貪官污吏及凶犯們的各種腐敗。第四十九回中的蔡蘊、宋喬年、西門慶、苗青不過是其中的一小部分敗類而已。該回中還寫了西門慶從胡僧手中得到了特殊的春藥，以便於他非法地玩弄更多的女性，這與他的貪污、受賄、行賄、偷稅漏稅等等，共同構成了他的腐敗罪行。

第五十八回中寫西門慶又開了一個緞子鋪，生意越做越大。

第五十九回中寫西門慶嫖占了妓女鄭愛月。潘金蓮害死了李瓶兒之子官哥兒。官哥兒的奶媽如意兒跪求李瓶兒繼續留下來，說自己的男子漢死了，哪裏投奔？李瓶兒答應她留下來，「孩子便沒了，我還沒死哩……往後你大娘身子若是生下哥兒、小姐來，你就接了奶……」

第六十回中寫潘金蓮幸災樂禍、指桑罵槐，故意氣李瓶兒。《紅樓夢》第六十九回中寫王熙鳳挑唆秋桐罵尤二姐受此影響。《金瓶梅詞話》第六十回中還寫西門慶寫信，差榮海拿一百兩銀子，又具羊、酒、金緞禮物謝主事錢龍野（朝廷派管臨清鈔關的工部主事），信中寫「此船貨過稅，還望青目一二。」錢龍野受賄，就讓西門慶偷稅漏稅省下很多銀子而過關了。緞子鋪開張當天就賣了五百多兩銀子。

第六十二回中李瓶兒死，西門慶大哭，哭喊中說她三年沒過一日好日子，吳月娘說了他兩句：她可可兒來，「三年沒過一日好日子」，鎮日叫她「挑水、挨磨來？」孟玉樓也怨西門慶把妻妾們分為「三等九格」（愛的是李瓶兒，不大愛孟玉樓，更不愛李嬌兒、孫雪娥，如此等等）。潘金蓮說：她沒得過好日子，「那個偏受用着什麼哩？都是一個跳板兒上人！」西門慶亂搞的野女人很多，他的妻妾們實際上都很不幸！

第六十四回中寫玳安對傅夥計說：「……俺爹（指西門慶）饒使了這些錢，還使不着俺爹的哩。俺六娘（指李瓶兒）嫁俺爹……該帶了多少帶頭來……把銀子休說，只光金珠玩好，玉帶、條環……值錢寶石，還不知有多少！為甚俺爹心裏疼？不是疼人，是疼錢……」他說李瓶兒性格好，這一家子都不如她，又有謙讓，又和氣，見了人只是笑，對下人們也沒呵罵過一句，使俺們買東西，總是多給銀子，剩下的她也不要，這一家子不論誰借她銀子使，還也罷，不還也罷。說吳月娘、孟玉樓使錢也好。只是潘金蓮與李嬌兒慳吝些，她當家俺們就遭瘟來，會把腿磨細了。讓俺們買東西，錢也不給個足數，一錢銀子只稱九分半，着緊只九分，俺們「莫不賠出來？」說吳月娘是火性兒，你只休惱狠她，不論誰，她罵你幾句。「總不如六娘，萬人無怨，又常在爹根前替俺們說方便……」說潘金蓮「行動就說『你看我對你爹說』，把這『打』只題在口裏。」說春梅也不好。說潘金蓮連「一個親娘也不認的，來一遭便搶的哭了家去……」（全書中寫潘金蓮對親娘不好之處甚多）。第六十四回中寫玉簫約西門慶的孌童書童在花園書房裏私通（這也是西門慶搞書童之處），被潘金蓮進門當場捉住，二人齊跪下哀告。潘叫書童拿一匹孝絹、一匹布，打發你潘姥姥家。書童連忙拿來遞上，金蓮歸房。玉簫跟到房中，跪下央及「五娘，千萬休對爹說。」金蓮說：「既要我饒恕你，你要依我三件事。」玉簫答應。這三件事，一是你娘（吳月娘）房裏但凡大小事，就來告訴我。二是我向你要什麼，你就捎出來給我。三是你娘向來沒有身孕，如今她怎生便有了？玉簫說俺娘「吃了薛姑子的衣胞符藥，便有了。」書童偷了一些東西，誆了傅夥計二十兩銀子，逃回蘇州原籍家去了。西門慶見書房中丟了許多東西並書禮銀子等等，不知書童到哪裏去了，叫來地方管役，吩咐：「各處三瓦兩巷，與我訪緝！」哪裏得來？寫薛太監對劉太監說：「……昨日大金遣使臣進表，要割內地三鎮。依着蔡京老賊，就要許他……」連薛太監都罵太師蔡京是「老賊」，他是企圖割地的權奸。

第六十五中寫朝廷派駐清河縣管磚廠的工部主事黃葆光來給李瓶兒「弔孝」，在對西門慶說話中談到「朝廷如今營建艮嶽，敕旨令太尉朱勔，往江南湖湘採取花石綱，運船陸續打河道中來……又欽差殿前六黃太尉來迎取卿雲萬態奇峰，長二丈，闊數尺……費數號船隻，由山東河道而來。況河中沒水，起八郡民夫牽挽。官吏倒懸，民不聊生。」說「黃太尉不久自京而至」，宋御史說「必須率三司官員要接他一接」，委託他來，「敬煩尊府作一東，要請六黃太尉一飯」，西門慶答應。皇帝要「營建艮嶽」，主要是皇帝與娘娘要享受，在異族入侵的危難情況下，皇上與娘娘還貪圖享受，搞這麼大的工程，害得「官吏倒懸，民不聊生。」西門慶對眾官說了宋巡按率兩司八府，來央煩請六黃太尉之事，眾官都說「州縣不勝憂苦這件事。欽差若來，凡一應祗迎……公宴、器用、人夫，無不出於州縣，必取之於民，公私困極，莫此為甚……」李瓶兒屍骨未寒，西門慶伴靈宿歇期間，便淫占了如意兒。次日便把李瓶兒的四根簪子賞給她。自「收用」了她之後，多日來她的打扮等等就和往日大不相同，早被潘金蓮看到眼裏。六黃太尉到清河縣後，西門慶大擺宴席，奉承黃太尉的有山東巡撫都御史侯蒙、巡按監察御史宋喬年等等很多官員，宴席極為盛大。應伯爵說：「若是第二家擺這席酒，也成不的。也沒咱家恁大地方，也沒府上這些人手。今日少說也有上千人進來，都要管待出去。哥就賠了幾兩銀子，咱山東一省也響出名去了。」他說「哥就賠了幾兩銀子」，實際上西門慶大辦這一場酒席至少也要花費幾千兩銀子。潘金蓮已經看出西門慶搞上了如意兒，對吳月娘說：「娘，我也見這老婆，這兩日有些別改模樣的。」罵西門慶是「賊沒廉恥貨」，說「這沒廉恥貨，鎮日在那屋裏，纏了這老婆……我聽見說，前日」西門慶給了她「兩對簪子，老婆戴在頭上，拿與這個瞧，拿與那個瞧。」吳月娘和幾個妾都不喜歡。

第六十六回中寫翟謙信中說蔡太師正在辦西門慶升官之事，又說「楊老爺」（楊戩）

已「卒於獄」。

第六十七回中寫潘金蓮對西門慶說李瓶兒是你「心上的」，奶子（如意兒）是你「心下的」，俺們是你「心外的人，入不上數！」

第六十八回中寫工部都水司郎中安忱來清河縣拜會西門慶，說自己「今又承命修理河道，況此民窮財盡之時，前者皇船載運花石，毀閘折壩，所過倒懸，公私困弊之極……八府之民皆疲弊之甚……」還說「三年欽限河工完畢，聖上還要差官來祭謝河神。」《金瓶梅詞話》的作者揭露了皇上重享受，船載花石綱，營建艮嶽，給人民帶來極大的苦難，他「還要差官來祭謝河神」，大搞迷信，欺騙臣民。妓女鄭愛月教西門慶勾搭王三官的娘林太太（王招宣的遺孀）和王三官的娘子（大太監六黃太尉的侄女黃氏）。西門慶每月三十兩銀子包下鄭愛月，二人上床……

第六十九回中寫西門慶給文嫂五兩銀子，叫她對林太太說「在你那裏」，我會她會兒，「我還謝你。」文嫂對西門慶說林太太三十五歲（比西門慶大三歲），上等婦人，百伶百俐，只像三十歲的，如此等等。西門慶說：……事成，我還另外賞幾匹綢緞你穿……文嫂去王招宣府裏，問林太太「三爹（林太太之子王三官）不在家了？」林太太說他有兩夜沒回家，只在妓院裏邊歇，眠花臥柳，把花枝般媳婦丟在房裏。文嫂說自己有個門路，管叫他收心，也再不進妓院去了。她對林太太介紹西門慶說：縣門前西門大老爹，如今見在提刑院做掌刑千戶，家中放官吏債，開四、五處鋪面：緞子鋪、生藥鋪、綢絹鋪、絨線鋪，外邊江湖又走標船，揚州興販鹽引，東平府上納香蠟，夥計、主管約有數十。東京蔡太師是他乾爺（即乾爹），朱太尉是他衛主，翟管家是他親家，巡撫、巡按多與他相交，知府、知縣是不消說。家中田連阡陌，米爛成倉，赤的是金，白的是銀，圓的是珠，光的是寶，妻妾有五、六個……他不上三十四五年紀，正是當年漢子，大身材，一表人物……一心要來與太太拜壽……林太太願意見面，約定後日晚間家中等候。文嫂回話後，西門慶滿心歡喜，賞了她兩匹綢緞。約見的晚間，林太太從房門簾裏望外見西門慶來了，悄問文嫂：「他戴的孝是誰的？」文嫂道：「是他第六個娘子的孝。新近九月間沒了，不多些時……」西門慶進入房中，二人見禮，坐下喝茶。林太太說有幾個壞人每日引誘她兒子在外面「飄酒」（嫖娼酗酒），把家事都丟了。今日「請大人至寒家訴其衷曲，就如同遞狀一般。望乞大人千萬留情，把這干人怎生處斷開了，使小兒改過自新，專習功名，以承先業，實出大人再造之恩，妾身感激不淺，自當重謝。」西門慶答應「到衙門裏即時把這干人處分懲治……亦可戒諭令郎，再不可蹈此故轍，庶可杜絕將來。」婦人謝過，擺上酒席款待。二人飲酒、吃美味佳餚多時，文嫂早已回避，連次呼酒不至，二人接吻，笑語密切，婦人自掩房門，二人上床……《金瓶梅詞話》作者的揭露，很具有諷刺性。西門慶執法犯法，表面上很講究「仁義道德」，他的朋友們也稱讚他「仁義」，他常常道貌岸然。這幾回中寫他為李瓶兒「守靈」「戴孝」，但卻淫占了官哥兒的奶娘如意兒（第六十五回），嫖妓鄭愛月（第六十八回）。下一回寫林太太和他都說要教訓嫖娼的王三官，但林太太實際上是「上等」暗娼，她明知西門慶有妻妾數人，而且也嫖娼，比她嫖娼的兒子王三官有過之而無不及，卻和西門慶暗中私通上了，還要倒貼上酒席來招待他。次日，西門慶到衙門，叫過地方節級、緝捕，捉拿勾引王三官的幾個光棍。捉來小張閑等五人後，西門慶與夏提刑升廳，把每人一夾二十大棍，打得皮開肉綻，鮮血迸流……西門慶在家裏，因吳月娘問起王三官，西門慶就說此是王招宣府中三公子，李桂姐不改，「又和他纏，每月三十兩銀子教他包着，嗔道一向只哄着我。」說王三官央文嫂「拿五十兩銀子禮帖來求我，說人情。」說王三官現入武學，放着那名兒不幹，家中丟着花枝般媳婦兒……白日黑夜只跟着這夥光棍在妓院裏嫖弄，把他娘子頭面都拿出來使了。今年不上二十歲，「通不成器。」月娘道：「你不曾溺泡尿看看自家影兒，老鴉笑話豬兒黑，原來燈檯不照自。你自道『成器』的，你也吃這井裏水，無所不為，清潔了些甚麼兒？還要禁的人！」意思是你和王三官一樣都嫖娼，都不「清潔」，在性質上是一樣的。西門慶曾經每月二十兩銀子包占着妓女李桂姐，但她暗中卻接了另一個嫖客丁二官，西門慶發現後砸了她的麗春院（見第二十回）。後來李桂姐等人向西門慶賠禮，西門慶才寬恕了她。第五十二回中寫李桂姐在西門慶家時，被西門慶拉到藏春塢雪洞裏相淫媾。第六十八回中寫鄭愛月對西門慶說李桂姐如今又和王三官好上了，教西門慶去勾搭王三官的娘林太太等等，說王三官鎮日在妓院裏，她「專在家，只送外賣，假託在個姑姑庵兒打齋」。但去就她，說媒的文嫂家落腳，文嫂單管與她做「牽兒」（牽頭、牽線的）。這才有了第六十九回中的西門慶去與林太太私通之事。因西門慶惱恨王三官嫖李桂姐，西門慶就氣得不與李桂姐走動。家中擺酒也不叫她叔叔李銘來唱曲。使他們的收入大減。用現在的話來說，就是對他們實行「經濟制裁」。

第七十回中寫兵部一本，其中有山東提刑所正千戶夏延齡，可備鹵簿之選；「貼刑副千戶西門慶，才幹有為，英偉素著，家稱殷實而在任不貪，國事克勤而台工有績，翌神運而分毫不索，司法令而齊民果仰，宜加轉正，以掌刑名者也。」西門慶看了他轉正千戶掌刑，心中大悅。夏提刑見他升指揮管鹵簿，大半日無言，面容失色。這裏對西門慶的「評語」嚴重失實，例如說他「在任不貪」，他實是一個大貪官。第四十七回中寫殺人犯苗青先行賄五十兩銀子、兩套妝花緞子衣服，交給西門慶的情婦王六兒，王氏把帖子交給西門慶看了，又把五十兩銀子交給西門慶瞧，說「明日事成，還許兩套衣裳。」西門慶看了說：「……這苗青乃揚州苗員外家人，因為在船上與兩個船家商議，殺害家主……圖財謀命……又當官兩個船家招尋他，原跟來的一個小廝安童，又當官三口執證着要他。這一個過去，穩定是個凌遲罪名。那兩個都是真犯斬罪。兩個船家見供他有二千兩銀貨在身上。拿這些銀子來做甚麼？還不快送與他去！」也就是嫌銀子太少，向苗青索重賄。苗青得知後，行賄一千兩銀子，又宰一口豬送上。給王六兒、玳安、平安、書童、琴童送的銀子、衣服還在外。（第十二回中孟玉樓帶來的琴童被西門慶拷打後趕出了家門；第二十回中把李瓶兒的小廝天福兒改名為琴童。這兩個「琴童」不是同一個人。有的研究者把這兩個「琴童」混為一談，誤。）西門慶把賄銀一千兩給夏提刑分了一半，兩官均受重賄，放苗青回了揚州。豈能說西門慶「在任不貪」呢？第七十回中還寫皇帝昏庸，例如他看在寵幸的安妃劉娘娘的情分，讓何太監的侄兒不上二十歲的何永壽升任金吾衛左所副千戶，在山東提刑所理刑管事（西門慶是正千戶，在山東提刑所掌刑，取代的是夏提刑的「正千戶」，何永壽任副千戶，做的是西門慶以前做的山東提刑所貼刑，即西門慶是正職，何永壽是副職），皇上如此任命，實在是太荒唐了！

第七十一回中罵皇帝，如從《大宋宣和遺事》中來的「深悲庸主事荒淫」，「稔亂無非近佞臣」，罵皇帝「朝歡暮樂……愛色貪杯……」寫「聖旨傳下來：照例給領。」西門慶等等就正式升官了，皇上何等昏庸！

第七十二回中寫連西門慶居然都對吳月娘說：「……新升將作監何太監侄兒何千戶名永壽貼刑，不上二十歲，揑出水兒來的一個小後生，任事兒不知道……」如此稚嫩的一個小後生，居然被皇帝批准做這麼大的官。西門慶雖已三十多歲，不算稚嫩了，但他是貪贓受賄枉法之官，又由副職轉正升為正官職，皇上如此不明察，只能使腐敗更加腐敗。寫西門慶的情婦林太太教兒子王三官拜西門慶為義父，西門慶受了王三官的四拜之禮，自此以後王三官對西門慶以父稱之。作者寫詩嘲諷道：「從來男女不同酬，賣俏營奸真可羞。三官不解其中意，饒貼親娘還磕頭。」

第七十八回中也寫「朝庭」的腐敗，「朝庭」也作「朝廷」，有時就代指皇帝。寫「如今朝庭皇城內新蓋的艮嶽，改為壽嶽，上面起蓋許多亭台殿閣，又建上清寶篆宮、會真堂、璇神殿，又是安妃娘娘梳妝閣，都用着這珍禽奇獸，周彝商鼎，漢篆秦爐，宣王石鼓，歷代銅鞮，仙人掌承露盤，並希世古董，玩器擺設，好不大興工程，好少錢糧！」在異族入侵、中原危難的情況下，皇帝、皇家還如此「大興工程」，貪圖享受，不顧人民百姓的死活，「朝庭」已腐敗至極！

第七十七回中寫西門慶嫖娼鄭愛月，與賁四的娘子（葉五姐）私通。第七十八回中寫他「兩戰林太太」，又搞如意兒（熊旺妻章四兒），還亂搞來爵媳婦惠元。第七十九回中寫「西門慶自知淫人妻子，而不知死之將至」。他和王六兒縱淫。潘金蓮自己先吃了一丸胡僧藥，居然逾量把三丸胡僧藥都送到西門慶口內，用燒酒灌下去，二人相淫，西門慶縱欲過度而死亡，年僅三十三歲。後面的內容相當多，從略。

十四

作者主要不是在誨淫，而主要是在勸誡世人不要貪淫、縱淫，以免早死。在寫西門慶三十三歲而亡的第七十九回中，有一首詩中寫道：

二八佳人體似酥，腰間仗劍斬愚夫。
雖然不見人頭落，暗裏教君骨髓枯。

此詩雖然出自宋元話本〈新橋市韓五賣春情〉，但《金瓶梅詞話》的作者也是同意這一觀點的。同回中還有這樣的詩句：「與其病後能求藥，不若病前能自防。」「醉飽行房戀女娥，精神血脈暗消磨。」「當時只恨歡娛少，今日翻為疾病多。」

在寫《金瓶梅詞話》的明朝萬曆年代，嫖娼賣淫之風極盛，作者對賣淫嫖娼之風是反對的，他特別告誡男子不要去嫖娼。在寫西門慶死後的第八十回中有這樣的一首詩：「堪歎煙花不久長，洞房夜夜換新郎。兩隻玉腕千人枕，一點朱唇萬客嘗。造就百般嬌豔態，生成一片假心腸。饒君總有牢籠計，難保臨時思故鄉。」這是說有些客商離開「故鄉」之妻出外做生意，不應該嫖娼。因為「煙花」（妓女）是「不久長」的，她的「洞房」（妓院）裏「夜夜換新郎」，對男人是不可能專一的。她的「兩隻玉腕」被「千人枕」，她的「一點朱唇」被「萬客嘗」。「造就百般嬌豔態」，是為了賣淫得錢，「生成一片假心腸」，不可能有真誠的心腸待客。縱然你有「牢籠計」，也籠不住她，「難保臨時思故鄉」，還是故鄉之妻對你好，想着回故鄉。

《金瓶梅詞話》反對「四貪」，即貪酒、色、財、氣，卷前就寫有〈四貪詞〉，包括反對貪色在內。〈色〉詞云：「休愛綠鬢美朱顏，少貪紅粉翠花鈿。損身害命多嬌態，傾國傾城色更鮮。　莫戀此，養丹田。人能寡欲壽長年。從今罷卻閑風月，紙帳梅花獨自眠。」這是告誡男人們不要貪女色而縱欲，是對男人們講的養生之道，只要不貪女色而「寡欲」，就能「壽長年」。其實書中說的不要貪色，也包括告誡女人們不要貪男色而縱欲在內。全書中都在告誡男女皆不宜貪色縱淫，以免早死，或者以免招來殺身之禍。

第一回中就寫道：「如今只愛說這情色二字作甚？……如今這一本書，乃虎中美女，後引出一個風情故事來。一個好色的婦女，因與個破落戶相通，日日追歡，朝朝迷戀，後不免屍橫刀下，命染黃泉，永不得着綺穿羅，再不能施朱傅粉。靜而思之，着甚來由？況這婦人，他死有甚事？貪他的，斷送了堂堂六尺之軀，愛他的，丟了潑天閧產業，驚了東平府，大鬧了清河縣。」這說的是潘金蓮與西門慶，但也適用於別的男女。這裏寫的「貪他的」，即今之「貪她的」，那時沒有「她」字，書中的「他」既指男性，也可指女性。「她」字指女性是劉半農在 1920 年發表的文章中「發明」、倡議的，被人們所採用至今。《金瓶梅詞話》《紅樓夢》中有很多「他」字是指女性。

《金瓶梅詞話》第三回有一首回前詩：「色不迷人人自迷，迷他端的受他虧：精神耗散容顏淺，骨髓焦枯氣力微；犯着姦情家易散，染成色病藥難醫。古來飽暖生閒事，禍到頭來總不知。」這也是寫貪色之害。「色病」也就是今天說的性病。那時已經有了性傳播疾病梅毒，那時稱之為「楊梅瘡」，在沈德符的《萬曆野獲編》中就有記載。《金瓶梅詞話》的作者反對貪色，反對賣淫嫖娼，反對婚外私通，「犯着姦情家易散，染成色病藥難醫。」這一類的詩句就向人們敲響了警鐘。現在的性病主要是艾滋病，現今報紙、電視上指出在嫖娼賣淫的場所容易患艾滋病。《金瓶梅詞話》中寫的「染成色病藥難醫」，不但是古時的警世名句，對於現在也是有警誡意義的。

第四回中有一首回前詩也寫出了貪色之害：「酒色多能誤國邦，由來美色喪忠良。紂因妲己宗祀失，吳為西施社稷亡。自愛青春行處樂，豈知紅粉笑中殃。西門貪戀金蓮色，內失家麋外趕獐。」這是從《水滸傳》第二十四回的回前詩改造而來。魯迅在 1936 年 2 月 20 日上海《海燕》月刊第二期發表了一篇〈阿金〉，已收入《魯迅全集》第 6 卷中，很值得一讀。他在文中說：「近幾時我最討厭阿金。」寫她在上海的魯迅所住的里弄間嚷鬧得很厲害。寫了事實後，他說：「我的討厭她是因為不消幾日，她就搖動了我三十年來的信念和主張。」「我一向不相信昭君出塞會安漢，木蘭從軍就可以保隋；也不相信妲己亡殷，西施沼吳，楊妃亂唐的那些古老話。我以為在男權社會裏，女人是絕不會有這種大力量的，興亡的責任，都應該男的負。但向來的男性的作者，大抵將敗亡的大罪，推在女性身上，這真是一錢不值的沒有出息的男人。殊不料現在阿金卻以一個貌不出眾，才不驚人的娘姨，不用一個月，就在我眼前攪亂了四分之一里，假使她是一個女王，或者是皇后，皇太后，那麼，其影響也就可以推見了：足夠鬧出大大的亂子來。」魯迅改變了「三十年來的信念和主張」。其實漢朝的呂后、清朝的慈禧太后、現當代的江青也都對國家和人民的危害不小。當然《金瓶梅詞話》的作者不可能知道慈禧和江青。

第五回的回前詩是：「參透風流二字禪，好姻緣是惡姻緣。癡心做處人人愛，冷眼觀時個個嫌。野草閑花休采折，真姿勁質自安然。山妻稚子家常飯，不害相思不損錢。」這也是反對嫖娼的，告誡「野草閑花休采折」，因為若「采折」就會花錢、傷害身體，「染成色病藥難醫」，所以男子漢應該珍惜山妻、稚子、家常飯，對於身心健康、節省錢財都極有好處，「不害相思不損錢」。

第六回的回前詩是：「可怪狂夫戀野花，因貪淫色受波喳。亡身喪命皆因此，破業傾家總為他。半晌風流有何益？一般滋味不須誇。一朝禍起蕭牆內，虧殺王婆先做牙。」

這是由《水滸傳》第二十五回的回首詩改造而成。告誡「狂夫戀野花」「貪淫色」就會受磨難、「亡身喪命」「破業傾家」。

第十一回末尾詩寫出嫖娼之害與改正之法：「舞裙歌板逐時新，散盡黃金只此身。寄語富兒休暴殄，儉如良藥可醫貧。」

第十二回中寫：「船載的金銀，填不滿煙花寨。」意為金銀很多也填不滿妓院。也是反對賣淫嫖娼的。

第十六回的回前詩中有一句：「紅粉情多銷駿骨」，意思是男子漢像駿馬一樣志在千里之外，不應該貪戀女色，「紅粉」（女色）情多能「銷駿骨」，毀了男子英雄漢。也是說不應貪色。

第二十回的回前詩中有兩句：「在世為人保七旬，何勞日夜弄精神？」說的也是人要保養身體，莫要日夜弄精神貪戀縱欲。杜甫詩中說「人生七十古來稀」，古人壽命較短，能活到七十歲就比較稀少了。《金瓶梅詞話》的作者注重於養生，希望人們能活過「古稀」之年，活過七十歲，所以在詩中說「在世為人保七旬（七十歲）」，不要貪色縱欲損傷身體，所以說「何勞日夜弄精神？」末句說「莫使蒼然兩鬢侵」，即莫使自己兩鬢蒼蒼老得快。這一回後面的詩詞曲中罵妓院虔婆等等：「虔婆你不良，迎新送舊，靠色為娼。巧言詞將咱誑，說短論長……我罵你句真伎倆媚人狐黨，……一片假心腸！」勸誡嫖娼者說：「宿盡閑花萬萬千，不如歸去伴妻眠。雖然枕上無情趣，睡到天明不要錢。」罵妓院虔婆等：「女不織兮男不耕，全憑賣俏做營生。任君斗量並車載，難滿虔婆無底坑。」妓院有虔婆（女老闆），有的還有她老公，俗稱「王八」，虔婆又名「鴇兒」，所以此詩中罵「女不織兮男不耕」，「女」中也包括娼妓在內。最後一首詩罵道：「假意虛脾恰似真，花言巧語弄精神。凡多伶俐遭他陷，死後應知拔舌根。」作者反對賣淫嫖娼無疑。

第二十二回中有一首詩罵「西門貪色失尊卑……暗通僕婦亂倫彝。」小說作者在書中反對貪色是很明顯的，作者反對貪酒、貪色、貪財、貪氣，是全書中的一部分重要內容。

第七十九回中寫西門慶因貪色縱欲將死，作者告誡世人說：「一己精神有限，天下色欲無窮……嗜欲深者，其天機淺。西門慶自知貪淫樂色，殊不知油枯燈盡，髓竭人亡。原來這女色坑陷得人有成時必有敗……早知色是傷人劍，殺盡世人人不防。」第七十九回西門慶亡。第八十回中有詩句說西門慶「生前不解尋活路，死後知他去那廂？」這些都是警誡世人切勿貪色縱欲！西門慶貪色，三十三歲而亡。

作者不僅是勸誡男性切勿貪色縱欲，而且他反對貪色縱欲也包括勸誡女性在內。最典型的是他寫了西門慶的一個丫鬟龐春梅。西門慶當初用十六兩銀子把她買到家中伏侍吳月娘，第九回中寫西門慶把潘金蓮娶到家中後，把春梅叫到金蓮房內，令她伏侍金蓮，對金蓮叫娘，西門慶把金蓮排行為第五房。第十回中寫西門慶「收用」了春梅，從此二人就有了性關係。第七十九回中寫西門慶死亡。第八十二回中寫潘金蓮與西門慶的女婿陳經濟私通，被春梅見到，她答應替潘、陳遮蓋，依潘之言，讓陳也把自己姦淫了。從此她便與陳、潘一起淫媾，在醜惡的路上越滑越遠。第八十六回中寫周守備（周秀）用五十兩一錠元寶買下春梅為妾。第八十七回中寫春梅做了周守備的二房，周甚寵愛她。春梅向周守備哭訴，請求他把潘金蓮娶到府中來做二房，自己情願做第三房。周守備派張勝、李安去見王婆買金蓮，王婆要價一百兩銀子。這樣來回討價還價，不能成交。春梅晚上哭哭啼啼對周守備說：「好歹再添幾兩銀子，娶了來和奴做伴兒，死也甘心！」周守備只得派大管家周忠，同張勝、李安，拿着銀子去見王婆，又添到九十兩上，王婆還是不肯賣。周忠就惱了，罵了王婆，李安也罵了她。王婆忍着，只是不言語。周忠等人回府稟告。周守備說，明日給他一百兩，拿轎子抬了來罷。周忠說，爺，就添到一百兩，王婆還要五兩媒人錢。且丟她兩日，她若張致，「拿到府中……」。此時武松遇赦回家，還做了清河縣都頭。得知西門慶已死，潘金蓮在王婆家準備嫁人，就去見了王婆，用施恩、劉高給他的一百兩銀子，又另外給了五兩銀子，買下潘金蓮為「妻」，實際上是要殺潘金蓮與王婆，為兄報仇。王婆去給了吳月娘二十兩銀子，瞞着月娘，自己賺了銀子八十五兩。晚上王婆領潘金蓮進門。武松拔刀叫潘金蓮與王婆說出害死他哥哥的實情，只得從實招說，武松先後殺了潘與王婆，拿了那八十五兩銀子等等，「上梁山為盜去了。」第九十六回中寫春梅思念陳經濟，對周守備謊說陳是自己的表弟，周見她終日臥床不起，沒好氣，知她是思念表弟，叫張勝、李安用心找尋。張勝終於找到了陳對陳說了，請陳騎上馬，張緊緊跟隨，徑往守備府來。第九十七回中寫陳經濟到守備府中，下了馬，張勝先進去稟報春梅，她吩咐給他洗澡換衣，然後相見。春梅悄悄對陳說，守備若問你，「只說是姑表兄弟，我大你一歲，二十五歲了，四月廿五日午時生的。」陳說：「我知道了。」後來周守備不在時，二人就私通。周守備吩咐春梅給表弟陳經濟尋門親事，後來就與葛員外的大女兒翠屏結了婚。第九十九回中寫葛翠屏往娘家回門住去了，陳經濟獨自在西書房睡，春梅就進房中來，兩個就解衣雲雨做一處。張勝走來聽見書房內有女人笑語之聲，就在窗下竊聽，原來是春梅與陳經濟交媾。又聽得經濟對春梅說他的壞話，還說他把孫雪娥隱占在外姦宿等等事。春梅說等周守備回來，「交他定結果了這廝！」張勝就取了一把解腕鋼刀來殺他們。此時春梅出去了，張勝進來怒罵陳經濟而殺之。張勝出來要殺春梅，被李安捉住綁了。周守備已升了山東統制，到家後，春梅把張勝殺死經濟一事說了，李安把凶器放在前面，跪稟前事。周大怒，命提出張勝，不問長短，喝令軍牢打一百棍，登時打死。孫雪娥自縊身亡。第一百回中寫周統制陣亡。春梅「淫情愈盛，常留周義（周忠的次子）在香閣中……淫欲無度……貪淫不已……摟着周義在床上，一泄之後，鼻口皆出涼氣，淫津流下……死在周義身上，亡年二十九歲。」作者顯然也勸誡女性不要貪色縱欲。

《金瓶梅詞話》又名《金瓶梅傳》，作者寫男主角西門慶、陳經濟早死，寫女主角「金」（潘金蓮）、「瓶」（李瓶兒）、「梅」（龐春梅）三個女子早死，都和貪色淫佚有關。西門慶只活了三十三歲。陳經濟和一些女人亂搞，終被張勝所殺，只活了二十七歲。潘金蓮貪色縱欲，和不少男性亂搞，終被武松所殺，只活了三十二歲（見第八十七回）。李瓶兒先嫁梁中書為妾，次嫁花子虛為妻，後嫁蔣竹山為妻，又趕走蔣竹山改嫁西門慶為妾。她的早死固然和潘金蓮諷罵她有關；但她也是貪色淫佚的，特別是由於淫佚，患了血山崩，還儘量滿足西門慶的性欲要求，而西門慶既搞別的許多女人，又搞一些男性，陰莖很骯髒，又不洗，造成李瓶兒的病更加嚴重，終於醫治無效，死時僅二十七歲（見第六十二回）。春梅貪色縱欲，先後和西門慶、陳經濟、周秀、周義有性關係，最後縱淫死在周義身上，年僅二十九歲，周統制（周秀）的族弟周宣命人將周義打死。孟玉樓在西門慶死後改嫁給了李衙內（李拱璧），夫妻恩愛和美，終得長壽。吳月娘壽年七十歲。作者對七個主要人物的結局作出了審美評價，在卷末的詩中作總結說：

閑閱遺書思惘然，誰知天道有循環。
西門豪橫難存嗣，經濟顛狂定被殲。
樓月善良終有壽，瓶梅淫佚早歸泉。
可怪金蓮遭惡報，遺臭千年作話傳。

最後有一行文字：「《金瓶梅詞話》卷之一百回終」。可見全書是一百回，而不是九十五回。我認為萬曆二十年至二十五年（1592 年至 1597 年）的抄本就是一百回，九十五回由蘭陵民間才人寫成，第五十三回至五十七回的五回由蘭陵人王稺登寫成，或由他寫成一部分。全書抄本共一百回付刻於萬曆四十五年（1617 年）冬，天啟元年（1621 年）刻成於江蘇蘇州。全書反皇帝、權臣、貪官腐敗害民，反貪汙、行賄受賄、殺人劫財、偷稅漏稅、賣淫嫖娼、婚外亂搞，是反腐倡廉的文學名著。

《金瓶梅詞話》正誤及校點商榷

就《金瓶梅》各種本子的小說文字而言，最有價值的是《金瓶梅詞話》，它是其他各本的祖本。《金瓶梅詞話》原刻本現存於世完整或較完整者有三部：一、日本日光山輪王寺慈眼堂藏本；二、原北平圖書館藏本（現藏於臺灣臺北市外雙溪故宮博物院）；三、日本德山毛利氏棲息堂藏本。三部為同一刻本，而以日本慈眼堂藏本為最完善。日本棲息堂藏本第五回末頁異版，當係後來補刻的一頁。這一刻本當付刻於萬曆四十五年（1617年）冬，刻成於天啟初年（1621），理由詳見前文，此處不贅。崇禎年間刊行的《新刻繡像批評金瓶梅》（即「崇禎本」），是《金瓶梅詞話》的改篡本。清朝康熙年間刊行的《皋鶴堂批評第一奇書金瓶梅》（即張竹坡評本），其小說文字基本上採用的是崇禎本。由於詞話本中的刻誤太多，這就勢必影響到崇禎本、張評本都遺留下了很多錯誤。1985 年人民文學出版社出版了戴鴻森先生校點的《金瓶梅詞話》刪節排印本，訂正了詞話本的許多錯誤。白維國先生在《徐州教育學院學報》1989 年第 2 期上發表了〈《金瓶梅詞話》校點商兌〉一文，指出戴校本中的漏校、誤校、誤點之處數以百計。我們也發現詞話本和戴校本中有大量的錯誤，而且是白先生文中沒怎麼指出的。其中有不少舛誤還遺留在最近齊魯書社出版的崇禎本校點排印本和張評本校點刪節排印本中，也都有必要再行校正。

《金瓶梅》是我國古典長篇小說中名列前茅的傑作，也是世界文學名著之一。為了能夠整理出版一部理想的或較為理想的《金瓶梅詞話》校點排印本，也為了使出版的《金瓶梅詞話》校點刪節排印本、崇禎本校點排印本和張評本校點刪節排印本訂正得更好些，為了有利於對這幾部寶貴的古籍的整理，並有利於對《金瓶梅》這幾種主要版本的閱讀與研究，我們在此將詞話本中的舛誤予以訂正（主要依據日本慈眼堂藏本）。同時對戴校本及齊魯書社崇禎本排印本和張評本刪節排印本的校點，也提出一些商榷意見，謹供參考，懇望這幾種校點本以後能有新的更大的提高。

下面例舉的「詞話本」指日本大安株式會社 1963 年《金瓶梅詞話》影印本。

為了節省篇幅，下面僅舉我們所掌握的以上各本中大量舛誤的一部分。

1. 詞話本卷前第 3 頁〈四貪詞〉第四首〈氣〉中有云：「一時怒發無明穴」。按：「無明穴」應作「無明火」，因「火」字草書與「穴」字草寫形近而誤。戴校本襲用「穴」

字，誤，應訂正為「火」。「無明」為佛家語，意為愚癡。通常稱煩惱動怒為「無明火起」。

2. 詞話本第一回 3 頁 8 行，戴校本 3 頁 11 行，「一個好色的婦女，因與了破落戶相通」。按：「了」應作「個」。因「個」字簡體草寫與「了」形近而誤。全書中「個」與「了」相誤的實例很多。這「一個」好色的婦女指潘金蓮，這「個」破落戶指西門慶，前後各用一「個」字相應。

3. 詞話本第一回 6 頁後半頁 1 行，戴校本 6 頁 10 行，「清河壯士酒未醒」。按：「清河」應作「陽穀」。這首詩來自《水滸傳》第二十三回。《水滸傳》中武松是清河縣人，故云「清河壯士」；而《金瓶梅詞話》將武松改成了陽穀縣人，故此處亦當改為「陽穀壯士」。

4. 詞話本第一回 18 頁 6 行，戴校本 17 頁 10-11 行，「武松道：『嫂嫂不信時，只問哥哥就見了。』」按：「見」應作「是」。因「是」字草書與「見」形近而誤。崇禎本此處作「是」。

5. 詞話本第二回 5 頁 9 行，戴校本 25 頁 7 行，（寫潘金蓮）「六鬢斜插一朵並頭花」。按：「六鬢」不通，應作「雲鬢」。因「雲」字簡體草寫與「六」形近而誤。第四回寫「西門慶便向頭上拔下一根金頭銀簪，又來插在婦人雲鬢上」，十九回寫潘金蓮「雲鬢簪着許多花翠」，二十七回寫潘金蓮把一朵瑞香花「簪於雲鬢之傍」，後又寫她戲折一枝石榴花「簪於雲鬢之旁」，均可為證。戴校本將上述第四回中的「雲鬢」，從崇本改為「雲髻」，非是。

6. 詞話本第三回 4 頁後半頁 3 行，戴校本 36 頁 13 行，有詩云：「兩意相投似蜜甜，王婆撮合更搜奇。安排十件挨光計，管取交歡不負期。」按：「甜」字失韻，應作「脾」，與「奇」「期」押韻。此詩來自《水滸傳》第二十四回，正作「脾」。全詩是：「兩意相交似蜜脾，王婆撮合更稀奇。安排十件捱光計，管取交歡不負期。」可證。「蜜脾」，乃蜜蜂營造的連片巢房，釀蜜於其中，其形如脾，故名。王禹偁〈蜂記〉云：「其釀蜜如脾，謂『蜜脾』。」李商隱〈閨情〉詩：「紅露花房白蜜脾，黃蜂紫蝶兩參差。」

7. 詞話本第三回 5 頁後半頁 5 行，戴校本 37 頁 13 行，王婆誇潘金蓮「你詩詞百家曲兒內字樣，你不知全了多少！」按：「全」應作「會」。因「會」字簡體草寫與「全」字形近而誤。崇禎本覺「全」意不通，改為「識」，非是。

8. 詞話本第三回 7 頁 1 行，戴校本 38 頁 18 行，有詩句嘲笑武大郎「卻把婆娘自送人。」按：末三字應作「白送人」。因「白」「自」形近而誤。此詩來自《水滸傳》第二十四回，正作「白送人」。

9. 詞話本第三回 7 頁後半頁 8 行，戴校本 38 頁 13 行，齊魯社崇禎本 49 頁 11 行、張評本刪節排印本 70 頁 16 行，寫西門慶「搖搖擺擺徑往紫石街來」。按：「紫石街」應作「縣西街」。《水滸傳》寫潘金蓮與王婆住在陽穀縣紫石街，《金瓶梅》改到了清河縣縣西街（第一回寫武大與潘金蓮夫婦二人「在紫石街住不牢，又要往別處搬移」，又寫「武大自從搬到縣西街上來，照舊賣炊餅」，崇禎本、張評本文字基本一樣），他們隔壁是王婆的茶房。此處寫西門慶來王婆茶房欲會潘金蓮，故「徑往紫石街來」的「紫石街」，應作「縣西街」。

10. 詞話本第三回 11 頁後半頁末行，戴校本 43 頁 10-11 行，齊魯社崇禎本 53 頁 1 行、張評本 74 頁 19 行，西門慶對潘金蓮說他先妻陳氏「沒了，已過三年……」按：「三」應作「一」。第七回西門慶對孟玉樓說「不幸先妻沒了一年有餘」，可證。「已過三年」來自《水滸傳》第二十四回，西門慶對潘金蓮說「小人先妻……歿了已得三年」，《金瓶梅》沿襲之，寫為「小人先妻……沒了，已過三年」。但西門慶過了一兩個月卻對孟玉樓說「不幸先妻沒了一年有餘」，前後矛盾。應將沿襲《水滸傳》中之所寫而致誤的「已過三年」，改為「已過一年」，以使前後所說的時間統一。

11. 詞話本第四回 2 頁 5 行，「一個將朱唇緊貼，一個粉臉斜偎。」按：「粉臉」前奪一「把」字。此段描寫來自《水滸傳》第二十四回，有對句云：「將朱唇緊貼，把粉面斜偎。」崇禎本將所奪之「把」字補為「將」字，不妥。

12. 詞話本第四回 5 頁後半頁 1 行，「根下猶來着銀打就、藥煮成的托子。」按：「來」應作「束」。因「束」字草寫與「來」字簡體草寫形近而誤。第三十八回「銀托束其根」，五十回「銀托束在根下」，七十五回「束着托子」，七十七回「根下束着銀托子」，均可證。崇禎本異想天開覺「來」字不通，改為「帶」字，不妥；應作「束」字。

13. 詞話本第四回 6 頁 3 行，「若遇風流清子弟，等言戰鬥不開言。」按：「等言」不通，應作「等閒」。《水滸傳》第二十四回「若遇風流清子弟，等閒雲雨便偷期」，可證。

14. 詞話本第四回 6 頁後半頁 6 行，戴校本 49 頁 17 行，齊魯社崇禎本 61 頁 14 行、張評本 85 頁 1-2 行，「西門慶刮刺上賣炊餅的武大老婆，每日只在紫石街王婆茶房（坊）裏坐的。」按：「紫石街」應作「縣西街」。理由見第 9 條。

15. 詞話本第四回 6 頁後半頁 9 行，戴校本 49 頁 20 行，齊魯社崇禎本 61 頁末行、張評本 85 頁 4 行，寫鄆哥「一直往紫石街走來，徑奔入王婆茶房（坊）裏去。」按：「紫石街」應作「縣西街」。

16. 詞話本第五回 3 頁 5 行，戴校本 54 頁 7 行、齊魯社崇禎本 67 頁 6 行、張評本 90 頁 3 行，武大對鄆哥說「明日早早來紫石街巷口等我。」按：「紫石街」應作「縣西街」。

17. 詞話本第五回 3 頁後半頁 4 行，戴校本 54 頁 18 行，齊魯社崇禎本 67 頁 14 行、張評本 90 頁 14 行，寫武大「出到紫石街巷口，迎見鄆哥……」按：「紫石街」應作「縣西街」。

18. 詞話本第五回 4 頁後半頁 2 行，戴校本 55 頁 15 行，齊魯社崇禎本 68 頁 11 行、張評本 91 頁 14 行，潘金蓮說西門慶「你閑常時只好鳥嘴，賣弄殺好拳棒，臨時便沒些用兒……」按：「只好鳥嘴」應作「只如鳥嘴」，因「如」字草書與「好」字草書形近而誤。此句來自《水滸傳》第二十五回，正作「閑常時只如鳥嘴」。

19. 詞話本第六回 1 頁後半頁 7 行，戴校本 62 頁 18 行，齊魯社崇禎本 76 頁 2 行、張評本 100 頁 18 行，「何九到巳牌時分，慢慢的走來，到紫石街巷口，迎見西門慶」。按：「紫石街」應作「縣西街」。

20. 詞話本第六回 4 頁 4 行，戴校本 65 頁 4 行，「有〈鷓鴣天〉為證」。按：此句應作「有詩為證」。因下面所寫是一首詩，而不合〈鷓鴣天〉詞牌。此處來自《水滸傳》第二十六回，但《水滸傳》中寫的是一首〈鷓鴣天〉，《金瓶梅》中此處改成了一首詩，而忘記改「〈鷓鴣天〉」為「詩」，致有此誤。

21. 詞話本第七回 8 頁 9 行，戴校本 76 頁 3 行，寫安童給孟玉樓帶來「四塊黃米面棗兒糕，兩塊糖，幾個艾窩窩。」按：「幾個」應作「十幾個」或「幾十個」。下面寫孟玉樓從中送給薛嫂「一塊糖，十個艾窩窩」。不能從「幾個」中送「十個」。崇禎本覺此處意不通，將「幾個」改為「幾十個」。

22. 詞話本第七回 12 頁後半頁 8-9 行，戴校本 80 頁 9-10 行，齊魯社崇禎本 93 頁 7 行、張評本 128 頁 12-13 行，寫孟玉樓改嫁西門慶，「到三日，楊姑娘家並婦人兩個嫂子孟大嫂、二嫂，都來做生日。」按：「做生日」應是「做三日」。這裏寫的是六月初孟玉樓改嫁到西門慶家三日的事。孟玉樓的生日是十一月二十七日，西門慶的生日是七月二十八日，所以「都來做生日」根本不通，應是「都來做三日」之誤。當時習俗，新娘出嫁第三日設宴慶賀，稱為「做三日」。如第三十五回寫吳大舅之子吳舜臣娶了喬大戶娘子侄女鄭三姐，有「明日吳大妗子家做三日」，「吳月娘與眾房……往吳大妗家做三日去了」，「今日娘每都不在，往吳妗子家做三日去了」等語。九十一回寫孟玉樓改嫁李衙內，李衙內這邊下回書，請眾親戚女眷「做三日，紮彩山，吃筵席」，「吳月娘那日亦滿頭珠翠……坐大轎，來衙中做三日赴席，在後廳吃酒。」均可為證。

23. 詞話本第八回 8 頁 1-2 行，戴校本 88 頁末行，齊魯社崇禎本 100 頁末行、張評本 138 頁 6 行，寫潘金蓮認定是哪個妙人送給西門慶的扇子，「不由分說，兩把折了。」按：「折」應作「扯」。下文寫「西門慶救時，已是扯的爛了，說道：『這扇子是我一個朋友卜志道送我的……被你扯爛了。』」可證。

24. 詞話本第八回 9 頁 6-7 行，戴校本 90 頁 5-6 行，齊魯社崇禎本 102 頁 1-2 行、張評本 139 頁 12-13 行，寫武松「去時三、四月天氣，回來卻淡暑新秋……前後往回，也有三個月光景。」按：從第二回的描寫來看，武松離開清河縣上東京，當是政和二年十一二月的事。回來是八月上旬。故此處所敘與前面所寫相抵牾。應校為「去時十一二月天氣，回來卻淡暑新秋……前後往回，也有八個月光景。」

25. 詞話本第九回 4 頁 3 行，戴校本 98 頁 4 行，齊魯社崇禎本 110 頁 1 行、張評本 147 頁 5 行，寫武松「一徑投紫石街來。」按：「紫石街」應作「縣西街」。

26. 詞話本第九回 9 頁後半頁末行，戴校本 103 頁 19 行，「那李外傳見是武二，唬得謊了」。按：「謊」應作「慌」。因「慌」字草寫與「謊」字簡體形近而誤。崇禎本覺「唬得謊了」不通，改為「先嚇呆了」，不妥。

27. 詞話本第十回 1 頁後半頁 8 行，戴校本 106 頁末行，「……並酒保、唱的干證人，在廳前跪下。」按：「干證人」應作「一干證人」，奪「一」字。下文有「一干人」「一干犯人」「一干人眾」「一干人等」「一干人犯」等語可證。崇禎本覺「干證人」不通，改為「一班人」，不妥。

28. 詞話本第十回 3 頁後半頁 1 行，戴校本 108 頁 13 行，「覆審無異同」。按：「同」應作「詞」。因「詞」字簡體草字與「同」字形近而誤。崇禎本覺「無異同」意思不通，刪去「同」字，作「無異」，不妥。

29. 戴校本 108 頁 13-14 行，「擬武松合依鬥毆殺人，不問手足、他物、金刃〔五〕，律絞。」114 頁校記〔五〕云：「『金刃』，原作『金兩』，崇本同，徑改。……」按：「金兩」意通，「金刃」反倒彆扭。武松有「金兩」，並無「金刃」。因而詞話本原刻、崇禎本此處均無誤，戴校不妥。

30. 詞話本第十回 7 頁 3 行，戴校本 111 頁 23 行，齊魯社崇禎本 125 頁 1 行、張評本 162 頁 13 行，「只因政和三年正月上元之夜，梁中書同夫人在翠雲樓上，李逵殺了全家老小，梁中書與夫人各自逃生。這李氏（按：指李瓶兒）帶了一百顆西洋大珠，二兩重一對鴉青寶石，與養娘媽媽，走上東京投親。」按：「政和三年」應作「政和二年」。本回寫知縣李達天等人於「政和三年八月」申文東平府，武松遭發配。接着，西門慶與眾妻妾宴賞芙蓉亭，西門慶對吳月娘說花子虛娶李瓶兒「今不上二年光景」。插敘說「政和三年正月上元之夜」李瓶兒逃出梁中書府，到東京後，嫁花太監侄兒花子虛為妻。「政和三年正月」距政和三年八月，僅 7 個月，說「今不上二年光景」不妥；而由政和二年春到政和三年八月，有一年半左右，正合於「今不上二年光景」。本回還寫李瓶兒嫁花子虛後，花太監帶她到廣南住了半年有餘。後來花太監因病告老還家在清河縣居住。吳月娘說花太監死於「前者六月間」（政和三年六月）。李瓶兒若是政和三年正月十五之夜逃出梁府，到東京與花子虛結婚，最早也是當月下旬；隨花太監到廣南，最早也是次月（二月）；在廣南住了半年餘，最早也住到了政和三年八月，花太監告老還鄉居住清河，又死於政和三年六月間，這一切無論如何對不上號。只有將「政和三年正月上元之夜」改為「政和二年正月上元之夜」，以上各種時間才能順理成章，對上面的一切才能解釋通。

31. 詞話本第十一回 4 頁前半頁末行至後半頁首行，戴校本 118 頁 11-13 行，雪娥道：「主子、奴才常遠似這硬氣，有時道着！」春梅道：「中。有時道使時道，沒的把俺娘兒兩個別變了罷！」按：「有時道使時道」應作「『有時道』便『時道』」。因「便」字草書與「使」形近而誤。書中有「便」「使」相誤的一些實例。如第一回「只是這般不見使」，「使」應作「便」；第三回「俺這裏又便常在家中走的賣翠花的薛嫂兒同作保」，第四回「因向婦人便手勢」，兩處「便」均應作「使」。崇禎本覺「有時道使時道」不通，改為「有時道沒時道」，不妥。

32. 詞話本第十一回 10 頁後半頁 1 行，戴校本 124 頁 1 行，「久聞桂姐善能禾唱南曲」。按：「禾」應作「樂」。因「樂」字簡體草寫與「禾」形近而誤。「善能樂唱南曲」，即善能彈樂器唱南曲，此回寫桂卿、桂姐姊妹「玉阮同調，歌唱遞酒」。「玉阮」即指絃樂器，相傳因西晉阮咸善彈這種絃樂器而得名，可簡稱「阮」。無疑桂卿、桂姐都是邊彈樂器邊唱的。崇禎本覺「久聞桂姐善能禾唱南曲」不通，改為「久聞桂姐善能歌唱南曲」，亦可，詞話本中也有「能歌唱南曲」的實例。

33. 詞話本第十二回 7 頁後半頁 1 行，戴校本 132 頁 2 行，齊魯社崇禎本 146 頁末行、張評本 186 頁 12 行，寫孫雪娥、李嬌兒二人不聽月娘之言，「約的西門慶進入房中，齊來告訴」金蓮在家養小廝一節。按：「約」應作「待」。因「待」字草書與「約」字草寫形近而誤。本回中「待的西門慶家來」，第五回「待的李嬌兒吃過酒」，六十二回「待的李嬌兒、玉樓、金蓮眾人都出去了」，均可為證。

34. 詞話本第十二回 8 頁 2 行，戴校本 132 頁 15 行，（西門慶）「認的是潘金蓮裙邊帶的物伴」。按：「物伴」應作「物件」。因「件」字草寫與「伴」形近而誤。下文西門慶對潘金蓮說「這個是你的物件兒」，可證。

35. 詞話本第十二回 10 頁後半頁 8 行，戴校本 135 頁 5 行，齊魯社崇禎本 149 頁末行、張評本 189 頁 19 行，「孟玉樓打聽金蓮受辱，約的西門慶不在家裏，瞞着李嬌兒、孫雪娥，走來看望……」。按：「約的」應作「待的」。理由見第 33 條。

36. 詞話本第十二回 11 頁 8 行，戴校本 135 頁 16 行，「你不問了青紅皂白」。按：「了」應作「個」。理由見第 2 條。崇禎本改為「個」，是。

37. 詞話本第十二回 15 頁 6 行，戴校本 139 頁 10 行，「我頂上這頭髮，近來又脫了奴好些」。按：「奴」係衍文。因「好」字草寫與「奴」形近，刻工誤刻為「奴」，當即發現刻錯，遂又補刻一「好」字，致有此誤，故「奴」字當刪。崇禎本即刪去「奴」字。

38. 詞話本第十二回 16 頁 1 行，戴校本 140 頁 4 行，齊魯社崇禎本 154 頁 14 行、張評本 195 頁 9 行，「我語言不的了？」按：應作「我言語不的了？」「言語」：說，吭聲。第十三回「我不言語便了」，十八回「以此不言語」，第二十回「不敢言語一聲兒」等等，實例很多，均可為證。

39. 詞話本第十二回 18 頁 3 行，戴校本 142 頁 4 行，「這四椿兒是恁的說？」按：「恁」應作「怎」。形近而誤。崇禎本即改為「怎」。

40. 詞話本第十三回 12 頁後半頁 3 行，戴校本 154 頁 17 行，「有詩為證」。按：「詩」應作「詞」，因下面是一首〈鷓鴣天〉詞，而不是一首詩。崇禎本即改「詩」為「詞」。

41. 詞話本第十四回 6 頁 6 行，戴校本 161 頁 1 行，「共該銀二千八百九十五兩，三人均分訖。」按：「二」應作「一」。前面寫「太監大宅一所，坐落大街安慶坊，值錢七百兩，賣與王皇親為業；南門外莊田一處，值銀六百五十五兩，賣與守備周秀為業」；「住居小宅，值銀五百四十兩」，李瓶兒暗使馮媽媽叫西門慶買了。這幾項加起來共計銀一千八百九十五兩，非「二千八百九十五兩」。崇禎本即改「二」為「一」，極是。

42. 詞話本第十四回 10 頁 7 行，「句又來」。按：「句又來」意不通，應作「可又來」。因「可」與「句」形近而誤。第十九、五十、五十八、五十九、八十五、八十八、九十五回中都有「可又來」這一詞語。可證。戴校本 164 頁 20 行改為「卻又來」，且不出校記，既誤而又失原本面貌。崇禎本覺「句又來」意不通，將此三字刪去，不妥。

43. 詞話本第十四回 11 頁後半頁 4-5 行，「李瓶兒道：『大娘既要，奴還有幾兒，到明日每位娘都補奉上一對兒……』」按：「幾兒」應作「幾對兒」，奪一「對」字，下文「一對兒」可證。戴校本改「兒」為「對」，不妥；應在「幾」與「兒」之間補一「對」字。

44. 詞話本第十四回 12 頁後半頁 10 行，戴校本 167 頁 9 行，「李瓶口裏雖說……」按：「李瓶」應作「李瓶兒」，奪一「兒」字。

45. 戴校本 171 頁 15 行「……好歹西明日都光降走走。」按：衍一「西」字。原刻無「西」字。多一「西」字意思便不通了。

46. 戴校本 173 頁 22 行，「下面又有許多小魚鱉蝦蟹兒跟着他」。按：衍一「又」字。原刻無「又」字。無「又」字通。多加一「又」字且不出校記，有失原刻本真實面貌。

47. 詞話本第十五回 4 頁後半頁 1 行，戴校本 174 頁 13 行，「大郎因為在王婆茶房內捉姦，被大官踢中了死了」。按：「大官」應作「大官人」，奪一「人」字。前文有「是咱縣門前開生藥鋪、放官吏債西門大官人的婦女」，後文有「武松……被大官人墊發充軍去了」，均可證。崇禎本即把「大官」改為「大官人」。

48. 詞話本第十五回 6 頁 2-3 行，戴校本 176 頁 1 行，齊魯社崇禎本 189 頁 13 行，「說他從臘裏不好到如今」。按：「臘」應作「臘月」，奪一「月」字。齊魯社張評本此處作「臘月」，是。

49. 詞話本第十五回 6 頁前半頁末行，戴校本 176 頁 9 行，「快請二媽出來！」按：「二」應作「三」。因李桂卿、李桂姐妓院老虔婆是李三媽，而不是李二媽。崇禎本即把「二媽」改為「三媽」，是。

50. 詞話本第十五回 6 頁後半頁 4-5 行，「俺大官近日相絕色的表子，每日只在那裏門走」。按：「大官」應作「大官人」。戴校本 176 頁 13 行仍作「大官」，不妥。崇禎本「官」下增一「人」字，「相」下增「了個」二字，均是。「門走」應作「行走」，因「行」字草書與「門」字簡體草寫形近而誤。如第八回中「街上各處閑門了幾日」，「閑門」應作「閑行」，「門」即「行」之誤，原因如上述。崇禎本覺「門走」不通，刪去「門」字。戴校本 176 頁 14 行校為「閑走」，既誤且不出校記，有失原刻本真實面貌。

51. 詞話本第十六回 5 頁 2-3 行，戴校本 185 頁 2-3 行「……想必你叫他話來。」按：「叫」應作「教」，音近而誤。下文「西門慶哄道：『我那裏教他？』」可證。齊魯社崇禎本 199 頁 4 行、張評本 245 頁 5 行，此句作「想必你叫他說來。」「叫」亦應作「教」，下文有「西門慶道：『我那裏教他？』」可證。

52. 詞話本第十六回 5 頁 8 行，戴校本 185 頁 8 行，「他要和你一處住，與你做了姊妹……」按：「了」應作「個」。理由見第 2 條。崇禎本即把「了」改為「個」。

53. 詞話本第十七回 1 頁 3-5 行，戴校本 193 頁 3-5 行，「記得書齋乍會時……今宵幸得效於飛。」按：此詞缺末二句，第十三回末尾曾寫有此詞，末二句是：「顛鸞倒鳳無窮樂，從此雙雙永不離。」詞牌當是〈鷓鴣天〉。應在校記中增加一條，予以說明。

54. 詞話本第十七回 2 頁 9 行，「雪白玉體透簾幃，禁不住魂飛魄颺。」按：「颺」應作「蕩」。這是一首〈西江月〉，此字處要求仄聲。第十回有相近的一首，此句正作「禁不住魂飛魄蕩。」可證「颺」乃「蕩」之誤。

55. 詞話本第十七回 5 頁 2 行，「邇者河湟失議，主議伐遼。內割三郡，郭藥師之叛，失陷。」按：「失陷」前應奪「燕山」二字。據《宋史》卷四七二・列傳第二三一・〈奸臣二・郭藥師傳〉，郭藥師叛宋前同知燕山府，他降金後遂使燕山府失陷，故「郭藥師之叛」後面應作「燕山失陷」。戴校本 196 頁 14 行，從崇禎本刪「失陷」二字，不妥。

56. 詞話本第十七回 5 頁 5 行，戴校本 196 頁 17 行，齊魯社崇禎本 211 頁 7 行、張評本260頁11行，「張達殘於太原」。按：「殘」應作「歿」，因「歿」字草書與「殘」字草寫形近而誤。「張達歿於太原」之事見《金史》卷七十九·列傳第十七〈張中孚傳〉，其中寫張中孚「父達，仕宋至太師，封慶國公。中孚以父任補承節郎。宗翰圍太原，其父戰歿，中孚泣涕請跡父屍，乃獨率部曲十餘人入大軍中，竟得其屍以還。」《金瓶梅》各種版本將「歿」字誤為「殘」字，這就把一位抗金的民族英雄變成殘殺太原人民的劊子手了。因此，這一處是一個大錯誤。由以上可知《金瓶梅》作者或修改者是讀過《金史》的，文化修養很高，而又很注意太原的歷史。

57. 詞話本第十七回9頁後半頁7行，「東京門下文書，坐落府縣拿人。」按：「門」應作「行」，因「行」字草書與「門」字簡體草寫形近而誤，參見第50條所舉之例。第十回「一面行文書坐落清河縣」，四十七回「照依原行文書」，五十一回「朱太尉批行東平府，着落本縣拿人」，「東京上司行下來批文，委本縣拿人」，「有東平府行下文書來」，七十八回「上司行下文書來」，「東京行下文書」，均可為證。戴校本200頁末行，從崇禎本作「東京關下文書」，非是。齊魯社崇禎本215頁15行、張評本265頁6行，均作「關」，皆判斷之誤，原作應是「行」字。

58. 詞話本第十八回6頁3-4行，戴校本207頁末行，「玉樓道：『罵我每也罷，如何連大姐也罵起淫婦來了？』」按：「大姐」應作「大姐姐」，奪一「姐」字。「大姐姐」指吳月娘，下文「玉樓道：『大姐姐且叫了小廝來問他聲……』」可證。西門慶在街上聽說李瓶兒嫁了蔣竹山，非常氣惱，下馬進儀門，見吳月娘、孟玉樓、潘金蓮、西門大姐正在跳百索兒耍子，便罵「淫婦們閑的聲喚，平白跳甚麼百索兒！」他踢了潘金蓮兩腳，走後，玉樓說：「罵我每也罷，如何連大姐姐也罵起『淫婦』來了？」如作「大姐」，即西門慶之女西門大姐，那就成了吳月娘也該被罵作「淫婦」，顯然不合作者、也不合孟玉樓之本意，故「大姐」乃「大姐姐」之誤。崇禎本即改為「大姐姐」，符合作者之原意。

59. 詞話本第二十回12頁9行說西門慶娶李瓶兒後，「又買了兩個小廝，一名來安兒，一名棋童兒。」按：引號裏這三句可能是作者以外的人補加的，故應刪去。因為第十五回寫西門慶娶李瓶兒之前，家中已有來安兒：「來興、來安、玳安、畫童四個小廝跟隨着」西門慶；第三十一回棋童才到西門慶家：寫西門慶做官後，李知縣給他送了一名小郎，「喚名小張松……改換了名字，叫做書童兒……祝日念又舉保了一個十四歲小廝來答應，亦改名棋童。」這些內容與第二十回中所寫的三句相抵牾，將那三句刪去，前後的意思才不自相矛盾。

60. 詞話本第二十一回3頁後半頁9-10行，「月娘亦低聲幃暱枕，態有餘妍」。按：「幃暱枕」應作「睥幃睨枕」。崇禎本作「睥幃暱枕」。

61. 詞話本第二十一回 4 頁 9 行，戴校本 247 頁末行，「金蓮道『俺每那等勸着，他說一百年二百年，又和怎的？平白浪攧着自家又好了，又沒人勸他。』」按：「和」應作「知」。形近而誤。標點應作「……他說『一百年』『二百年』，又知怎的？」

62. 詞話本第二十一回 15 頁後半頁 4 行，「該西門慶擲我虞美人，見楚漢爭鋒，傷了正馬軍，只聽見耳邊金鼓連天震。」按：「我」應作「說」。以上應作「該西門慶擲，說：『虞美人，……』」戴校本 258 頁 16 行，從崇禎本補一「說」字，但不刪「我」字，作「該西門慶擲，說：『我虞美人，……』」應刪「我」字。原刻「我」應是「說」之誤，當改為「說」。

63. 詞話本第二十二回 2 頁 2 行，戴校本 263 頁 4 行，齊魯社崇禎本 284 頁 4 行、張評本 340 頁 13 行，「……托腮並咬指，無故整衣裳……」按：「裳」字失韻，該句似應作「無故整裙衣」，與「隨」「低」「時」「私」押韻。應是作者手稿中奪一「裙」字，別人在「衣」後補一「裳」字而致誤。

64. 詞話本第二十三回 10 頁後半頁末二行，戴校本 279 頁 17 行，寫宋惠蓮「或一時教：『傅大郎，我拜你拜，替我門首看着買粉的。』」按：「教」應作「叫」。同音而誤。下文寫宋惠蓮「又叫」，可證。「買」應作「賣」，形、音皆近而誤。下文玳安說：「嫂子，賣粉的早辰過去了」，可證。另外，下文惠蓮又叫賁四「門首看着賣梅花、菊花的」，亦可證。

65. 詞話本第二十四回 10 頁 8 行，戴校本 292 頁 1 行，惠蓮罵惠祥「……你也不什麼清淨姑姑兒。」按：「不」下應奪一「是」字。下文惠祥反問惠蓮「我怎不是清淨姑姑兒？」可證。

66. 詞話本第二十五回 3 頁 8 行，戴校本 296 頁 9 行，孫雪娥對來旺說「幾時沒見，吃得黑腪了。」按：「腪」應作「胖」，因「胖」字草寫與「腪」草書形近而誤。下文宋惠蓮說來旺，「賊黑囚，幾時沒見，便吃得這等肥肥的來家。」可證。「肥肥的」即「胖」。第九十回孫雪娥對來旺說：「你這幾年在那裏來？怎的不見？出落得恁胖了。」亦可為證。崇禎本改「腪」為「胖」，極是。

67. 詞話本第二十五回 5 頁後半頁 3 行，戴校本 298 頁 13 行，「幾句語兒，來旺兒不言語了」。按：「幾句語兒」應作「幾句話兒」，「話」「語」形近而誤。崇禎本覺「幾句語兒」彆扭，改為「幾句說的」，不妥。

68. 詞話本第二十五回 5 頁後半頁 4-7 行，戴校本 298 頁 14-17 行，齊魯社崇禎本 321 頁 7-9 行、張評本 381 頁 2-5 行，宋惠蓮對來旺說：「這匹藍段子，越發我和你說了罷……娘看見我身上，上穿着紫襖，下邊借了玉簫的裙子穿着，說道媳婦子怪剌剌的，甚麼樣子，不好，才與了我這匹段。……」按：「紫」應作「紅」。第二十二回寫宋惠蓮那天「身上穿着紅紬對衿襖，紫絹裙子」，西門慶故意問玉簫：「那個穿紅襖的是誰？」又說「這媳婦子怎的紅襖配着紫裙子，怪模怪樣。」玉簫說「這紫裙子，還是問我借的裙子。」後來西門慶叫玉簫去給惠蓮送一匹藍緞子。玉簫對惠蓮說：「爹昨日見你……穿着紅襖，配着紫裙子，怪模怪樣的不好看。說這紫裙子還是問我借的，爹才開廚櫃拿了這匹段子，使我送與你，教你做裙子穿。」由此可見：宋惠蓮當日穿的是紅襖與紫裙子，玉簫給她送去一匹藍緞子是讓她做裙子穿的。故第二十五回她說自己那天「上穿着紫襖」有誤，應將「紫襖」校改為「紅襖」。

69. 詞話本第二十五回 5 頁後半頁 8 行，「就纂我恁一偏舌頭」。按：「偏」應作「篇」，音同形近而誤。第十二回「平空把我纂一篇舌頭。」可證。戴校本 298 頁 18 行，作「一遍舌頭」，且不出校記，有失原刻本真實面貌。齊魯社崇禎本 321 頁 9 行、張評本 381 頁 6 行，皆作「一遍舌頭」，不合原意。詞話本中曾多次用「一篇」，如「一篇舌頭」「一篇是非」（見第十二、二十六、五十一等回），故此處亦應作「一篇」。

70. 詞話本第二十五回 8 頁後半頁 4-5 行，戴校本 301 頁 9-10 行，齊魯社崇禎本 324 頁 2 行、張評本 383 頁 22-23 行，潘金蓮對孟玉樓罵西門慶和宋惠蓮勾搭之事：「……賊強人瞞神兒唬鬼，使玉簫送段子兒與他做襖兒穿。……」按：「襖兒」應校為「裙子」，理由見第 68 條。第二十二回寫西門慶叫玉簫給宋惠蓮送去一匹藍緞子，好讓她做裙子穿，那是政和五年十一月底的事。到第二十五回潘金蓮對孟玉樓說這番話時，已是次年三月下旬。在長達 4 個月的時間裏，以金蓮之精明，當必知西門慶使玉簫送緞子給宋惠蓮是叫她做裙子穿，而不可能弄錯為「做襖兒」。詞話本同回 4 頁後半頁 7 行，戴校本 297 頁 19 行，齊魯社崇禎本 320 頁 12 行、張評本 380 頁 9 行，宋惠蓮對來旺說「此是後邊見我沒個襖兒，與了這匹段子，放在箱中沒工夫做。」也應將「沒個襖兒」校改為「沒條裙子」；但不校改也問題不大，因為還可以理解為這是宋惠蓮在對丈夫撒謊，故意把「裙子」說成「襖兒」（當然這樣理解也是很彆扭的）。然而潘金蓮對孟玉樓所說的「做襖兒穿」，實應校正為「做裙子穿」，以與第二十二回中之所寫相一致。

71. 詞話本第二十六回 1 頁後半頁 3 行，戴校本 307 頁 14 行「……來保和吳主管，五月廿八日起身，往東京去了。」按：「五」應作「三」。第二十五回「……趕後日三月二十八日起身，往東京押送蔡太師生辰擔去。」可證。崇禎本將此處「五月」改為「三月」，是正確的。第二十七回寫來保同吳主管第二次押送蔡太師生辰擔離清河縣上東京去，是五月二十八日。

72. 詞話本第二十六回 5 頁後半頁 5 行，「令右左打嘴巴」。按：「右左」應是「左右」。戴校本在校記中已指出應從崇禎本改為「左右」，但在 311 頁 16 行仍誤為「右左」。即使不據崇禎本亦應將「右左」校正為「左右」，因下文「夏提刑即令左右選大夾棍上來」，即可證。

73. 詞話本第二十六回 7 頁 2-3 行，「于是二人解佩露駿妃之玉，有幾點漢署之香」。按：此處含意費解，崇禎本改為「于是二人解佩露甄妃之玉，齊眉點漢署之香」。另外詞話本第七十六回有「春筍露甄妃之玉，朱唇點漢署之香」，詞話本與崇禎本第九十七回又均有「兩個在花亭上，解珮露相如之玉，朱唇點漢署之香」之語。以上數處文字不同，是必有誤，待查考。

74. 詞話本第二十七回 9 頁 6 行，戴校本 331 頁 20 行，寫西門慶與潘金蓮二人「來到蔔（葡）萄架上」。按「蔔」應作「葡」，「上」應作「下」。後文「二人到於架下」，可證。崇禎本即改「上」為「下」。

75. 詞話本第二十七回 12 頁 4 行，「把那話我出來」。按：「我」應作「拽」。因「拽」草寫與「我」形近而誤。崇禎本即改「我」為「拽」。

76. 詞話本第二十七回 12 頁 5 行，「奢棱跳胞」。按：「胞」應作「腦」，因「腦」字簡體草寫與「胞」形近而誤。第三十七、五十、六十一、七十三、七十九回均有「奢棱跳腦」，可證。

77. 詞話本第二十七回 12 頁 7-8 行，「你不知使了甚麼行子……」按：「行子」應作「行貨子」，奪一「貨」字。第 13、51、75 等回中均有「行貨子」一語，可證。崇禎本此處即補一「貨」字。

78. 詞話本第二十七回 12 頁後半頁 4 行，「到此處，無折男子莖首」。按：「無」應作「微」。此處描寫來自《如意君傳》，在《如意君傳》中作「微折」。崇禎本覺「無折」意費解，刪此二字，不妥。

79. 詞話本第二十八回 1 頁後半頁 6 行，「把人奈何帋帋的」。按：「帋帋」應作「昏昏」，形近而誤。崇禎本即改為「昏昏」。

80. 詞話本第二十八回 2 頁 4 行，「雲白玉體透簾幃」。按：「雲」應作「雪」，形近而誤。第十、十七回此句均作「雪白」，可證。

81. 詞話本第二十九回 2 頁 10-11 行，戴校本 345 頁 13-14 行，孟玉樓對潘金蓮說：「六姐，你平白又做平底子紅鞋做甚麼，不如高底鞋好着。」按：「着」應作「看」，形近而誤。崇禎本即改為「看」。

82. 詞話本第二十九回 12 頁 9 行，齊魯社崇禎本 380 頁 3 行，「星眸驚欠之際，已抽拽數十度矣。」按：「欠」應作「閃」，因「閃」字草書與「欠」形近而誤。此處描寫來自《如意君傳》：「星眸驚閃之際，被曹已抽拽數十次矣。」《金瓶梅詞話》第二十七回也有「星眸驚閃」一語：「于是把婦人扶坐，半日，星眸驚閃，甦省過來。」均可證。「驚欠」不通，應校改為「驚閃」。《如意君傳》寫武則天和「如意君」薛敖曹亂搞兩性關係，《金瓶梅詞話》受有一定影響。

83. 詞話本第二十九回 12 頁後半頁 3 行，「前日西門慶在翡軒誇獎李瓶兒身上白淨」。按：「翡軒」應作「翡翠軒」，奪一「翠」字，參見第二十七回〈李瓶兒私語翡翠軒……〉，崇禎本即補一「翠」字。

84. 詞話本第二十九回 13 頁 6 行，「才郎情動要爭持，稔色心忙顯手段。」按：「稔」應作「豔」。因「豔」字簡寫「艳」，草書與「稔」形近而誤。「豔色」與「才郎」相對。崇禎本覺「稔色」不通，改為「美女」。詞話本手稿中有大量繁體字，也有大量簡體字、草書字。刻本中繁、簡字和誤刻字皆有。

85. 詞話本第三十回 9 頁後半頁 5-7 行，寫李瓶兒「生下孩子來了，時宣和四年戊申六月廿一日也。」崇禎本改「一」為「三」。戴校本從崇禎本。戴校本 365 頁 13 行，齊魯社崇禎本 391 頁 5-6 行、張評本 457 頁末行，均將官哥兒的生年定為「宣和四年戊申」，皆誤，年月日應校改為「政和六年丙申六月廿三日」。蓋因草稿漶漫殘缺，「政」「六」「丙」「三」四字無法辨認，由別人補了「宣」「四」「戊」「一」四字而致誤。李瓶兒改嫁西門慶是政和五年八月二十日的事，次年六月二十三日生下官哥兒，故官哥兒的生年應作「政和六年丙申」（1116 年），而不應作「宣和四年」（1122）。何況宣和四年為「壬寅」，寫為「戊申」也不對。「戊申」是宋建炎二年（1128），相距更遠。

86. 詞話本第三十一回 4 頁後半頁 8-9 行，戴校本 371 頁 20 行，齊魯社崇禎本 398 頁 10 行、張評本 464 頁 19 行，寫李知縣給西門慶送來一名小郎，「年方一十八歲。」按：「八」應作「六」，蓋因「六」字殘缺，遂誤為「八」。這小郎改名為書童。第三十五回西門慶說「他今年才交十六歲」，可證。

87. 詞話本第三十一回 11 頁後半頁 3 行，戴校本 378 頁 6 行，齊魯社崇禎本 404 頁 15 行、張評本 471 頁 23 行，西門慶回答應伯爵請的客有「……帥府周大人，都監荊南江，」按：「江」應作「崗」，音近而誤。荊都監名忠，號南崗，第 76、78、79 等回中均作「荊南崗」，前後應校改統一。

88. 戴校本 388 頁 22 行，「……身邊蘭麝降香。」按：日本藏本第三十二回原刻此處末二字作「隆香」，通。戴校本改為「降香」，且不出校記，有失刻本真實面貌。「降香」不及「隆香」。崇禎本據的是中國藏本《新刻金瓶梅詞話》，覺得「降香」不通，改為「濃香」。

89. 詞話本第三十五回 18 頁 5 行，戴校本 443 頁 12-13 行，「西門慶道：『我不會唱，說了笑話兒罷。』」按：「了」應作「個」。理由見第 2 條。下文「賁四道：『我不會唱，說個笑話兒罷。』」應伯爵也說「我不唱罷，我也說個笑話兒。」均可證。崇禎本即改「了」為「個」。

90. 詞話本第三十五回 21 頁 8 行，戴校本 446 頁 12 行，「……到明日死了也沒罪了，把醜卻教他出盡了！」按：「卻」應作「都」，因「都」草書與「卻」形近而誤。崇禎本即改「卻」為「都」。

91. 詞話本第三十六回 3 頁 6-7 行，「正是：意急欲搖飛虎跕，心忙抨碎紫花韃。」按：「跕」應作「蹬」，是「鐙」的借字，去聲。「蹬」字草書與「跕」形近而誤。這裏是寫東昌府下文書快手騎馬飛馳長行而去，故此二句詩應是「意急欲搖飛虎鐙，心忙抨碎紫花韃。」「蹬」即「鐙」，是掛在馬鞍兩旁供騎馬人腳登的東西，第三十八回即將此物寫為「蹬」，可證；「韃」即馬鞭。戴校本 451 頁 8 行，將第一句詩校為「意急欲搖飛虎站」，意不通。崇禎本覺「飛虎跕」意不通，索性將兩句詩都刪去了，不妥。

92. 詞話本第三十七回第 10 頁 5 行，「一個燕喘吁吁，好似審在逢呂雉。」按：「審在」應作「審食其」。因「其」字草書與「在」字草寫形近而誤，刻時又奪一「食」字，於是「審食其」誤成了「審在」。呂雉寵幸審食其之事見《史記·呂后本紀》。又，《金瓶梅》此二句前有二句：「一個鶯聲嚦嚦，猶如武則天遇敖曹」，下面以「審食其」與「武則天」對仗，可證此處必是三字而非二字。

93. 詞話本第三十八回 4 頁前半頁末行，齊魯社崇禎本 494 頁 9 行，「口舌內吐」。按：「口」應作「雞」。第二十七回有「雞舌內吐」之語，可證。

94. 詞話本第三十八回 4 頁後半頁末行，「頗作抽。」按：「抽」下應奪一「送」字。崇禎本即補一「送」字，始通。

95. 詞話本第三十八回 5 頁後半頁 1 行，「……把住了。」按：應從崇禎本所補，作「……把住了他。」與「家」「花」「麻」「霞」押韻。

96. 詞話本第三十八回 5 頁後半頁 2 行，「蹴損了奴的粉臉，粉臉那丹霞。」按：「蹴」應作「蹙」，同音而刻誤。「那」似應作「如」，因「如」字草寫與「那」形近而刻誤。齊魯社崇禎本 495 頁 10 行，刪「粉臉」二字；但「那」似應作「如」。

97. 詞話本第三十九回 7 頁 1 行，戴校本 486 頁 22 行，齊魯社崇禎本 507 頁末行、張評本 588 頁 13 行，「宣和三年正月初九日天誕良辰……」。按：「宣和三年」應作「政和七年」。這是官哥兒出生的次年，西門慶在玉皇廟為他打醮。官哥兒生於政和六年丙申六月二十三日，故這次打醮的時間應是政和七年丁酉正月初九日。蓋因稿本中「政」「七」二字殘缺或不清，被別人添為「宣」「三」二字而致誤。在宣念齋意中明明說官哥兒生於「丙申年」，即政和六年（1116），可證次年打醮的年份必是政和七年（1117），而絕非「宣和三年」（1121）。

98. 戴校本 490 頁 11 行，「吳道官預備子一張大插桌」。按：「子」應作「了」，日本藏本第四十九回 10 頁後半頁 7 行原刻即作「了」。

99. 詞話本第四十二回 4 頁 6-7 行，戴校本 525 頁 8 行，「又是府裏周菊軒那裏請吃酒。」按：據第四十五、五十八回，「周菊軒」應作「周南軒」。因「南」字草書與「菊」字形近而誤。

100. 詞話本第四十二回 4 頁後半頁 10 行，戴校本 525 頁 23 行，齊魯社崇禎本 540 頁 11 行、張評本 625 頁 19 行，「王昭宣府裏王三官兒」。按：「昭」應作「招」，音同形近而誤。書中多次作「王招宣」，見第一、三十一、五十一、六十九、七十二、七十四回。即使在第四十二回中，其他處也作「招宣」。故應將「昭」校正為「招」，使全書中這一稱謂統一起來。

101. 詞話本第四十三回 4 頁後半頁 2-3 行，戴校本 539 頁 12-13 行，齊魯社崇禎本 552 頁 12 行、張評本 638 頁 7 行，「……大妗子、女兒兩個來時，亂着，就忘記了。」按：此處應作「頭裏要尋，因後邊和大妗子娘兒兩個來時，亂着，就忘記了。」原刻本上有「要尋，已後邊和」，「已」是「因」之誤，「後邊」指後邊二娘、三娘，即李嬌兒、孟玉樓；「娘兒兩個」指吳大妗子和她媳婦兒鄭三姐。前文有「只見後邊李嬌兒、孟玉樓，陪着大妗子並他媳婦兒鄭三姐，多來李瓶兒房裏看官哥兒」，第四十四回有「二娘、三娘陪大妗子娘兒兩個往六娘那邊去」，均可為證。

102. 詞話本第四十三回 8 頁後半頁 6-10 行，戴校本 543 頁 11-15 行，「孟玉樓道：『若做了小飄頭兒，教大媽媽就打死』……只見孟玉樓也來了。董嬌兒、韓玉釧兒下來行禮畢，坐下」。按：「孟玉樓道」應作「李嬌兒道」，因為此時孟玉樓還沒有來，故不可能是「孟玉樓道」。崇禎本覺察到此處有問題，於是刪去「只見孟玉樓也來了。」並刪去「董嬌兒、韓玉釧兒」下面的「下來行禮畢，坐下」。但這也有問題，因與原作的描寫不符。第三十九回中有「李嬌兒道：『拿過衣服來，等我替哥哥穿。』李瓶兒抱着，孟玉樓替他戴上道髻兒……玉樓把道衣替他穿上。」顯然，「李嬌兒道」應作「孟玉樓道」。而第四十三回此處「孟玉樓道」則應作「李嬌兒道」。因為當時李嬌兒在場，孟玉樓並不在場，過了一會兒孟玉樓才來到吳月娘房中。故爾這一舛誤是更為明顯的。

103. 詞話本第四十四回 4 頁 1 行，戴校本 554 頁 4 行，「愁壓挨兩眉翠尖。」按：「挨」應作「損」，因「損」字草寫與「挨」字草寫形近而誤。此字處要求仄聲字，故當為「損」。第七十五回中正作「愁壓損兩眉翠尖」，可證。

104. 詞話本第四十五回 4 頁 1 行，戴校本 564 頁 1 行，齊魯社崇禎本 573 頁 12 行、張評本 660 頁 9 行，「……說是白皇親家的，要當三十兩銀子。」按：「白皇親」應作「向皇親」。因為第一，宋朝當時並無「白皇親」，而有「向皇親」，乃神宗向皇后的親屬，見《宋史》卷十四〈神宗本紀〉、卷二四三〈向皇后列傳〉等。第三十五回中曾出現過「向皇親」。第二，「向」字草寫與「白」字形近而誤。詞話本中有「向」字誤為

「白」字的實例。如第六回原刻「只見西門慶白袖子裹摸出一錠雪花銀子」,「白」即「向」之誤;又如第十九回原刻「白日葵榴」,應作「向日葵榴」,亦是「白」乃「向」之誤。

105. 詞話本第四十五回5頁後半頁8行,戴校本565頁19行,「……有我王姨媽那裏又請了許多人……」按:「王」應作「五」。因「五」字草寫與「王」字草寫形近而誤。這是李桂姐說的話。第二十、二十一回曾4次寫到過李桂姐的「五姨媽」,可證。

106. 詞話本第四十六回10頁1-2行,戴校本580頁17行,齊魯社崇禎本587頁14行、張評本676頁12行,「就把大姐的皮襖也帶了來」。按:「皮」應作「披」。音近而誤。從上文可知「披襖」與「皮襖」不同。「大姐」指西門大姐。當時西門慶的愛妾潘金蓮還沒有皮襖,因此西門大姐不可能先有皮襖。下文寫小玉「連大姐披襖,都交付玳安、琴童」,可證上引「大姐的皮襖」有誤,當是「披襖」。

107. 詞話本第四十六回16頁後半頁6-7行,「不能隨你多少也存不的。」按:「不能」應作「不然」,「然」「能」二字草書形近而誤。戴校本587頁4行從崇禎本刪「不能」二字,不及改「能」為「然」更好一些。第三十七回有「不然隨問怎的……」可參證。

108. 詞話本第四十六回17頁後半頁5行,戴校本588頁1行,齊魯社崇禎本595頁6行,「青臉撩牙」。按:「撩」應作「獠」,因「獠」字草書與「撩」字形近而誤。書中常有偏旁誤「犭」作「扌」的實例,如「猱」誤為「揉」等。

109. 詞話本第四十六回17頁後半頁9行,戴校本588頁6行,齊魯社崇禎本595頁10行、張評本686頁11行,「寧逢虎摘三生路,休遇人前兩面刀」。按:「摘」應作「擋」,因「擋」字草書與「摘」形近而誤。「摘路」不通,「擋路」才通。

110. 詞話本第四十八回5頁3行,戴校本609頁3-4行,齊魯社崇禎本613頁5行、張評本705頁9行,「堂客請了張團練娘子、張親家母、喬大戶娘子……」按:「張親家母」應作「崔親家母」,因「張親家母」就是「張團練娘子」,不必重複。第七十八回「又是荊統制娘子、張團練娘子、……崔親家母……」第七十九回「荊統制娘子、張團練娘子……崔親家母」,均可證。

111. 詞話本第四十八回13頁9行,戴校本616頁22行,齊魯社崇禎本622頁1行,「近有戶部侍郎韓侶題覆」。按:「侶」應作「梠」,音同形近而誤。《宋史》卷四七二奸臣〈蔡京傳〉中說「引其婦兄韓梠為戶部侍郎」。《金瓶梅》中說「戶部侍郎韓爺」是蔡京的親家。因此,「韓侶」應校正為「韓梠」。

112. 詞話本第四十九回1頁後半頁7-8行,戴校本620頁18-20頁,齊魯社崇禎本626頁1-2行、張評本716頁18-20行,「陝西巡按御史宋盤,就是學士蔡攸之婦兄也。太史陰令盤就劾其私事,逮其家人,鍛煉成獄,將孝序除名,竄於嶺表,以報其仇。」

按：兩處「盤就」均應作「聖寵」；「太史」應作「太師」。「聖寵」二字繁體草書與「盤就」二字草寫形近而誤。據《宋史》卷四五三〈曾孝序傳〉中寫曾孝序與蔡京爭論，說「天下之財貴於流通；取民膏血以聚京師，恐非天下法。」京銜恨之。時蔡京方行結糶、俵糴之法，盡括民財充之。孝序上疏曰：「民力殫矣。民為邦本，一有逃移，誰與守邦？」京益怒，「遣御史宋聖寵劾其私事，追逮其家人，鍛煉無所得，但言約日出師，幾誤軍期，削籍竄嶺表。」又據《宋史》卷四七二奸臣〈蔡攸傳〉，蔡攸「妻宋氏出入禁掖，子行領殿中監，視執政，寵信傾其父。」蔡攸之婦兄無疑姓宋。以上三種《金瓶梅》校點本均將「宋盤就」斷為「宋盤，就……」下面第二處「盤就」二字卻不斷開，這兩處校點本身就出現了矛盾、破綻。按《宋史·曾孝序傳》所記，「宋盤就」應作「宋聖寵」，下面第二處「盤就」自然也應作「聖寵」。《金瓶梅》中的蔡京、蔡攸、曾孝序用的都是真實姓名，因此，「宋聖寵」也應該用的是真實姓名，只不過作者寫的是草書，被刻工誤刻成「宋盤就」「盤就」了而已。詞話本與戴校本中的「太史」乃「太師」之誤，致誤的原因是「師」「史」音近。第十回「梁中書乃東京蔡太史女婿」，「太史」即「太師」之誤。此句來自《水滸傳》第十二回，該回寫北京大名府梁中書「是東京當朝太師蔡京的女婿。」可證。戴校本已將第十回中的「蔡太史」校改為「蔡太師」，但對第四十九回中的「太史」卻未校正。崇禎本已將「史」改為「師」。

113. 詞話本第四十九回 17 頁 10 行，戴校本 635 頁 16 行，「饒你化身千百化，一身還有一身愁。」按：「千百化」應作「千百億」。因「億」簡寫與「化」形近而誤。「千百化」與前面「化身」含意犯複，不妥。第九十回重出此詩，此處正作「千百億」，可證。柳宗元詩：「若為化作身千億，獨上峰頭望故鄉。」李商隱詩：「何當百億蓮花上，一一蓮花現佛身。」蘇軾詩：「欲窮風月三千界，願化天人百億軀。」陸游詩：「何方可化身千億，一樹梅花一放翁。」亦均可證。崇禎本將第四十九回末四句詩全刪，不妥。

114. 詞話本第五十回 1 頁 7 行，戴校本 637 頁 7 行，齊魯社崇禎本 641 頁 6 行、張評本 733 頁 17 行，「觀音庵王姑子請了蓮華庵薛姑子來……」按：「蓮華庵」應作「法華庵」，第四十回王姑子對吳月娘說薛姑子「如今搬在南首里法華庵兒做首座」，可證。

115. 詞話本第五十回 4 頁前半頁末行，戴校本 640 頁 11 行，齊魯社崇禎本 644 頁 4 行、張評本 736 頁 21 行，「你從前已後，把屣不知吃了多少！」按：「已後」在此處意不通，應作「已往」。「後」字繁體偏旁為「彳」，全字草寫與「往」形近而誤。書中有「從前已往」一語，如第九十九回「把從前已往話，告訴了一遍」。

116. 詞話本第五十回 6 頁 7 行，戴校本 641 頁 11 行，「不想都被琴童兒窗外聽了不亦樂乎。」按：「了」下奪一「個」字。第十回「不想都被這禿廝聽了個不亦樂乎。」

第二十七回「都被金蓮在外聽了個不亦樂乎。」第六十一回「都被這胡秀聽了個不亦樂乎。」均可為證。

117. 詞話本第五十回 9 頁後半頁 5 行，「恰好過沒曾去身子」。按：此句應作「恰好還沒曾丟身子」。「還」與「過」形近而誤；「丟」與「去」亦形近而誤。「還沒曾丟身子」意即還沒曾射精。第三十七回「不然隨問怎的不得丟身子。」可證。崇禎本改為「恰好沒曾丟身子。」

118. 詞話本第五十一回 4 頁後半頁 7 行，戴校本 650 頁 16 行，齊魯社崇禎本 656 頁末行、張評本 751 頁 6 行，說薛姑子為阮三與陳小姐牽線，「受了三兩銀子。」按：「三」應作「十」。第三十四回說：「……那阮三喜歡，果用其計。薛姑子受了十兩銀子。」可證。崇禎本刪去了第三十四回薛姑子受銀十兩，為阮三與陳小姐做窩巢之事，第五十一回說薛姑子受了三兩銀子，本亦可通，但校改為「受了十兩銀子」似更好些。

119. 詞話本第五十二回 7 頁 8 行，「桂姐和他哥娘李嬌兒、孟玉樓、潘金蓮、李瓶兒、大姐，都在後邊上房明間內……」按：「哥娘」應作「姑娘」，即姑媽之意。李嬌兒是李桂姐的姑娘（姑媽）。戴校本 672 頁 1 行，從崇禎本將前面文字校改為「月娘和桂姐、李嬌兒」，不妥。只須將「哥」字改為「姑」字即通。「姑」「哥」，音近而誤。

120. 戴校本 674 頁 1 行「『……你休笑話，我半邊俏，還動的被。』桂姐拿手中扇把子，盡力向他身上打了兩下。」按：「話」原刻為「譁」，戴校本未出校記，有失原本真實面貌。下面的標點應作「『我半邊俏，還動的。』被桂姐拿手中扇把子，盡力向他身上打了兩下。」「被」應從下句。見詞話本第五十二回 9 頁末二行。下文「被桂姐盡力打了一下。」「被西門慶向伯爵……打了一扇子」。第五十一回「被婦人奪過扇子來，把貓盡力打了一扇把子」。均可證。

121. 詞話本第五十三回 4 頁後半頁 10 行，戴校本 689 頁 21 行，「把我不住了偷睛兒抹。」按：「了」應作「個」。理由見第 2 條。

122. 詞話本第五十七回 9 頁 5 行，戴校本 753 頁 1 行，齊魯社崇禎本 746 頁 6 行、張評本 842 頁 14 行，寫潘金蓮「走到房中，倒在象牙床上……」按：「象牙」應作「螺甸」。潘金蓮房中她自己有兩張床，一張是西門慶剛娶進她時，「旋用十六兩銀子買了一張黑漆歡門描金床」供她睡（見第九回）；另一張是因李瓶兒房中安着一張螺甸廠廳床，潘金蓮「旋教西門慶使了六十兩銀子」，也替她買了「一張螺甸有欄杆的床。兩邊槅扇都是螺甸攢造，安在床內，樓台殿閣，花草翎毛。裏面三塊梳背，都是松竹梅歲寒三友。」（見第二十九回）梳背有可能是象牙做的，第三十五回就寫有「象牙梳」；西門慶家有象牙是不成問題的（書中不只一次寫過）。但此處「象牙床」以校改為「螺甸床」為宜。

123. 詞話本第五十八回 14 頁後半頁 2 行，戴校本 773 頁 3 行，「……我才做的恁奴心愛的鞋兒，就教你奴才遭塌了我的。」按：第一個「奴」字應作「雙」，因「雙」字簡體草寫與「奴」形近而誤。這是主子潘金蓮在對奴才丫頭秋菊說話，不可能自稱為「奴」。崇禎本刪此二句。

124. 詞話本第五十八回 19 頁後半頁 7 行，戴校本 778 頁 1-2 行，齊魯社崇禎本 768 頁 3 行、張評本 866 頁 4-5 行，「那來安兒去不多時，兩隻手提着大小八面鏡子，懷裏又抱着四方穿衣鏡出來。」按：「八面」應作「七面」。前文寫潘金蓮使來安去取「我的照臉大鏡子，兩面小鏡子兒，就把那大四方穿衣鏡也帶出來」，可知金蓮共四面鏡子，下文孟玉樓說「我的大小只兩面」；來安說另外兩面鏡子是春梅的。總共是大小八面鏡子，故作者說「共大小八面鏡子，交付與磨鏡老叟，教他磨。」來安從家中取出這八面鏡子時，懷裏抱着大穿衣鏡，因此「兩只手提着大小七面鏡子」才對。

125. 詞話本第五十九回 7 頁 3 行，「粉頭見其偉是粗大」。按「偉是」不通，應作「偉長」。此語來自《如意君傳》。《金瓶梅詞話》第十八、二十八回也均有「偉長」一語，可證。崇禎本覺「偉是」不通而刪之，不妥。

126. 詞話本第五十九回 7 頁後半頁 6-7 行，「把他兩隻白生生銀條股嫩腿兒……那話上使了託子，」按：「股」應作「般」，形近而誤；「託」應作「托」，音同形近而誤。崇禎本對此二字已校改。

127. 詞話本第五十九回 12 頁後半頁 1 行，戴校本 792 頁 7 行，齊魯社崇禎本 782 頁末行、張評本 880 頁 7 行，「亡神也似走的來……」。按：「亡」應作「凶」，因「凶」與「亡」的異體字「亾」形近而誤。此處潘金蓮罵西門慶來摔死她的貓兒，像「凶神」一般。第十一回孫雪娥說西門慶「走將來凶神也一般」。第三十一回潘金蓮罵西門慶娶了李瓶兒，李生了孩子以後，「見了俺每如同生剎神一般，越發通沒句好話兒說了……」「生剎神」與「凶神」含意相同。第九十九回寫「張勝凶神也似提着刀跑進來」。以上均可參證。

128. 詞話本第五十九回 20 頁 7 行，孫雪娥對李瓶兒罵潘金蓮，「你我也被他話理了幾遭哩！」按：「話理」應作「活埋」，形近而誤。戴校本 799 頁 16 行作「話埋」，不通，且不出校記，有失原刻的本來原貌。第十一回孫雪娥對吳月娘罵潘金蓮，「如今把俺們也吃他活埋了。」可證。崇禎本改「話理」為「活埋」，是。

129. 詞話本第六十回 6 頁 5 行，戴校本 809 頁 1 行，齊魯社崇禎本 798 頁 1 行、張評本 894 頁 23 行，應伯爵說「我如今抄化子不見了拐捧兒……」按：「化」應作「花」。音、形皆近而誤。下文謝希大對西門慶說「你看花子，自家倒……說他是『花子』。」可證。

130. 詞話本第六十一回 19 頁後半頁 8-9 行，戴校本 829 頁 19 行，「西門慶於是就使玳安同王經兩個，疊騎着頭口，往門外請趙太醫去了。」按：「玳安」應作「琴童」。下文寫這兩個小廝走後，西門慶「一面使玳安：『拿我拜帖兒，和喬通去請縣門前行醫何老人來。』玳安等應諾去了。」接着又寫：「正相論間，忽報『琴童和王經門外請了趙先生來了。』」可證。崇禎本即改為（西門慶）「就使琴童和王經兩個……」

131. 詞話本第六十三回 8 頁 2-3 行，戴校本 870 頁 23 行，齊魯社崇禎本 858 頁 2 行、張評本 959 頁 8 行，「那日喬大戶邀了尚舉人……花千戶、段親家七、八位親朋，各在靈前上香。」按：「花」應作「范」，因「范」字草寫與「花」形近而誤。「范千戶」見第三十一、五十八、七十六、七十八回，他的名字應是范勳，見第六十四回。其他處未見提到有「花千戶」，故當是「范千戶」之誤。

132. 戴校本 872 頁 7 行，「西門慶道：『值甚麼，每人都與他一匹整絹就是了。』」按：「就是了」原刻本作「頭鬚繫腰」，戴校本從崇禎本改。其實「頭鬚繫腰」不必改掉，意思是通的。本回前文有「月娘等皆孝髻、頭鬚繫腰、麻布孝裙」，第六十四回中金蓮道：「……有白絹拿一匹來，你潘姥姥還少一條孝裙子，再拿一副頭鬚繫腰來與他，他今日家去。」均可證。

133. 詞話本第六十四回 5 頁後半頁 6-7 行，戴校本 881 頁 16-17 行，齊魯社崇禎本 869 頁末行、張評本 971 頁 6-7 行，「此板七尺多長……還看一半親家分上，要了三百七十兩銀子哩。」按：「三百七十兩」應作「三百二十兩」。見第六十二回所寫。此板是尚舉人家的，先要三百七十兩銀子；喬大戶與尚舉人講了半日，才退讓了五十兩。尚舉人若不是明年上京會試，用這銀子，還捨不得賣這副板。還看西門慶家要，別人家，定要三百五十兩。西門慶便依喬親家翁的主張，以三百二十兩銀子買下了。

134. 詞話本第六十四回 7 頁後半頁 9 行，戴校本 883 頁 17 行，齊魯社崇禎本 782 頁 1 行、張評本 973 頁 11 行，「交都御史譚積，黃安十大使節制三邊兵馬。」按：「譚積」應作「譚稹」，因「稹」與「積」字繁體「積」形近而誤。譚稹是歷史人物，見《宋史》卷四七二奸臣〈蔡京傳〉，其中說「擢童貫領節度使，其後楊戩、藍從熙、譚稹、梁師成皆踵之。」蔡京、童貫、楊戩、藍從熙都被寫進了《金瓶梅》書中，故譚稹也應該用其真實姓名。

135. 戴校本 888 頁 8 行，「換了衣堂，跟從進來。」按：「衣堂」應作「衣裳」。原刻本即作「衣裳」。

136. 詞話本第六十七回 4 頁後半頁 7 行，戴校本 919 頁 19 行，「溫秀才道：『學生已寫稿在此，與老生看過，方可謄真。』」按：「老生」應作「老先生」，中間奪一「先」字。「老先生」是對西門慶的敬稱，而「老生」卻是不敬語，缺一字而含意迥異。同回和第六十、六十八回都寫溫秀才尊稱西門慶為「老先生」，可證。崇禎本即於此處補一「先」字。

137. 詞話本第六十七回 14 頁後半頁 1-4 行，「搧磞的老婆舌尖水冷……老婆無不曲休承奉。」按：「水」應作「冰」，形近而誤；「休」應作「體」，因「體」字簡寫與「休」形近而誤。崇禎本作了訂正。

138. 詞話本第六十九回 18 頁 2-3 行，戴校本 976 頁 20 行，「李桂兒既賭個誓不接他，隨他拿亂去，又害怕睡倒怎的？」按：「個」應作「了」。理由見第 2 條。崇禎本覺「個」意不通，改為「過」字。然原稿實應為「了」字。

139. 詞話本第七十回 12 頁 1 行，戴校本 991 頁 17 行，齊魯社崇禎本 972 頁 7 行、張評本 1080 頁 12 行，「……左侍郎韓侶、右侍郎尹京，也來拜朱太尉」。按：「侶」應作「梠」。理由見第 111 條。

140. 詞話本第七十回 12 頁 2 行，戴校本 991 頁 17-18 行，齊魯社崇禎本 972 頁 8 行、張評本 1080 頁 13 行，「又是皇親喜國公、樞密使鄭居中、駙馬掌宗人府王晉卿，都是紫花玉帶來拜，惟鄭居中坐轎，這兩個都是騎馬。」按：「喜」似應作「嘉」，形近而誤，因宋朝當時並無「喜國公」，在此前後有四位「嘉國公」，其中有二人在時間上較切近。一位是燕懿王趙德昭的玄孫趙令畯，「官通州防御使，贈威德軍節度使，追封嘉國公。」[1]另一位是宋徽宗趙佶的兒子趙椅，《宋史》卷二十一〈徽宗本紀〉云：重和元年八月「癸酉，封子椅為嘉國公。」重和元年為西元 1118 年；但《金瓶梅》此處所寫是政和七年即西元 1117 年的事。看來這一位「嘉國公」有可能是趙令畯。待考。

141. 詞話本第七十一回 5 頁 10-11 行，戴校本 1001 頁 11 行，「……討逆招安。沿路上安民掛榜，從賑濟任開倉。」按：「招安」應作「招降」。因「安」字失韻。「降」與前後的「狼」「霜」「疆」「梁」「亡」「房」「倉」「香」「量」等等押韻。

142. 詞話本第七十一回 15 頁後半頁 3 行，戴校本 1011 頁 4 行，「詔改明年為宣和元年」。按：「宣和」應作「重和」。這裏寫的是政和七年（1117）冬天的事，「明年」即「重和元年」（1118），而不應是「宣和元年」（1119）。第七十八回寫「重和元年新正月元旦」，亦可證。

143. 詞話本第七十二回 1 頁 5 行，戴校本 1017 頁 5 行，「風波浪裏任浮沉，逢花遇酒且寬愁。」按：「浮沉」應作「沉浮」。「沉」字失韻；「浮」與「愁」以及下面的「頭」押韻。這是本回開篇的第二首詩，一、二、四句押韻。

144. 詞話本第七十二回 1 頁 7-10 行，「單表吳月娘在家，因前者西門慶上東京，在金蓮房飲酒，被奶子知意兒看見，西門慶來家，反受其殃，架了月娘一篇是非，合了

1　見臺北鼎文書局出版的《宋人傳記資料索引》1977 年增訂版。

那氣。以此這遭西門慶不在，月娘通不招應，就是他哥嫂來看也不留，即就打發。」按：「在金蓮房飲酒」之前應奪「經濟」二字；「知意兒」應作「如意兒」。這段交代很有必要。戴校本 1017 頁不應從崇禎本將這些文字的絕大部分刪掉。正因為作者有這一番交代，所以下文「這潘金蓮因此不得和經濟勾搭，只賴奶子如意兒備了舌在月娘處，逐日只和如意兒合氣。」才做到了前後照應。

145. 詞話本第七十二回 4 頁後半頁末行至 5 頁 1 行，戴校本 1020 頁 20 行，齊魯社崇禎本 992 頁 10 行、張評本 1103 頁 21 行，「金蓮道：『南京沈萬三，北京枯柳樹……』」。按：「枯柳樹」應作「枯樹灣」。第三十三回中有此二句，「枯樹」下奪一字，崇禎本補一「彎」字，按：應作「灣」。王利器主編的《金瓶梅詞典》云：「相傳明代北京城，係以枯樹灣所挖出的金錢建造而成。」此外，「三」「灣」押韻，「樹」與「三」不押韻，故當是「枯樹灣」。

146. 詞話本第七十二回 16 頁 9 行，「西門慶將一隻胳膊支婦人枕着」。按：「支」應作「交」，因「交」字草書與「支」形近而誤。戴校本 1031 頁 9 行改為「與」字，且不出校記，有失原刻本真實面貌。崇禎本改為「與」，不對，因「與」字繁體、簡體都不可能誤刻為「支」，而「交」與「支」形近，誤刻成了「支」。

147. 詞話本第七十二回 17 頁後半頁 10-11 行，「把守在被窩內……一面令婦呼叫……」按：「守」應作「手」，同音而誤；「婦」下奪一「人」字。

148. 詞話本第七十二回 18 頁後半頁 5 行，「我的逵逵，等我白日裹替你縱一條白綾帶子」。按：「逵逵」應作「達達」，因「達」字繁體與「逵」形近而誤。「縱」應作「縫」，因「縫」與「縱」字繁體形近而誤。崇禎本對此二處作了訂正。

149. 詞話本第七十二回 18 頁後半頁 8-9 行，「『……又顯火，又得全放進，強如這根托子，……』西門慶道：『你做下。藥在車上磁盒兒內』……」按：「火」應作「大」，形近而誤。第七十三回「這個顯的該多大」，可證。「根」應作「銀」，形近而誤。「車」應作「桌」。因「桌」的異體字「卓」與「車」的繁體字「車」形近而誤。西門慶將胡僧給他的藥放在桌上磁盒兒內，並非在「車上」。崇禎本覺得這幾處有問題，將「顯火」改為「柔軟」，不妥；刪去「根」字；又刪去「車上」。判斷皆誤。

150. 詞話本第七十三回 2 頁 2 行，「我還說個法兒與你：縫做了錦香囊，……」。按：「了」應作「個」。理由見第 2 條。戴校本 1045 頁 5 行，從崇禎本改「了」為「個」，是對的；但不應刪「做」字。

151. 詞話本第七十三回 9 頁後半頁 6-7 行，戴校本 1052 頁 15 行，「金蓮道：『……看不上那三等兒九假的。』」按：「假」應是「做」，因「做」字草寫與「假」形近而誤。第三十一回潘金蓮罵西門慶是「恁不逢好死三等九做賊強盜」，可證。崇禎本即改

「假」為「做」。

152. 詞話本第七十三回 16 頁後半頁 6 行，「寂寞了蒸約、蒸約鶯斯。」按：「蒸」應作「燕」，因「燕」草書與「蒸」形近而誤；「斯」應作「期」，因「期」「斯」半邊相同，「期」字草寫與「斯」形近而誤。戴校本 1059 頁 9-10 行，改「蒸」為「盟」，改「斯」為「誓」，甚無道理。

153. 詞話本第七十三回 20 頁 1 行，「扎在塵柄根下」。按：「塵」應作「麈」。形近而誤。「麈柄」喻指陰莖。「麈」是麋屬動物，古時談論者取麈之尾為拂子，以指授聽眾，亦可拂塵。晉朝人王衍字夷甫，常手持此物。《晉書·王衍傳》說他妙善玄言，唯談《老》《莊》為事，每捉玉柄麈尾，與手同色。《如意君傳》中武則天對薛敖曹說：「昔王夷甫有白玉麈柄，瑩潤不啻類，因名『麈柄』，美之極也！」《金瓶梅》中多次寫「麈柄」，似本於此。但在此二書中常誤刻為「塵柄」。

154. 詞話本第七十三回 20 頁 6 行，「墊在你腰底下」。按：「墊」應作「墊」，形近而誤。下文「墊着腰」，可證。

155. 詞話本第七十三回 20 頁後半頁 9 行，齊魯社崇禎本 1023 頁 12 行，「把腰報緊了。」按：「報」應作「扳」，形近而誤。第五十二回有「兩手扳其股」，七十二回有「教西門慶兩手扳住他腰，扳的緊緊的」，七十三回有「令西門慶亦扳抱其腰」，均可為證。

156. 詞話本第七十三回 21 頁 2 行，「西門慶：『等睡起一覺來再要罷。』」按：「慶」下奪一「道」字。崇禎本增了此字。

157. 詞話本第七十四回 1 頁後半頁 1 行，「只顧沒棱露腦搖撼……」按：「撼」應作「撼」，形近而誤。崇禎本作了訂正。

158. 詞話本第七十四回 2 頁 6 行，齊魯社崇禎本 1026 頁 6 行，「又用舌尖底其琴弦」。按：「底」應作「舐」，形近而誤。第二十八回有「用舌尖挑舐……」，五十一回有「或舌尖……舐其……」均可證。

159. 詞話本第七十四回 4 頁前半頁末行，戴校本 1070 頁 5 行，「海鹽子弟張美、徐順、荀子孝，生旦都挑戲箱到了」。按：「荀」應作「苟」，形近而誤。第三十六回曾出現裝生的小優兒苟子孝的名字有五次之多，應據前文校改統一。崇禎本即改「荀」為「苟」。

160. 詞話本第七十四回 5 頁 5 行，戴校本 1070 頁 20 行，「幾句話得西門慶閉口無言。」按：「話」應作「說」，或「話」下奪一「說」字。崇禎本改「話」為「說」；但不應改「得」為「的」。

161. 詞話本第七十五回 6 頁 8 行，「章四兒，你好去叫着親達達」。按：「去」應作「生」。形近而誤。崇禎本即改「去」為「生」。

162. 詞話本第七十五回 13 頁 6 行，戴校本 1098 頁 6 行，「瘦損嵓嵓，……」。按：「嵓嵓」應作「喦喦」，音 yan，與前後的「纖」「添」「拈」「尖」「簾」押韻。第四十四回正作「嵒嵒」，即「喦喦」。

163. 詞話本第七十五回 20 頁 2 行，「你達不愛你別，只愛你這兩隻白腿兒」。按：「別」下應奪一「的」字。

164. 詞話本第七十五回 20 頁後半頁 2 行，「往來有聲，如狗嗏鎌子一般」。按：「狗嗏鎌子」意不通，應作「狗嗏糨子」。「嗏」與「嗏」，「糨」與「鎌」，皆形近而誤。崇禎本即改「嗏」為「嗏」，改「鎌」為「糨」，極是。「嗏」，今寫為「舔」。

165. 詞話本第七十五回 29 頁後半頁 5 行，戴校本 1113 頁 2 行，齊魯社崇禎本 1062 頁 3 行、張評本 1187 頁 6 行，「……朱台官來陪我。我熱着你，心裏不自在，吃了幾鍾酒，老早就來了。」按：「熱」應作「想」。因「想」字草書與「熱」字草寫形近而誤。

166. 詞話本第七十五回 29 頁後半頁 6-7 行，戴校本 1113 頁 3-4 行，齊魯社崇禎本 1062 頁 4-5 行、張評本 1187 頁 7-8 行，「月娘道：『……可可兒就是熱着我來？』」按：「熱」應作「想」。理由見上條。

167. 詞話本第七十五回 29 頁後半頁 10-11 行，戴校本 1113 頁 8 行，「胡府尹昨日送了我二百本曆日」。按：「二」應作「一」，前文有「本府胡老爹送了一百本新曆日」，可證。崇禎本即改「二」為「一」。

168. 戴校本 1114 頁 15 行，「襯着凌波羅襪」。按：「凌」應作「綾」。原刻本此處即作「綾」。見詞話本刻本第七十五回 31 頁 8 行。

169. 詞話本第七十六回 23 頁 10 行，「娘自問他就是個。」按「個」應作「了」。理由見第 2 條。戴校本 1138 頁 16 行刪去此字，且不出校記，這一做法不妥。崇禎本改為「娘只問他就是。」

170. 詞話本第七十七回 12 頁 9-10 行，戴校本 1155 頁 23 行，齊魯社崇禎本 1100 頁 1 行，「大凡文職好細，三兩銀子勾做甚麼？」按：「好」應作「仔」。形近而誤。下文「你說他不仔細，如今還記着」，可證。張評本即改「好」為「仔」。

171. 詞話本第七十八回 9 頁後半頁 7-8 行，「縱塵柄……其聲猶若數尺竹泥淖中相似」。按：「塵」應作「麈」；「尺竹」應作「夫行」。均因形近而誤。此處來自《如意君傳》，該書中有「其聲猶數夫行泥淖中。」可證「尺竹」之誤。崇禎本覺得意不通，刪去「其聲」一句。

172. 詞話本第七十八回 12 頁 1-2 行，戴校本 1176 頁 7 行，「又看雲離守家帖兒，下書他娘子兒『雲門蘇氏斂衽拜請』。」按：「蘇」應作「范」。同回寫「雲二嫂也懷着個大身子」，和吳月娘指腹為婚。第八十七回寫「吳月娘家中正陪雲離守娘子范氏吃酒……月娘生了孝哥，范氏房內亦有一女，方兩月兒……遂兩家割衫襟，做了兒女親家」，可證。崇禎本覺察到「雲門蘇氏」有問題，將此句刪去，保留了第八十七回的「雲離守娘子范氏」「范氏房內亦有一女」。由上可見雲離守娘子姓范，而不姓蘇。

173. 詞話本第七十八回 19 頁後半頁 2 行，戴校本 1182 頁 9 行，齊魯社崇禎本 1124 頁 4 行、張評本 1257 頁 5 行，「只見荊總制穿着大紅麒麟補服、渾金帶進來」。按：「總」應作「統」。因「統」與「總」的異體字「総」形近而誤。前文有「說荊老爹升了東南統制」，下文有「荊統制說道」「荊統制再三致謝」「荊統制告辭起身」等等，均可為證。

174. 詞話本第七十九回 6 頁 4 行，「橫觔皆觀」。按：「觀」應作「現」，形近而誤。同回下文有「橫觔皆現」，可證。「觔」同「筋」。齊魯社崇禎本 1140 頁 1 行，作「橫筯皆見」，「筯」是筷子，此真可謂「差之毫釐，謬以千里」。

175. 詞話本第七十九回7頁4行，「兩隻腿兒穿着大紅鞋兒，白坐坐腿兒蹺在兩邊」。按：第一個「腿」字應作「腳」；「坐坐」應作「生生」，因「生」字草寫與「坐」字草寫形近而誤。崇禎本刪去「腿兒穿着大紅鞋兒」八個字，改「坐坐」為「生生」。

176. 詞話本第七十九回 9 頁後半頁 9 行，「我頭目森森然，莫知所矣。」按：「所」後奪一「之」字。此句來自《如意君傳》中的武則天語：「我頭目森森然，莫知所之。」《金瓶梅詞話》第二十七回中潘金蓮也說過：「我如今頭目森森然，莫知所之矣。」均可證。戴校本 1203 頁 9 行，從崇禎本改為「莫知所以」，不妥。

177. 戴校本 1241 頁 9 行「……寧可賣了悔，休要悔〔一四〕了賣。」1245 頁校記〔一四〕云：「『悔』原作『梅』，從崇禎本改。」按：日本藏詞話本第八十一回 7 頁 8-9 行，原刻即作「悔」，而不作「梅」。復按原北平圖書館藏本影印本同回同頁同行，原刻亦作「悔」，但被藏書人用墨筆描改成了「梅」。故戴校云「『悔』，原作『梅』」有誤。

178. 詞話本第八十二回 3 頁 8-9 行，「經濟亦揣換着婦人」。按「換」字不通，應作「摸」，形近而誤。崇禎本覺此句有問題而刪，不對。

179. 詞話本第八十二回 5 頁後半頁末行，寫潘金蓮假做「勾臉照鏡」。按：「勾」應作「匀」，形近而誤。書中寫「匀臉」有多處，如第十四回春梅對吳月娘說潘金蓮「在房裏匀臉，就來。」月娘說「……俺姐兒一日臉不知匀多少遭數，要便走的匀臉去了……」可證。崇禎本即改「勾」為「匀」。

180. 詞話本第八十三回 1 頁 8 行，戴校本 1256 頁 8 行，齊魯社崇禎本 1195 頁 8 行、張評本 1333 頁 5 行，「吳月娘坐轎子出門，往地藏庵薛姑子那裏」。按：「地藏庵」應作「法華庵」。第四十回寫王姑子對吳月娘說薛姑子「原在地藏庵兒住來，如今搬在南首里法華庵兒做首座。」可證。

181. 詞話本第八十三回 9 頁 2 行，齊魯社崇禎本 1201 頁 7 行，「婦人嬌眼拖斜」。按：「拖」應作「乜」。「乜」的異體字是「拖」字的右半，故誤刻為「拖」，第二十八回有「嬌眼乜斜」，可證。齊魯社張評本即改「拖」為「乜」，是。

182. 詞話本第八十四回 2 頁後半頁末行「……金殿上名宋江牌扁」。按：「名宋江」應作「有朱紅」，草寫形近而誤。戴校本 1269 頁 1 行，從崇禎本改「宋江」為「朱紅」，是；但崇禎本與戴校本均不知「名」應作「有」，因「有」字草書與「名」形近而致誤。因未悟出此理，而將此字刪去，不妥。

183. 戴校本 1275 頁末行，「撞碎玉龍飛彩鳳，頓開金鎖走蛟龍。」按：「玉龍」應作「玉籠」。中國、日本藏本第八十四回 10 頁 8 行原刻即作「玉籠」，而非「玉龍」。因彩鳳被關在玉籠中，故云「撞碎玉籠飛彩鳳」，誤改為「玉龍」意不通。崇禎本刪此二句詩，不妥。

184. 詞話本第八十五回 1 頁後半頁 4 行，戴校本 1278 頁 15 行，「趁你大娘未家家」。按：「家家」不通，應作「來家」。崇禎本即改為「來家」。

185. 戴校本 1295 頁 15 行，齊魯社崇禎本 1230 頁 4 行、張評本 1372 頁 12 行，「請進陳經濟來後邊，只推說話。」按「請」應作「誆」。前文有「明日哄賺進後邊」，「誆」即「哄賺」之意，可證。日本藏詞話本第八十六回 7 頁後半頁 9 行，原刻即是「誆」字。不應改為「請」。中國藏本誤刻為「誰」字。

186. 詞話本第八十六回 8 頁 9 行，戴校本 1296 頁 2 行，「常言冰厚三不是一日惱」。按：「三」下應奪一「尺」字。第九十二回「正是冰厚三尺不是一日之寒」，可證。

187. 詞話本第八十七回 4 頁後半頁末行，戴校本 1307 頁 22 行，齊魯社崇禎本 1243 頁 3 行、張評本 1387 頁 4 行，「二人到府中，回稟守備說：『已添到九十兩，還不肯。』」按：「二人」應作「三人」。前文寫「守備見春梅只是哭泣，只得又差了大管家周忠，同張勝、李安，氈包內拿着銀子，打開與婆子看，又添到九十兩上。婆子越發張致起來……」。可見回到府中稟告的是周忠、張勝、李安三人。首都圖書館藏崇禎本即改「二」為「三」，齊魯社崇禎本排印本此處失校。

188. 詞話本第八十八回 3 頁 9 行，戴校本 1317 頁 11 行，齊魯社崇禎本 1253 頁 7 行、張評本 1399 頁 5 行，寫陳經濟「來到紫石街王婆門首」。按：「紫石街」應作「縣西街」。

189. 詞話本第八十八回 4 頁 6 行，戴校本 1318 頁 8 行，齊魯社崇禎本 1254 頁 6 行、張評本 1400 頁 3 行，「在紫石街離王婆門首遠遠的石橋邊……」按：「紫石街」應作「縣西街」。

190. 戴校本 1319 頁 18 行「……婦人、婆子屍首，還有也沒有〔一○〕。」1326 頁校記〔一○〕云：「『有也沒有』，原作『有無有』，從崇禎本改。」按：原作「有無有」很通，不必從崇禎本改。

191. 戴校本 1320 頁 6 行，「張勝道：『只說小夫人是他妹子，嫁在府中，那縣官不好不依，何消帖子。』」按：「好」應作「敢」。日本藏本第八十八回 6 頁 8 行原刻即作「敢」。崇禎本此處亦作「敢」。戴校本改為「好」字，意思欠妥，且不出校記，有失原本真貌。

192. 詞話本第九十回 12 頁 2 行，戴校本 1350 頁 15 行，齊魯社崇禎本 1285 頁 8 行、張評本 1433 頁 15 行，「孫雪娥到此地步，只得摘了髻兒，換了豔服，滿臉悲慟兒，往廚下去了。」按：「髻兒」應作「鬏髻兒」，奪一「鬏」字。同回前文春梅說「與我把這賤人撮去了鬏髻，剝了上蓋衣裳，打入廚下，與我燒火做飯！」可證。「鬏髻」亦作「鬏髻兒」，如第八十二回中便有「鬏髻兒歪」之語。

193. 詞話本第九十一回 1 頁前半頁末行，戴校本 1352 頁 10 行，「只是經濟風裏言風裏話，在外聲音發話，說不要大姐，寫了狀子」。按：「風裏言風裏話」應作「風裏言風裏語」。「語」「話」形近而誤。這是一句俗話；「語」和下句之「話」也不重複。崇禎本覺「風裏言風裏話」彆扭，將此六字刪去，不妥。

194. 詞話本第九十一回 3 頁後半頁 3-4 行，戴校本 1354 頁 15-16 行，齊魯社崇禎本 1289 頁 13 行、張評本 1437 頁 15 行，「月娘便道：『莫不孟三姐也臘月裏蘿蔔動個心？忽剌八要往前進嫁人？』」按：「個」應作「了」。理由見第 2 條。「臘月裏蘿蔔動了心」，是歇後語，「凍了心」諧音為「動了心」。第六十七回寫西門慶被如意兒「兩三次打動了心」，可資參證。

195. 詞話本第九十一回 12 頁 1 行，戴校本 1362 頁 17 行，玉簪兒對蘭香、小鸞說：「我與你娘，係大小五分。」按：「五」應作「之」。因「之」字連筆草寫與「五」字草寫形近而誤。第七十六回潘金蓮說自己和吳月娘「無故只是大小之分罷了」，可證。崇禎本即改「五」為「之」。

196. 詞話本第九十一回 12 頁 2 行，「你若不聽指歌，老娘拿煤鍬子請你！」按：「指歌」應作「指教」。因「教」字草寫與「歌」字草寫形近而誤。第四回寫鄆哥「多謝阿叔指教」，七十二回「凡事也指教為個好人」，均可參證。「指」字刻的有點像「掿」，介於「揩」「指」之間，實應是「指」字。戴校本 1362 頁 18 行作「堵歌」，意不通。崇禎本改為「我說」，意思不如「指教」。

197. 詞話本第九十二回 12 頁 10 行，戴校本 1378 頁 1 行，齊魯社崇禎本 1312 頁 10

行、張評本 1460 頁 19 行，「可憐大姐到半夜，用一條索子懸樑自縊身死，亡年二十四歲。」按：「二十四歲」應作「二十一歲」。第七回說西門大姐「十四歲」，時為政和三年（1113 年）夏曆五月，第三回說陳經濟「十七歲」，時為政和三年三月，陳經濟比西門大姐大三歲。西門大姐死於宣和元年（1119）八月二十三日。次年（即宣和二年，1120）正月，王宣對任道士說陳經濟「年方二十四歲」，陳經濟對任道士說自己「交新春二十四歲了」，見第九十三回；第九十四、九十七回也都寫陳經濟二十四歲。因此，西門大姐死時虛歲應為「二十一歲」。

198. 詞話本第九十二回 13 頁 10 行，戴校本 1378 頁末行，齊魯社崇禎本 1313 頁 11 行、張評本 1461 頁 20 行，「告狀人吳氏，年三十四歲，係已故千戶西門慶妻。」按：「三十四歲」應作「三十一歲」。第三回寫政和三年（1113）吳月娘為二十五歲；第九十二回吳氏告狀時為宣和元年（1119），故當為「三十一歲」。

199. 詞話本第九十四回 7 頁後半頁 7-8 行，戴校本 1403 頁 16 行，「你與我把這奴才臉上，把與他四個嘴巴！」按：「把與他」應作「打與他」。下文寫「當下真個把海棠打了四個嘴巴。」可證。崇禎本即改為「打與他」。

200. 詞話本第九十四回 11 頁 10-11 行，戴校本 1407 頁 4-5 行，「遺蹤堪入時人眼，不買胭脂畫丹青。」按：「丹青」應作「牡丹」。「丹青」是紅色和青色的顏料，「胭脂」不能畫「青」，故此句含意不通。第八回、六十五回也有這兩句詩，均作「不買胭脂畫牡丹」，可證。崇禎本即改「丹青」為「牡丹」。

201. 詞話本第九十五回 10 頁 5 行，戴校本 1419 頁 21 行，薛嫂對春梅說：「我原捱內了這大行貨子？」按：「內」應作「的」。因「的」字草書與「內」形近而誤。下文春梅對薛嫂說「這個你倒捱不的？」可證。崇禎本即改「內」為「的」。

202. 詞話本第九十五回 13 頁 2 行，戴校本 1422 頁 15 行，齊魯社崇禎本 1354 頁 3 行、張評本 1505 頁 2 行，「吳月娘叫將薛嫂兒來，與了三兩銀子。」按：「三」應作「五」。因「五」字草寫與「三」形近而誤。前面寫吳月娘對薛嫂說「我破五兩銀子謝你。」可證。

203. 詞話本第九十八回 4 頁 2 行，戴校本 1452 頁 1 行，齊魯社張評本 1537 頁 17 行「……何永壽、張懋得頓首拜」。按：「得」應作「德」，同音而誤。第六十八回作「張懋德」，可證。前後應統一起來。

204. 戴校本 1458 頁 11 行，「末免害木邊之目，田下之心。」按：「末」應作「未」，形近而誤。原刻即作「未」，而不是「末」。

205. 戴校本 1467 頁 21 行，「實朝廷之大典〔二三〕。」1474 頁校記〔二三〕云：「『典』原作『興』，徑改。」按：日本藏原刻本此處作「典」，而不作「興」，中國藏本也不作「興」。可復按中、日原刻本第九十九回 6 頁後半頁 10 行。戴校有誤，應作修改。

206. 詞話本第一百回16頁後半頁3行，戴校本1490頁9行，「康王泥馬度江，……」。按：「度」應作「渡」，音同形近而誤。崇禎本即改為「渡」。

以上是對《金瓶梅》詞話原刻本、人民文學出版社戴鴻森刪節校點排印本、齊魯書社崇禎本校點排印本、齊魯書社張竹坡評本刪節校點排印本四種本子的部分校勘。以上四種本子的錯誤在一千處以上（不算詞話本原刻的圈點之誤，若算圈點，錯誤在一萬處以上），本文不可能全談。這些舛誤有的是由於作者記誤造成的，但絕大部分是刻工不能辨認抄本中的草寫字而刻錯的。對於《金瓶梅》這部世界名著、我國重要的文學古籍的整理，極有必要，其意義猶如整理《紅樓夢》《水滸傳》等名著。我們懇切地希望有關出版社能集研究者們的智慧，整理出理想的或者比較理想的《金瓶梅詞話》校點排印本、崇禎本校點排印本、張竹坡評本校點排印本，以及它們的刪節校點排印本，對我國乃至全世界的文化、學術事業做出重大的貢獻。對這幾部重要古籍的整理出版很有價值，實在是功德無量的大事，絕不可與「黃書」「掃黃」作同日而語。魯迅稱讚《金瓶梅》是明代當時水準最高的小說：「同時說部，無以上之」，毛澤東主席和中外許多著名學者也都對它做過高度評價，即可以證明這一點。

1989 年作

〔附記〕：以上這一篇作於 1989 年，現在僅作了一部分的修改。此文曾被收入北京燕山出版社 1992 年版我與馬征女士合著的《金瓶梅縱橫談》一書。該書中收文十多篇，有一些篇由我執筆，另外一些篇由她執筆。這一篇是由我執筆的。這些年來關於《金瓶梅詞話》作者問題，我的觀點有了很大的變化，認為作者是江蘇「蘭陵」（武進）民間才人。第五十三回至第五十七回的五回中，有「蘭陵」（武進）人王穉登寫的一部分文字。

2014 年 5 月 18 日於西安市

附　錄

一、魯歌小傳

魯歌，全名李魯歌，男，西北大學文學院教授，研究生導師。曾任中國《金瓶梅》學會理事，現任中國《金瓶梅》研究會（籌）理事。祖籍在「魯」——山東館陶（1965 年劃歸河北省）。1940 年生於西安市。1957 年考上西北師院（今西北師大）中文系本科。1961 年畢業後分配到烏魯木齊市工作。1964 年 1 月給毛澤東主席寫信指出《毛主席詩詞》中所附的「柳亞子原詩」「卡爾中山兩未忘……」一首是錯的，應改正為「開天闢地君真健……」一首，毛主席在 1964 年 9 月第 3 次印刷本中改正。曾研究毛主席詩詞、魯迅著作等，發表文章多篇。1978 年考上西北大學中文系碩士研究生班。1981 年畢業後留校任教。開過魯迅研究、郭沫若研究、《水滸傳》研究、《金瓶梅》研究、《紅樓夢》研究等課，在中國、日本發表論文上百篇，出版有合著《中國現代雜文史》《金瓶梅及其作者探秘》《金瓶梅人物大全》《我與金瓶梅——海峽兩岸學人自述》《金瓶梅縱橫談》、獨著《紅樓夢金瓶梅新探》《魯迅郭沫若研究》。學術新觀點曾在中國內地、香港、臺灣、日本、法國、韓國、美國、馬來西亞報導，被收入海內外出版的多部大辭典中。2001 年 1 月退休後發表紅學、金學、魯研、曹操墓研究等文近百篇，署名有魯歌、李魯歌、李雪、李歌、李雪菲等。

二、魯歌《金瓶梅》研究專著、編著、論文目錄

(一)專著

1. 《金瓶梅及其作者探秘》，魯歌、馬征著，西安：華嶽文藝出版社 1989 年。
2. 《金瓶梅縱橫談》，魯歌、馬征著，北京：北京燕山出版社 1992 年。
3. 《紅樓夢金瓶梅新探》，魯歌著，呼和浩特：遠方出版社 1997 年。

(二)編著

1. 《金瓶梅故事》，馬征、魯歌編著，成都：四川文藝出版社 1988 年。
2. 《金瓶梅人物大全》，魯歌、馬征編著，長春：吉林文史出版社 1991 年。
3. 《我與金瓶梅——海峽兩岸學人自述》，周鈞韜、魯歌主編，24 人合著，成都：成都出版社 1991 年。

(三)論文

1. 《金瓶梅》書名辨識
   雲南民族學院學報，1987 年第 4 期。
2. 《金瓶梅》作者問題漫議
   西北大學學報，1988 年第 1 期。
3. 中、日所藏《金瓶梅詞話》是同一刻本
   明清小說研究，1988 年第 3 期。
4. 略論《水滸傳》與《金瓶梅》的關係
   貴州師範大學學報，1988 年第 3 期。
5. 《金瓶梅》作者王穉登考
   魯歌、馬征，社會科學研究，1988 年第 4 期。
6. 《金瓶梅》成書問題管見
   江漢論壇，1988 年第 12 期。
7. 魯迅論《金瓶梅》及《魯迅全集》有關注釋正誤
   紹興師專學報，1989 年第 3 期。
8. 《金瓶梅》作者不是馮夢龍
   西北大學學報，1990 年第 1 期。
9. 《金瓶梅》正誤舉要
   魯歌、馬征，許昌師專學報，1990 年第 3 期。
10. 《金瓶梅》作者不是謝榛

東嶽論叢，1991 年第 1 期。

11. 《金瓶梅》當成書於萬曆中期
    雲南民族學院學報，1991 年第 2 期。
12. 談《金瓶梅》對萬曆帝寵鄭貴妃的影射
    載吉林大學出版社，1991 年版《金瓶梅藝術世界》。
13. 讀《三續金瓶梅》
    徐州師院學報，1992 年第 1 期。
14. 《金瓶梅》寫臨清緣由初探
    許昌師專學報，1992 年第 2 期，又載《臨清與金瓶梅》一書。
15. 現存《金瓶梅詞話》的刻行年代
    西安晚報，1992 年 9 月 7 日。
16. 《金瓶梅》作者是賈夢龍嗎？
    棗莊師專學報，1992 年第 3 期。
17. 《金瓶梅》作者是誰？
    西安晚報，1992 年 12 月 21 日。
18. 欣欣子不是屠本畯，笑笑生不是屠隆、屠大年
    西北大學學報，1992 年第 4 期。
19. 《金瓶梅》早期史料資訊研究
    馬征、魯歌，金瓶梅研究，第 3 輯，1992 年。
20. 《金瓶梅》與山西及作者之謎
    山西大學學報，1993 年第 1 期。
21. 漫話「笑笑生」
    西安晚報，1993 年 2 月 9 日。
22. 關於《金瓶梅》作者的十種說法
    貴州師大學報，1993 年第 2 期。
23. 簡說《金瓶梅》的幾種版本
    棗莊師專學報，1994 年第 1 期。
24. 再談《金瓶梅》的作者是王穉登
    金瓶梅研究，第 5 輯，1994 年。
25. 《金瓶梅》與王穉登
    徐州教育學院學報，1997 年第 4 期。
26. 關於《金瓶梅》作者問題

徐州教育學院學報，1998 年第 4 期。

27. 對《金瓶梅》版本問題的鑒定
    李雪菲，徐州教育學院學報，2002 年第 2 期。
28. 《金瓶梅》作者「王穉登說」簡論
    古典文學知識，2004 年第 3 期。

後 記

我非常感謝金學大家吳敢主編和臺灣學生書局主管及相關專家，有各位師友的幫助，我這部拙稿才能夠完成。我已七十四歲，研究《金瓶梅詞話》（簡稱《金瓶梅》）已有三十年。我現在的學術觀點有了很大的改變，本書中有許多新說。

我是《金瓶梅》作者「王穉登說」的提出者，與合作者馬征女士商議後，她同意我的詳細考論，二人合著有《金瓶梅及其作者探秘》（1989）、《金瓶梅人物大全》（1991）、《金瓶梅縱橫談》（1992）幾本書，二人還合作發表過金學論文多篇；我出版過獨著《紅樓夢金瓶梅新探》（1997）一書，也單獨署名發表過金學拙文多篇。我和她已有十多年無聯繫，不知她是否放棄了「王穉登說」。但我近十年來放棄了「王穉登說」，主要證據是王穉登的曾祖父名叫王洪，祖父名叫王景宣，父親名叫王守愚，而《金瓶梅詞話》中寫的一些壞人名「洪」，或名中有「景」「宣」「守」者，或名「守愚」者，不避王穉登的曾祖父、祖父、父親的名諱；一百個回目，至少有四十多個回目不對仗，甚至回目的上、下句字數不同，寫的「鷓鴣天」根本就不合於「鷓鴣天」詞牌，如此等等的常識性錯誤很多。作者不可能是嘉靖間大名士王穉登。所以我近十年來改變了學術觀點，認為真正的作者是江蘇「蘭陵」（武進）民間才人。他很善於寫故事，讀的書也相當多，但不大會寫小說的回目，寫的詩詞也有一些不合格律。他和「蘭陵」（武進）人王穉登是同鄉，他的書稿交到王穉登手中後，暗中賣高價掙錢。二人雖然都是「蘭陵」（武進）人，但武進縣很大，他們並不熟悉。作者「蘭陵民間才人」並不知道王穉登的曾祖父、祖父、父親名叫什麼，也沒有必要問王穉登，抄本中未避王穉登長輩們的名諱，並不是故意要犯他們的名諱。王穉登急於暗中賣高價得錢，所以對抄本也沒有認真細讀細改。但作者並不是王穉登，而是「蘭陵民間才人」，這是我現在公開提出的新說。

我贊成金學大家黃霖、劉輝先生的說法：《金瓶梅》抄本大約開始創作於萬曆二十年（1592年），這一年屠本畯到江蘇金壇王肯堂的家中，見到《金瓶梅》抄本二帙，也就是用線裝訂的二冊抄本，我認為和後來詞話本刻本的裝訂相同，「二帙」是第一回到第十一回。王肯堂對屠本畯說自己「以重資購抄本二帙」。他應是用高價從王穉登處購得抄本二帙的。屠本畯接着就到蘇州王穉登家中，果然又見到《金瓶梅》抄本二帙。我認為也是線裝的二冊抄本，是第十二回至第二十二回。王穉登未說這二帙抄本是從哪裏來的。屠本畯後來回憶說「恨不得睹其全！」可證他讀過的這四帙抄本只是《金瓶梅》的前面部分，並不是抄本一百回「全」書。我認為萬曆二十年（1592年），作者「蘭陵民間才人」先寫出了二帙抄本一至十一回，交給王穉登，王穉登暗中以高價賣給了富人王肯堂，屠本畯到王肯堂家中讀了此二帙抄本；作者又寫出了抄本二帙，交給王穉登去賣高價，屠本畯依王肯堂提供的線索去王穉登蘇州家中，又讀到了抄本二帙，即第三、四帙，第十二回至第二十二回。這一年（1592年），屠本畯只讀了抄本四帙共二十二回。後來萬曆三十五年（1607年）屠本畯在〈觴政跋〉中回憶了此事，並說「恨不得睹其全！」此跋收入萬曆三十六年（1608年）刊刻的屠本畯著《山林經濟籍》一書中。

金學大家周鈞韜先生考出《金瓶梅詞話》第四十七回至第四十八回寫的苗天秀被殺害一案，來自《百家公案全傳·第五十回公案·琴童代主人伸冤》苗天秀被殺害一案。魯歌按：〈琴童代主人伸冤〉中寫的是蔣天秀，並不是苗天秀，《金瓶梅詞話》中把〈琴童代主人伸冤〉中的蔣天秀被殺害，改成了苗天秀被殺害，周先生所說有誤。周先生說《百家公案全傳》萬曆二十二年末（1594年末）的刻本不是初刻本，但周先生沒有查出有更早的刻本。我也沒有查出還有更早的刻本，我認為這應是初刻本。也就是說，《金瓶梅詞話》抄本的作者讀了萬曆二十二年末的刻本《百家公案全傳》第五十回以後，才把蔣天秀被殺害一案，「藝術改造」成了《金瓶梅詞話》第四十七回、第四十八回中的苗天秀被殺害一案。換言之，到萬曆二十二年末（1594年末），《金瓶梅詞話》抄本才寫完第四十七回至第四十八回。第十帙抄本是第四十八回至第五十二回。請注意：《金瓶梅詞話》抄本也好，刻本也罷，是每十回為一卷的，但並非每十回裝訂為一帙，也不完全是每五回裝訂為一帙。舉例來說：

第一帙，一至五回，五回為一帙
第二帙，六至十一回，六回為一帙
第三帙，十二至十六回，五回為一帙
第四帙，十七至二十二回，六回為一帙
第五帙，二十三至二十六回，四回為一帙
第六帙，二十七至三十一回，五回為一帙
第七帙，三十二至三十六回，五回為一帙
第八帙，三十七至四十一回，五回為一帙
第九帙，四十二至四十七回，六回為一帙
第十帙，四十八至五十二回，五回為一帙

萬曆二十三年（1595年），《金瓶梅》抄本已寫完了十帙，共五十二回，可能是暗中以高價賣給了很富有的大畫家、文人董其昌。吳縣知縣袁中郎比董其昌窮得多，董其昌的一幅畫就能賣很多銀子，更不要說很多畫了，袁中郎的收入遠不能和他相比。董其昌的抄本十帙共五十二回很可能是暗中從王穉登處以高價買來的，王必然要叮嚀董切勿說出來自何處。王穉登是布衣，比知縣袁中郎更窮。萬曆二十四年（1596年），袁中郎從董其昌處借得抄本十帙共五十二回抄寫，在致董的信中發問：「《金瓶梅》從何得來？伏枕略觀，雲霞滿紙，勝於枚生〈七發〉多矣！後段在何處？抄竟當於何處倒換？幸一的示！」董其昌不可能回答他。也就是說，萬曆二十三年即西元 1595 年，《金瓶梅詞話》抄本才寫到了五十二回，裝訂為十帙。後來袁中郎對沈德符說自己只「睹」過抄本「數卷」，特別值得注意！因為詞話本是每十回為一卷，袁讀過十帙共五十二回是五卷零二回，所以他說的是「數卷」；如果他讀的是說散本抄本，說散本是每五回為一卷，他就應該說自己「睹」過「十卷」或「十卷餘」，而不應該說只睹過「數卷」了！所以他讀過的是詞話本抄本，而不是說散本抄本。我贊成黃霖大師的說法：詞話本抄本在前，說散本抄本在後；詞話本刻本在前，說散本（崇禎本）刻本在後；今存詞話本是初刻本。研究者們只要對照一下詞話本與說散本刻本的每一回就可明白：說散本是對詞話本的刪改本，刪去的文字極多，詞話本幾乎每一回的文字都比崇禎本的文字多得多。詞話本中的很多誤刻基本上是刻工造成的，並非全是抄本中之誤。抄本與刻本第十一帙是第五十三回至第五十七回的五回一帙，我認為抄本第五十六回中有影射謾罵屠隆的一詩一文寫得低劣，以「水秀才」影射屠隆（號赤水）的「渾家專要偷漢」「水秀才」（影射屠赤水）和別人家的幾個小廝、丫頭「勾搭上了」，因此被趕出等等內容，所以這五回一帙抄本不便以高價賣出。因為王穉登與屠隆表面上是好友，王穉登這樣影射攻擊朋友屠隆及其「渾家」，他自己不能不躊躇。原作者「蘭陵民間才人」不可能知道那一詩一文是屠隆作的，而王穉登則深知之。所以這五回中有王穉登寫的文字。但這五回中並非全都是王穉登作的，只是王穉登作了一部分文字而已。

對於這五回爭議很大，研究者們各有各的說法，實際上來自晚明時沈德符在《萬曆野獲編·金瓶梅》條，說這五回與「前後血脈亦絕不貫串，一見知其贋作矣」，如此等等。「絕不貫串」就是半點都不貫串，一絲一毫都不貫串，這話就說得太絕對了！這五回有一些和前後不貫串之處，但也有一些貫串之處，並非「絕不貫串」。我認為這五回基本上是「蘭陵民間才人」作的，但也混有王穉登寫的一些文字。這五回並非與前後「絕不貫串」。例如，第五十二回中寫潘金蓮丟下李瓶兒的兒子官哥兒不管，而去私會情郎陳經濟，來了一只大黑貓，官哥兒「吃貓唬了。」第五十三回中寫官哥兒「吃貓唬了」，與前一回是貫串的。又如，第五十三回中寫西門慶與吳月娘「都上床去暢美的睡了一夜」，吳月娘懷了孕，這五回之後吳月娘生下了兒子孝哥兒，這也是前後貫串的。第五十五回中寫了一個「揚州苗員外」，我認為是另一個苗員外，既不是已被殺害而死的苗員外苗天秀，也沒有交代說他是殺害苗天秀的苗青，看來也不是殺人犯苗青。該回中寫西門慶與這個苗員外都到東京給蔡太師「慶壽旦」，「西門慶遠遠望見一個官員，也乘着轎，進龍德坊來。西門慶仔細一認，倒是揚州苗員外。（魯歌按：前後都沒有交代他是苗青。）卻不想苗員外也望見西門慶了。兩個同下轎作揖，敘別來寒溫。原來這苗員外是第一個財主，他身上也現做個散官之職，向來結交在蔡太師門下。那時也來上壽，恰遇了故人……」

苗青不可能「是第一個財主」，不可能比西門慶更有錢財，苗青也沒有做官。顯然這個苗員外也不是苗青。這樣「藝術虛構」是可以的。第五十六回中影射謾罵了「水秀才」，第八十回中就寫應伯爵等人請這「水秀才」代寫祭文祭奠西門慶，前後也是貫串的。前後貫串之處甚多，並不是沈德符說的「絕不貫串」。我就不多舉例了，敬請讀金學大家黃霖、魏子雲等先生的考論。這五回有與前後「自相矛盾」之處；其實這五回以外的文字也有很多「前後矛盾」之處。這樣一部一百回的大書，有不少「前後矛盾」之處，也是可以理解的。

金學大家梅節先生考論，《金瓶梅詞話》第五十七回的引首詩，抄自《西遊記》第三十五回的引首詩，只改了四個字而已。（我認為只改了兩個字，把「變化」改成了「禪那」，另外二字：「門」是「開」字之刻誤，「仞」是「劫」字之刻誤，皆形近而誤，是《金瓶梅詞話》的刻工刻錯的，抄本中應該不誤，因寫得潦草，刻工不能辨識，遂刻錯了。）梅先生考論：「《西遊記》百回本最早刊本為明金陵世德堂本，有陳元之明萬曆二十年〈西遊記序〉，則今本詞話補足後五回成書，應在萬曆二十年之後。」這一說法很重要。我認為抄本一百回寫完需要五年時間，應寫成於萬曆二十五年，西元 1597 年。「欣欣子」曹子念字以新死於這一年。抄本一百回寫成於西元 1592 年至 1597 年，即萬曆十九年末開始寫，邊寫邊以高價賣，萬曆二十五年寫完抄本一百回。抄本出現於江蘇金壇、蘇州、華亭、吳縣、真州、鎮江等地，所以作者是江蘇「蘭陵」（武進）人，而不是山東「蘭陵」（嶧縣）人。抄本一百回付刻於萬曆四十五年（1617 年）冬，付刻於蘇州，而非山東。第十四回刻有壞人花子由三次，刻到三十九回時，天啟皇帝朱由校登基，為了避「由」御諱，從第三十九回起，六十二、六十三、七十七、七十八、八十回，十多次把「由」改刻為「油」（崇禎本從三十九回起十多次改刻為「繇」），證明了詞話本付刻於萬曆四十五年冬（見東吳弄珠客序），於天啟初（1621 年）刻成於蘇州。

關於第五十三回至五十七回「這五回」，只有兩種「版本」，一是詞話本，二是「崇禎本」，後者對前者刪改極多，每一回的文字也少得多，前者除了刻誤之外，遠勝於後者。別的各回也是如此。欣欣子在〈金瓶梅詞話序〉中說全書是「一百回」，沒有說是九十五回，他是把全書「凡一百回」當作一個整體來說的，沒有說第五十三回至五十七回是「陋儒」補作的，沒有說這五回「膚淺鄙俚」「前後血脈亦絕不貫串，一見知其贗作矣。」今人不應該迷信沈德符的說法，黃霖、魏子雲等先生就不迷信沈德符的說法。我在前面說這五回是王穉登作的，也說錯了，應改正為基本上是江蘇「蘭陵」（武進）民間才人作的，「蘭陵」人王穉登寫有一少部分文字。徐階之子、劉承禧、湯顯祖、袁小修、沈德符等人或買或借抄過缺這五回的九十五回抄本共十九帙（徐、湯、袁小修應是高價購買的）。高價購買或借抄九十五回抄本十九帙的時間，應在萬曆二十六年（1598）至萬曆四十年（1612）之間。江蘇華亭巨富徐階之子以高價買得抄本九十五回十九帙，其姻親劉承禧到徐家抄得。萬曆三十七年（1609），舉人袁小修到鎮江拜訪劉承禧，很可能購得此九十五回抄本，不久帶到北京。沈德符從袁小修處借此抄本九十五回而抄之。王穉登不是一百回全書的作者，但他在抄本中增寫有少量文字，而且是暗中以高價販賣者，家中必有一百回抄本及欣欣子序、廿公跋。他於 1614 年 1 月 31 日死後，書坊於 1617 年冬之前到他家中以高價買得抄本一百回及欣欣子序、廿公跋，請「東吳弄珠客」作〈金瓶梅序〉，予以付刻。因付刻時，後來的天啟皇帝朱由校尚未登基，所以抄本中寫的壞人刁徒潑皮花子由十多次都不可能修改。第十四回刻了兩次「花子由」、一次「子由」。但刻到第三十九回時，天啟皇帝朱由校已登基，所以第三十九回、六十二回、六十三回、七十七回、七十八回、八十回，十多次把「由」改刻為「油」，以避新皇帝朱由校的名諱「由」。書中正面人物吳月娘把花子由罵作「刁徒潑皮」。刻書過程中新皇帝天啟皇帝朱由校已登基，所以書坊中十多次把花子由的「由」改刻為「油」，以避新皇帝的名諱「由」。這是刻書時所改，並不是抄本中十多次改「由」為「油」。還值得注意的是：朱由校死後，朱由檢登基，即崇禎皇帝。說散本第十四回刻了四次「花子由」，從第三十九回起，一連十多次改刻為「花子繇」，改「由」為「繇」，是為了避天啟皇帝的名諱朱由校的「由」和崇禎皇帝的名諱朱由檢的「由」。詞話本中並未把壞人吳巡檢作修改，而崇禎本把詞話本第九十五回、九十七回中刻出的十多次「吳巡檢」「巡檢」，都改刻成了「吳巡簡」「巡簡」，以避崇禎帝名諱「檢」。這就證明了詞話本刻成於天啟初年（1621 年），崇禎本約刻成於崇禎初年（約 1628 年），詞話本早於崇禎本。研究者們應該對照詞話本與崇禎本，後者對前者刪改極多，每一回都刪了很多文字，證明了詞話本抄本與刻本都早於崇禎本。詞話本中很多處刻工之誤並非都是抄本中之誤。

還值得注意的是：詞話本第一回中就交代得很清楚，故事發生在清河縣，武大郎與潘金蓮從「紫石街」搬到了「縣西街」住，間壁是王婆開的茶坊。我認為作者「蘭陵民間才人」不可能患健忘症。潘金蓮挑逗武松被拒斥、「西門慶簾下遇金蓮　王婆子貪賄說風情」「王婆定十件挨光計　西門慶茶房戲金蓮」等故事都發生在「縣西街」。但修改者王穉登沒有讀懂作者「蘭陵民間才人」寫的這一地點問題，第四回中妄改為「紫石街王婆茶房」，並多次妄改為「紫石街」。顯然，作者寫的是「縣西街」；修改者沒有讀懂，多次妄改為「紫石街」（因《水滸傳》中作陽穀縣紫石街）。《金瓶梅詞話》作者已把《水滸傳》中的陽穀縣「藝術改造」為清河縣了；粗改者王穉登也沒有太讀懂，有時又妄改為陽穀縣。但他急於賣高價賺大錢而沒有細改。第一回至十一回的二帙抄本以高價賣給了王肯堂，屠本畯讀後就去王穉登家，果然又讀到抄本二帙，應是第十二回至二十二回。王肯堂的二帙抄本應是從王穉登處購買的。我說過全書一百回中「自相矛盾」

之處很多，我說「自相矛盾」是說錯了，應該說「前後矛盾」之處很多。例如，作者寫的「縣西街」是對的；粗改者王穉登未讀懂而據《水滸傳》妄改為「紫石街」就大錯了。這不是「自相矛盾」，而是「前後矛盾」。崇禎本中沿襲了此誤。

這三個月，我為了完成這一部拙著，每天從早上八點鐘開始，邊查閱資料邊寫作，除了中午和傍晚兩次上街買飯吃而外，每每寫到凌晨三點鐘，才終於完成了這部拙稿。其中有不少新的學術觀點，與我以前的一些舊說大不相同。我還認為《三國演義》歪曲史實的錯誤太多，遠不如《紅樓夢》《金瓶梅詞話》。以上均敬請金學師友與廣大讀者批評指正！

今後我打算完成以下幾本拙稿：一、《金瓶梅詞話與崇禎本》；二、《周汝昌、劉心武紅學的硬傷》；三、《曹操是漢室的忠臣——為曹操翻案》；四、《周作人與魯迅絕交等謎》；五、《魯迅與許廣平愛情揭秘》。大概在五年內完成以上五部拙稿，其中也有許多新的學術觀點。若能出版，也敬請不吝賜教。

魯歌

2014 年 5 月 23 日於西安市家中

國家圖書館出版品預行編目資料

魯歌《金瓶梅》研究精選集

魯歌著. – 初版. – 臺北市：臺灣學生，2015.06
面；公分（金學叢書第 2 輯；第 9 冊）

ISBN 978-957-15-1658-5 (精裝)

1. 金瓶梅 2. 研究考訂

857.48 104008048

魯歌《金瓶梅》研究精選集

著作者：魯歌
主編：吳敢、胡衍南、霍現俊
出版者：臺灣學生書局有限公司
發行人：楊雲龍
發行所：臺灣學生書局有限公司
臺北市和平東路一段七十五巷十一號
郵政劃撥帳號：00024668
電話：(02)23928185
傳眞：(02)23928105
E-mail：student.book@msa.hinet.net
http://www.studentbook.com.tw

定價：精裝 30 冊不分售
新臺幣 45000 元

二〇一五年六月初版

ISBN 978-957-15-1658-5 (本冊)
ISBN 978-957-15-1680-6 (全套)

金學叢書 第二輯

❶ 徐朔方 孫秋克《金瓶梅》研究精選集
❷ 甯宗一《金瓶梅》研究精選集
❸ 傅憎享 楊國玉《金瓶梅》研究精選集
❹ 周中明《金瓶梅》研究精選集
❺ 王汝梅《金瓶梅》研究精選集
❻ 劉輝《金瓶梅》研究精選集
❼ 張遠芬《金瓶梅》研究精選集
❽ 周鈞韜《金瓶梅》研究精選集
❾ 魯歌《金瓶梅》研究精選集
❿ 馮子禮《金瓶梅》研究精選集
⓫ 黃霖《金瓶梅》研究精選集
⓬ 吳敢《金瓶梅》研究精選集
⓭ 葉桂桐《金瓶梅》研究精選集
⓮ 張鴻魁《金瓶梅》研究精選集
⓯ 陳昌恆《金瓶梅》研究精選集
⓰ 石鐘揚《金瓶梅》研究精選集
⓱ 王　平 趙興勤《金瓶梅》研究精選集
⓲ 李時人《金瓶梅》研究精選集
⓳ 孟昭連《金瓶梅》研究精選集
⓴ 陳東有《金瓶梅》研究精選集
㉑ 卜鍵《金瓶梅》研究精選集
㉒ 何香久《金瓶梅》研究精選集
㉓ 許建平《金瓶梅》研究精選集
㉔ 張進德《金瓶梅》研究精選集
㉕ 霍現俊《金瓶梅》研究精選集
㉖ 曾慶雨《金瓶梅》研究精選集
㉗ 潘承玉《金瓶梅》研究精選集
㉘ 洪濤《金瓶梅》研究精選集
㉙ 金學索引（上編）——吳敢編著
㉚ 金學索引（下編）——吳敢編著